U0127382

成為怪物以前

死亡，是我留給父母的情書。

蕭瑋萱 著

這是一個人從五十樓墜下的故事。
經過每層樓，他都不停安慰自己：「到目前為止還好……」「到目前為止還好……」
「到目前為止……」「還好……」
但重要的從來不是怎麼墜落，而是怎麼著陸。

——馬修・卡索維茲《恨》（*La Haine*）

目錄

推薦序

敘像小說的單次擬態

——讀蕭瑋萱《成為怪物以前》

高翊峰

這個故事開始，就以性與死亡消弭的執念，吸引著我閱讀。先是隱藏的性，發生殺，然後緩緩流向愛殺。只不過，在這個長篇小說裡，與性同行的是軀體與肉身的毀壞，愛殺則成為接近信仰，或說是，宛如信仰的闡釋。

喬治・巴塔耶在《愛華坦夫人及其他》的前言中，曾這樣論及：「最常見的禁忌涉及到性生活與死亡，使得這兩者構成一個神聖領域，從屬於宗教。」我想將《成為怪物以前》這個故事，先由禁忌的門進入。

之所以論及禁忌，是故事的多個角色，都在道德的天秤上，執行著當下普遍值觀無法同意的犯罪行為——不論是殘殺、凌虐、施暴，或者搜集關於死者遺物，乃至於亡者遺留的氣味。

這些禁忌，我接借巴塔耶在《情色論》中有關食人禁忌的說法來進一步描述。現代社會明示了「食人肉」作為禁忌，可能比「殺人」更為難以接受。因為這涉及殺，以及其後的吞食遺體。

在禁忌的規範下，食人肉已經退下信仰供桌，在殺之後，取而代之的是對於死者遺物的再蒐集。現代的殺，也依舊與傳統的狩獵有所連線。狩獵，有生存的目的，也含有遊戲的成分，在傳統部落裡，依舊留有成年禮的象徵意圖。這些都與這個長篇小說隱含的底層訊息有關。然而，喬治巴塔耶在《愛神之淚》描述到中國刑罰的一段話，「展示在此的酷刑是凌遲，專門對治最嚴重的罪行。」或許是將殺與罪結合之後，刺探《成為怪物以前》的可能一手。

故事的主角楊寧，擁有特殊工作：人死後的特殊現場清潔員。這個故事一開場便昭示了異於常態的變態設定。多數人的工作，是在活著的時候進行。有一些人，在人死了、再也無法做些什麼之後，他們的工作才開始。異化的經驗感，以及這經驗進入敘事之後的展現，成為閱讀這個故事值得細究的部分。如前述，蒐集亡者遺物。特殊清潔員楊寧在清潔亡者的現場時，那些透過文字描述重建的，是曾經活過的痕跡，也是一個人的指紋、皮屑、毛髮、都是曾經的那個人。那個曾經未死的世界。

這個小說有一迴旋式的設定：依賴嗅覺的人，因創傷症候群失去嗅覺之後，只有在「死亡發生」的現場，才能重新恢復正常。這個迴旋現場，建構了人與人之間的連結。這個迴旋之後的正常，意味能夠重新恢復蒐集關聯亡者死前的世界。這份生與死的牽連，藉由愛殺，彼此抵達。除了無法洗去如屍臭般附身的濃烈愛欲之外，另一面則含有遊戲本質——一人對另一人生命存續的捉弄，其中富含掌控欲的人性。在這樣的思索下，《成為怪物以前》裡頭躲藏著的濃烈「愛與殺」，便能落實在細細編織與安排的命運蛛網。

「命運要人去嘲笑自己的生殖器官。」喬治．巴塔耶的這句話，也為這個故事理想註解。

我試著進一步思索《成為怪物以前》的敘事問題時，無法迴避電影與串流平台影集的故事敘事方式，對更年輕世代寫作小說的影響。

過去，我思索這類小說的寫作方式，應為戲劇故事的小說化，也是視影環境影響小說敘事本身的正常化學反應。我也從這樣的視角去思索年輕世代所寫的小說，是否有真實意義的異變誕生。隨著時間過去，當較長的連續性影像故事小說化逐漸轉化出影集概念的連續意義時，我開始想像一種動態影像的文字敘事擬態可能。這種「動像敘態」的說故事的方式，多少影響了傳統敘事的啟動、拼貼情節脈絡的接縫，以及抵達的結尾。故事先有畫面，再以區塊式的動態畫框，進行敘事。敘事多為塊狀的線索而生，每一塊又增生新的線索，為下一個動態畫框提供敘事的必要。

雖如此描述，但這些企圖，若是為影像目的而寫，可能減損小說在敘事上的純粹內涵。若十分堅實，甚至偏執地為小說以寫而生，或有機會誕生我想像中的敘像小說。

真實的想像，遠比想像中的難以誕生。從A塊到C塊的脈絡，有時沒有B塊，依舊是故事銜接技術的考驗。剪接點所帶來的問題，會出現敘事進行時，敘事者錯接的扞格。這些問題點，在《成為怪物以前》的幾個小地方，依舊發生。另外，這種直接剪入戲劇分場的敘事，是否能成為更大量的能量，而形成一個時代的同質者的認同，還需要更多作品奠基，也需時間考驗。這或是對傳統小說敘事的破壞，還有待更為成熟的技巧，才能更熟成文本。但無法迴避，這正在發生——《成為怪物以前》，便是一次敘像小說的華麗發生。

蕭瑋萱在後記裡為這個犯罪小說賦予了文學的自我期許，是這部犯罪文學小說最為抒情的單次告白。

凶手必須是可以被猜測的最後一人——《成為怪物以前》便是以這項律令，以嗅覺召魂，也召喚愛、欲、殺、罪，翻轉小說的設計元素。運用犯罪者尋找犯罪者。透過死者遺物，描繪活時的輪廓。透過氣味，描述另一個人的模樣。推理剖繪，犯罪側寫，從文學的企圖，試著去將好萊塢的經典故事設定的擬態，最終在性的變態與汙穢的氣味之中，誕生意義。我想，這個故事是試著對《香水》的擬態，是對《沉默的羔羊》的擬態，是對《看見魔鬼》的擬態。

小說敘事觀點，時有切換，也不時切換，有意與無意之間，都像似圍繞而坐的西洋鏡觀看者——他們也正是這個長篇小說的角色。在說時，即是看。目的是為了粗糙但有機會成立的全景幻燈——動態影像的古老前身，卻可以適切說明作者在這個首作裡，建構完成敘像小說的切片模樣。我想，近二十萬字的首部長篇小說《成為怪物以前》，已經為蕭瑋萱展開了一條特殊的小說之路，期待她的下一次敘像，也獻上祝福。

推薦序

死亡的香氣

吳曉樂

我聞過死亡的氣味，就在幾星期前。

十五歲的白狗走了。我不是白狗的家人，更像是偶爾出現的玩伴，但總之是愛過的。放下工作去送白狗一程，白狗的家人M當著我的面打電話給禮儀社，對方客氣詢問白狗斷氣的時間，停頓半晌，說他們幾個小時後會來帶走白狗。M反問，明日清晨如何，白狗生前好戀家。接下來的台詞我猜想禮儀社已經對著不同客戶重複了好幾次，冷靜，沒有起伏：但牠的身體接下來會出現讓你們不知所措的變化，也許會影響你們的印象。M掛上電話，以躊躇的語氣轉述。起初我們都不以為意，或者說，我們認為自己應該要不以為意，直到那股氣味流竄於鼻間。我們以為是廚餘塑膠袋沒綁好，見到粉色液體自白狗的眼角，鼻孔流出，才不甘心地承認，是白狗。理智說，那是白狗，偏偏氣味一再侵襲，腦中投映出不潔，腐敗，病菌，蛆蟲的圖像。閉上雙眼，還能佯裝清風明月，但我們總不能閉氣，每一次呼吸，空氣裡的死亡從鼻子攝入體內，循環繞經我的心，肺，甚至腳趾。從此想起白狗，那抹腥稠就浮現。

小說主角楊寧一出場，就抓住了我的目光。我所疑懼的氣味，是她的藥引。

楊寧在命案清潔公司工作，走入一個個陌生的空間，盡職地埋首刮除沾黏在纖維衣料上的人體組織與屍水。楊寧自幼嗅覺格外靈敏，能清晰地辨識出沾染髮梢、指甲縫以及腳趾的屍味與死蟑螂老鼠的惡臭，但她沒有怨懟。老闆給薪優渥，楊寧期盼有一天，將弟弟自老家接走，好生照顧。

豈料楊翰對老家一往情深，拖延離巢時間，還為了這份愛，捨身墜樓。楊寧哀痛逾恆，嗅覺大衰，竟然是從前畏避的屍味，能喚醒感知。楊寧從這些致鬱的氣味，蒸餾出他人難以理解的撫慰和啟發。從此，她成癮似地，密切尋找死亡現場，直到死亡也鎖定了她：一日，楊寧被有心人利用，無心抹除掉凶案跡證。為了證明清白，她動身獵追凶手，所依憑的僅有凶手遺留的一縷香氣。有趣的是，楊寧每回要啟動她的天賦：嗅覺，就得先找到死亡逗留過的物件。

小說裡我喜歡的設定琳琅滿目，其一是楊寧將凶手名之為「葛努乙」（說到「氣味向小說」，怎能遺忘徐四金的《香水》）。再來是程春金此一要角。程春金姦殺少女無數，他冷血，重視邏輯，內在自有體系。楊寧把程春金視為「葛努乙」的同類，程春金反問，楊寧何嘗不是。兩人後續的對答與互動，暗示雙方並非善良聰穎的年輕女探員，試圖從殺人魔的嘴裡挖掘靈感的老派敘事，自始自終，都是魔高一尺，魔高一丈。抓緊這把鑰匙，方能撬動書裡眾多機關。

暫擱小說，且說《香水》。主角葛努乙，天生嗅覺極佳，自身竟沒有體味。氣味，是存在的隱喻，楊寧能夠從氣味建構陌生人的日常，甚至深及祕而不宣的願夢。換句話說，沒有氣味，宛若不曾在人間占個座位。我們噴灑香水，不也是嘗試修飾、變化既有的痕跡？《香水》的葛努乙，起初誤解體香即世界，是以下手殺人，以油膏覆蓋美軀、煉取香氣，非但沒有碰觸到永恆，還錯過了愛。《成為怪物以前》裡每一位葛努乙，倒是老早醒悟，香氣無非媒介，繚繞脖頸耳側臉頰的，不僅僅是那些化學分子，更有我們無以名狀的感情、遺憾與舊日時光。

《成為怪物以前》亦如香水，因閱讀時滲入的血溫而顯示不同調性。越是深入，我們越能辨識出，懸疑緊湊的情節，包裹著古典的母題：如何放下。楊寧喚弟弟「小鯨魚」，作者還介紹了J35。數年前，代號J35虎鯨吸引全球矚目，她將死去的孩子攜在身邊，長達十七天，小虎鯨不慎沉沒，J35也會立即下潛，拉回屍身。研究人員分析理由：因為悲傷。這些動物們感受到壓力和痛楚，牠們明白事情不如預期。

楊寧也是J35。缺席的父親，暴戾的母親，姐弟倆好似童話《漢塞爾與葛麗特》那對小姊弟，不同的是，童話裡這對姊弟不曾分離，小說裡楊寧先行遠走，迎來心痛的轉折。史學家普遍認同童話原型來自一三一五年一場大飢荒，父母放任孩子自生自滅，減輕糧食消耗。最早的幾個版本，都是父母決定遺棄姊弟倆，一次改版，為了「社會和諧」，母親改為後母。但我們早知饑荒不只一種，心靈挨餓時，父母也會吃用他們的孩子。小說裡屢屢提到《貝茲旅館》，主角諾曼．貝茲的原型為艾德．蓋恩。蓋恩犯下的凶案次數不算格外驚人，他的生平卻讓人過目難忘。蓋恩的母親奧古絲塔偏執多疑，嚴禁艾德與哥哥亨利與人來往。母親始終是艾德的唯一。母親死後，孤寂的蓋恩留存母親的屍體，另一方面靜靜展開殺戮，他剝下受害者的皮膚，製作成許多物件，或穿戴，或坐臥其上，從中召喚母親。命案曝光後，蓋恩住進病院，傳言他低調安靜，跟人說話都羞赧。《成為怪物以前》也能找著一個又一個，形銷骨立也要照顧母親的孩子。昆德拉說，「父母一出生，自由即死亡」。瑞典作家瑪莉亞．恩尼斯坦的小說《巴斯特的耳朵》，五十六歲的伊娃得到孫女贈禮的日記本，她在第一頁寫下：「我在七歲時，決定殺死我的母親」。有些親子關係，只允許一人獨活，楊寧選擇孩子，且一直如此。「角色塑造」的教科書，其後應該增添楊寧一筆，感官上的稟賦是一回事，讓這號人物徹底脫俗的是，她為許多意識形態敲響喪鐘。

《成為怪物以前》的布局、場景調度，輕快，但不失從容，恢宏，又精巧有餘。蕭瑋萱展示了她就不同命題，縝密、紛然，完整的辯證。不同階級職業人物的聲腔，她也是輕車熟路，策動角色們一一活出聲音，光看對白就知此刻是誰在說話，可不是一年半載的工夫。基本田野更是不在話下，遺屋清潔，警方問案，法醫解剖，調香原理，無一不是有模有樣、天工開物般精采。雞蛋裡挑骨頭的話，大抵是親子關係的排列組合，有過多重複。

她描述氣味，是這幾年來罕有的絕作，尤其寫萬華一段，我讀到鼻子都顫動了起來，「青山宮、中藥行、香鋪、糕餅店、甜湯、茶行、印刷廠、洗衣店……艋舺的氣味因子非常複雜，刷洗地面的氯化清潔品和糞尿爭相搶奪地位，檳榔渣和嘔吐物的氣味也會被風捲起，衝入鼻腔。公園金屬長椅上有些榕樹葉的生氣、土味與新鮮，滴漏在上頭成垢的甜湯散著沉舊蜜味，又同時存在揮之不去的體臭和飽嗝，將鼻子往鐵條上碰，還能聞出鏽蝕的金屬味以及屬於不同布料的潺濕感」。

第　一　章

現　場

鯨魚。你說。

我朝海的方向望去，什麼也沒有。

這裡看不到的。我說。聲音略大，企圖蓋過海風。

你看起來很惋惜，我不知該如何安慰。所以我們就只是那樣，站在離大海一段距離的海堤，背後有綿延不絕的芒草花，前後都有浪。大海從耳邊呼嘯而過，風颳過臉頰，芒草花激烈地搖動，嘩啦啦地，放任自己隨海風牽引，即使看上去凌亂不堪。

走吧。你說。

走去哪？我沒問，只是看著你將鞋脫去，一步步滑下堅硬粗礫的海堤，越過消波塊，堅定地往前邁去。腳趾蜷曲，牢牢地，深深地踩進沙裡，像要把每一粒沙塵都包進身體似地用力。

我跟在你身後，踉踉蹌蹌地走著，踩著你留下的足跡，一個接著一個，真正這樣走一回才明白，你的步伐不成直線，有些彎曲，往未知的領域延伸。

踩過的沙子柔軟濕潤，發出如海螺般的嗚咽聲，你踏進海裡，沒有一點猶豫。你說沙與浪都是海的語言，但一碰即碎，人們注定無法理解。

你的小腿全浸在水裡，海浪一拉一推，身子跟著搖動。耳下頸邊的汗水與海水凝結，在黃昏的陽光下流轉，一明一滅。隨著海風飄來，鹽與鹹，世界的氣味突然有了顏色。

我只敢輕輕伸出腳趾，點點水，濺起的水花打在腳板，白茫茫的泡沫湧上。我迅速抽回腳，往後退回沙灘，像個犯了錯的孩子。好冰。殘留的水沫吸吮著肌膚，混著沙。

你站在海的邊緣，你站在海的裡面，海離你好近，好近，沒有任何空隙地包住你，就像你原先就是它的一部分。破碎而完整，當大海受傷便是這般模樣。我能讀出你的情緒，但終究只是如此，就像浪花不一定撐得起帆船，即便大海是真的愛它。

人死後會到哪？我想起你曾這樣問過我，在一個百無聊賴的午後，或許也沒那麼空茫，但除了你我外無人知曉。你一開口這些話語便紛紛流了出來，像大海撕破口子，不住地流出血液，汩汩散進空中，回到原本的所在。

我沒有回答。

有些人相信輪迴，有人相信投胎，如果這些都是真的，或許在那裡，也有這樣一本日記，一封信，你會在某個抽屜夾層或衣櫃深處發現。在那個未來，你會想起我，想起我們，想起曾經的擁抱，那些不顧一切的震動與夜裡的海風。

或許那樣你便會知道，下定決心殺你的那天，我是多麼悲傷。

多麼用盡氣力的，哭了起來。

01

楊寧猛力睜開雙眼，卻發現身體緊繃無法動彈。

側睡的背部僵硬，四肢癱直，胸部只有極淺地起伏，沉重的麻痺感覆蓋全身，黏稠濕滑的強大拉力朝她湧來，背脊、胸骨、乳尖，一寸寸包覆，緩慢而堅定地將她拖入水底。

如水的力量堅決帶領她往下，往下沒入深淵。她拚命想抵抗吞噬，胸口卻越發疼痛，呼吸困難。猛地，一陣寒意迅速掠過她側躺的身軀，像是帶有侵略性的愛撫，恐懼滲入每個毛孔，再浸滲骨髓。

房間有另一個人。

模糊不清的黑色人體站在房間角落。楊寧知道那是個她。楊寧想放聲尖叫，更想閉上眼睛，但兩樣都做不到。像個意識清楚的死人。她曾經這樣跟醫生形容，醫生點點頭，說了幾句沒用但總歸還是會說的話。不用擔心情況會越來越好的。妳有進步我看得出來。不要緊張，我們放輕鬆就好。然後例行性開了處方箋，客氣生疏地請護士幫她約下次回診。

人影緊盯著楊寧，目不轉睛。她湧起發毛的顫慄，奮力掙扎，意志與身體拔河拉扯，只能強迫自己專注，集中心神到喉嚨，試圖逼出聲音。她能感覺喉頭裡小肌肉在顫抖，發出喀喀聲響，像垂死的老人想咳出那口把他拖入地獄的痰。

喀喀，喀喀。快點楊寧快點。她把握機會對身體尖叫，醒來醒來醒來。黑色人影閃爍，明滅不定，朝她欺近。

她聞到炭火的味道。

涼風偷偷從未關緊的窗戶溜進，米黃色的窗簾輕微地上下擺動，像被窗外的世界吸吮著。簾子滲進冬日下午的陽光，照在滿是凹痕缺角的小時鐘上頭。秒針早已脫落，每回拿起，掉在鐘底的秒針便會喀啦喀啦響著，隨著身體滑動。

握在手裡，時間像是某種孩子氣的玩具。

真實緩緩現形。時間與空間有了意義，相輔相成交錯編織成了我們稱之為世界的種種。楊寧輕輕眨了下眼睛，一下又一下。血液重新流動，她緩緩挪了挪殘存深淵記憶的手指，手腕，手肘，手臂，接著將手指輕輕舉到眼前，認真瞧著，像是第一次見到自己，如此渴望又害怕，只能牢牢地凝視，確定自己存在。

吃力撐起仍痠麻的身子，直起身。動作僵硬如剛學會坐的嬰孩，不熟悉身體，一切需要重新認識。

有意識地，呼吸。

甦醒後吸入肺的第一口氣，總是伴隨刺痛。

她聽見劇烈的心跳聲，快迸出喉嚨似地狂野，提醒主人還活著的事實。手還沒停止顫抖，匆匆抓起床頭時鐘確認：十一點三十七分。

腦中跟著複誦一遍：我叫楊寧，十一點三十七，在家裡，剛醒來。

她深吸一口氣。

發作頻率增加，時間一次比一次長。每次都是全新的恐懼，一場浩劫。楊寧把鬧鐘擺回原位，掀開被子，雙足踏上地面，磁磚毫不留情地傳遞冰冷，凍到有些灼痛。

該死的冬天。她嘆了一口氣，北部的十一月一如往常的灰暗，濕冷蕭瑟，凍得莫名絕望。她找不到拖鞋，只能赤裸著腳掌，抵抗磁磚的冰冷，接著像推土機開路那般，踢開地板上的衛生紙團、涼麵塑膠盒、衣服堆，踩過剩下小碎屑的辣味奇多包裝袋，清脆的嘎吱聲響，腳底黏上一點起司粉，她隨意抖了抖腳，一邊用眼角餘光搜尋鯊魚夾。

一路前往浴室。在鏡中端詳自己，破敗蕭瑟的可能不只有台北的十一月。

雙眼血絲，眼袋一抹青藍，每顆毛孔都透漏著疲憊，鼻腔黏膜因吸入冷意而疼痛，額頭和眼尾有些脫屑，脖頸有因濕熱悶出的紅疹、被抓破的疤痕與凝結的暗色血塊。她用食指輕輕摳了摳眼角，大塊的乾燥顆粒簌簌掉落，才二十八歲皮膚卻已提前告終。

顴骨很高，五官立體，沒有任何圓滑柔和的線條，尖銳甚至有些刺人，不協調的石刻臉龐卻意外有種奇異的美感。這幾年她把自己形塑成一隻精瘦的豺狼，原本就有些凹陷的臉頰更加削減，身體沒有一處多餘的脂肪能安放。她看著發熱衣鬆散地套掛在自己身上。

骨架小也不高，頂多一五六，人群可以將她輕易埋沒，她卻從頭到腳散著某種難以言喻的侵略性，像是一頭肌肉精實，暴躁而凶狠的掠食者。

用熱水洗完臉才有種脫離吞噬，從地獄拔出的感覺。像拉出吸盤啵地一聲，有什麼東西疏通了。髮絲濕黏在臉頰與耳際脖頸，她抽起架上的毛巾，心不在焉擠了擠吸附在頭髮的水分，走出浴室，從沙發隨手抓了件外套披上，這才注意到客廳電視頻道的聲音。

「……首先牠們必須熟悉岸邊碎浪，接著利用海藻反覆排演，但海藻不會逃跑，虎鯨們必須找到真的，而且活著的獵物練習。」一聲線立體的男聲講述著旁白。「設好陷阱，藏好背鰭，乘浪上岸，一口把海獅拉進海中。」

牠們沒有要殺死牠。還沒有。

海獅慌亂逃向身後寬廣的大海，再被虎鯨圈了回來，一次又一次，無止境地循環。了解妳的獵物，楊寧彷彿聽見虎鯨的耳語。水流，水深，時機，小心擱淺。

她想阻止大海湧進房裡，卻無法從成堆的衣服山底翻找遙控器，只是無力地從枕頭與沙發縫隙挖出手機。

「在大海，虎鯨是排名第一的獵人，不但家族情感緊密，智力超群，還會精進狩獵技巧。為了守護家人，甚至會不惜代價殺死其他鯨魚。」海在她的脈搏裡，隨著血液跳躍。「但即使是最頂級的獵人，依舊無法避免悲傷。加拿大溫哥華島海域的遊客看到了這一幕，代號J35的虎鯨Tahlequah，推著小幼鯨的屍體在大海裡前進……」

打了個哆嗦，擤了擤鼻。把手機放進外套口袋的瞬間，機身猛烈震動，她瞥了一眼，許浩洋三個字漂浮在手機螢幕上。她沒有理會，逕自按了靜音，踏著冰冷的步伐進入廚房。

流理檯擺著十幾罐東倒西歪的玻璃瓶，有些瓶底還殘留些許白色液體，吸引了幾隻果蠅舔舐。瓷碗裡有乾硬發黃的饅頭，楊寧漫不經心地看了一眼，接著打開瓦斯爐上的加蓋鐵鍋，裡頭的食物有些膠黏，泛著小小的氣泡，看不出原應是味噌湯的模樣，楊寧舀了一匙起來看了看，海帶芽發白發霉，她遲疑了幾秒，但還是放到鼻前嗅了嗅。

冰箱全空，家裡沒有多餘的食物，她環視四周。望著由垃圾堆起的家。看來還是得花力氣清理。她煩躁地想。今天星期幾？四還是五？她不大清楚。手機再次震動，低頻率規律的噪音。是小支。她接起電話。

「喂？楊寧姊，妳說有案子要打給妳……」手機那頭很小心，壓低聲量，聲音有點抖，深怕被發現似地。「在萬隆，離妳家不遠，三樓二十坪老公寓，大體已經運走，我發地圖給妳——」

話語突遭截斷，那端一陣騷亂，楊寧仔細聽，只聽到高分貝狂罵：「您老師我講的話當耳邊風就對了，是沒跟你說她要休息蛤？你是嫌她不夠累還是我不夠累蛤……」

剛要開口，對方已氣勢洶洶朝她撲來：「喂喂阿寧！妳敢來試試看，我立刻給妳開除，給我在家待著，叫妳休息是不會蛤，一定要工作到死就對了。今天這單給小支跟雪莉，雪莉會去妳不要來添亂聽到沒有。」

不等她開口，氣勢磅礡地掛斷。

「……不受控制也沒有盡頭的哀悼，那是一種無人理解的執念。」J35發出悠遠的悲鳴，一整片海就這樣漫了進來，憂傷的，波浪泛起光點。

楊寧無法繼續待在海裡。穿上兩層褲子，拿起掛著鯨魚吊飾的鑰匙，動身出門。

02

十一月的天空是淒苦的灰色，陽光軟懶無力，散漫地在玻璃窗與鐵皮屋中反射，彷彿終究無事可做，不知何處可去，彷彿人就這樣一天一天被消融或毀棄，所有事終究虛擲。

剛結束斜紅色的秋天，冬天似乎也意興闌珊，軟綿綿地等待自己的季節過去。永和沒有下雨已是萬幸，路上行人匆匆，多數無語，再晚些等國小孩子放學又會是另一種景象，家長騎著摩托車蜂擁而出，四處充斥著短促尖銳的喇叭聲、導護媽媽吹哨與孩子歡欣鼓舞的尖叫跑跳，楊寧可不想參與。

她住在六合市場內，市場內包藏著大巷，大巷夾帶著小弄，小弄延伸出通往迷宮核心的暗道，曲折蜿蜒，層層包覆，看似相連又互不相關。楊寧砰地大力甩上一樓鐵門，鐵門隨著房屋已達高齡，卡榫早已生鏽，還需要用力往外扯才能卡緊，她再拉了幾下確保關上。接著邁開大步，熟練地在巷裡穿梭，尋找停在路燈旁的機車。

即使把自己包裹得像隻熊，楊寧依舊冷得瑟瑟發抖，她將雙手插進外套口袋裡保暖，大半截脖子縮在高領毛衣裡，踏著一雙卡其長靴，整個人像被棉花厚毯包覆的卡通人物。她裹得太過嚴實，幾個穿著輕便的阿姨阿嬤忍不住回頭看了幾眼。

公司離家不遠，臥龍街，管理死亡的精華地段。從家出發，坐公車過橋幾站就到，方便也省事，但做這行的人們很少搭公車。楊寧走到老舊的黑色一二五前，轉了轉鬆弛的後照鏡，再三確認外套拉鍊拉到盡頭，對著手心哈氣，這才打開車箱，戴上皮手套，準備面對冬天最嚴峻的考驗，騎車過橋。

風惡意地嘗試從安全帽各處鑽入，頭被扎得刺痛，吹得眼睛眨啊眨地有些缺水酸澀，下巴處過長的繫帶啪啪啪地反覆擊打鎖骨和臉頰。隨著風切聲與外套微微鼓起的噗噗聲響，她終於抵達。

硬是擠進電線杆和一台小綿羊中間，立起側柱，解下安全帽，走進一棟不起眼的、外牆掉漆的紅粉色公寓。

電梯裡貼著的兩張花花綠綠的海報傳單：「別擔心，讓我們消除你的恐懼與傷痛。」跟「請放心，一切交給我們。Next Stop-Company」配合夕陽下兩人擁抱的背影，最下面附著地址與電話。房屋仲介似的煽情廣告標語，楊寧無法理解，但每次目光還是會被該死的吸引，然後一次次產生厭惡。像俄羅斯娃娃，一個套一個無限循環，甚至增生。

Next Stop-Company，負責命案現場清潔。解放現場，帶走死亡，將現場留還給生者，期許能陪生者與亡者走到下一個人生篇章。公司的網路宣傳是這樣寫的。老大說取英文名字比較國際化，能吸引更多族群，她不明白。但確實很有老大油嘴滑舌八面玲瓏的風格。

一到五樓是老大投資的正恩生命禮儀公司，Next Stop 在地下室。她按下 B1 的電梯鈕，五秒不到，鐵盒就將她送到截然不同的空間。

Next Stop 成立多年，成員維持在一定的人數內，這幾年也就她、老大、小支、一九五與雪莉輪班出任務。人員編制少，辦公室卻十分寬敞，推開玻璃門走進，迎面而來是高腳原木桌，上頭擺著雕刻精細的鎏金香爐，順著輕煙往上飄，能夠看見正上方一塊巨大匾額，近十呎的黑底金字「我佛慈悲」。

入門的右手邊並排放著四張辦公桌。楊寧將包隨手丟在桌上。她的桌面幾乎什麼都沒有，沒有裝飾物，沒有盆栽，沒有便利貼，沒有書籍紙筆，只有一個圓弧的湛藍馬克杯孤零地坐在角落，上頭有隻比著中指的海龜，旁邊寫著：Don't fucking touch me。

些許斑駁的牆面掛滿書法字畫、相框照片、匾額和剪下的報章雜誌，幾乎不留白。空間雖然大，卻也隱隱然有些壓迫。八卦凸鏡和純銅葫蘆各自照著風水安放。不知是受了其他大老影響，還是年少輕狂時太過放肆，隨著年紀，老大的忌諱和迷信日益增多，年節前後都會請大師父到公司驅邪化煞保平安。也可能只是人生意做大了便怕摔。這些規規矩矩讓楊寧有些煩躁，牆角紅繩線掛著一包包五彩石水晶，看著總扎眼。

「楊寧姊！」

楊寧逕自走進小廚房，打開冰箱，旋開牛奶瓶蓋，像隻飢渴的獸，三兩下灌完。小支跟在她後頭，毛毛躁躁地。

「那個牛奶……」小支嘴巴微張，愣愣地看向她隨手扔在水槽的空牛奶罐，死死瞪著，像在等它發芽還是長菇。

楊寧咂咂嘴，抬起手隨意抹了兩下。接著再次打開冰箱，沒有飯、吐司這些可以直接吃的選項。只剩快見底的維力炸醬、一盒不知道從民國幾年放到現在的赤味噌、一罐大概只能再塗一片吐司的福源花生醬和一瓶經典38度金門高粱。

「老大不在吧？」楊寧把每一個選項都考慮了一遍，最後在赤味噌跟福源花生醬中做掙扎。嗯。感覺單吃不會飽。

「在三樓，找謙哥對上個月的帳。」小支從發酸牛奶罐的思考中回神，無意識地壓低音量，肩膀往前縮，一臉委屈。「今天吃炸藥，超級凶。」

楊寧自我掙扎一陣，最終失望地放棄，將冰箱關上，回到檯面搜尋。

小支咕噥了幾句，可能是在抱怨老大很凶或是在講女朋友，楊寧沒聽清，老實說也不是很在意。她在廚房翻找，最終在微波爐裡發現盛著五六個Twinkie的玻璃盤。她發出小聲而滿足的驚呼，大力撕開透明包裝紙，咬下。

以前很討厭這「帶有奶油餡的金色海綿蛋糕」，外層的蛋糕本體沒有味道，裡面的奶油餡過甜，就算兩三口就可以吃完，還是非常膩喉。這種加工過頭的產品，被楊寧歸在沒有靈魂的食物一類，但現在她撕開第三個包裝。

Twinkie是老大特別藏在這裡當下午茶的點心。小支本想阻止楊寧，但看她狼吞虎嚥的模樣，最後決定把話吞回肚子裡。被罵就被罵吧，他心酸地想。

「委託人到現場了嗎？」嘴巴裝滿食物的聲音很糊。

「還沒。委託人是往生者的父母，他們從彰化過來還在路上。因為味道已經很重，鑰匙房東先交給我們了，說可以先清理。」

「狀況？」

「二十坪老公寓，年輕男性割腕，警方初判過世三天。」他從杯架拿下一個馬克杯，注進溫水。「大體早上剛運走，老大有去現場看過，不是很好。」

結束。楊寧意猶未盡地舔了舔嘴，純粹地反射動作，她根本吃不出味道。小支將水杯遞上，楊寧咕嘟咕嘟喝下，努力感受水流過喉頭的濕潤。

「傳地址給我。」楊寧說。放下水杯，把垃圾留在流理檯上，直直走了出去。

「確定要去嗎？」小支七手八腳地把包裝殘骸丟進垃圾桶，清理狼藉，再趕緊跟了上去。「妳連續工作好幾個星期了，再不休息——」

楊寧打斷他的話：「你們要多久？」

小支皺了皺眉：「雪莉從家裡過來大概要三十分，我把藥劑調好，裝備帶齊開車過去，大概一個小時。」

「工具你帶，我去現場等。」她到裝備室將自己的防護衣、面罩、鞋套、數不清的手套與腰包放入箱中，接著走到小支面前，伸出手。

小支抬頭望著她，兩人目光交會。他明白。打開鐵盒，拿出一串鑰匙，金屬互擊，清脆刷啦啦地落入楊寧掌心，她緊握，頭也不回地離開。

03

身體停下時，腦子運轉的速度會比往常要快，像是急匆匆要填補肉身的懶惰，只能加緊腳步讓思緒運作。例如現在，靜靜躲在轉角電線杆與變電箱旁偷窺著，腦海卻無比嘈雜。

每次見面總是相似，就只是這樣遠遠的，望著。望著她停好機車，摘下安全帽擺了擺頭，隨性用手指梳頭，紮了個低包子頭。縮起脖子，搓了搓手，目光在手機螢幕與信箱間相互巡視著，確定地點，接著後退了幾步，往上方白色欄杆的陽台看去。

那眼神陰鬱，一層層厚外套遮掩了真實身形，但看臉頰確實比上次見到又削了些。望著她收起手機，回到機車旁，毫不費力地提起裝備箱，掏出口袋的鑰匙旋開公寓鐵門。

我魔怔地盯著她走進，直到氣味消失，人影再也不見，我仍望著。

久久不願離開。

04

叮地一聲電梯門向兩側展開，還沒有仔細比對門牌，遠遠就瞧見一道鐵門斜倚在走道牆面。鐵門安靜無語，身上卻遍布被強行拆卸的痕跡，上頭還貼著瓦斯度數調查粉紅單。門口邊的矮鞋櫃上有兩雙沾土染塵的白布鞋和一雙人字拖，上面遺落著運體員丟棄的橡膠手套、鞋套以及屍袋的透明包裝套。

說不出的散亂和蕭瑟。

楊寧放下工具箱，準備將裝備一一上身。今天運氣不賴，沒有鄰居經過。她想起上星期，他們五人為了在三天內清理三角窗中藥店的火災現場，大陣仗出勤，引來許多路人圍觀，議論紛紛指指點點。

正中午的，一位五十多歲的歐巴桑，頭戴著西瓜皮式的安全帽，一手拎著便當，一手把玩鑰匙匡噹匡噹地響，多次想闖現場觀看。小支一次次客氣地把她請出去，但歐巴桑不屈不撓，熱切地與他攀談。

「不是啦我跟你說，我跟這家很熟啦，我在巷口那邊賣豆花的啊，從二十年前做到現在沒漲價過，一碗三十五而已捏……經過這裡都會過來坐坐，泡茶聊天……啊是誰請你們來的？這樣子要多少錢？」

關你屁事。楊寧脫下面罩手套，坐到馬路邊休息，咕嚕咕嚕一口氣灌下半瓶礦泉水，幾絲水流從下嘴縫滾出，滴到兔子裝上。白色的兔子裝用特殊材質製成，能夠有效抵擋極糟極易感染的現場，但肉身被困在裡面真的非常、非常悶熱。他們每個人都因此患有嚴重的溫度認知障礙，還有紅疹、過敏等大大小小的皮膚問題。

楊寧本就體寒，久了更成為裡頭最怕冷的一個。她抓了抓泛起紅疹的頸子，極癢，力度沒有抓好，留下三條怵目驚心的紫紅色抓痕。

小支還在一旁被歐巴桑纏著。

「阿輝不是聽說還在昏迷？吼你們不知道啦我真的跟他們很熟，本來想去看他啦，但你知道做生意有時怕晦氣，沾到不好，你們有沒有去拜拜？前面那家福安宮有沒有，福安宮你們知道嗎？我帶你們去啊，他們主委我熟啦，小學同學嘛。」

「我跟你們講，他們家兒子從小就不愛讀書啦，二十幾歲的人沒有上班也不幫忙，吵架啦天天。」她嗓門很大，卻裝模作樣神祕兮兮地，興奮不已，肉身朝小支再欺近些許。「我跟你講啦，說不定是他放的你不知道，教出這種小孩吼也是……」

楊寧嘴裡的水呸地一聲，啐到柏油路上。歐巴桑和小支停下對話，表情都有些錯愕。她陰惻惻地站起身要開口發難，老大已從藥鋪走出，擋在她身前。

他卸下供氧面罩，笑瞇瞇地帶開話題。「大姊，謝謝妳的關心啦！我們先把這邊清掉，工作完我慢慢跟妳聊……」邊說邊陪笑，熟悉巧妙地將人帶離。

老大一直要她八面玲瓏一些。沒辦法。她兩手一攤。我資質太差。

「妳只是不願意，不要理由那麼多。」老大說。她一直記得。好多事情都是如此不是嗎？她俐落地著裝完畢。脫下外套與上衣放進敞開的塑膠袋裡，留下內搭衣，穿上連身小白兔、厚鞋套與兩層塑膠手套，繫好腰包，將手機與十幾隻手套放入。

最後從箱中拿出防護面罩，握在手中，靜靜看著，緩緩戴上。

推開早已損壞的第二道鐵門。楊寧雙手合十，鞠了躬，這才緩緩步入。

室內吊扇有氣無力地旋轉著，勉強連接著斑駁牆壁，幾根電線外殼裂開剝落，露出裡頭赤裸的紅黑綠原色，發出吱呀咿呀的痛苦呻吟。

電燈亮著，電視仍開著，停在某家新聞頻道的午間政論節目，音量不大，像是小聲的背景樂，幾隻肥碩的蟑螂快速攀過螢幕，展翅飛向他方。客廳並不特別髒亂，只有幾個空的餐盒與飲料罐倒在地上，生出些許的蟲蠅，窸窣窸窣。楊寧對此一直都感到驚奇，即使主人不在了，空間的有機性卻會隨著時間不斷增生，聲響層次一天比一天豐富，甚至比主人生前還要熱鬧。

從臥室到客廳一路到大門口，留有鞋碼頗大的、凌亂來回的血腳印，應該是運體員印下的。楊寧看著黏稠的血印上頭點綴蛆與蟑螂，絨毛顫動，口器外漏，放肆趴在地上吸舔著。小茶几散著信封與傳單，她隨手拿起厚厚一疊翻了翻，除了大賣場的聖誕節優惠DM外，還有信用卡帳單與一張新北市政府警察局的違反交通道路管理事件通知單。

楊寧環視客廳，沙發角落幾件衣物凌亂地堆在一塊兒，她將衣物一件件分開，蟑螂揮舞著觸鬚倉皇逃離，扭動身子鑽入沙發縫裡。是男版的護士服，她抓起一件白色制服抖了抖，甩落上頭蟑螂遺落的翅膀與皮屑。

楊寧站在原地，閉上眼，深吸了一口氣。想像這裡的味道。應該要有的腐敗酸腥，應該要聞到防護面罩怎麼也抵擋不了的，衝進鼻腔的濃厚氣息。那會讓一般人奪門狂奔、讓三年前的她眼睛酸澀，噁心甚至頭暈，久久無法恢復的氣味。

視覺不是最衝擊震撼的部分，到現場的人才會明白，氣味是一切的關鍵，一種凌遲。凶猛的嗅覺自殘。剛入行的時候，她沒有一次不吐，整嘴的慘黃膽汁，鼻腔像遭到強酸腐蝕。工作後她不會馬上回家，總要到公司把澡洗了又洗。瘋狂地捧起水，力道要抓得剛好，將水吸入鼻腔，再大力擤出。嗅聞指甲縫，死命地戳洗，抓起一綹頭髮到鼻前仔細嗅聞，彎腰聞到膝蓋、小腿、腳趾，反反覆覆，就算洗到全身紅腫，氣味仍舊陰魂不散地跟著，她會再次捧水清理鼻子，嗆咳出聲，水從嘴巴流了出來。

擦乾後用檸檬草精油覆蓋全身，泡杯熱濃茶沾棉花棒清洗鼻腔，但嗅覺記憶不會輕易放過任何一個人，為了不讓頭髮接觸枕頭套，睡前她將頭髮用浴帽包裹，用酒精紙巾把頸後擦了又擦，儘管如此，經歷那麼多努力，她仍覺得自己殘留著屍味。

「我做多久了還是常受不了。妳的鼻子比狗還靈，沒辦法待，相信我。」老大說他從未看過對氣味如此細緻而敏感的人。好說歹說想勸退楊寧，但她就是不肯。硬是到現場聞了吐了，吐了再聞，一次次待了下去。

當時沒人勸得了她。老大問過很多次原因，許浩洋、朋友，甚至她的大學班導都問過。為什麼要做這行？明明是挺好的傳播學院畢業，明明是挺好的一個女孩子，明明都挺好的啊。老師邊皺眉邊感嘆，朋友心疼中帶有不解。

為了錢。她總是這樣說。非常誠實的。為了快速賺錢，把弟弟接來台北一起住。

楊寧很清楚，那時的她願意為此放棄時間，犧牲身體，犧牲動物的逃跑本能，換取大筆鈔票。她心甘情願。

而現在，她願意犧牲所有換一台時光機。

楊寧緩緩回過神，她需要更強烈的刺激。

她集中精神。癱瘓的嗅覺神經終於有了點動靜。一縷很細的氣味，若有似無的甜腥從門縫飄出。那扇木門背後是她想要的、更強烈更濃醇的嗎啡。她左手揣著男孩的制服上衣，走近，旋開臥室門把。

門板後推，綠頭蒼蠅倏地飛起亂舞，不知所措地朝她直撲而來，震耳的嗡嗚聲呼嘯而過。不少蒼蠅直接迎頭撞上，楊寧一面揮手撥開蠅蟲的撲襲，一面抽空拍掉逃竄上身的蟑螂。從床發生，一路綿延到門口地板，恣意流淌的血液脂肪厚厚一層，暗紅色膠著頑固地黏在地板，像一幅嚇人又令人著迷的藝術品。地板有生命似地，吸飽了大片血液、體液與紙漿頭皮衣物，滑溜又濃稠。她小心翼翼地踏入。

混濁的血液與油脂在粉色床罩床墊上繪出一個側身的人形，蛆與蟑螂在枕頭與墊中蠕動，千頭萬緒，床墊幾乎活了起來，密密麻麻肥美的白蛆一節節越過對方的身子，層層疊疊，密集地扭動。黑色顆粒的糞便和觸鬚，隱約還可見破洞處有一顆顆黑紅色油光飽滿的蟑螂卵，井然有序地分布其中。

楊寧藏在面罩後的鼻翼不自覺地劇烈顫動。蟑螂顫抖著觸鬚碰觸她的鞋尖，而她用鼻腔本能探索整個房間。腐爛的海鮮、發酵的豆瓣醬與一百隻死掉的老鼠燉在一起。極為惡劣，恐怖的腐臭，任誰都會逃會吐的。有一塊的自己要她追隨本能，逃，跑吧，楊寧跑；另一半的她卻感到興奮，口乾舌燥，催眠她留下。

氣味現形，和視覺影像建構出死者生前的形貌。

打開衣櫃，裡頭的衣服不多，除了三套工作用的白色護理師制服外，只有幾件洗淨刷藍的牛仔褲與格紋襯衫、素色襯衫、外套，內褲是一致的米色棉布四角。在衣櫃底層，楊寧找到了一條鮮黃色的圍巾與手套，乾淨，摸起來非常柔軟，感覺已有些年歲，但保養得很好。他的內在世界似乎與對外的社交世界有著差異，對世界著迷，渴望冒險，渴望被愛與愛人，但也很有可能因此感到困惑。

IKEA最便宜的那種白色樺木書桌，書籍堆在兩側擺放整齊，正中間是一台還連著充電器的筆電，旁邊擺了一個簡易的塑膠收納盒，裡頭有幾支鉛筆、軟橡皮、海綿刷、扁筆等素描用具，收納盒旁放著兩副便利貼，井然有序。

楊寧一屁股坐上旋轉椅，頭上揚，扭了扭脖子，接著右腳一蹬，呼溜溜地轉了一圈。她記得自己第一次進現場的模樣。驚愕的屍臭味混合嘴裡的膽汁、昨晚的鮪魚三明治，老大掏出鑰匙，剛把門打開，她便連滾帶爬地衝到樓梯間，狂奔下樓，踉蹌不穩，差點整個摔落。跪在地上，拉扯下面罩，扶著牆壁嘔出體內的所有。眼淚鼻涕唾液嘔吐物交集，緊閉雙眼，眼淚無法抑制地迸出，她好委屈，她想離開，尖叫大吼逃離這些。那楊翰怎麼辦？她花了好大好大的力氣才說服自己爬起來。想想楊翰。她告訴自己。妳需要錢，楊寧，有錢就沒事了。

她在無人瞧見的地方爆炸崩毀，也在無人知曉的時刻收拾好自己。安靜地站起，走回現場，踏進屍水中。

滑滑的。好深。鼻頭與眉頭同時緊皺，眼淚差點就要奪眶。用嘴巴呼吸，楊寧，快，用嘴巴呼吸。她知道只要有這麼一剎那分了神，只要一瞬間不把自己抓牢，自己就將倒下，崩解四散。好恐怖，真的好恐怖。身體用急促的心跳，短促的呼吸，發脹發麻的腦袋承受巨大的衝擊。她在心裡微弱地吼：撐住，妳沒那麼弱。

還好嗎？老大終於轉身，冷靜地問。沒問題。她說，竭力掩飾自己的哭腔。

楊寧踅回書桌正前方，牆上細心用紙膠黏著與朋友的慶生合照。照片裡的他笑得燦爛。是個年輕男孩。十五到十八歲左右，黑色短髮，高瘦，體態輕盈。楊寧指尖滑過一件件物品，腦海裡細碎的粒子逐漸聚集，漂浮著，滑動著，小心翼翼地堆積拆解建構，拼湊雕琢出男孩的形貌。

筆記本的封面隨意地黏上兩張便利貼。凌亂的筆跡，暈開的墨點。楊寧只看得出幾個字：「星期五在路上遇到……一些意見，回家做了修改……」「從護理站到……」

旁邊的書櫃擺滿了漫畫，最上層有許多楊寧不認識的玩具公仔。這些應是這房間最值錢的東西了。她望向書桌上一盆已經枯黃的刺天冬，伸出手指輕輕一點，細碎的葉子輕柔地飄下，碎粉狀地撒了一桌。

她細看著房裡的物品。帳單、信件、小玩偶、筆記本與生日卡片。翻轉著菸盒，輕輕敲擊桌面。靦腆、聰明、內省、內在如火又有些害羞。不擅言詞，不知該如何與人溝通，渴望交流卻害怕失去，寧願與人維持一定的距離，維持住自己的孤獨。不過看樣子他的慢熟和善良還是帶來幾個朋友，大家喜歡他的敦厚。

她拿起擺在桌面的皮夾，抽出學生證、實習證、幾張西門町與中山地下街商店的會員卡……最後一張身分證上頭寫著：鄭文良，民國九十一年六月八日。

一隻蟑螂爬到她沾到一點血的小腿，用觸鬚探測，細長的絨毛顫動著。她抖了抖，牠快速敏捷地攀過她的手臂，前往下一個目的地。

以前的她工作為了錢，現在的她為了其他。

該做正事了。

楊寧傾身靠近床墊，隔著防護面罩，深吸了一口氣。她扎扎實實地聞到了。極度駭人的屍味。她幾乎高歌出聲，一陣奇特的顫慄在她體內擴散，擴散，擴散，擴散，她發出低哼呻吟。這是她的毒品，她的藥，帶領她感受至高無上的歡愉。

楊寧顫抖著點開手機倒數計時器，0小時29分鐘59秒。

有半個小時可以享受。

她伸手，脫下面罩。

屍味是她的藥，喚醒醫生也治不了的嗅覺。

楊寧閉上眼睛，將頭埋進男孩的制服裡。衣服沾染急診室的氣味，冷氣機的霉、碘酒、石膏、漂白水、酒嗝、胃酸、羊水、不同人的汗液……數十種氣味，混合熊寶貝的香氣。紛雜撩亂。楊寧皺了皺鼻子，定神，努力將注意力集中在男孩身上。

皮膚因時常洗手而乾燥粗糙，長期塗抹凡士林與梔子花香氣的乳霜。領子處有七星菸味，與奶茶遺留在上頭的甜。

往深處走，男孩逐漸顯影。她聞出男孩帶有細微油脂味的頭皮，薄荷味的髮香，以及一縷微細，很輕很輕的香水甜味，玫瑰，楊寧不認得這是哪個品牌的香氣。

氣味被鎖在四面牆裡。她像一塊吸味海綿，張開所有孔洞，來者不拒地收下所有。好舒服。將全身徹底浸潤，每一個細微的毛孔都在抗拒，同時高歌。

空間是有機的，每一分鐘，每一秒鐘都在變化氣味結構。

她突然抬頭。垃圾桶裡一球球團狀的衛生紙，包了男孩的眼淚與鼻涕。眼淚灼熱的鹹味，空氣中留下的痕跡。流動在空間裡的蒸氣與塵蟎，一一吸附遺留下的情緒，那些了然與決絕，那些寂寞、悲傷、恐懼與罪惡。每個情緒都如此直接而原始。

她想起楊翰。

05

楊翰對年那天，楊寧沒有出現。

她的缺席讓很多親戚說了閒話，尤其是阿公阿嬤大發雷霆，一邊落淚一邊發飆，不用想就知道母親鐵定挨了好幾頓尖酸刻薄的罵，低下頭眼淚滴滴答答地流，嘴角扭曲著撇向一邊，滿臉的委屈與不甘心。母親在阿公阿嬤面前只由唯唯諾諾的份，不敢放肆不敢演，現在楊翰不在了，她的歇斯底里無處發作，浮誇的演技從此沒了觀眾，不知道之後要向誰勒索。

許浩洋請了事務所的特休，前一天就代楊寧回了苗栗老家，替楊翰念經，替她承受母親的乖戾崩潰，父親的嚴肅沉默，老一輩的碎念和無止境的悲傷。而她瞞著許浩洋默默搭上火車。隨著一節節車廂滑過鐵軌，隆隆聲響，有些顛，些許不穩，吱嘎地搖擺抵達新埔。火車順著海浪勾勒的弧度轉彎，放慢速度，楊寧想像自己拉下窗戶，讓風吹過臉頰。

那些發生在空氣裡的故事。風是否會記得？那些曾經繾綣的氣味，還有許許多多個日子，滑過人們臉頰時嚐到的眼淚。當人們死去，當骨灰飄撒，風是否能憑藉著之前觸碰的記憶，輕巧雕勒出亡者的模樣？

火車停了幾秒，楊寧下了車。

她站在月台前。夏天這裡擁有蟬鳴，冬天極為蕭瑟，久久才有一班列車駛過。月台響了鈴，火車離開。

楊翰與楊寧都是海的孩子，活在鄉下小鎮，騎腳踏車十五分鐘便有沙與海。緩下速度，拋開父母的爭吵，脫離那些歇斯底里，他們從未下水，卻擁有海的一切。可平靜安穩從未在任何人身上成真，音樂餐廳、塔可餐車跟啤酒洋傘的速度遠比想的更快，原本的庇護所在短短時間內成為眾人喧鬧嘻笑之地。當一個下午，奔跑中的男人拿著衝浪板撞上楊翰，她看見弟弟臉上的無助和羞怯，立刻明白她該為了他，起身尋找下一個奶與蜜之地。

於是十三歲那個夏天，她毅然決然牽起他，搭上火車，到這月台這海找尋片刻寧靜。

她閉上眼，回想這裡的氣味。

海風的鹹膩、木頭逐日腐朽的氣息、剝落油漆的塑膠感，還有無法發洩的潮濕與狗的尿騷。最甜膩的是隻長腿虎斑。尿味散著過於厚重的水果氣息，甜腥而清晰。身為狗群首領的牠身材豐腴結實，對人對狗都極為凶狠，齜牙狂吠，高冷驕傲強悍，看到楊翰卻像看到夢中情人似地，鼻子嗚嗚嗚可憐兮兮地哼，又是蹭又是舔，極盡撒嬌討好。楊翰喜歡牠喜歡得不得了，親暱地喊牠船長，一人一狗像久別重逢的愛侶，鼻子碰鼻子，額頭碰額頭膩上好一陣子。

楊寧討厭船長，她知道那條狗也不喜歡她。她討厭這座車站混合海鮮鹹腥的陳舊氣息。她討厭海，海的味道太複雜，像一鍋擁有數以萬計食材死亡腐爛、狂熱翻攪的湯，每一剎那千萬死亡，每一瞬間千萬新生，生死交替，太濃、太飽和、太複雜又壓迫。她難以承受。

但楊翰喜歡。他喜歡看海踏浪，喜歡海的寬渺與顏色。為了他，楊寧可以勉強自己坐在這鍋湯的邊緣，聞著濕濁的鹹風，看浪打在船長和楊翰身上，雙雙濺起白花，再格格笑著跑向她。

「姊。」

「嗯？」

「那邊會有鯨魚嗎？」他指著遙遠的海平線。

「你覺得有嗎？」

「有吧！」那時的他好小，小小一個，圓圓的身子，屁顛屁顛的模樣。「鯨魚媽媽帶著小孩。」

「那就有啦。」她說，「你相信就一定有。」

「那妳覺得會不會有鯊魚？」

「有。」她從後頭抱住格格笑的他，對著他的頭髮後頸一陣亂啃。「第一個就把你吃掉。」

想抵達海，必須離開家，離開火車，離開月台，經過五隻被鐵絲網圍住的羊。從那橫瞳凝視中抽身，經過滿路的炮仔花與扶桑花，踩上木板橋，想抵達那片海，必須跨過海堤，滑下斜坡，踏過碎石與消波塊，踩住雜草和攀藤，再往前一步，再一步。

那年楊寧牽著七歲的楊翰，被突如其來的午後雷陣雨襲擊，啊呀呀地大吼大叫著踩過水窪，顛簸笨拙地躲到布滿孔洞的塑膠遮雨棚下。那是間鐵皮屋，屋頂鐵片捲起，潮濕破舊，靠牆處擺著安全帽與各式雜物。

「全部濕答答！」楊翰覺得好玩，笑得燦爛，趴搭趴搭用拖鞋踩著水灘。楊寧抹了抹眼睛臉頰的雨，從口袋掏出濕透了的錢包，望著裡頭的積水慘況，一臉愁雲慘霧。希望晚點車站售票小姐會接受軟爛的百元鈔票。姊弟倆望著眼前的大雨，背後大門突然打開，楊寧本能地把弟弟往後拉，整個人擋在前頭，楊翰被往外推了些，雨毫不留情地淋了一身，啊地一聲，連忙跳回姊姊身旁。

門後是個老太太，她用濃濃腔調的客語與姊弟倆說話，楊寧聽不太懂，但知道那手勢是要他們進去。進去陌生人家裡不管在何時何地都不是個明智的抉擇，不過深思熟慮從小就不是她的作風，衝動莽撞更適合仰賴直覺的她。初生之犢不畏虎，她大著膽子，緊緊牽著弟弟的手踏進屋裡。

屋角有兩處放著鐵盆，接著滴滴答的漏水，其他地方都打理得乾淨舒適。老太太踩著輕巧優雅的小碎步，遞了毛巾給他們，還泡了壺熱茶，小碟子盛著幾個楊寧叫不出名字的小點心。口音濃厚，有著很挺的鼻子，講話軟綿綿地，謙和有禮，溫柔修養內斂，每個舉止都恰如其分。後來姊弟倆帶點戲謔又親暱地喊她湯婆婆，每回到海邊兩人總會順路拜訪，待上一小陣子，也不怎麼說話，只是靜靜地坐客，喝點茶水，再匆匆搭車趕回家去。

最後一次敲門是個剛要入冬的早上。一個鐵製大鎖綁著鍊子拴住房子，楊翰楊寧一聲聲喊都沒有回音。後來鄰居阿姨估計是聽到厭煩了，裹了件薄外套，趴搭趴搭趿著拖鞋走出，跟姊弟倆說了老太太被女兒接到國外住的消息。

人走了，房子也就靜了下來。

楊翰傷心了好一陣子。楊寧明白楊翰喜歡的不只是這破舊的鐵皮屋，他喜歡屋子裡的恬適溫和，更喜歡湯婆婆。

而她很早就學會防衛自己，和大部分的人事物拉開距離。沒什麼特別喜歡的事物，硬要算的話，跑步是其中一種吧，風順過臉頰，猛地衝上額頭又湧向他方，像是與世界強硬對上，有種與世為敵、大汗淋漓的暢快。另外辯嘴、贏、叛逆跟看人不知所措的模樣，應該能排上前五名。啊喜歡跑步有可能也是因為喜歡贏，贏了以後可以壞嘴驕傲個兩句，同時欣賞對手不知所措的模樣，匯集了所有讓她開心的元素。

楊翰喜歡海，喜歡笑。跟楊寧豪邁而明亮的大笑不同，楊翰的笑很柔軟，一種讓人舒服地，放鬆而美好的嘴角上揚，適宜又恬淡的微笑曲線，像冬天和煦的陽光。看著他，就像看著夏天暖洋洋的無尾熊，害羞、安靜、恬靜的。「無尾熊無尾熊，聽到請回答。」一邊揉揉他的頭髮。

楊翰會臭著一張臉，我才不是，我是鯨魚我是鯨魚這樣大吼著。

「好啦，小鯨魚！」她大笑，親密溫柔地。

楊翰是感性的那個，是純真與美好的那個。

他喜歡鯨魚、喜歡動物，包括楊寧覺得吱吱喳喳吵得要死的麻雀跟最恐怖的小嬰兒。他喜歡電影，積極地收藏電影光碟，寶貴地排滿房間一整個櫥櫃，四面牆上用膠帶細心貼著大大小小的海報。她會在睡前溜進他的房間，不顧楊翰細語抱怨著：「姊！妳是不是又沒洗澡……」她開心地仰頭栽進他軟綿的床鋪，故意在他的枕頭上棉被裡搓揉著。

「為什麼不換？」她仰躺抬著腳，頭髮肆意散著，腳趾忍不住在海報與膠帶的接縫處來回逡巡。「床底下大概有一百桶吧，這些都被陽光照到有點黃了。」

楊翰坐到床上，將姊姊的腳挪到自己大腿上，輕輕按摩著。

「不知道耶，捨不得吧。」他說，溫柔地，帶著惆悵與懷念那樣說著。楊寧咧嘴大笑，笑他莫名其妙的感傷。當時她不明白他的柔軟，直到很久以後的以後，她經過候車亭那一大張電影海報，她才猛然懂得，原來真的有一種感傷，是還沒分開就已開始想念。

他也愛做菜，西式中式都好。穿起圍裙，細心地在背後打一個平均而完美的蝴蝶結。楊翰還喜歡喝羊奶，說是很懷念那種綿密又柔順的味道。「幼稚園的時候，媽媽不是每天都會送午餐嗎？她煮的菜配一罐羊奶。玻璃罐冰冰涼涼的，」楊翰笑著說，「我好喜歡握著那個瓶子。」

楊寧覺得羊奶腥，但每天放學她總會從便利商店拿一瓶結帳回家給他。以前母親買，後來她買，家裡冰箱永遠都有喝不完的玻璃罐，拿出來，細小的水珠凝在上頭。

「你怎麼對每件事都這麼有興趣啊？」她總會這樣問楊翰。「你有什麼不喜歡？」

「沒有啊。」他回答得很快。「都很好。」

「怪小孩。」她癟起嘴。

「不過我有個小願望。」他挨到她耳旁。「我想要跟妳一樣的鼻子。」

「這我就沒辦法啦。」楊寧得意地搖搖頭，聳聳肩。

她的嗅覺刁尖，可以輕易辨認淡細幽微，甚至刻意隱藏的氣味。大海對她來說是燉湯，沙灘是快炒，她知道海風撫過哪裡。她能輕易聞出玻璃櫥窗內戴著粉紅金邊髮夾、面臉倦容的售票小姐，希望能用香水蓋掉她昨日熬夜喝的清酒、指尖上的香菸味，還有滲浸在她制服的、一種楊寧無法辨別的菸草味。

汽水店阿伯打出的嗝，洩漏他中午吃了蒜味涼麵和味噌湯，甚至釋放出更早以前未消化完全的台啤。他頸後和手腕除了汗，還散著女人用的廉價香水，酒精味很重，帶點辛嗆，而這個香氣和坐在店門口搧風的老闆娘截然不同。

氣味無法隱藏，一個個故事在她鼻翼下現形。

路人鼻水的腥病味到鄰座阿姨紅白塑膠袋裡的豆芽菜。楊翰喜歡挽著楊寧的手，悄悄地指向一個路人，在楊寧耳邊興奮地問：「姊，他呢？」

只有楊寧自己知道，嗅覺靈敏帶來的不全然是好處。這樣的本能使她打從心底、精神上與肉體上對許多事物感到厭惡。從小學一路到國高中，楊寧就無法克制不停地抱怨：哪個同學書包有太多食物雜味，誰昨天沒洗頭，教室此起彼落的月經也讓她煩躁不堪。

當然，這些抱怨很真誠，也挾帶了更多自傲與炫耀的性質。

視覺影像只能留在外面，而氣味會滲透。她深知這力量。沒人逃得了。

而當她再次離開所有，離開火車，當她再次站在這月台前，當一個爺爺吃力地提著一袋換下的衣物從她面前走過，當風呼嘯，揚起陣陣沙塵與氣味，她站在這裡，鼻前一片空。

06

最先發現的人是許浩洋。

楊翰走後幾個月，他發現她毫無異樣地喝完擺放太多天，早已發酸的奶茶，再來是一次家裡廚餘翻倒，臭氣腐酸味在空中飄溢，楊寧卻沒有任何反應。原以為是楊寧情緒低落而毫不在意，但他感到越來越不對勁，上網查找了資料，甚至照著某個醫療健康網上的文章，拿出巧克力、咖啡和樟腦丸逼迫楊寧測試，才發現她確確實實聞不到任何東西。

耳鼻喉科、神經內科，再到牙科、風濕免疫與腸胃科，在他的逼迫下楊寧甚至去照了核磁共振，但醫師一無所獲。楊寧不以為意，最緊張的反而是許浩洋。現在回想起她甚至不記得做過哪些檢查，只隱約記得許浩洋在診間外徬徨焦慮的背影。

那段時間的記憶模糊，像糊掉的無用的堆積在腦海裡的徒勞。

在全台各大醫院和專科診所輾轉約四個月後，最終，身心科開出一張證明：「創傷後壓力症候群衍生的情緒與味嗅覺障礙」。很長的診斷，聽起來卻很不科學。她不明白創傷後壓力症候群這詞。養的寵物死去、沒有人要跟自己同一組、體育課不敢換上泳衣被老師斥責、躲在廁所吃便當、目睹親人發生車禍……哪些，哪些足以造成創傷？

心理諮商師要楊寧慢慢學會放過自己，才能過回正常生活。但她也始終不明白什麼叫放過自己？為什麼要放過自己？

「妳把自己逼太緊了，」諮商師溫和地說，「我們都要學會釋放。」

「我們」、「大家」、「一起」，好像所有人都能理解，這社會都經歷一樣的挫敗跟失望。好像當你哭的時候，世界也會陪伴你哭。楊寧知道這些都是狗屎。這世界不會因為少了誰而停止轉動，你卻會因為失去某個人而停止運轉。然後當痛苦倒地，你發現孤獨是自己一個人的。

「妳可以哭，不用害怕流眼淚。」諮商師輕柔地說：「這些都是很正常的現象。」

但楊寧一滴眼淚也沒流下。像是忘了怎麼形成，怎麼匯聚，怎麼滴落，她的心是空的。很多人會預演痛苦。預演失去的景況，在日常中逐步抽離，逐步接受，一點一點的，好在最後撞擊的那一刻抵擋痛苦。像打預防針，甚至像某些政客會使用的預防理論，有意識地、刻意地灌輸反面消息，這樣一旦真正的大規模病毒來襲，人們不會輕易動搖。

預先排演哀傷，預先忍受失落，在痛苦前思考痛苦的意義，像在黑暗中學習生活，當漫長永無止境的黑夜降臨，你不會害怕。

但如果沒有任何練習呢？如果失去來得如此突然，要怎麼防備突如其來的痛苦？你有好多問題要問，卻不知從何開始，也沒有人能給出答案。

也沒有人會告訴你，當存在的意義消失，存在依然存在。

對年那天，楊寧始終沒有走出月台，只是在黃色小圓點凸起的等候線後面，站著。船長沒有來，她看著鐵軌之間磚紅色的小石子，面無表情。

回台北的火車上，楊寧下定決心搬離與許浩洋的住所。決定得匆忙，她在搖搖晃晃的車廂裡，上網找了間便宜的房子。一樣在永和，一樣在六和市場內，一樣的黑白切麵攤正上方，剛剛釋出的頂樓加蓋，鐵皮屋頂，小小的一房一廳一衛。

他求她留下，近乎乞求。而她什麼也沒說，像一面刷灰的牆面，冷淡又冰冷，看不透的斑駁色塊，裂痕長出了黴菌。

「為什麼？」許浩洋反覆地詢問，帶著悲傷和哀求。他並不是無法理解，但他依舊開口問了無數次。

「妳今天去了哪裡？發生了什麼事？」

「妳在氣我去楊翰的對年嗎？」
「我是不是把妳逼得太緊了……我不要分開，楊寧，我們說好會一起走過這些的。」
「寧，妳說句話好不好……」
「那先分房睡好吧？我可以睡客廳……」每一句都在自我質問與鞭撻，吐出的每個氣音都涵蓋最卑微的哀求。「楊寧，不要這樣……」
為什麼？她也在心裡問了無數遍，但總沒有答案。確切理由也許有很多，想喘息、想逃避、刻意地自我放逐，好像都是。
她知道自己的模樣，絕望的、斷線的木偶，但她不想要好起來，她不想要振作。她想要被黑暗侵蝕，躺在惡之海裡，永遠不要醒來。或許就是這樣，她不要任何人拯救，她害怕終有一天他會受不了她的頹喪，然後轉頭離開，她無法承受再一個人的離去，所以她需要先走。
我想要習慣一個人生活。她說。
許浩洋求了，哭了，落了他一生最多的眼淚。但楊寧不為所動。
他們倆是國中同班同學，他紳士儒雅，她好勝尖銳，他高瘦俊秀，她精實黝黑，他總笑得憨傻，她卻笑得像陽光。他為她填了同一所高中，為她報了不必要的補習，留了晚自習，還與暗戀她的學長打了一架。
決定正式向她表白是大考後的豔陽天，手上的香草冰淇淋才舔兩口就融化了，海邊的風濕濕黏黏的。他心跳很快，人也有些恍惚。

去大城市念書賺錢，把弟一起接走。她面對著大海，意志堅定地說。這是最後一眼了，再待在這種鬼地方我受不了。

去哪都好。他說。只要有妳就行，去哪裡我不在乎。

即使在腦袋轉過上千，喔不止，近上萬遍，也對著玩偶練習過好幾種版本，從基本款「我喜歡妳，非常喜歡。」到電影台詞「妳完整了我的生命。」都排練過。沒想到實際說出口的衝動跟羞赧如此猛烈。臉頰漲紅，燙得可以煎蛋，話說完，他不敢轉身，只是低著頭看著腳和沙地，呼吸聲很重，楊寧沒有任何聲響，他努力恢復鎮定，小心翼翼地抬頭，斜眼偷覷著楊寧。

她只是一如往常直直望著大海，然後伸舌，舔捲一口冰淇淋。

他臉色一段段垮了下來，抿了抿嘴。不能表現出悲傷的模樣，他告訴自己，這樣會讓她有負擔。正在思索要說些什麼填補空白。楊寧欸了一聲。他疑惑地轉頭。

結果是她先吻了他。長長的，甜甜的吻，輕柔地用舌頭把他嘴角的冰淇淋舔掉。

放榜後，兩人填了北部的大學，一個傳院，一個法律，在永和租了一間小套房。安頓下來，一晃七年。

她先吻上，她先離開。總是快他一步，永遠趕不上。

從新埔回來那天開始著手整理行李，第三天便搬了出去。許浩洋蹲在空蕩的衣櫃前哭了好久好久，而楊寧屈著膝坐在新家一角，空洞地望著一山山紙箱，久久沒有起身。

隔天，老大來了電話。楊寧忘記接起的理由。或許是當時她需要握住些什麼，在那一剎那緊握話筒，給了她活到下一秒的藉口。

電話內容很簡單，老大語氣凶狠地命令開門，她還沒會意過來，電話已掛斷，留下徬徨地嘟嘟聲響，接著是乒乒乒大力捶門聲。

楊寧拖著腳步緩緩開了門，幾乎是一眨眼間，她的身體騰空，被一九五和小支給扛了出去。老大可能破口大罵了什麼，一九五碰到她的瞬間似乎皺了皺鼻子，但她看不清那些臉上的情緒，她看向外面的眼神空洞，沒有反抗，或者她早已忘了如何對抗這個世界。

07

三個人七手八腳地將楊寧扛出家門，塞進轎車裡，宛如不熟練、青澀的綁票。

委託地沒有電梯，樓梯長且陡峭。小支一路沉默，看著一九五將楊寧硬推上五樓，像攀爬天梯一樣艱辛，還沒工作就氣喘吁吁。

繼續處在這種全世界數一數二的糟糕工作環境，小支不覺得能有什麼療傷或是啟發效果。可是老大有自己的堅持，認為只有強逼楊寧回到工作，才能迫使她面對現實，回到正軌。在鏽蝕的紅色鐵門前，準備著裝時他再也忍不住。「……那個……要不要再給楊寧姊一點時間，她狀況那麼不穩定，再休息一陣子比較好吧，這樣很強人所難……」

語帶擔心和些許不滿埋怨，一邊說還頻頻轉頭偷瞄坐在樓梯上，臉頰毫無血色的楊寧。他罕見地發話，明著質疑老大的決定。一九五詫異地停下手邊動作。

他很少跟任何人唱反調，一直以來都是默默擔下所有的那種人，人人都說好脾氣的鄉愿。說東做東，說西做西，從小就有許多人抓準了這點踩在他頭上，他不是不知道，只是真的不曉得該怎麼做較好，也不喜歡衝突，最終都只是苦笑後默默收拾一切。

第一次見到楊寧是在傳院的迎新活動，秋天大風的日子，樹嘩啦啦地。差兩屆的學姊學弟，兩人在之後的系上活動都有碰面，但只有短暫寒暄，關係並不親近。小支只知道她是個腦袋很好，語速快，好勝心又強的學姊，課堂和系上活動之外的時間統統在打工，其他一無所知。

大二那年他過得特別不順，體育課打球被幹了一記拐子，眼鏡碎片刺到眼皮與眉，還輾轉在診所醫院檢查治療，雷組員卻沒有要放過他，期末報告的瑣事統統往他身上堆去。好不容易努力擠出空檔，跟女朋友去逛新北耶誕城，卻在那棵大聖誕樹前被分了手，隔天還在恍神的他，打開手機接到打工餐廳決定年末歇業的消息。失利、失戀、失業還差點失明，全都給他一次碰上了。

冬至那天晚上，一群人在系館裡煮火鍋煮湯圓，有個大學長開了關於小支最近狀態的玩笑。玩笑開過了頭，小支腦裡轉了很多反駁或對嗆的話語，但最終一句話都沒能說出口，他想像以前一樣苦哈哈地笑，嘴角卻怎麼也扯不動，忍了幾分鐘，最終在話題轉過後悄悄離席。

坐在石階上，他連壓扁手裡的可樂罐，猛力扔到草叢堆裡的力氣都沒有。

一瓶台啤突地塞進他懷裡，他詫異地看楊寧輕鬆愜意地坐到身旁，嘶咔一聲拉開手中的啤酒，咕嘟咕嘟灌下肚。

「噁，這牌子的味道好怪。」她吐了吐舌，皺著眉說，一邊轉著瓶身看品牌與成分，接著突然轉過頭看向他。「你現在連酒都不喝了嗎？」

他紅著臉，急忙忙伸手就要打開酒瓶，卻被一把按住。

「所以我說啊，你不能每次人家說什麼你就做什麼吧，先生。」楊寧說，「你想喝才喝，不想喝就放著或者直接還給我。」

小支低著頭，不發一語。

「我幫你罵過他們了。一群白癡。」她用頭指指系辦的方向，鬆開按住啤酒罐的手。「但你也白癡，我一直在等你什麼時候開嗆，什麼時候才會幫自己講點話啊？」

「我……不喜歡吵架。」很小聲地。

「OK了解，你不喜歡吵架。」她聳聳肩。「這是個選擇，我沒意見，那你喜歡陳光偉在大家面前那邊嘴嗎？」

他眼神落寞，很輕很輕地搖了頭。

「沒有人要你吵架，誰喜歡吵？只是你可以選擇不喜歡就說不喜歡，不好就說不好，該拒絕的時候練習不要退縮。你不說，有些人就是會吃定你一輩子。」

兩人沉默了一會兒，他像鼓足了勇氣，臉頰漲紅發熱一路到耳垂脖頸。

「我……我只是……我怕他們討……」話到了嘴邊，反反覆覆，最終仍沒能成形。他像打了敗戰的士兵，但楊寧接住了，她點點頭。

「我懂。小時候我也很怕被討厭。」她又咕嘟了兩口。「但現在裡面有一半的人都看我不爽，我還是過得很好，這需要練習的。站出來一點點，幫自己一個忙。」

他嚥了嚥口水。

「嘿，我不是在罵你。你不用像何宇靚那樣暴走。」她故意模仿動作，擠眉弄眼弄出瘋瘋癲癲的神情，他終於淺淺一笑。「不用像她看到什麼都開罵，但你可以練習表達不喜歡。」

他看向啤酒罐，愣愣地盯著。而她把剩餘的酒灌完，順手喀啦啦捏扁瓶身。「說實在，被別人討厭有時候也滿享受的。至少，我不知道，這樣可以讓自己過得舒服一點。」

他嗯了一聲。

「好哩，你自己看要不要進來。剛剛有下茼蒿，我再不回去就沒了。」她伸了伸懶腰，準備起身。剛要站起，他下定決心似地吸了口氣，啪地打開啤酒罐，猛地喝下，一絲絲酒從嘴角冒出，流下。

她笑出聲。溫柔地。「慢慢練習。會有人聽的。」

那晚後，他倆依舊沒太多交集。她依然是那個忙忙碌碌的學姊，而他還是那個小支，只是多了一點點，一點點脾氣。他那時還不知道，幾年後家裡急需用錢的他，會誤打誤撞成為學姊的同事，也沒想過在兩人剛要熟絡之時，那個楊寧總掛在嘴邊的弟弟楊翰過世。

她有意無意間都幫了他很多，包括工作，包括勇氣。

「叫她回來面對這些太殘忍了。」他這麼說。

「屁秋勒，殘忍。」老大吐出煙，目光凶狠。「一直說慢慢來，是要多慢蛤我問你，我給她的時間還不夠多是不是。」

「她現在這樣……」

「就是這副樣子才一定要讓她回來。」老大看向楊寧。「當初自己選的路，她明白會看到什麼。」

「現在怎麼有辦法跟以前比？」他一鼓作氣勇敢地回嘴，從未如此大膽，音量增大，全身繃緊。「讓她回來看滿地血你覺得狀況會好起來？這裡是地獄，你怎麼能要求一個人在地獄裡好起來。」老大沒有說話，只是笑了起來，目光流露出小支不明白的溫柔與安心。小支詫異又有些惱怒，張口想繼續辯駁，一九五伸手壓了壓他的肩頭。他只好皺起眉，沒有出聲。

「我知道你想說什麼。她在我這裡多少年了，這些年是什麼樣子你也知道的。」老大語調放緩，小支聽得出那話語中的誠懇，僵硬聳起的肩頭慢慢鬆下。

「她需要回到這裡。」老大踩熄冒有火星的菸頭。「只剩這個方法了。」

08

楊寧拿著防護面罩，呆立站著，眼神茫然而空洞。

「右右右腳，」楊寧沒有反應，小支吃力地將她的腿往上抬了幾公分。「對……等等……楊寧姊妳幫我把衣服拉上去……妳呃那我幫妳拉，我把這個……」小支有些尷尬不安地，手忙腳亂地替楊寧穿上防護衣。右腳，左腳，再來腰腹，右手，左手，拉上拉鍊。像哄小孩，也像在照顧無行為能力的病人，楊寧盯著前方，任他擺布，一句話也沒說。

最後戴上面罩。

一群人上好裝備，老大掏出鑰匙打開門，走了進去。不到十坪大陳設簡單的套房。一打開大門，蟲蠅像找到宣洩的出口，蜂擁而出，鋪天蓋地地展翅撲打上防護衣與面罩。裡頭垃圾堆積如山，髒亂不堪。飲料瓶罐與一個個層層堆疊的泡麵碗，在床鋪前形成一個完美而難以攻破的弧形屏障，小書桌上散亂擺著各種公職人員考試用書，還有一張張以蟑螂糞便點綴的筆記紙。

小支回頭，發現楊寧依舊一動也不動地站在門前，全身微微發顫。

「楊寧姊……」小支輕聲喚道。他想攙扶，她卻輕輕甩開，直直朝床的方向走去。

她腳步踉蹌，膝蓋軟倒跪在床墊前。屍水侵蝕床墊的基底，形成血褐色、帶有脂肪體液的人形凹痕。楊寧上半身幾乎趴到床上，雙手來回撫摸著，發出不可置信的喘氣聲，像在愛撫，顫抖的手指觸碰感受，滑過黑色的蟲殼，團繞聚集蠕動的白蛆，滑過融解的脂肪和尿。

死去一年的嗅覺獲得重生。

楊寧鼻子無法克制地動了起來，嘛了起來，鼻翼像蝴蝶破繭展翅，撐開、鼓起、舒張。氣味流動。她將沾滿黏液的手指放到面罩前，大口地吸著。她聞到了，腐臭黏稠的甜味竄進她鼻腔，毫不留情地，宛如要撕裂她所有體內細胞，割毀她的身體，氣味浸滲進她體內，像硫酸一樣腐蝕她的靈魂。

她想要更多，她想要被氣味籠罩包覆，她脫不了身，她聞到了黑暗。

像被救上岸的溺水之人，著急地、不顧一切地吸取空氣。像盲人某夜睜眼，看見聖誕樹上閃爍的燈，燈海如暗夜星子，世界染上光與顏色，所有形體終於有了形狀與意義。

楊寧忽然笑了起來，高而短促的格格笑，她看著一隻蟑螂暫停在她面前，細長的觸鬚晃動。她嘗試要去抓，蟑螂落荒而逃，她笑到流下眼淚，鼻涕堵塞，無法呼吸。

三個男人站在她身旁，驚駭地看著這一幕，眼睜睜看著她拉開防護面罩。一陣驚呼，老大衝上前，慌亂地要把面罩戴回去，楊寧大力掙扎，兩人坐倒拉扯。

「楊寧！」老大吼著她的名字，一遍又一遍。「戴回去！」

楊寧緩緩停下動作，老大扶起她的身子，接著輕輕調整面罩，細心地戴好。

她的身體被氣味占據，被氣味寄生。她無法動彈，任由氣味操弄她的魂魄與心神，楊寧只是個名字，只是個木偶傀儡，是個俘虜，存在肉身軀殼讓氣味浸潤，直到她將自己變成空間裡的所有事物，那些蟲蠅那些血液那些脂肪與體液。

喉頭發出喀喀聲響，似哭似笑，應該要將這些氣味驅趕出身體，應該將氣味嘔出，從鼻腔從食道，但她做不到，或說在很深很深的本質裡，她不想抽離。

如果可以，她願意一輩子在這裡，假裝活在人生失序之前，假裝一切如常，假裝大家都在。那剎那，她知道自己將永遠浸滲在屍味裡，用這種方式重新學習生活。她將從此對死亡有所貪戀，被生存的欲望所控制。

「哭吧。」老大拍上她的肩頭，輕輕攬著。「哭吧。」

楊寧聞著濕酸的惡臭，彷彿面對著一團龐大雜亂的濃霧。

那是楊翰過世後，她第一次大哭。不可遏止地，聲嘶力竭地，用哭聲哀悼。

09

除了現場之外，她還試過很多地方。垃圾掩埋場、資源回收……她把臉埋進廚餘桶裡，有天還去艋舺停車場一樓的廁所晃蕩，但沒有用，這些對他人惡臭無比的地方，楊寧都沒有辦法聞出任何氣味。

直到有天，一夜無眠的她去了一趟早市，親眼看見原先發出吵雜尖銳鳴啼，想展翅奔逃的雞在面前被宰殺，脖子一分為二，在那瞬間她聞到了，雞血冒出的腥味以及整個菜市場的氣味。氣味磅礴混亂，她幾乎暈過去。

後來終於明白，只有在生命、肉身死亡過的現場，她的嗅覺才會重生。像被死亡激發，以生靈作為嗅覺的祭品。她的工作地成為最好的練習場。一開始氣味對她來說只是團混沌，技巧不夠純熟，只覺得氣味狂暴地朝她席捲而來，難以招架。血腥的氣味最濃，其餘她幾乎無法分辨，很籠統地聞著氣味的整體腐敗酸腥。

經過一次次練習，她逐漸明白如何分析氣味軌跡。她學會拆解，順著往上游走，像順著河流找到源頭，把交織混雜的氣味線，一條條撕開、解開，整理歸類出純粹的氣味分子，在大腦裡保存。

這是種癮。是戒不掉的、極度迷戀的習慣。是欲望。而欲望總最誠實。

楊寧像瘋子樣日夜工作，也不是真的認真，只是想要再次被氣味覆蓋。她總會比其他人更早抵達現場，解下面罩，讓自己浸淫在黑暗中。有時候她會吐，某些氣味就算聞過數十遍依舊難以接受，像那顆葬儀社永遠忘記拿走的過熟鳳梨，酸甜噁膩，楊寧會盡情地嘔出胃裡所有食物，傾倒出所有，直接吐進死者的衣服裡。

但更多時候她會醉，當老大、雪莉等其他人來到，她早已被氣味醺得茫茫然不知所以。她全身炙熱，陶醉飄然，有時甚至能夠達到某種旁人無法理解的高潮。

她會呻吟。

10

「喂，喂！」

高分貝的音量和腰側的撞擊，將楊寧強制拉回現實。她緩緩睜開眼睛，臉上有些倦意，在強烈臭味的陪伴下她睡得香甜，微微打呼竟沒有聽到開門與腳步聲。

「妳有病嗎？」雪莉雙手扠腰，俯視楊寧，語氣除了明顯的惱怒，還暗藏著背後的懼怕，她看著楊寧赤裸的面部。

楊寧舔舔嘴唇，發現唇早已裂開乾燥脫皮。她花了點時間讓眼睛適應光線，讓大腦重新運轉，長時間本能式的嗅聞屍臭，對鼻子的刺激似乎有點過頭。她喉嚨有些刺痛，乾咳了兩聲，胃部湧出一股熟悉的嘔吐感。她忍不住微笑。

「有夠噁的。」雪莉匪夷所思地瞪著一切，目光停在楊寧微微上揚的嘴角。聲音悶在全罩式的防護面罩裡，但依舊能明顯聽出毫不掩飾的憤怒與輕蔑。「妳為什麼在這裡？」

楊寧沒有回話。0小時0分鐘49秒。她關掉計時器，撒手放開原本捧著嗅聞的制服上衣，抓起防護面罩，花了點力氣站起，接著搖搖晃晃地撞開雪莉，有些蹣跚地步向客廳。

「楊寧姊……」小支也已來到，怯生生地喊了她一聲。拜託不要打架，他暗自向上蒼祈禱，睜大雙眼，用憋屈又欲哭無淚的眼神看向楊寧，希望楊寧看得懂他的祈求。

但楊寧根本沒看他任何一眼，逕自走到裝備前拿起抗菌收集袋。

「楊、寧。」雪莉挑起眉，一個字一個字清楚又凶狠地唸著。「Fuck off。」

小支血液幾乎凍結，僵硬地轉頭看向楊寧。

「Fuck，叫妳滾聽到沒有。」楊寧沒有理會，雪莉看她沒有反應，情緒更加激動。「這單我跟小支的，沒事不要出來刷存在感！」

「有本事叫老大來趕我。」楊寧這才抬起頭，冷冽的目光瞪著她，一面慢條斯理地說：「他來我就走。」

雪莉雙手環胸，目光凶狠如惡鷹，緊緊盯著楊寧。

楊寧自顧自地四處走動，抓起還未完全融進血裡的汙染垃圾丟入垃圾袋，室內拖鞋、紙袋、掉落的書本與寶特瓶……天藍色的塑膠手套全是褐色血漬，她望了望動線，用小拇指勾起手套尾端，快速反摺拉起，一同扔進垃圾袋中，接著從腰包掏出乾淨的手套，啪啪甩了兩下，注入點空氣讓它撐起，劈劈啪啪地將手指套入，拉好。

接著抓起噴劑，對著厚血就是一頓狂噴。地板冒出大量泡沫，混濁的褐色血色白色狂烈地冒出，啵啵啵地，沾黏的血漿與脂肪組織開始融解，分解出大量氧氣。

「要不要戴面罩……」小支跪在楊寧身旁清掃，話說到一半就被自己吞了回去。

「你以為自己很好心，別人把你當狗而已。」雪莉冷笑了一聲。

小支戰戰兢兢地偷瞥了楊寧一眼，再帶著責備轉頭看向雪莉，後者硬撐著臉，努力不表露任何害怕，硬擠出滿臉的不屑。楊寧恍若未聞，沒有反應，她蹲到地上等了幾秒，泡沫在眼前生長，俐落地掏起腰包上的金屬刮刀，來回刮起黏附在地上的組織，像極了鐵板燒師傅，摩擦翻炒，發出軋軋的聲響。

小支聽一九五說，楊寧跟雪莉同時入行，兩人分屬在天秤的極端，第一次見面就看彼此不順眼，最後幾乎天天吵。同樣的場景一再上演。楊寧伶牙俐齒，總嗆得神清氣爽，雪莉氣到流淚，最後找上老大告狀。

但現在狀態早已不同。楊寧把自己活成一個空蕩的，塞滿憤怒和問號的軀體。沉默是她的常態，到了無法解決的臨界點，她通常直接動手。仔細端詳便能看出雪莉左眼骨有條細彎的白色紋路。那是楊寧兩個月前留給她的禮物，三拳，五針。

戰爭的引爆點並不複雜。那個早上是楊寧、小支、一九五、雪莉與垃圾屋奮戰的第三天。孤獨死的房屋最難清掃，不但環境糟糕，更糟的是屍體被發現時已腐爛多日，死了兩三個月甚至一年的不在少數。有時因欠繳房租或鄰居受不了恐怖的「死老鼠味」，房東開鎖或報案，成為蛆蛆樂園的發泡屍體才會被發現。

屋裡的生態系多元豐富，藏品的豐富程度更是讓人瞠目結舌。死者是一位七十八歲的退休水電工，與兒女失和，長期一人住，有嚴重的收集癖：成堆如山的色情碟片、裝滿尿和糞便的瓶罐、吃完或殘存食物的盒子一個接著一個、堆疊成塔的醬菜罐頭、從民國三十四年至今的農民曆、沒中獎的刮刮樂跟今彩五三九散落在各個地方……他還會到處撿拾壞掉的烤麵包機、冰箱、洗衣機、吹風機和各種電器產品，光是一模一樣的微波爐楊寧就看到了六台。

還有遍地的指甲跟指甲。

屋子很大，近六、七十坪，卻沒有路能夠行走。老人家淹沒在垃圾海中，警方與消防隊員一度找不到屍體，最後是一個年輕警察硬著頭皮爬了進去，才勉強在東北方看到蛆蟲與頭皮。初步判斷是被自己收藏的報紙堆壓倒，爬不起來，在心愛的雜物屋裡嚥氣。

無法輕易將大體扛出，老大只好派四個手下先來清掃，組成一條工作線，逐一將垃圾搬運出去。清了七個多小時後，遺體才跟著一同搬出。隨著屍體上車，消防隊員與葬儀社的人們也相繼離去，屋裡剩下四人繼續第二階段的清掃。長時間的工時，悶熱又無法開窗，大夥兒不僅身心俱疲，全身痠痛，情緒也都有些浮躁。

雪莉被悶得難受，嘴裡碎念個不停，又是罵又是抱怨。連一向逆來順受的代表小支都承受不了一波波尖酸刻薄的唉聲嘆氣，跟一九五一起躲到浴室清理。

那天楊寧就如今天這般，跪在客廳地板，拿著刮刀刨除黏附在地板的血、脂肪、頭皮與衣物，四者融成一體，變得僵硬。還沒融好。她大力刮著，再度拿起噴霧，壓壓壓了幾下，化學反應瞬間產生，泡沫密密麻麻地起伏，大量氧氣上衝，化學物質盡情發揮，楊寧深吸了一口，感到一陣暢快亢奮。

雪莉看著泰然自若的楊寧，一股無名火起，猛地連珠炮式地開嗆：「……真的搞不懂欸，全世界不是只有妳家死人，已經那麼久了還是一臉受害者的樣子，你弟弟自殺──」

語音還未落下，楊寧猛地直起身用力將刮刀往雪莉臉上砸，精準而凶猛地劃過雪莉的防護面罩。下一秒，她直直往雪莉衝去，撞倒了整桶清潔液。鮮藍色的液體倒了一片，氯氣毫不留情地衝起。雪莉被撲倒在地，楊寧揮出三拳，毫不保留，沒有退路。生猛狂暴地往她臉上砸。防護眼罩拋飛，面罩破了，碎片割傷雪莉的臉與眼睛，留下血痕。

一九五聽到聲響連忙從浴室出來，使盡力氣把楊寧架開，小支急忙叫了救護車。已經凌亂惡臭的現場，迴響楊寧如野獸般的掙扎和吼叫，以及雪莉跪在地上發出的尖銳哭聲。

雪莉被送上救護車後，楊寧惡狠狠地在地上啐了一口沫。小支清楚記得楊寧當時的模樣，像頭無法控制、憤怒不已的猛獸，但他也看到，楊寧流下的眼淚。

老大把小支、楊寧和一九五都叫到辦公室狠狠訓了一頓。「是怎樣蛤，現在很唱秋了吼？」老大整臉漲紅，七竅生煙，對著楊寧破口開罵：「現在是要學做老大了，想超越我了是不是蛤！有種就打死啊，打頭啊拿東西敲啊打臉幹嘛？」

楊寧看著老大身後那兩尺高的樟木關公雕像，站立拖刀，刀尖朝下。不發一語。

「你們兩個不會攔，沒懶叫是不是？」他往兩人頭上打了爆栗，小支輕輕地唉了一聲，老大氣極冷笑。「會痛吼，還懂得哀吼，啊剛剛幹嘛不攔蛤？別人家的小孩不會痛，給我打到急診，是要我怎麼去跟她老爸交代？」

沒人敢吭聲，大家都有聽到雪莉邊哭邊尖叫打給她那做里長的老爸。她老爸非常火大，帶雪莉去醫院照了X光，縫完針，直接帶著助理，挾著千軍萬馬之姿殺到辦公室興師問罪，大聲叫囂，嚷著要老大把楊寧叫出來打。老大讓楊寧躲進裝備室，單槍匹馬地出門應戰。也是他老江湖，各種花言巧語地勸慰，各種酒下肚，原本劍拔弩張的場面也被他收拾得服貼，最後給了些醫藥費慰問金，另外附上賠禮，總算順利把整件事壓了下來。

當時楊寧獨自蹲在裝備室裡，回想著雪莉的話，只在想：本來還可以多送她幾針的。

光是回憶，便覺駭人。小支打了個冷顫，用嘴型對雪莉說：「不要煩她。」

化學藥劑使楊寧無法抑制地流起了鼻涕，無法脫面罩擦拭，只能鹹鹹地吃進嘴裡，舔了舔。她自顧自地刮著地板發泡分解的血漿，有塊特別難以清除，她猛地刮了幾下，接著用手抓起，浸在血裡的衣物，軟軟的，扔進袋中。她記得第一次抓起黏在血裡的頭皮時，那個濕黏與軟感幾乎穿透手套，她緊閉雙唇，當場起了雞皮疙瘩。

雪莉有些害怕卻又不願示弱，硬撐起你奈我何的模樣，再度逞強開口：「我幹嘛了？怎樣，大家都不能讓她不開心就對了，連講講也不行是不是？還是又要打人？」

楊寧臉色一沉，剛站起身。砰地一聲，鐵門大力與牆壁撞擊。所有人都被出乎意料的聲響給嚇著。老大戴著一頂紳士帽，穿著胸口敞開的立領花襯衫和黑皮鞋，手夾著雪茄出現。屋子少見的安靜，只有蟑螂在塑膠袋爬行的窸窣聲和蒼蠅拍翅的嗡鳴。

他沒有著裝，只是站在門口，上下打量著楊寧，臉色不悅。

「給我出去。」嗓子嘶啞。「妳給我出去，不然就他媽的戴好妳的面罩。」

11

晚上十點零六分，工作告一個段落。

雪莉和小支忙著收尾，她到門口脫下所有裝備，用與著裝相反的步驟，從面罩開始脫起，鞋套、兔子裝、最後是手套，全丟進垃圾袋裡，往全身狂噴酒精。

老大在樓下安慰鄭文良的父母親，身邊還站著一位似乎是社工還是關懷員的人物，頸上垂掛著一只名牌，扶著鄭媽媽的肩。楊寧腦海閃過一個似曾相識的畫面，很久以前的她也曾這樣站著。

楊寧安靜無聲地繞過他們，離開了公寓，騎上機車搶第一個回公司洗澡。

按下開關，辦公室的燈一排一排亮起，像恐怖片的序曲。她將工作包扔回裝備室，快步走向浴室，搓洗雙手，像乖巧聽話的小學孩子，濕搓沖捧擦，一個步驟也不能落下。她記得壽司店員工洗手的規定也很嚴格，尤其是日本來的那套：按壓洗手乳五下，刷刷指甲指縫，沖洗完擦乾，還要烘手、噴酒精，最後要伸手給主管檢查，深怕有任何細菌病毒沾染。

她笨拙地脫下厚重的外套與上衣，一件件拋進洗衣機，倒入大量洗衣精，直到溢出溝槽，還意猶未盡地潑灑一些在衣服上，再另外倒進分量誇張的芳香劑，壓下按鈕。洗衣機轟轟了兩聲，開始注水。

剛入行時，她會將進過現場的衣物全數丟棄，沒有辦法，屍味牢牢攀附纖維，像厲鬼陰魂不願鬆手。同一批衣服她洗了四次，最終宣告放棄，裝進垃圾袋打兩個結，丟掉。外套、上衣、內搭衣、胸罩、長褲、襪子，她甚至丟了鞋子，還有進到現場的手機外殼。但丟了五六次後，衣櫃半空，她意識到自己沒本錢那麼揮霍，只能認分地乖乖洗衣，一次又一次。

楊寧將內衣肩帶卸下，冰冷的手指滑到身後，觸碰到光滑的背脊，引起一陣顫慄。解開扣鉤，許浩洋傳來訊息：「別去公司洗了，直接回家休息吧。」

登登登。另一則訊息傳來：「買了妳最喜歡的羊肉燴飯，在外面等妳。」

她確實很餓，乾癟的肚子傳出咕嚕聲附和。光是羊肉燴飯四個字便足以使舌下分泌大量唾沫。她卸下髮圈，站到蓮蓬頭下。幾年前經過鍥而不捨的請願，浴室請了專業設計師做了一番改造，順利成為公司最豪華的空間。乾濕分離，五段式蓮蓬頭，大理石紋地面櫥櫃，大鏡面，甚至還有衣帽區。

熱燙的水柱往肌膚射去，是清洗也是按摩，痠痛到麻木的肌膚開始恢復知覺，像煮沸的開水融化了冰磚。她聞不出身上到底殘留了多少現場氣味，所以制定了一套洗澡標準流程：先在洗手台將指縫清理乾淨，接著將全身淋濕，從頭髮開始，肩膀到脖子，接下來才是軀幹。重點很簡單：放任大水沖刷，沐浴球來回刷動，直到皮膚泛起片片紅暈，直到摩擦破皮，直到感覺氣味從毛孔中飄散消失，直到疼痛難耐。

以前她是自己的偵查員，會將雙手放到鼻前，嗅嗅指尖，確認手指沒有異味，只剩下自己的味道。她喜歡指甲縫留下的皮屑和氣味，輕微腐敗又香甜的氣息，療癒而古怪的噁臭。這是她的怪癖，她少數喜歡、又能掌握的氣味。

楊寧會故意在家裡追著楊翰跑，非得他投降，無奈地順著她吸一口指縫。

「不覺得很香嗎？」「很噁心！」「明明就很香！你再聞一次……」楊寧把弟弟壓制在地上哭笑不得，一樣的戲碼一遍又一遍在家裡上演，楊寧樂此不疲。後來與許浩洋同居後，楊寧換追著他，追逐扭打皺眉大笑擁抱親吻。

一整套洗澡流程執行完畢要花上四十五分鐘。她會打開 YouTube 或 Spotify，隨便點下一個搖滾、電音，任何一個以前不會聽，現在也未曾認真聽過的歌單，越吵越好，音量毫不保留地開到最大，偶爾尖銳的人聲嘶吼甚至會蓋過浴室的流水聲，引來外面雪莉瘋狂敲門與怒火。用音樂壓過思緒，最好能什麼也不想，任憑水流過身子，在腳下匯聚成河。但今天不知道為什麼，思緒特別紛雜。閉上眼，任憑熱水沖刷。她有些想念洗髮乳的香氣，薰衣草口味，許浩洋的最愛。

她想起許浩洋買的那本《惡童》。

「我很久以前就知道，這一切都是毫無意義的。可我現在才明白，事實上也沒有什麼是值得去努力爭取的。」一個孩子坐在樹上，對著底下所有孩子喊著：「一切的開始不過是為了結束。在你們被生下的那一剎那，你們就開始往死亡靠近。所有的一切皆是如此。」

孩子們為了向樹上的孩子證明「意義」的存在，找了一座廢棄的鋸木廠，在那裡所有人必須輪流獻出最珍視的東西：前一個人可以指定下一個人必須交出的「意義」。主角被迫交出心愛的涼鞋後，決定指定朋友交出寵物倉鼠，然後最純粹的惡意蔓延，有洋娃娃、腳踏車、食指、信仰、貞操、小狗的頭……

為了證明意義，每個孩子都失去了意義。

浴室裡充滿了霧氣，白茫茫一片，伸手擦乾鏡子，新的水氣很快再度集結，凝結在鏡面，映照的世界一片模糊。她看不清自己的模樣。如果都要結束，似乎也沒必要開始。一切也就都沒了意義。或者，如果一切都有意義，當意義死去，為何還需要活著？

楊寧想起當時她偎在許浩洋懷裡，闔起書，皺眉問他，這本書到底想表達什麼。

「不知道欸，需要再想想。」他搖搖頭說道，「很深奧。」

「是齁。」她說，「看不懂。」

兩人窩在沙發一角，像小動物一樣取暖依偎。楊寧說了幾句，然後兩人笑了，吻了起來，書被隨意丟在一旁，再也沒有翻起。

那時的他們不需要答案。

12

給愛麗絲在屋外響個不停。她穿上毛絨拖鞋，揉了揉眼睛，已是下午四點。

電視機還在運轉，不知什麼時候已從新聞變成電影。

「我負責管理辦公室……照顧好小屋還有地面……為我母親做一點小事……嗯她允許的那些事情我有能力做到。」一個有些口吃、不安的男人聲音。

「你不和朋友出去嗎？」女人問。

「這個嘛，一個男孩最好的朋友是他母親。」男人說道。楊寧終於從沙發墊中央找出被擠住的遙控器，上頭不知沾了什麼食物或液體，有些黏手。楊寧按了關機，男人女人消失，家裡瞬間恢復寧靜。

許浩洋的訊息浮在手機最前端：「掛了炒飯，微波再吃。」

楊寧把手機放下，她已經很長一段時間沒有回覆他了，許浩洋卻自顧自地繼續傳著訊息、買著便當、硬闖進她的房子打掃，繼續假裝他們的關係還能懸在一條線上。她說過了，也許不是很有說服力，但至少她盡自己所能地說了：「不要再買便當過來。」「把備用鑰匙還我。」「你覺得這樣很好玩嗎？」「恩琪要怎麼辦？」而許浩洋從未理會。

第一次見到恩琪是某個夏日。

她和許浩洋分開後第三百七十五天，她在西門町結束工作，與小支兩人將裝備一一扛上車，汗沿著髮梢滴濕脖子，再沿著肩膀鎖骨滴進內衣裡。她抬頭聳肩，姿勢彆扭地試圖擦掉頸子的汗與不適，就在這時瞧見對街熟悉的身影。

一個短髮俏麗的女孩挽著他的手，等著馬路的綠燈號誌再度亮起。兩人親密地說著什麼，楊寧怔怔地瞧著，無法移開目光。她已經很久，很久沒見過許浩洋笑得如此開心。

許浩洋興奮地點點頭，頭往上仰，笑容凝結在嘴邊。兩人對視，楊寧不慍不火地點點頭算是打了招呼，低過身，彎腰將水管搬上車。那是她第一次沒回公司洗澡。在公司樓下騎上機車，鑽回巷子，繼續往上爬，用鑰匙旋開門，將自己埋在棉被窩裡，一動也不動。

許浩洋沒過多久就找上門了。她說恭喜，她看起來是個好女孩，許浩洋的眼神像是被冒犯了一樣，他上前一步摟住她，楊寧沒有推開。

楊寧知道自己的偽善。她知道他終究會往前，只是不曉得會那麼快。又或許，在她內心深處一直有著期待，認為他會一直等下去。一個很自私的、幽暗的期盼，但她明白，沒有誰有責任等誰。

他雙手捧起她的臉，吻了起來。她往前，下身緊緊貼住他的，臀部自然而狂熱地流動，輕輕往他的方向推進，像是海浪拍打礁石，濕潤地朝他撞去。他捲上她的舌頭，她身子往外幾吋隔出空隙，手滑進他們之間，下探到他的褲襠裡，緊握住他發燙的陰莖，上下摸索撫弄，直到他忍不住離開她的唇，發出低吼，她迅速跪下，拉開他的拉鍊。

他們奮力地探索著彼此，跌進楊寧的臥室，扯開對方的衣服，像野獸一樣做愛。用身體去召喚靈魂，瘋狂地探索彼此，用盡氣力。楊寧盡情地呻吟，將憤怒盛滿身體，將濕黏幽暗的不堪包裹住他。

她要他大力幹她，她在他耳邊嬌喘，她要他直接射進來。她在他身上留下咬痕，吞吐著他的根，他們像沒有明天一樣將身體燃燒殆盡。

結束後他哭了，像頭受傷的獸。兩人還連結著，赤裸著身子擁抱。他崩潰痛哭，楊寧硬撐著沒有落淚，她咬著下唇，直到瘀青流血。

她沒有留他。

他們之間有什麼徹底瓦解，崩坍四散。

許浩洋回到他的住處。日子繼續走，沒有事情能夠回頭，他繼續自顧自的關心，楊寧依舊冷漠。他們沒有再做過，沒有提過，這件事就像從來也沒有發生。

楊寧餓著，仍堅持全身梳洗完畢，才拖著沉重的步伐開了門，從門把取下裝著便當的塑膠袋。拿了雙筷子，拉了椅子坐好，三兩下拆開橡皮筋。

她很會吃也很愛吃，食量甚至比許多男生都還要大，念書配零食，上課配飲料，下課去熱食部。但她也很挑，聞起來不對的、不夠新鮮、調味出了點差錯的都無法入口，她每次都笑說這不是因為她鼻子刁鑽，而是被楊翰寵出來的。

楊翰從可以走路開始，就喜歡待在廚房裡看母親忙進忙出，楊寧幫他買了一個堅固的小凳子，讓他可以安心踩在上面。

在楊寧掉第一顆乳牙的時候，父親生意直往下，父母從前就存在的摩擦搬上檯面，裂痕加劇，爭吵益發狂烈。家再也回不去從前的模樣。父親總會找各種藉口離家，也不知是真的去外地工作，還是去睡祕書家的床。而母親性情也越發怪異與極端，吵架後的頭幾天，母親會停滯所有活動，獨自蜷縮在床上，把自己包裹得緊緊地，不發一語，只是面壁流淚。對家中事務不理不問，小孩幾點起床、有沒有去上學、什麼時候睡覺、有沒有東西吃彷彿都與她無關，洗衣曬衣買菜煮飯更不用想。她縮在被窩裡，哭啊哭，衛生紙包起鼻涕一張張地擤，眼淚滴滴答答地流。她是全天下最可憐的人。

楊寧得張羅家裡的一切，偽裝媽媽簽聯絡簿是老早就學會的技能，洗衣拖地整理家裡也不是問題，但煮飯卻是個大難題。她害怕生肉，連聞都反胃更不用說要親手料理。但總不能讓楊翰天天吃外面便當，楊寧苦惱了很久，有天放學，她終於鼓起勇氣逛了生鮮超市，遇見一隻包著保鮮膜、躺在冷藏櫃裡安息的烏骨雞。氣味還算可以，只有一點點腥，圓滾滾身子，不見頭腳也沒有血跡。楊寧心一橫，買了回家。

查了食譜說是燉湯簡單。她將水龍頭打開，想將雞倒進鍋裡沖洗。用刀劃過保鮮膜，雞頭順溜溜地滑了出來，脖子垂軟在一旁，眼皮順著水流張開闔上，半閉半開地露出毫無生息的灰濛色死亡。

氣味衝出保鮮膜，完整不留情地將死亡撲進她鼻腔。楊寧發出尖叫，還沒完全開封的雞帶著膜與保鮮盤從她手中掉下。

是楊翰來解救了她。他搬過小凳子，站到上面踮起腳，有些搖搖晃晃地把雞從流理檯挪開，然後用缺牙與漏風的奶音，輕柔地對楊寧說：「我可以，不怕。」

楊翰溫柔地安撫著姊姊，他看著細長滑溜、軟趴趴的雞脖扭過來轉過去，緊抿著雙唇，心裡還是有些害怕的，但他卻先握起了楊寧的手，輕輕地捏了兩下。

不怕。他說。我在這裡。

緊握彼此，看著光溜的肉雞，依然有些發抖，卻有了面對全世界的勇氣。

姊弟倆燒了水，手忙腳亂將雞扔下鍋，反覆打開鍋蓋查看，加了點水，關了火又開，四個鐘頭後上桌，才發現忘了加鹽。楊寧至今都還記得清淡無味的雞湯與軟爛雞肉化在嘴裡的味道。那年楊翰才八歲。他保護了楊寧，而楊寧卻沒能守得住他。

楊寧扒著炒飯，胡亂吞下。好安靜。電視關了，屋子在昨晚許浩洋強制進入下整理乾淨，楊寧從便當盒中抬頭，望著這個些許陌生又寂靜的空間，突然有種身處異鄉的錯覺。她打開手機，工作群組裡一個消息也沒有，通常不管有沒有委託案，都會有老大的語音訊息，一點開髒話滿天飛，從裝備罵到衛生罵到現在景氣，胡亂罵成一團。入行後楊寧就很喜歡聽，夜深人靜時她甚至會重複點開播放。

她聽得出背後的意思，她懂得那種拐彎的溫柔。

但今天沒有任何訊息。沒有老大的語音，沒有小支發的道歉文，沒有雪莉的花式貼圖，也看不見一九五總是簡短有力地回答：「了解。」「收到。」「好。」

楊寧一直懷疑老大為了不讓她工作，背著她另外創了一個群組。她緊接著打了公司電話，無人接聽。她咒罵了一聲，快速把飯扒進肚子裡。

到公司時已近晚上十一點。沒半個人在，也沒人接手機。

她頹喪地坐到椅上，滑著滾輪，轉了一圈又一圈。沒有地址她也不知道要去哪，就算現在去他們也已經開始清了，氣味會開始消散，混合清潔劑，逐漸變乾淨清新，她會開始迷失，嗅覺逐步失去功能，她討厭那個過程。

一個戴著金絲框圓眼鏡，長相斯文，穿著白襯衫西裝褲，還繫著粗黑皮帶的中年男子，開門走了進來，瞧見楊寧時的表情有些驚訝。

「謙哥。」楊寧喊了一聲。楊寧的無禮眾所皆知，但對他還是有幾分尊敬的。謙哥一人包了Next Stop-Company 和上頭正恩生命禮儀公司的所有帳目，是不能得罪的存在。

「都不在啊？」

「對啊。」楊寧嘟噥著，「丟我一個人在這裡。」

他進到廚房打開冰箱，嘖了一聲：「叫小支多買點東西回來，每個人都那麼會吃。」

啊最會吃的不就你，吃完樓上的還跑來地下室巡。她沒有說出口。只是嗯了一聲算是答應。

謙哥和老大同樣年紀，四十出頭。高中同學，截然不同的兩人，一個粗獷海派又雅痞風流，而謙哥內斂沉穩，敏銳細緻，較為孤僻的性子。第一次相遇卻意外地互補合拍。有點青春校園電影的味道。

「頭？」她指了指謙哥右額，接近太陽穴的位置貼了一塊膚色ＯＫ繃。

「啊，這個。」他下意識地摸了摸右額頭。「沒什麼。妳自己多休息，黑眼圈很深。看到妳家老大跟他說我找。」

「好。」

這些年楊寧跟謙哥的互動本就生疏，沒多閒聊，謙哥晃了一圈逕自走回樓上。

楊寧百無聊賴地把弄小支辦公桌上的老虎扂斗。小支的辦公桌像極了扭蛋動物園，扂斗、圓滾滾、合掌、暴牙、筋肉、鞠躬、休眠、殭屍、厭世、憂鬱、功夫、廁所時光……各種系列各種動物從桌面延伸到抽屜，他還買了一片綠油油的人工草皮，說是這樣「小朋友在上面玩會比較開心」。

很開心嗎？楊寧把扂斗老虎推倒，嘛嘴想著。有那麼簡單開心就好了。

喔，天，她好想念氣味。趴倒在桌面。再推倒一隻合掌的獅子。

公司電話響起。楊寧花了幾秒鐘才想起辦公室只剩她一個。她得接電話！該死！

「你好，Next Stop-Company 命案現場清潔公司……」楊寧意興闌珊地說，尾音拖得很長。

「……我需要……明天早上……」電話雜音不斷，沙沙嚓嚓的聲響，楊寧幾乎聽不清。

她企圖打斷對方說話，「那個……你那邊電話雜音干擾滿嚴重的，前面沒聽清楚，再說一次……」

「現在就來……五點前清好……中和莊敬路三十三巷二十二弄……號三樓 A 7……」

「等等，三十三巷？還是三十四？」楊寧匆匆忙忙翻找小支桌上紙筆，潦草地寫下，試圖跟上男子莫名其妙的速度與對話。「三十三巷二十二弄？」

對方沒有回話，沒有停下，自顧自地繼續說：「小套房……鑰匙，錢放在信封……郵箱……」

沙沙聲再度蓋過說話聲，楊寧有些懵。

「你說鑰匙放在郵箱，信封什麼？」

「……早上五點以前完成……」

「我需要你的姓名、手機、信箱或 LINE，進一步確認案件情況還有打掃細節……」

「天花板突然崩落……吊扇電線床墊還有地上垃圾丟掉……地板清……那幾片天花板拆了就好……」

「床墊……」楊寧筆搖手動得快速。「我們負責人現在不在，公司這邊先看過現場狀況才知道要調多少人力，也要評估裝備，不然沒辦法工作……」

「……垃圾丟掉……其他私人物品不用收……放著……」

「那個！」楊寧忍不住拉高分貝：「你留電話，我請負責人跟你聯絡……」

「五點以前完成……」

啪嚓，電話掛斷。

13

楊寧並沒有思考很久，深思熟慮不是她的作風。天花板崩落是吧。她給老大發了封訊息，搬了基本的裝備上車，定了導航。

五層樓的鐵皮屋，屋齡看起來十分老舊，至少三、四十歲的年紀。霉黃色的小塊方形磁磚外牆，幾條電線危險地垂掛在牆上，外露的舊式冷氣機屁股、生鏽的鐵花窗和黃綠色的遮雨棚。典型的台灣小巷風光。

一樓是間拾荒戶，用破舊的藍色帆布與選舉廣告布條取代鐵門，大包小包的黑色塑膠袋、紙箱、米袋蔓延到屋外。成堆的拾荒垃圾與前方機車間有一塊空地，楊寧小心地打檔倒退，還是不小心撞倒了後頭堆疊的物品，垃圾袋從紙箱滾落，發出不小的聲響。

楊寧無可奈何地罵了一聲。她停好熄火，下了車，一邊煩躁地嘆氣一邊將垃圾袋堆疊回原狀，花了些時間，紙箱跟垃圾袋總不聽使喚，疊了又倒，倒了再疊，反覆多次，楊寧咬著牙，不耐煩地隨便將它們放置在一旁。她不自覺地皺了皺鼻，即使聞不到。

……三樓。她找了一下，門牌號幾乎都被歲月磨掉了。楊寧伸手打開信箱，撈出一串鑰匙和一個黃色信封袋。很沉。楊寧將信封袋打開。哇嗚，她伸出手指滑過厚厚的藍色鈔票。她點了點數量，拍了張照，傳給老大。然後俐落地穿上小白兔裝，面罩掛在脖上懸在胸前，打開一樓鐵門。

「媽的……」楊寧在心裡罵了幾句髒話。這是她看過最窄、最擁擠而陡峭的樓梯，只容一人行走，與地面夾角將近七十五度，像要到達天庭那般，陡峭綿長。她歪頭思考幾台大裝備有沒有辦法通過，沒有雙手張開的空間，楊寧勉強比畫了一下，只能祈禱現場狀況沒有太糟。

三十坪不到的小公寓隔了七間套房出租，住在這樣畸零狹窄小套房裡的人們比想像中多，尤其中永和這樣的邊陲城鎮。A7在尾端，楊寧走過狹窄的走廊，用鑰匙旋開木門，終於明白剛才電話那端的男士為何如此急躁匆忙。

一格格正方形天花板鋼片崩落，老舊的吊扇砸在地上，幾條粗電線連接著幾塊碎片，醒目地晃啊晃地垂懸在半空中。磚石、鋼板與粉塵四散在地與床墊上，地板還有著點點糊糊的血跡。

楊寧仔細打量這片狼藉，她環著房間走著，發現墜落的吊扇上頭，綁著一個斷掉的套索。自殺失敗？楊寧猜測。或許吊扇太過老舊了，承受不了自殺者的重量，進行到一半，吊扇連接天花板的部分斷裂，繩子與身體突然墜落，整片天花板也連帶崩了。

楊寧將門關上，轉了轉頭，暖暖頸部，接著放開身子，沉浸在另一個分子世界裡。血氣、鐵鏽、尿液和各種不明快的氣味湧進鼻腔，死亡的氣味並不濃厚，更多的是恐懼和眼淚。她深吸口氣，大腦瞬間停止運作，身子舒暢無比，輕盈飄飛與溫暖厚實的感覺同時盈滿腦袋，她有些暈眩，眼眶微潤，十分滿意。

她循著氣味線來到浴室。清潔劑的氣味從排水孔洞鑽出，浴室地板與四周牆壁都沾滿了水珠，潔淨潮濕，沒什麼特別之處。楊寧蹲下身，摸了摸磁磚細溝裡殘留的一點紅跡。

她自己做得完。

盡可能悄然無聲地運送裝備上樓。搬運中她一邊在想，自殺失敗是什麼感覺，看到家人自殺失敗又會是什麼感覺。

沒被砸壞的書桌有些雜亂，東一塊西一塊沾抹上乾掉的顏料痕跡。桌上有幾本畫冊與繪畫用具、兩三個黑色髮圈，還顯眼的擺著一張尚未完工、切面粗糙的木工小椅。小領帶與餐廳的白色制服隨意披在椅背，她抓起制服抖了抖。番茄醬、油煙、九層塔，楊寧聞了聞。制服上衣別著名牌，花俏的字體寫著：Sunny。

套房牆壁和床尾中間，女孩努力隔出了一塊角落，設計出能夠自給自足的小型廚房。擺著小冰箱、電磁爐和大同牌綠電鍋。只容一人擠身做菜，楊寧打開桌下的小櫥櫃，裡頭碗盤湯勺筷子保鮮膜一應俱全。

書桌旁的小櫃架收著一支快擠完的開價妝前乳與護唇膏，品牌 logo 磨損的卸妝油瓶身骯髒，看上去用了許久。不愛化妝但會睡前保養，三四罐大牌子的化妝水和保濕露。衣櫥非常凌亂，就像急著出門或是在翻找一件很久沒穿、不知道扔去哪可現在一定要穿的 bra，散亂堆疊皺成一團的衣褲塞滿整個衣櫃，楊寧將每件都拿出來嗅聞，不是很仔細的，純粹只是有些好奇，別人的人生是什麼味道。

幾乎一打開，那刺鼻的藥水味就衝鼻而來。楊寧納悶著，一邊隨意翻弄塞滿內衣內褲的抽屜，五六件白與駝色胸罩，沒有基本款蕾絲花紋或小晶鑽，全棉全素色，楊寧拉了拉肩帶和背扣，已經穿了很久，不但布料顏色泛黃，內側鋼圈處還長有發黴的小黑點，洗到有些鬆弛。

氣味不是從它們身上而來，只是不幸染上了。有件內衣在這群保守派中異軍突起，楊寧指尖捏起塞在下面的深紅蕾絲胸罩，楊寧拿起打量著。深 V 剪裁，酒紅波浪花邊，一朵朵深黑玫瑰刺繡搭配金色扣環，若隱若現的網紗，是頗為新潮性感的款式。不用拿到臉前都能聞出刺鼻的化學藥劑氣味，估計連穿都沒穿過。

她決定開始工作，用力將紅胸罩塞回底層，指甲卻無意觸到一塊光滑的硬板。她疑惑地撥開內衣褲，發現底下竟有個扁平的木頭匣子。

喬了角度花了點力氣，喀一聲響，終於從抽屜取出匣子。

畫紙安靜地躺在裡頭。一張張人物肖像，細膩的真實的，每一寸肌膚，每一痕皺紋，凝結時空的某一瞬間。圍著深紫色頭巾、掛著老花眼鏡的老太太，皮膚粗糙、臉頰凹陷又隱約透出青筋的大叔，膚色圓潤、體態臃腫的中年婦女……紙張的毛孔似乎能自主呼吸，每一張都挾帶著令人驚嘆的才華。還有許多人體素描，攀附在人體上的血管骨骼清晰可見，像是醫學生或解剖課上所出現的極佳範本。

嘴鼓起氣，將上頭的細粉吹落。男人的側臉在眼前抖動，楊寧閉上眼睛，鼻尖輕輕地碰觸畫紙，在上頭悠緩地滑動。沙沙的質地，有些粗糙，呼吸著陌生的氣味。

楊寧並不是個對畫畫有感覺的人。「沒美感，粗糙，有待加強。」從國小到高中，美術老師對她的藝術評語都很一致，藝術對她來說有點奢侈，像是遺落下的時代，有點遙遠的生活。她謹慎地將畫紙按照原來的順序擺回，放回匣子和內衣。

指尖留下的新胸罩藥水味，混雜了工廠各式各樣的化學藥劑，甲醛、防皺藥品，甚至是黏合內衣的醫用膠水都令鼻子有些搔癢。她繼續在粉塵磚板中嗅聞，窺視他人的人生，感受盈滿力量的暢快感。這次沒有如往常偷睡一會兒，晃了一陣後，她認真地動了起來。

收拾，清理，享受。空間小，效率比先前想像的高。清出來的垃圾並不那麼多，她想了想決定將手機收回口袋。在凌晨四點要阿輝伯開六噸半過來，無疑是個自殺行動，她可不想為了這一點點東西，被幹譙白眼又念上一頓。他已經夠不喜歡她了。

扛起打包的垃圾運上車，到附近的回收場，回公司卸裝備，洗了個熱水澡。

把裝滿錢的信封放到老大的辦公室桌上，順便留了張不是很誠懇的道歉紙條。她已做好被罵的心理準備，連內容都想好了：閉嘴給我惦惦、什麼時候教你可以自己丟垃圾、翅膀硬了想當老大了是不是、隨便給我接案頭腦在裝屎嗎巴拉巴拉……確實有點莽撞，楊寧坦承，但她做得挺好的吧，沒有任何差池。

手腳痠麻，下腰有些疼痛，沒有任何睡意，回到家，躺在床上老半天眼睛仍睜個老大，她索性起床，披上厚外套到外頭覓食。樓下的麵攤公休，楊寧緩步走到巷口轉角半開放式的一樓紅磚建築，屋頂是標準沒都更過的鏽蝕鐵皮，仗著在地便當老店滾過四分之一個世紀，做了二十幾年也沒有招牌。外面停了三四輛機車，楊寧輕巧地繞過，熟門熟路地走了進去。裡頭空間不大，面馬路的一排菜桌，跟靠牆的三張小方桌子幾張塑膠紅椅，角落再塞下一桶熱湯（夏天是很稀的仙草），整家店已顯得擁擠。以前來是因為離家近，方便跟便宜，現在來，是因為她能確信菜不會變質。當然還隱含著一絲能用熟悉的氣味喚醒嗅覺味覺的盼望，但她不會承認。

「今天怎麼這麼早，嚇到我捏。」夾菜阿姨很有元氣地打招呼。「想吃什麼？」

「嗯……排骨……」其實不管吃什麼她都一樣，但她還是會瞧著看板選上半天。

「這邊吃齁。」夾菜阿姨其實沒有要楊寧回答的意思，轉過頭身手矯健地抓過一個塑膠五格菜盤，迅速在上面堆起一座油光飽滿的飯粒山。

楊寧看著阿姨把裹著厚粉外衣的排骨扔進油鍋。肉很薄，粉很厚。

「來來來，三樣選一下。」

楊寧微微踮起腳，傾身，仔細尋著菜盤。每次許浩洋都會抓住她頸後衣領，一副很怕她栽進菜裡的模樣，小心翼翼地拎著小雞選菜。

「麻婆豆腐、螞蟻上樹……」她目光迅速掃過一圈，今天沒什麼重口味的食物。「還有辣的嗎？」

「麻婆豆腐、螞蟻上樹……」阿姨一邊夾起放進菜盤，一邊重複呼喊著菜的名字。「辣的喔？欸……茄子啦！茄子入味，吃茄子好不好，我等一下幫你多放一匙辣菜脯。」

楊寧點點頭。她喜歡這裡，這裡就像她的酒吧，夾菜阿姨是她的酒保，記得她的喜好，偶爾閒聊幾句，不多不膩，親切中帶著疏離，一切恰如其分，正是她所需要的。她通常會坐在離馬路最近的位置，遠離在夾菜桌前的人群。她放好菜盤，抽了兩張衛生紙噴上酒精擦了一圈桌子，擦拭筷子，拿出乾洗手反覆擠在手上搓揉，看著客人紛紛上門。

排氣孔吐出的煙圈，一口口養大了這座城。

除了二、三十年前遷居而來的軍公教，以及原先就有些畸零土地的小地主，這裡擠滿了上北部念書的大學生、渴求能留在台北工作的人們，騎著車搭著車反覆過橋，頑強拚搏，無一日不掙扎著。

和台灣最繁華的都市隔著一條河，這裡的發展是扭曲的，沒有完整的產業鏈，沒有願景，沒有規畫，卻如被父母放棄的野孩子，掙扎出一條蜿蜒的生存之路。

不奢靡，樸質古舊又成熟，安靜又喧擾，沉穩又騷動，既疏離又熱鬧。

沒有人能畫得全永和的地圖，有些巷弄時光永遠都像是下午，安靜緩慢，一副懶洋洋趿著拖鞋，打著呵欠的模樣。有些橋下、大路、市場則熱鬧吵雜，摩肩接踵的人們，如瀑布潮水的機車陣，這裡鑲嵌了充足的生活機能，自成一個生存體系。養活了全台灣最密集的人口，養活了最大的幫派。而現在，這裡是往富貴攀爬的跳板，人們蠢蠢欲動，每人都不願住這卻又長年在此安居。

這是離開苗栗後楊寧第一個安頓處。她喜歡這裡，喜歡這裡的矛盾無章，這裡的底蘊。她喜歡鑽到巷子裡迷失方向，然後靠著氣味引路。經過這家排骨店，隨著蒸煮炒炸的複雜香氣轉彎，一旁是五金行的金屬、油漆、橡膠水管的人造雜味，再走兩步嗅到的是木桶白布油飯的厚實香氣，隔壁那攤燙了一鍋豬蹄，再往前，往前一點，黑白切升騰的熱氣和肉燥香，撲散在空中的清香麵粉皮味，只要聞到這股白霧蒸騰的味兒，就表示到家了。

許浩洋與她的家。她自己打造的，一個完整的家。

早已蕩然無存。

楊寧大口大口地把菜掃進肚，她曾經擁有過整個世界，現在的她一無所有。她抽了幾張衛生紙將桌面清潔乾淨，菜盤也擦拭了一輪，然後到便利商店買了一瓶玻璃羊奶，安靜地回家。

14

台灣的冬天不會下雪，但濕冷卻會凍入骨髓。

有些晚了，還得趕回去。望著一輛廢車的後車廂，確認一切準備就緒，伸手按下按鈕。大型機具轟隆隆地啟動，像是巨人從沉睡中甦醒。

接下來就看她了。我思考著，呼出一口白霧。一切都將由她終結。嚴冬將至。

15

「品茶只能慢。」他說，提起燒開的壺，手腕輕轉，滾水輕緩地流下，徐徐將盅裡茶葉沏開，蜷曲已久的葉終於盼來一生一次的洗浴，舒緩地張開身子。那大手捏起茶盅，快速燙洗眼前的茶碗，輕煙升起，滾水再次轉著圓圈注入茶盅，他食指按壓上頭圓蓋，捏起盅把，將最終的茶水送入碗中。「……急不得。」

那動作緩慢嫻熟，他舉起一碗，送到楊寧面前。

「喝。」他說。

楊寧低頭望向眼前顏色清亮的水面，抖起幾絲波紋。含了一口，輕輕嚥下，喉頭鼓起又落。沒有任何味道。

「好茶。」他聞了聞，飲了一口，不住讚嘆。「我們這邊都是這樣，喝喝茶聊聊天，很多事就解決了。」

楊寧抬了抬眉毛。有稜有角卻不過分刺人的臉型，目光銳利，四十出頭，膚色黝黑，無名指有一圈醒目的白色戒痕，舉手投足有股歷經風浪的穩重，打理體面，身體結實，長袖制服緊貼肉身，襯托鍛鍊有成的手臂肌肉曲線。沏茶閒聊自在寫意，但楊寧明白，那目光沒有一時半刻離開過自己。

幾天前還坐在排骨店吃著麻婆豆腐，索然無味地重複工作、洗澡、睡覺、起床、吃飯、工作、洗澡、睡覺，今天一早卻被到案說明的電話吵醒，蓬頭垢面地出門，坐在這邊跟警察沏茶。

「以前有來過警局嗎？」他這樣問。

她依舊繃著臉，隨意哼了一聲，雙手環在胸前。

楊翰過世那天。她在心裡說。

她和爸媽被請進派出所做筆錄。母親哭到上氣不接下氣，幾度跪倒在地上，父親默默站在一旁，表情嚴肅哀戚。鄉下的警察很老派，也很懂場面，一個與父母親歲數差不多的阿姨警察蹲在母親身旁安撫著，溫柔地撫著她的背。

楊寧面無表情，冷淡疏遠地看著一切。三個人生疏地坐在會客的硬木沙發上。一個說話粗聲粗氣，像流氓一樣的阿伯警察負責這件自殺案。他嘴角都是檳榔渣深紅色的痕跡，揣著一顆大肚子，買了飲料、肉包還有茶葉蛋，還丟了一包衛生紙在桌上。

一些簡單的問題，筆錄簽名，講了要申請死亡證明的方法，和幾個後面要配合警方的事項，過程迅速，剩下的時間留給母親聲嘶力竭。直到現在，楊寧依然記得離開警局前，那個大肚阿伯警察喊住了她，把剩下的肉包、茶葉蛋裝在塑膠袋塞到她手裡，接著彆扭地，大力捏了捏她的肩。肩頭的溫度與重量，是楊寧那時最溫暖的回憶。

「有什麼事情在這邊說都比較輕鬆。」他將她拉回此時此刻，說：「妳是聰明人，一定懂我的意思。」

「是嗎？」

「我想妳是。」他笑著說，「其實事情通常都沒想像的那麼複雜，我們絕對能幫多少算多少。抽菸嗎？」

她搖了搖頭，而他點點頭，自顧自地從口袋掏出菸盒，剛拿出一根叼在嘴上。忽然兩聲敲門聲。

「報告。」門外的聲音聽起來疲累又緊繃。

「進。」他收起菸。

一個年輕男警開門走進，行著簡單的舉手禮。「報告副隊，準備好了。」那臉色蒼白，厚重暗沉的黑眼圈，雙頰凹陷，身子瘦長，看起來格外單薄。如果在外頭撞見，楊寧可能會誤會他是條藥癮即將發作的毒蟲。

「你先過去。」年輕警察離開。他轉過身，伸了伸腿。「有沒有什麼要先說的，在這裡喝茶抽菸比較舒服。再來一點？」

「二十分鐘了，沒有就是沒有。」

「行。」他放下茶盅，壓著大腿，起身。「那我們移駕過去。妳不用擔心，就是過個流程，妳想走隨時說，隨時打開大門離開。」

楊寧看著他高大的身子擋在門前。

「這邊請。」他笑著說。

接到警局打來的電話後，楊寧立刻打給了許浩洋。

許浩洋的吃驚只維持了一秒，很快地恢復冷靜，仔細詢問楊寧與警方的通話內容。

「我不知道，沒有跟我說，就只有說希望本人能直接到局裡做說明。」

「陳銘祺陳偵查佐，永和分局。他說如果可以叫我現在過去。講話還算客氣，感覺有點急……也不是，就是整個說話的感覺。」

「我有查他們分局的電話然後回撥，是同一支。另一個警察接的，說的都差不多。」

「通知書？沒有，你有收到嗎？說不定寄去你那裡了？」

「啊，有可能，但如果寄去苗栗我也不會知道。他們最近沒有聯絡你吧？」

「我想不出來……沒啊……沒有看到車禍，沒有跟別人吵架，我最近也沒……啊，雪莉那件事？應該不是，老大擺平的事沒有人敢再惹，而且都這麼久了。好，那我等一下還是問看看。」

「那我先去，你要多久？」

第二通她打給了老大。她知道自己平常就是個麻煩，但現在這個麻煩需要更多支持。

老大的反應很浮誇，先是三字經滿天飛，接著再三跟他保證不是雪莉的事情，雪莉的事他早已擺平，上禮拜里長還請他到ＫＴＶ封包。

「阿浩勒，人死去哪裡，怎麼沒陪妳？」

「他還在公司開會，已經跟老闆請假了。」紅燈亮起，楊寧急煞。「但還沒辦法那麼快過來。」

「到底是怎樣蛤，有人對妳怎樣是不是？」老大語氣逐漸轉為嚴肅。

「沒有啦，就說有事情需要做筆錄。」

「沒事情是要做什麼筆錄蛤。」楊寧聽到砰砰砰快速而沉重的下樓梯的腳步聲。「那阿浩說什麼？」

「他叫我先去，然後說除非有必要，不然不要開口回答任何問題。」

「對啦，保持沉默，妳知道吼。」

「知道啦，他重複很多遍了。」

老大快步走到車旁，打開後車廂，當街脫下兔子裝和髒衣服，換上新的花襯衫，一邊開始派遣任務：「支欸！小支欸！耳聾是不是，把東西搬上車，你跟雪莉把現場清一清。委託人有事情的話，跟他們說打我手機。阿寧啊。」

「嗯。」楊寧回應。

「在哪裡蛤？」

「永和分局。」

「撐著。」老大的聲音罕見的溫柔。「我馬上過去。」

許浩洋需要至少一小時才能趕到警局，楊寧得自己撐過這段時間。

她坐在偵訊室裡，在心裡叨念：保持沉默、保持沉默、保持沉默。年輕員警走進，手裡拿著一個灰色資料夾。楊寧瞥了一眼，很薄，紙張並不多。那位副隊也在他身後走進，隨手帶上了門。兩人先後在楊寧面前坐下。

年輕蒼白的男警開口自我介紹：「楊小姐，謝謝妳趕過來，我是跟妳聯絡的陳銘祺陳偵查佐，這位是廖警官，偵查隊副隊。我先徵求妳的同意，是否能進行錄影錄音避免我們雙方以後發生爭議？」

楊寧點了點頭。

「這邊要請妳做口頭答應。」

「可以。」楊寧說。

「好的，謝謝妳。那我們偵訊開始。民國一百零八年十一月二十日，星期三，早上十點零五分，在場的有陳銘祺陳偵查佐、廖仕峰廖副隊，以及楊寧楊小姐。請先跟我們核對一下妳的身分。姓名、出生年月日、身分證號碼？」

「楊寧，一九九一年十二月二十四日，K206261189。」

「麻煩身分證……」他伸出手。楊寧從口袋掏出，遞了過去。

陳警官正反面翻了翻，攤開資料夾刷刷刷地迅速登記，接著翻閱裡面的紙張。「好的，接下來要請妳回答我一些問題……」

楊寧開口，單刀直入：「我不知道為什麼我要在這裡。」

「好的，我明白，沒關係。」陳警官敷衍地安撫，像是哄拍小孩子似的，沒有要正面理會的意思，逕自繼續問了下去：「能告訴我十一月五日星期二下午四點到凌晨四點之間，妳人在哪裡嗎？」

楊寧覺得荒謬。現在是演哪齣？

年輕的陳警官看她沒有回應，再問了一次：「十一月五日星期二，我需要知道妳的行蹤，麻煩告訴我妳下午四點到凌晨四點之間人在哪裡。」

「你記得嗎？」楊寧不自覺地脫口而出。「十一月五日星期二，下午四點到凌晨四點，你人在哪裡？」

陳警官挑高眉毛，快速眨了兩下眼睛。

她對自己的嘴快有些後悔，想表達一點善意，努力緩和語氣。「如果先讓我了解狀況，我會比較好幫你。」

「回答這句話就是幫我了。」陳警官帶著微笑，態度強硬。「我只需要妳回答我的問題。」

「這樣的話，我也沒辦法。」楊寧攤開雙手。行啊，一起來硬的。「你突然要我想幾個禮拜前做的事情，我毫無頭緒。」

她眼神冷冽。

「我接到一通電話，說有急事要我來警局一趟，沒有解釋，沒有接到通知書，這程序好像有點不大對吧？其實我更想問，我需要在這裡嗎？」楊寧聳肩。「我不懂這些，也許你懂，我也相信我的律師懂，他在路上了。」

她往椅子後背躺，雙手護胸，調整成既可以防禦，又舒服，更可以表現自在的姿勢。「等他過來，我們應該會比較好溝通。」

陳警官張開嘴又閉上，表情凝結。

「我實在不喜歡茶。咖啡。」楊寧對著廖警官說道，「幫我加牛奶？」

許浩洋很快趕到。西裝筆挺，紳士有禮，帶著不容置喙的冷硬。

兩位警官離開冷氣極強的偵訊室，在外頭跟許浩洋花了一段時間溝通。楊寧什麼也看不到聽不到，一個人在小小的偵訊室裡頭坐立難安，不自覺地咬起下唇，一邊抖起腳。

天知道過多久，許浩洋終於走進。

「還好嗎？」許浩洋在她身邊蹲下。

楊寧輕點了頭。許浩洋握住楊寧的手翻來覆去地看，楊寧搭上他的手背。「我已經待在這裡很久了。」

許浩洋明白她話語間的意思，他停下手邊動作，望向楊寧，欲言又止的模樣。

「不要只是看我。」她語調上揚，眼神不解又急躁。「許浩洋？」

許浩洋舔了舔嘴唇，楊寧認得這個動作。這是他在極度不安時的習慣，有時較艱困的出庭發言前他也會習慣舔舔嘴唇，抿一抿嘴。

楊寧心中警鈴大響。她歪著頭，眼睛瞇起，有點遲疑。「我爸媽？」

許浩洋搖搖頭，停了半晌才緩緩開口：「妳前幾個禮拜自己接了一個案子對吧？在莊敬路那裡。」

她記得。那通詭異的電話，鑰匙、裝著六萬的信封、吊扇。

委託人不滿意嗎？沒清乾淨？金錢上的問題？工作糾紛是楊寧第一個冒上心頭的想法，但迅速被許浩洋嚴肅的神情抹去。事情沒有這麼簡單。

可怕的念頭像閃電般擊中她的腦袋。她嘴巴微微張開，許浩洋點點頭，緩緩開口。

「那是警方還沒到過的凶案現場。」

整句話不難懂，她頭腦接收這些話語，卻無法解讀這些詞彙的意義。

警方，聽過，了解。凶案，這詞也沒問題。凶案是他們接案的大宗，情殺啊、縱火啊、父母帶小孩一起走、兒子砍死爸爸或是自殺的都很多。但是把所有字眼串在一起：警方還沒到過的凶案現場？

詞彙濕答答軟膩的黏在一起，她覺得喉嚨很卡，有東西不上不下哽在那裡。許浩洋雙唇緊閉，眉頭深鎖。楊寧歪著頭，努力咀嚼這個句子帶來的意義，不安和焦慮從腳趾湧上頭頂。她到底給自己招來了什麼麻煩？

年輕的陳警官負責主詢，他問了很多，各式各樣的問題，有些令人不解，非常狡詐，試圖引人上鉤。

「請描述妳的工作。」

「妳公司所有同事跟老闆的名字，還有聯絡方式。」

「妳這幾個月有沒有去過義式餐廳？」

「平常會畫畫嗎？」

「認不認識姓詹的人？」

「妳認不認識姓詹的女性？」

「平常的活動範圍？嗯，開車還是騎車？」

「有沒有人能證明妳十一月五日當天的行蹤？」

「妳有沒有去過中和莊敬路附近？」

「好的，請妳回憶當天的所有過程，對。」

「打給公司……妳當時有做任何紀錄嗎，錄音或是筆記？」

「這我們會派人去查。有沒有人可以幫妳作證？」

「我需要車子型號跟車牌號碼。請妳明白我們必須查扣這輛車子。」

「形容那個郵箱的樣子……等等再回去一點，妳拿到那個信封，妳當場打開還是走到上面才打開？」

「這張紙給妳，筆，我需要妳幫我畫出當天妳進去的房間格局。」

「所有細節。」

「所以吊燈原本就在地上？」

「妳說窗簾是拉起來還是關上的？」

「有人能證明妳的行蹤嗎？」

廖警官目光炯炯地在一旁聽著看著，偶爾會插話提問，犀利而不留餘地。楊寧思緒龐雜混亂，她看著警察嘴巴張開、變換不同嘴型、閉上、再張開，無限重複。許浩洋幾乎替她擋掉了所有問題，只有一些時候，許浩洋輕輕按住她的大腿，她會打起精神，豎起耳朵聽問題，再慢條斯理地回答或寫下。

離開警局時已深夜，楊寧沒有拒絕讓許浩洋送她回家的命令，任由他攙扶著她，回到家，喝了點東西，沖了澡，她終於回過神。她被利用了，凶手利用她清理了案發現場和所有犯案跡證。連一枚完整的指紋也沒留下，乾淨，不留下一絲痕跡。

六萬塊花得可真值得。楊寧心酸又諷刺地想。原來我還有這種作用。

「為什麼妳會直接聯想是自殺？」她想起在那格局方正窄小壓抑的房間裡，廖警官這樣問她。她一時之間難以回答。為什麼會直接聯想是自殺？因為經驗？因為直覺？因為看到一條繩索掛在吊扇上？

「為什麼會覺得這個人——不管妳那時候知不知道她是誰——覺得她失敗了？」廖警官又緊接著問，上身向她的位置傾去，咄咄逼人的犀利姿態。她沒能說話，許浩洋非常不悅，輕按了按她的膝蓋，一面強硬地念了又念律師的制式回答。

廖警官蹺起腿，輕鬆閒適地說：「沒有要逼妳。我只是很好奇，依妳的聰明、經驗和直覺，為什麼會產生這樣的判斷。」

對呀，為什麼呢？她努力回想。那過於黏膩的血腥氣在那幾個小時間，不斷地刺進鼻腔提醒著她，還有那些鼻涕與眼淚，清掃過的浴室，臥室地板擦拭過鮮血的痕跡，不見的掃具……她根本沒有注意到，或說就算注意到了，那時的她根本不在乎。

楊寧終於讀懂這其中的諷刺。當時的她擁有所有線索，凶手將自己赤身裸體的展現在她面前，毫不避諱，直接了當而坦率。

是她自己，在那天清晨，親手將線索一一抹去。

16

她沒能懊惱太久。她知道最好的解決方法就是盡快恢復神智。

隔天一早，老大、許浩洋風風火火地來到楊寧家中，三人討論了一陣，立即著手大規模的源頭地毯搜索。

不管在什麼世紀、在哪個地方，人脈總是最重要的消息來源。楊寧不得不佩服許浩洋和老大的功力，報紙、影片、記者採訪、偵查報告、物證說明、目擊者筆錄、鑑定報告紛紛湧進。原先空白的客廳牆壁如今從天花板到地板，黏滿剪報、各式照片與資訊。整片牆布滿死亡的氣息，扼人而壓迫。

其實他們都聽過這個事件，只不過當時沒多注意，聽了，流過，也就不在生命裡占有任何空間與記憶。這社會的悲劇太多，多到不值得流下眼淚。

目擊者與報案者是同一人，十九歲的大男孩。

掃過一個個檔案，試圖重構當天的現場畫面：十一月十一日，星期一，早上六點十分，天色陰暗，厚重的雲層遮擋住好不容易探出頭來的陽光，層層堆疊的雲層低垂，壓迫著地上的人們。

男孩在廢車場打工剛滿半年，每天早上總會第一個到，將鐵捲門拉起，啟動總開關，檢查大型機具運作是否正常，並遵守不成文的規定幫大叔們帶報紙跟早餐。雖然一直不斷有傳言說會有人來偷廢鐵或鐵屑，上頭也三令五申地威脅要鎖好前中後三道門，但廢車場的鐵門常常沒鎖。男孩倒是很認分，每天六點半前一定會到工廠象徵性地敞開大門，讓那些大叔們搖搖擺擺地進來。

鐵鏽、機械油和那些很久沒清的垃圾十分嗆鼻，總還會有些廚餘，死老鼠之類的難聞氣味。男孩拎著兩袋早餐，誰要蛋餅加番茄醬，誰早餐不吃葷，誰的起司要兩倍，他剛開始摸不清楚，不知道大叔們的少女心，吃了不少苦頭，現在倒也上手。

他擤了擤鼻子，摩娑有些凍的手。週末廢車場休班，每次星期一上工，氣味總是特別難聞。他拿出鑰匙，蹲下準備打開鐵門，卻隱約聽到機器的嗡鳴聲。

破碎機？男孩耳朵很尖，他有些驚訝。廢車場裡有兩台固定式的破碎機。要報廢的車輛拆除車上可以回收的物件後，就會送到破碎機壓扁成一塊車乾。他大力拉開鐵門，小跑步進去。破碎機是醒著的，發出駭人而刺耳的輾壓聲，以一種不容懷疑的氣魄壓向一台藍紫色的休旅車。面板的燈全亮著。

「有人嗎？」男孩大喊，試圖壓過破碎機巨大的轟隆聲。「老闆？阿和？怎麼一大早破碎機就在動？」

回應他的是空蕩蕩的寂靜。

怎麼回事啊？他皺起眉，在桌上扔下早餐。

「有人嗎？沒有人我先關了喔！歹勢！」男孩又喊了幾聲。「失禮喔！」然後向前走到總機面板上按了幾個按鈕。

吱軋——尖銳聲隨之響起。上方的金屬鋼板又往下壓了幾寸，然後，格啦格啦，機器停止，回歸寂靜。廢車場很大，他隨著破碎機繞了一圈，四處張望。沒有任何人影。他鬆開眉頭，剛要轉身離去。

然後他看到了。

幾乎被壓扁的藍紫色休旅，滲出些許紅白混濁的黏稠液體，一路延伸到他腳邊。

一顆毫無生氣的眼珠，滾到褲管旁，定定地看著他。

六點十七分他打電話報案，一台巡邏車於六點三十二分抵達，拉出封鎖線並初步向他問話。六點五十七分正式的專案刑警抵達，某台消息靈通的媒體也聞之前來。

屍塊已經有些腐敗。頭、手、腳與軀幹被切分為六部分，凶手手法生疏，切口處並不俐落，有些肉骨仍沾黏，分裝在三個黑色垃圾塑膠袋裡。屍體在其他地方就已放血，清理過後才裝袋，袋內血液量並不算多。

分屍的器具依據四肢骨頭在顯微鏡下呈現細小歪斜的井字狀，以及遺留的橙色刮痕，經過多層分析，找到相對應的品牌手線鋸，長約六十五公分，多為木工、手工藝使用。另一種則為生活常見的中式菜刀，不鏽鋼材質，刀體長約在一五．五公分到一七．五公分，寬約在七．五到十公分之間。鋒利度與耐磨度皆高。

同一把菜刀在死者肩膀、頭顱、手臂留下多道明顯的刀痕，深可見骨。砍進頭顱的力道極大，但拔出時顯然花了些力氣，刮痕粗糙反覆。死者臉部被剁得面目全非。兩樣器具都沒有在現場發現。

同時，雖然沒有驗出精液，但死者下體嚴重撕裂傷，有遭鈍狀物反覆侵入的痕跡，指甲被刻意剪得短而乾淨，沒有留下他人的皮屑組織。警方將死者特徵丟入失蹤者資料庫：發現縣市新北，年齡範圍估計約十八至二十歲，身高下限一五三、上限一五五，留黑色中長髮、臉型圓，恆牙均已萌出，上下四顆智齒剛萌出不久，無蛀洞，無補綴，腹部左側有一大胎記……不久，成功比對出死者身分：十九歲的女孩，詹嘉佳。

國立台灣藝術大學美術學系二年級。年度GPA排名在班上前十，算是念書勤快，理論比實作在行的類型。喜歡繪畫設計，但顯然藝術程度與其他同輩相比不算特別，社交狀態並不活躍，同學對她的在校表現和私生活不甚了解，除了系上舉辦的活動外沒有參加社團，有幾個會打招呼，下課會在座位走廊聊聊天的朋友，偶爾會一起吃飯，她通常都是負責聽的那個。

其他時候，她幾乎都一個人活動著。

每個星期二三四晚上會到學校旁的義式餐廳當外場，穿上白色制服，打上小領帶，打起精神賺點生活費。大二開始一個人在外租小套房，一個月至少會回雲林老家一次，通常搭火車。父親做水電，母親在早餐店做煎台，有個大兩歲在台中逢甲念書的姊姊。父母都說她與家人關係很好，雖然不多話，但絕對是個乖巧的孩子。

默默生活著，每天做出小小的努力，希望能往上爬又不完全確定該如何是好的，一個普通人。

楊寧看著女孩的大頭照。黑長髮，清秀但不大顯眼的五官，圓頭鼻子，眼角旁有顆顯眼的美人痣，靦腆的笑容。詹嘉佳。楊寧在心裡咀嚼著名字。我那天清掃的就是妳家嗎？她心想，突然有些反胃。

肢解、碎屍在這個時代已非是什麼高明的處理手法，多數時候，肢解只不過是換種方式告訴警方：「嘿！我怕你知道我認識這個人，所以我費盡千辛萬苦把他肢解了喔。」一樓鐵門、木門與門鎖都沒有被破壞的痕跡，鈍物性侵、臉部被毀容、肢解、異地棄屍等，凶手逐漸立體化，警方朝私仇、熟人情殺、姦殺案偵辦。

派出所初步調閱監視器，三台機子同時不眠不休地開啟。廢車場附近的監視器不久前被附近小混混破壞後就沒修繕過，廢車場外的大馬路是中和的交通要道，車來車往，無從查起，住屋處附近的監視器更顯荒謬，修繕公款被挪作共餐活動的經費，巷口那台理當照到凶手的，不知多久前就被前方的榕樹和築巢的鳥窩遮擋，只有模糊不清的、圓嘟嘟的身體與羽毛。

報案的男孩、廢車場老闆與另外四個公司員工經過初步調查後，從嫌疑人之列排除。聯繫詹嘉佳的家人、朋友、學校同學、教授、打工餐廳的同事上司等也費了一番工夫，有媒體關注的案件查起來腳步總是勤快許多。警方仔細盤查，一無所獲，調查陷入膠著。

然後，第二波檢驗報告出爐。

法醫指出，死者臉部有除了剁刀之外的割痕，可能為尖刀或銳利的刮片留下的痕跡。更重要的是，死因並非刀傷，而是勒殺。

勒殺不稀奇，稀奇的是，死者的脖頸有兩圈不一致的凹溝。

一條是被勒死的痕跡，一條是上吊自殺的痕跡。

楊寧眼睛睜大，鼻孔噴出白霧。好冷。兩條？她能想像廖、陳兩位警官接獲報告時內心的吶喊。死者脖頸被菜刀以十二至十五下剁斷，切口不平整，甚至出現多次切割的痕跡。法醫檢查時發現死者嘴裡的玫瑰齒，以及鞏膜和結膜點狀出血，再驗，發現死者被亂斬肢解的脖頸有兩圈幾乎無法分辨的凹溝。

人自縊或被勒死時，索狀物在皮膚上留下的勒痕、瘀傷，法醫稱為凹溝。詹嘉佳雖然遭到嚴重肢解，索狀物的痕跡仍保存了下來。人死後，細菌會沿著血管、淋巴管擴散至全身，讓屍體逐步腐爛，而凹溝處因為組織受到壓迫，下方血管塌陷使到達該位置的細菌減少，反而減緩了腐爛的速度。

第一圈，是在甲狀軟骨下方、與脖子水平的、暗褐色凹溝。幾乎難以辨認，但法醫仍判斷這溝痕深淺大致相同，是凶手從死者背後攻擊，從兩端橫向縮緊索狀物，留下的勒殺痕跡。同時甲狀軟骨骨折，舌尖有咬傷，伴隨凹溝邊緣出現了細小出血點，從而判斷詹嘉佳是生前、分屍前遭到凶手勒死。

第二圈，是在舌骨與甲狀軟骨之間、V形、黃褐色凹溝。斜過頸部位置，前側的凹溝比較深，後側的凹溝較淺，屬於典型的前位縊型，也就是最常見的、繩結在後的上吊方式。

被勒死與上吊自殺的痕跡並存，警方的偵辦方向出現了矛盾：兩條凹溝代表著什麼？凶手勒死詹嘉佳後，把現場布置成自殺，但因為某種原因失敗了，只好把她肢解？

而那道割痕又是什麼造成的？凶手為什麼要隱藏臉部那道割痕？

「唔。」楊寧發出短促的聲響，表達對凶手的讚賞。

原先凶手的動機和手法看似粗糙直白並不難懂，而現在分屍、肢解不一定代表凶手認識死者，更可能是為了隱藏這兩道凹溝；將臉剁得面目全非可能不是為了發洩恨意，更可能是為了隱藏那道割痕。凶手很聰明，他知道法醫與警方終究會發現這些跡證，但他已經替自己爭取到兩個多星期的時間。

兩個多星期能做很多事，滅證、串供，甚至說不定早已潛逃出國。警方頭痛得很，只能先以索狀物的種類作為大方向，研究型態、寬度、深度、硬度、顏色等，經過多方比對後，判斷是一款常見的小型吹風機電線。

因為臉早已被剁糊，那道割痕的源頭始終沒有定論。直到一篇小吃店電扇刮傷老婦人的新聞，廖警官靈機一動，終於找出臉上的割痕源頭：吊扇。

楊寧終於明白自己是怎麼被盯上的。警方撒網搜尋了大台北的回收場，在中和一座回收場找到了楊寧丟的電線與吊扇，調閱路口監視器後鎖定了她的車——公司的車——銀白色得利卡，再到那間小套房，一路循線到她身上。

苦澀的膽汁湧上，楊寧喉頭一陣緊縮。

她吐在女孩的照片上。

17

資料很龐雜，光是閱讀就花了楊寧整整兩天時間。她也清楚警方——尤其是那該死的廖警官——完全不相信她的說詞。他們有多想逮捕她，只是苦於沒有足夠證據，也找不到楊寧與死者的關聯性，恨得牙癢癢地卻也只能任由她在外。

兇手不但替自己爭取了時間，模糊了偵訊方向，還讓楊寧清掉了所有跡證，最後更讓她揹了鍋。為什麼？楊寧雙手合十輕放在鼻尖，蹲在椅子上搖晃，思考著。為什麼是我？

一定要是我，還是公司任何人都可以？

兇手直接打電話到公司，有可能被任何人接到。通常會直接轉給老大或請他們留下聯絡資料，然後由老大前去判斷現場狀況需要多少人力，所以或許原本並不是要嫁禍給她，而是老大？這並非不可能。楊寧抓起筆，潦草寫下想法。

但當時她有跟兇手通過電話，兇手知道老大不在還是要求快速處理，似乎沒有要指定誰的意思。

又或許，楊寧起了雞皮疙瘩。兇手知道，那天公司只有她一個人？

楊寧伸了伸懶腰，然後撐住椅子把手，雙腿一蹬，蹲到椅子上方，雙手環著膝蓋。椅子瞬間產生微小的晃動，但很快地穩住。現在她只有兩個選擇：第一條路，坐以待斃。她就這樣乖乖待著，當個被保護的小綿羊，等警方找到或「生出」對她不利的證據，或者誰知道凶手還藏了多少彩蛋？說不定警方心血來潮再翻一翻垃圾桶，還是去哪家回收廠又找出什麼足以定她罪的東西。楊寧想像廖警官踏著高傲又沉穩的步伐，嘴角藏不住笑意地走進家裡，毛頭小子陳警官得意洋洋地宣讀嫌犯權利，歡欣鼓舞地將她上銬。

楊寧齜牙咧嘴地想著。這面牆一定可以讓警方高潮不斷，可能連老大跟許浩洋都會牽扯進去。死路。

她從沒選擇過坐以待斃，也從未選擇委屈自己或拯救蒼生，她不是那麼善良的人。要死，她也會拖著全世界一起陪葬。

所以不管第二條路多難走似乎也只有這個選項了。她沒有足夠的資源能找到那該死的凶手，但至少她不會讓所有人那麼好過。

「我得回去。」

許浩洋看著她的眼神像看著一頭怪物。

楊寧焦躁地搓揉手指，浮躁但思路清晰，她非常確信自己的論點。「我清掃完以後他一定回去過。我不知道什麼時候，可能五點或者我一走他就進去了。他可能一直躲在巷口或者樓梯間，那裡有地下室，說不定他一直都在那裡守著。」

楊寧在客廳踱步。「我得回去找。」

許浩洋一臉不可置信。「回去找？」

「你看，」楊寧語速飛快，「有很高比例凶手會回到案發地點。他殺了人而且找我去滅證，他一定很想確認我有沒有好好照吩咐清乾淨，對吧？去驗收成果。」

「有這個可能。」許浩洋緩緩地說，企圖安撫她。「但每個殺人犯的動機不同，並不是所有人都會回到原地。更何況妳回去沒有意義，現場該搜的警方都搜完了。」

「他們是用看的。」她的目光如炬。「我要用聞的。」

「現場去過多少警察，氣味早就雜了，妳聞不出什麼。」

「誰知道。」她聳肩。「總要到現場一趟才能講。」

「寧，妳認真聽我說。」許浩洋伸手按住楊寧的雙肩，逼迫她目光對視：「現在有多少警察在等妳自投羅網，妳知道吧？那棟公寓外面很有可能就停著一輛車等妳回去。他們不會相信任何理由，只會覺得妳是回來毀證的。」

「我知道。但是現在這些資料，那麼多欸，你看，監視器的車牌照、目擊證人的筆錄、我扔在垃圾場的手套……」她一個個拿起，雙手比畫著。「全都指向我一個人，警察沒有其他嫌疑犯，更準確地說他們根本不相信有其他嫌疑犯，再沒多久就能把我弄進去了，這點你最清楚。」

「我知道就算過去也不一定能找到什麼，」楊寧誠懇地說，「但這是現在我唯一可以做的。」

許浩洋沒有回話。

「相信我。」她開始動身收拾後背包。

「那至少讓我確定妳的安全。」許浩洋艱澀地說。

「我沒意見啊。」楊寧把手機拿起，輕輕搖晃。許浩洋看著面板亮著，機身微微震動，顯示著老大。「但你得知道。我知道怎麼保護自己。」

手停在鑰匙上，許浩洋戴著全罩式安全帽，沒有轉動它。

「老大說現在沒有條子，動作要快。」楊寧扣上安全帽，跨上機車，指尖無意識地碰了許浩洋的腰，才觸電似地想起，雙手往後，抓住後扶手。「誰知道他們會不會突然無聊決定再派人過去。快點快點。」

悶在安全帽裡的聲音聽起來很苦澀。「妳確定？」

楊寧眼神堅定。「走。」

路程不遠。他們將機車停在巷與巷之間監視器的死角，架在水溝蓋上，兩人徒步到了詹嘉佳樓下。

「給我十分鐘。我聞一圈就下來。」

許浩洋搖搖頭，死活不願意，硬要陪她一起。

「你在這裡把風。」楊寧用氣音著急地說。她可不想吵醒一樓的拾荒戶。這對六十好幾的老夫妻是警方目擊證人，筆錄洋洋灑灑。「你知影謀！我共你講你欸知影，咱攏足早眠，結果聽到外口並蹦叫，吵死人，東西倒一片，弄倒別人的東西還不放好，有夠夭壽，你敢知？想說外口冷明天早上再起來收，先睏，結果半夜三點多又並蹦很大聲，開門關門的聲音吼真的是，一個女孩子家鬼鬼祟祟，來來回回，提烏色塑膠袋仔上車，齁頭誠濟……」他們說得言之鑿鑿，台灣國語交雜繪聲繪影。這條巷子的監視器五六年前就壞了，撥下來的經費里長拿去辦里民共餐活動就再也沒有下文。這段老夫妻的證詞對警方來說是很有利的證詞。

筆錄跟鄉野傳奇一樣厚長，楊寧越看越氣。

「一起上去，不然就回頭。」許浩洋下了決定。

「他不可能在裡面。」

「誰？警察還是那個變態殺人犯？」

「都不可能！」她用氣音急忙忙地說。她不願在一樓爭執，沒有時間讓他們浪費。

「如果不小心弄亂房間或留下生物跡證就糟了，我去幫妳盯著。」許浩洋說，「至少讓我幫妳拆封膠，我比妳細心，這是事實。」

楊寧無可奈何地點點頭。

「五分鐘。」他說，一邊戴上手套。「我們只上去五分鐘。」

女孩的房門外貼著黃黑封鎖膠帶，走廊很安靜，楊寧不禁好奇其他六間房客還敢不敢繼續住下去。許浩洋彎下身子，抿著嘴，小心翼翼地拆下膠帶，毫髮無損。

房門沒鎖，吱吱呀呀地展開，裡頭沒開燈，沒有人。兩人躡手躡腳進入。

警方把現場破壞得一團糟。楊寧不悅地嘖了一聲，想當初她整理得多麼好。她伸手，從寬外套口袋裡掏出一疊照片，這屋裡的、還有詹嘉佳被肢解的屍體。許浩洋瞄了一眼，隨即轉身背對，小心翼翼地在房裡移動。

她回想這裡的生物標記檢驗報告、警方的猜測，還有那堆她一知半解的名詞，她試圖回想當初打掃前的模樣，散落的天花板、粉塵、吊扇、碎片、繩子、血跡。她記得吊扇當時落下的位置，也記起側面床板有被腳印踢過和撞擊的血跡，當時刷洗過後她還特別拿機器把木板給磨平磨勻，上了蠟，洋洋得意，自以為貼心和專業，現在才意識到，那點痕跡或許就是詹嘉佳用盡全力反抗凶手留下的。

她想著詹嘉佳死前倒的可能位置，想著當時浴室的磁磚縫的血跡，她嘗試復原凶手的作案過程，環視房間直到頭開始發疼。她突然懂為什麼廖警官和陳警官會對她如此不滿，就算不是嫌疑犯，對他們來說，楊寧破壞了一切。他們在這裡一無所獲。

如果調換身分，她肯定會把自己碎屍萬段。

她拉開衣櫃抽屜，把內衣一股腦兒地抓出來，許浩洋連忙接過，抱著一團內衣褲不知所措。

裝著畫的匣子不在。楊寧回想警方查扣的現場物品清單，並不記得有這項。

「放回去吧。」楊寧焦躁地指示。她看著凌亂的現場，忽然有些茫然。

從何開始呢？

許浩洋不敢打擾她，關上衣櫃後，識相地在一旁翻看警方丟在桌面上的物品。楊寧做了幾個深呼吸，站在小套房的正中間，嗽起鼻子。沒有，聞不到，死亡的氣息早在她打掃完畢後消失，沒有了死亡作牽引，她的鼻子等同於廢物般存在。

她努力靜下心，又試了幾次，但鼻子就是喚不醒，一片空茫，慘澹的虛無。

楊寧徬徨失措，是她自己提議要來的，卻全然忘記她的鼻子需要死亡作為獻祭。

許浩洋發現她的不對勁，輕輕地喚了她的名，楊寧沒有聽到，她握緊拳頭，拚命思考：該怎麼辦，哪裡還可能藏有死亡？

楊寧跪在床邊，將鼻子緊貼在床板上，她像小狗一樣鼻子抽抽抽，顫動顫動，趴在床板上游移。她清理得很乾淨，地板、牆壁、床板、衣櫃板，甚至是書桌下面都洗刷得很徹底，清爽潔淨。她怨嘆當時的認真，不安焦慮地咬著下唇。突然想起，那時候按照指示她只丟了吊扇、電線、床墊還有原本就包好的垃圾，其他物品都沒有碰。如果詹嘉佳確實是在這裡被勒死的，剩下的物品可能仍吸附著氣味。

越是短纖維的材質，表面越是不光滑的材料，對氣味的吸附能力就越強。她環顧四周，接著走到書桌前，扯開整包衛生紙。

短纖維材質，構造鬆軟以及密集壓凹凸的點狀花紋。衛生紙符合了氣味吸附的條件。她將臉埋進。楊寧眼睛睜大，幾絲幽微的、還未散去的死亡與恐懼飄散進鼻腔。有了死亡作祭，她像吸入毒品一樣，嗅覺瞬間被沖開，氣味開始現形。

她四處走動，屋子裡的氣味並不突出，很淺很薄，但若仔細嗅聞，會發現屋子裡瀰漫著密閉空間的潮濕與霉味，混合她那時打掃的清潔劑，形成一種潔淨卻又沉悶的閉環式氣味。地板與牆壁散著鑑識用的化學藥劑痕跡，空氣粒子更承載著警方來去的汗味與體味。她不理解化學藥劑，人類的氣味她也無法辨別，只能先認真地聞，在腦海記下氣味的形狀表徵，暫存歸檔。

嗅了一圈，沒什麼有意義的發現。衣服被衣櫃保護著，沒有沾染到案發時的氣味，現在只散著白茶花的洗衣精味跟惱人的手套塑膠味。

她拿起來聞一件，許浩洋就跟在後頭摺一件。

楊寧專心思考，希望還能找出些什麼。

「有沒有什麼遺漏了……」她有些焦躁。好不容易來了那麼一趟，無功而返也太不值。她抬頭，看到床頭正上方的小方窗，兩本書橫向並排的大小，這房間唯一的迷你小窗戶，垂掛著一塊小窗簾。

「寧，」許浩洋不時低頭看錶，九分十七秒，比預期的要長上許多。「我們得走了。」

楊寧比了手勢，要他等等，她緩慢地踏上床板，走往窗戶，小心翼翼地將頭湊過去，閉上眼。

她聞到了。

一縷溫柔的甜味，有些老舊木頭氣與幽微的玫瑰花香，與老式家宅的安靜圓融感。僅存幾絲氣味還勾在窗簾布上，輕輕地拉著布，繾綣慵懶的模樣，好像隨時都會鬆手，消散至空中。

「你有聞到嗎？」楊寧開口，比起問許浩洋，更像是在問自己。

「這不是詹嘉佳的。」她呢喃，「這是他的味道，他留下的。」

若有似無，難以捕捉。楊寧深吸了幾口，有七成的機率她嗅不出來。

「好像……」她不自覺地降低音量，鼻翼顫動。「……我好像聞過……」

所有感官凝為嗅覺，她竭力摸索記憶。就像是在深夜加油站突然聽見一首廣播歌曲，你知道你曾經聽過，甚至喜歡過，如此熟悉又陌生。卻始終想不起歌詞歌名，想不起為何這零落的曲調會勾起回憶，害怕如果在音樂結束前沒記起歌名，你會永遠失去它。

想！

楊寧急忙踏入她腦中的氣味圖書館，她的氣味宮殿。往玫瑰花的書架找？她聞過的玫瑰不多，也許從木頭？從木材找……但這個木香屬於哪一種？那種陳舊的味道又是什麼？

咬緊唇，閉著的眼皮下眼珠激烈轉動。她知道正確解答就在那，一蹴可幾，卻不知該往哪個方向去。

「該走了……」許浩洋再度發出呼喊，他的視線頻頻在手錶和門口來回停留。

她猛地睜開眼，沒有多想，一把扯下窗簾。

「楊寧！」許浩洋發出震驚的警告。

她走出房間，頭也不回。

18

妳會發現嗎？我留下的線索。

妳的嗅覺，我的氣味。

妳會發現嗎？我們是同樣的人啊。

用氣味了解世界的人，用嗅覺先行的生活。

妳會發現嗎？

我們比任何人，比任何人都想念他。

19

風從下巴呼嘯而過。

在一間便利商店停下，讓她下車買點東西。她像狗直挺挺地闖入，在架旁伸出鼻子聞聞嗅嗅，接著開始搜刮架上的香氛物品，淡香水、洗髮精、沐浴乳、香皂、香氛蠟燭、化妝品……像個暴發戶將所有東西席捲到櫃檯上。

值晚班的平頭小哥的眼神，就像活見了鬼。

「需要郵寄嗎？」他不知所措地問道。顯然員工訓練沒有包含這項：當夜深人靜的凌晨，一個戴著安全帽全身包裹緊實的詭異女子，掃光貨架上的生活物品時，他們應該要怎樣處理。

楊寧搖搖頭。「直接帶走。」她伸手進入包包翻出皮夾。

平頭小哥雙手機械式地刷起條碼，但心裡的古怪和納悶未消，嘴唇嚅動，小聲吶吶地說：「其實旁邊有一家愛買……」

楊寧沒有聽清，只是掏出一張信用卡，剛舉到小哥面前，突然想起什麼，手縮回將卡放好，拿出幾張千元鈔。「我需要袋子。」

過不久嗅覺就將消失，一踏進家，顧不得要先洗手沖澡，一個勁地催促許浩洋把所有物品拆封。她一屁股坐到地上，胡亂粗魯地撕開香皂包裝，拿到鼻前，閉上眼睛。這樣做只是大海撈針。但她依然一個接著一個試了下去，直到客廳滿是凌亂的用品與塑膠包裝，而她的鼻子被化學香氛熏得疲軟。

楊寧對香水一竅不通，不知從何著手，整夜翻來覆去，直到公車轉彎逼逼聲，太陽逐漸上爬，她站起身，決心用土法煉鋼的方法：帶窗簾布到百貨公司的香水專櫃。

氣味真的太淡，楊寧耗了一整天，沒有櫃姐櫃哥聞得出上面有附著香水，更不用說是什麼品牌了。有些人會拿櫃上的樣品要楊寧聞看看，但楊寧只能搖頭苦笑。她沒有費心解釋過原因，也沒有人問過她什麼，保持一定的距離與善意或許是台灣人特有的善良，對楊寧來說這是不會灼傷的距離，對有些人來說卻是冷漠。

窗簾上的氣味每分每秒在消失。

「其實妳該找調香師。」一個年輕櫃姐喊住她。「他們才是真正設計香水的人。」

「等一下喔，我找電話給妳。」櫃姐拿出便條紙與原子筆。「……郭仔是我朋友，人瘋瘋癲癲的但鼻子很靈敏，妳可以打打看，這是他ＩＧ名稱，電話沒通妳可以私訊。」

櫃姐點開手機通訊錄，一邊刷刷刷地動筆。「另外方……忘記第二個字怎麼寫……喔這個馨，方馨郁，是我香水課的老師，我都叫她方姊，她非常有才華，三十一還三十二而已，之前在國外讀研究所，現在回來當老師。」

「妳跟她見一次就忘不掉，真的，她就像行走的高級服裝型錄，再浮誇的顏色和香水都駕馭得了。」嘴沒停，抬頭的眼神滿是崇拜。「妳能想像有人踩十五公分的高跟鞋，穿華麗大蓬裙跟大耳環逛夜市嗎？她就是會這樣，完全做自己，氣場開到最強。」

「刀子口豆腐心，有點心理準備不要被她嚇到就好。」楊寧接過便條紙的瞬間，右手已經輸完郭仔的號碼。櫃姐的話都還沒說完。「……妳打過去問，就說是我介紹的，他們人都很好。」

打了兩通郭仔都沒接。楊寧快速地輸入方姊的手機。

「嘟……嘟……嘟……」凌亂的心跳與平穩而規律的嘟聲形成強烈對比，嘟聲越久，心臟越發不安而猖狂地跳動。「嘟……嘟……嘟……」

「喂？」話筒那端傳來清脆的聲音。

「讓我來！」櫃姐蹦蹦跳跳地，積極地接過電話。「嘿方姊！是我啦！」她親親熱熱地跟對方問候起來，閒聊了幾句。「我有一個客人，她想……」

楊寧盯著櫃姐的嘴唇，每個嘴唇的開闔張咬，每個字的發音。

「幾點？好耶我問她！」她輕摀話筒，轉頭面對楊寧。「晚上六點半在內湖有一堂調香課，大概十點結束，十點後妳可以過去找她。」

櫃姐突然想到什麼似的，興奮地說道：「還是妳會想上課？我問問有沒有名額？」

楊寧微一遲疑，接著很快地點了頭。櫃姐笑得燦爛。

「方姊啊，妳課還有沒有位置，讓我的客人直接去上，體驗妳的魅力比較快啦？拜託嘛，她很需要幫忙，很無助欸。」楊寧聽著櫃姐自然地撒嬌，有些尷尬和懷念。這是楊寧許久不見的模樣。

「妳最好了！下次請妳吃飯，那家上次沒開的義大利餐廳啊，謝啦謝啦，掰掰！」

熱情的櫃姐將手機還給楊寧，雀躍地說：「我把地址寫給妳。」

楊寧看了手機時間：18:10。

「喏！」她將紙條連著名片遞給楊寧。「方姊一定能幫到妳。如果之後有問題再打給我，我看能不能想辦法。」

楊寧看著那張紙條，沉默了一秒，然後緩緩吐出：「謝謝。」她已經很久、很久沒對人說出這句話了。

櫃姐笑得燦爛。「快去。」

20

楊寧鼻子與嘴巴上下一起吸吐吸吐，喘著氣推開門。踏進教室時指針已過半。

「……精油的萃取方法基本分成四種大概念。第一個蒸餾法，投影片這裡，這台機器就是平常工廠在使用的……」方姊沒有招呼楊寧，繼續講著課。楊寧也沒有多話，逕自躡手躡腳地到教室最後面角落坐下。「適合可耐熱又不會被破壞的植物，像是大馬士革玫瑰，還有大部分的花朵類……」

楊寧低頭看向眼前桌面，正前方擺著幾張空白的筆記紙、聞香紙、空的玻璃香水瓶、量杯、攪拌棒、茶壺、茶杯、一杯咖啡渣、配方單與一張課程介紹小卡，上頭用花俏華麗的字體寫著：「香水，寫給自己的一封情書。」

楊寧抬頭張望。八人的小型基礎課程，每個人都聚精會神，偶爾低下頭抄筆記或舉起手機拍下簡報。助理躡手躡腳地走到楊寧身旁請她在點名表上簽了名，楊寧跟她借了支筆，努力跟上節奏。

「……一噸茉莉花約八百萬朵，只能產出一公斤的茉莉原精……」方姊站在講台上仔細講解基礎知識。「像生薑、乳香、金盞花精油，會使用超臨界萃取法，氣味與一般蒸餾萃取會有所不同……」偶爾會有學生舉手發問，大家看來都對香水有一定的了解，只有楊寧一肚子困惑，聽得吃力。

講台前擺著兩排精油，方姊要全部的人到前面嗅聞，一邊說明每個精油的調性氛圍與屬性。楊寧聞不到，她站離人群，手拿筆記本努力記下每個形容詞，每個詞彙和每個問題與解答。以往楊寧依靠本能嗅聞，野性而原始，她不曉得香味的專用語言，更不明白氣味有那麼多學問。

「回到座位，我們做一個氣味練習。」方姊要大家拿起桌面的茶壺，將熱水沖入。「開始之前，請大家閉上眼睛，深呼吸，慢。直到放鬆，吸氣吐氣，放鬆。」

「好了嗎？現在把茶倒入茶杯，七分滿就好。吸氣時，茶湯距離鼻子一兩公分。吐氣時，朝杯外呼氣。反覆幾次，直到你有感覺，好像聞到了什麼。」

「有些人可能比較快有感覺，有些人比較慢，沒關係。聞到的人拿起筆，寫下香氣的強度，你覺得強度如何？是微弱的，平緩溫和的，還是非常強烈？」幾個學生遲疑地拿起筆。「照自己的呼吸節奏，慢慢把全身的感官聚焦在鼻子，專注在呼吸。依照前半段課程教的嘗試分析氣味類型。它是什麼類型的香？是哪種調性的香水？毫香、花香、嫩香、甜香、果香、草香、清香、火香。短時間還無法分辨也沒關係，依照直覺寫下最接近的，相信自己的判斷。」

「再做幾次深呼吸，聞茶，有沒有覺得味道有些似曾相識？像青草、泥土，還是像焦糖、桂花？食物也可以，回想這個味道讓你想起了什麼，你覺得它是什麼顏色的？明亮的綠色、紅色還是柔和的鵝蛋黃？是光滑的還是生硬、粗糙的。把它寫下來，試試看。」

楊寧望著方姊走到教室最後頭，輕鬆地倚在門邊看著學生。有的捧著茶杯吸氣，有的搔頭努力擠出字彙。楊寧思考了兩秒，放下茶杯，跟著走到後面。

「妳不試？」方姊眼睛直視前方學生，依舊沒有正眼看向楊寧，她拿起水杯啜飲，一副閒適自得的模樣。「我看妳都沒有在聞，認識精油的時候也是，站得很遠，鼻子連動都沒動。對妳來說太簡單，還是太無聊？」

「我有嗅覺障礙。」楊寧緩緩開口。「後天的。平常聞不到也吃不出任何味道。」

方姊緩緩放下水杯，第一次回頭看向楊寧。

「只有在某些特殊、很罕見的狀況下我可以聞到味道。」楊寧停下，最後還是補上一句：「而且比一般人更靈敏。」

方姊挑起眉，雙手抱胸，臉上掛著淺淺的笑，看起來很有興趣。

「我需要妳的幫忙。」她從包包裡取出一個密封袋，密封袋裡裝著摺好的窗簾布。「能幫我聞這個嗎？」

兩人對望。方姊一手輕巧地玩弄頸上的蛇形鑽鍊，眼神饒富興味又犀利地上下掃著楊寧。楊寧沒有退縮，直勾勾地。

方姊鬆開項鍊，輕動了動手指，助理誠惶誠恐地跑上前。她在助理耳邊說了幾句，接著身子離開門框，率先朝楊寧開口：「走吧，到外面，這裡味道太重。」

眾人還在努力與茶和腦中詞彙奮鬥著，楊寧跟著方姊走出教室，關上大門。

十七樓的走廊落地窗，透著外頭點點霓虹，搭上微醺氛圍的暈黃燈光。方姊接過那一小塊窗簾，小心翼翼地在鼻前晃動。

她閉上眼睛，凝神專注。良久，狐疑地睜開眼，歪著頭。「妳想要聞出什麼？」

「上面有一個香水的味道。」

「香水？」方姊嗅了許久，有點遲疑地開口。「妳確定？」

「確定。」

「確定？妳這個香水噴多久了？」

「我不確定……可能有好幾天了，也可能更久……」

「香水的味道沒辦法持續好幾天，早就揮發掉了。」

「也可能是某款洗衣精或沐浴乳的牌子，不過我覺得是香水的機率還是比較大……」

方姊搖了搖頭。「除了布料的發霉潮濕，我沒有聞到其他的味道。」

楊寧整個人像縮小了一號，手垂到身子兩側，頹喪不已。她沮喪、輕緩地說著：「混合木頭跟玫瑰花。」

方姊眼睛一亮，點了點頭。

「拆開來的話，木頭味道比較重，不是清新舒爽的那種，有點冷冽乾燥的森林感，像是雪松與檀香這類生冷的木質，如果用摸的，會有些粗糙……」楊寧聚精會神地回想。「玫瑰聞起來很濃厚，帶點侵略性，但不是生氣活潑那種鮮紅，比較像公寓外牆的磚紅，比葡萄酒更深更老舊，有點……嚴肅。」

「還有麝香與香草，輕輕拉著尾巴，像老舊的香草紙。」

「這些混在一起之後氣味很和諧，怎麼說……本來木頭的生硬被玫瑰修飾得很圓潤，玫瑰的嚴肅和濃郁被稀釋掉了，達到一種平衡，感覺很莊重……大方。」

方姊看她的表情很古怪，是讚賞也是驚訝。

「還有嗎？」

「差不多就這樣了。」她盡力了，真的。

「下課後給妳清單。」她簡短俐落地下了結論，接著走回教室，回到講台前教導調香的重點、方法與步驟。眾人躍躍欲試，興奮地拿起配方單，照著步驟調製香水。

楊寧沒有動手，她垂下頭，靜靜在座位上思考整件事的意義。

執著於香水這條線只是個感覺。沒有特殊的理由，一個直覺，依照她最有力量也最無力的感官。

如果接下來她真的能夠這麼幸運，幸運地找出凶手身上的香水品牌又如何？下一步是什麼？她該怎麼辦？找出所有通路？一個一個挑出買過香水的人？把上千上萬個在台灣使用這罐香水的人列為嫌疑犯？她沒有資源可以做這些事，就像她沒有能力調閱監視器、買車紀錄和通聯紀錄，她能做的事太有限了，而有能力跟資源的那群人卻一口咬定她是頭號嫌疑犯。

如果方姊列出的清單裡，沒有她要的那瓶香水呢？這條線斷了之後，她的下一步是什麼？她的前方是一團迷霧，沒有盡頭，也就沒有終點。不知道何時才能停下。

一陣噁心，楊寧嘴裡含著一口從胃部湧上的酸液，她任憑它停留在嘴哩，想像那苦澀，下一秒，她將胃酸吞了回去。

21

小支詫異地打開內門，老大站在他身後，雙手環胸，眉頭緊皺。兩人望著鏽蝕的鐵欄門外戴著全罩安全帽，大口喘著氣的楊寧。

「是飆多快？」老大臉色不善。

她肩上揹了個重型背包，另外拖了個二十吋的大行李箱，站在兩人面前。

楊寧呼吸深沉，目光沉重卻依舊銳利，下眼袋厚粗，眼白布滿蜘蛛網般的血絲，彷彿一頭飢餓又亢奮過度的獸。疲憊不堪仍舊緊繃著神經，直到找到獵物那天，她才能停下。要不，等待的就是死亡。

「妳是幾天沒有睡覺了蛤？」

「看起來氣色很不好。」小支打開了門。楊寧卸下身上的行囊，接過小支遞上的防護服，換了起來。

「吃過沒？」老大的神情極度不悅。

楊寧只簡短地嗯了一聲，雙手合掌鞠了個躬，接著逕自走進屋內。沒有人要她開口，一問一沉默，已是三年來跟楊寧相處時的常態。沒人敢提自己想念過去，彷彿想念從前，就會扼殺掉現在。

肩上揹著一個六十公升登山背包，遠遠大過於她的身子，她駝著背，向前傾斜，被壓得很小。背包與行李箱裡瓶瓶罐罐裝滿了香水。前晚下課後，方姊遞給楊寧一串名單，三十幾瓶以花香調、木質調跟琥珀調為主的香水，以及不少品牌名與調香師。

楊寧當場抓起手機，下訂了清單上的所有香水。拜現今快遞的高效率，香水今天下午便陸續抵達家門口，楊寧立刻打電話給了老大，拜託他找可以「使用」的現場。她需要死亡來做牽引。

現在，她站在往生者的客廳，顫動著鼻翼吸納進空氣，腥臭灌進鼻腔。讓氣味衝撞腦殼內緣，氣味進入血液的速度比想像中更快，楊寧長吁了一口氣。極惡的臭，她很滿意。

她的臉乾淨無比，沒有任何覆蓋，老大沉著臉，咂了咂嘴，冷颼颼的凶氣滿溢而出。

這裡的氣味足以提供給警方或者黑道刑求，人類會為了躲離這種氣味招供出一切，供出首腦的名字、金錢，如果有人為了逃離這裡而犧牲愛人也毫不意外。惡臭與疾病透過眼睛、鼻腔黏膜進入體內，侵蝕內腔，一口口啃食殆盡，他知道那會有多快讓人耗竭。

但這是楊寧的毒品，她已習慣用自我虐待來確定存在。

他痛恨她用這樣的方式自殘，但他懂得這種感覺，他明白，曾經他也住在這個循環裡，為了忘記某個女人留下的孤獨感，他做了許多瘋狂的嘗試。

為了戒掉一個癮陷入另一個癮。人性不可避免的盾與矛。

「老大……」

「啊？」他回過神。楊寧喊了他很多次。

「廁所嗎？」她知道答案，但還是問了。是保留給他的尊重，他懂。

他指著廁所的方向，嗓門很大，企圖掩飾剛剛陷入的溫柔與慌張。「嘿啦，味道重得跟鬼一樣。」

楊寧點了點頭，推著行李箱走近。

她打開廁所門，氣味如洪水猛獸，無情憤怒地撲了出來。廁所糞便與血液蔓延至每一塊磁磚，每一條縫隙，洗手台下方規律地滴著水，泥紅色的細縫長出幾朵傘狀的菌菇，上頭布滿小黑蟲一口一口吃著。幾隻蟑螂飛起，掠過楊寧的髮絲，前往其他地方探險，其他揮舞著觸鬚留在原地吃食，發出磨蹭的啾啾聲，彷彿在責怪楊寧打擾。

楊寧將廁所門大開，在旁邊沒有沾染的空地鋪上幾張紙巾，將香水瓶一一拿出，盤腿坐了下來。她記不起那些害怕蟲子的人生，她曾是那個會發出高分貝尖叫的人啊，那個跟楊翰一起嚇得四處亂竄，縮在棉被裡語無倫次，最後只能硬著頭皮打電話找許浩洋求救的小女生已不復存在。

現在的她背對屍蟲們，沉穩地坐著，專注於呼吸。氣味進入她的血液，像在路上與初戀重逢，像是未曾忘記的刻骨銘心，心跳加速，小鹿亂撞。她分辨得出每一縷氣味的源頭，屬於血液的，屬於肛門的，屬於蛆蟲的。

感覺自己盈滿力量。

楊寧旋開香水瓶，開始測試。

不用花上太多時間，只需吸上一口，便能確認這是不是她需要的。但每一瓶她還是細細地聞上了許久，品嘗、辨識、歸檔。

按照處理順序，應該要從屍臭味最濃，通常也就是案發地開始清掃，但楊寧需要廁所，所以老大和小支只好先從廚房收拾起，兩人都無法靜下心，頻頻偷覷在廁所前像在進行某種古怪邪教儀式的楊寧。

第二十一瓶。

她的精神緊繃，不安的思緒不斷占據腦子，難以專心，皺起眉，努力壓抑湧上心頭的焦躁。

第二十二瓶。

這讓她想起高三坐在許浩洋隔壁，整天嗲聲嗲氣纏上媚下的女同學。

第二十三瓶。

瞳孔瞬間擴大。木頭混著玫瑰。冷靜，她告訴自己，瓶口顫抖地碰觸鼻尖，冷靜，她努力壓下激動，再次閉眼嗅聞。是有點相似的木質調，但她要找的味道更冷冽，這瓶香水混有雪茄潮濕的末端菸草，加上多汁的梨味，整體來說更甜更潮濕，但後調確實極為相似。楊寧顫抖著手，放下第二十三號。瓶子撞擊瓶子，發出喀啦喀啦的清脆聲響。如果這三十七瓶都沒有符合的怎麼辦？她的下一步在哪裡？拿起下一瓶需要力氣，她的手臂肌肉抽動。

第二十四瓶。

不是。還是不是。她呼吸的節奏開始混亂。

第二十五瓶。

她鼻孔放大。

楊寧幾乎不敢置信，反覆聞了又聞，確認再確認。是它。是她要的味道。她想起來了，在某個男孩家打掃的時候，她聞過一樣的氣味。臥室裡那個以血水繪出的人形，她將頭埋進男孩的護理師制服裡，她記得在血與蟲的氣味交響曲裡，她幾乎達到高潮。

玻璃瓶從她手中墜落，匡噹一聲，香水隨著玻璃碎片噴濺，濃烈的氣味爆發，恣意地揮散進整個空間。老大與小文從廚房衝出，怔怔地望著她。

還有一個……還有一個地方她也聞過相同的氣味……楊寧緩緩抬頭，望向老大，無法掩飾震驚。

楊翰生前的衣服上。

第　二　章

剖　繪

01

「等公車的長椅，坐在旁邊的中年老伯自顧自地找我攀談，說一些天氣、他的小孩在哪裡念書，一個月賺多少錢之類的，就是些芝麻蒜皮的事，罵罵政府、講工作、小孩、家裡，說實在我根本聽不進去，只是空洞地坐在那裡。

所以我擠出一個笑容，偶爾點點頭。他可能覺得我很親切，為了擺脫他隨便上一台公車的時候，他還感激地握了握我的手。當下沒什麼感覺，回家後洗完澡突然想起這件事，卻忍不住狂笑大哭了起來。」

「每天不就是如此，只是邁向老去死亡的過程。人好渺小啊，周圍的所有都指向虛無。死去那天，說不定是最好的一天，對吧？」

「我的科系、我的夢想，我存在的意義都是她賦予的。

什麼時候意識到這件事的呢，人生以她為中心，隨著她的情緒起伏，為了讓她笑而笑，成為一張大傘，抵擋所有外來的侵襲。我愛她，但我甚至不知道自己在不知道她的反應下，該不該快樂。我的人生不是自己的，是我母親的。」

「其實沒聽清楚教授說了什麼。從臂彎中抬起頭，右手臂和參考書沾了口水，膠稠地黏在一起。些許用力分開兩者，那頁的英文公式濕糊成一塊兒。眼睛適應著光線，看見鉛筆袋被粉筆畫了一痕，被丟擲的白色粉筆頭徬徨地躺在桌上，碎裂成屑。

『站起來聽到沒有！』不知道發生了什麼，只覺得腦袋特別沉。

『……聽不懂人話是不是，有那麼嚴重嗎？站起來！』我慌張笨拙地站起，椅子在地板上刮出拖拉的悶哼聲。頭垂得很低，很低。

『……我不管你怎樣，是生病還是有什麼問題，我上課就是不能睡覺。』教授厲聲指責，毫不掩飾的厭惡。『不要拿病當藉口，如果沒有要聽乾脆去心輔中心蹲，還是去別的地方耗隨便你，反正滾出我的教室。』

該走嗎？現在？很茫然。不知道要怎麼動，該拿書包還是直接出去？要說對不起嗎？想努力擠出些話，但大腦沒辦法思考，好累。

『出去！』教授幾乎是用吼的。出去，出去，他說出去。盡量一個口令一個動作。椅子往後推，差點被椅腳絆倒，跌跌撞撞地奔出教室。努力抬起腳步。心輔中心嗎？是要去心輔中心吧？可是去要幹嘛，想睡覺，睡覺就好了。啊書包沒有拿。

剛爬上幾階樓梯，腦子卻突然一片空白，左腳擱淺在大片石階裡。大腦無法運轉，停止在千篇一律的日常中，在那些陽光依舊升起的如常裡，生鏽毀壞，卡在時間的縫隙。如果聽得見腦子的聲音，或許是一聲很長的、虛弱的汽笛。

不記得自己要上樓還是下樓。

最近常忘記事情，拿著湯匙走到廚房卻忘記要幹嘛，忘記有沒有吃過藥，忘記洗過澡了沒，忘記這是弟弟的衣服還是自己的，忘記母親的盼望，忘記自己是誰。

將一切寫進日記裡，繼續向前走，走過三樓，走向頂樓。」

「我把命還給妳。」

02

「不可能。」許浩洋手上抓著資料夾，用震驚不解的語氣回答她。「我再說一遍，不可能。」

「我需要他。」楊寧求道：「他是最好的人選。」

「我說可以幫妳找人，是指一般人。」許浩洋激動地說：「怎樣都不是他！」

「找一般人幹嘛，我就是需要有人帶我了解整個犯罪模式，所有，從動機開始——」

「妳想了解犯罪沒問題啊，妳選誰都好，那個偷香水的，還是妳想找那個偷女生內褲的大學生，就算妳要找檢察官還是大學教授都可以，我都會幫妳。」許浩洋快要抓狂。「幹嘛選他？」

「那些人都沒有用，我要真正做過事情的。你懂吧？對氣味癡迷，對死亡沒有任何保留的那種。」楊寧眼睛散著異樣晶亮的光：「程春金很完美，他夠狠又夠聰明，對氣味非常執著，而且他現在人在外面，方便多了。你懂嗎？許浩洋，我——」

「他很危險。」許浩洋傾身向前。「六個青少女，先姦後殺，妳沒看到嗎？」

楊寧還來不及張口，許浩洋就接著說了下去。

「他是瘋子。他跟警察說了什麼？他說家裡的貓咪要他殺人。」他停頓，確認楊寧有吸收進他的資訊，然後情不自禁激烈地重複：「貓咪要他殺人、有惡魔在他耳朵旁邊講話。他的病歷上寫什麼妳沒看到？他已經遠遠超出妳可以控制的範圍。」

「我知道。」楊寧語氣和緩，企圖說服。「他的檔案我都讀了。」

「喔妳很熟了是不是？」許浩洋將資料夾大力甩在桌上。「來，我們現在來看。」

他激動地翻開資料夾，一個字一個字大聲念著：「程春金，從一九九五年十一月開始有計畫性的觀察、綁架十四至十八歲的青少女，用束線帶反綁受害者的雙手腕及腳踝，並在施暴前於受害者的脖頸、手腕、胸乳、下腹與性器官噴上香水，接著對其強暴。除了性器官的直接強暴，同時也對其他部位加以施虐，包含勒脖、毆打、捆綁、戳刺、用異物如水管、球棒、捲髮器等插入陰道或腹部。」

「你不用念——」楊寧柔聲說道。

「——聽清楚了，」許浩洋打斷她的話，藏不住的憤怒和沮喪，越念越激動。「一九九七年五月十三日他徒步走到中山分局，主動投案，坦承殺害六位少女。程春金供稱，噴灑在被害者身上的是他初戀女友過去常用的品牌，雅頓紅門淡香水，他們交往三年後女方以性格不合為由要求分手後，打擊過大，精神出現異常，時常產生幻覺與幻聽。

「他在法庭上以『貓咪跟他說話』、『有惡魔在耳邊呢喃』、『以為自己在跟女友做愛』、『清醒後感到後悔』等作為辯解說詞，從一審到更五審，一路從死刑、無期徒刑減輕到二十年有期徒刑，最後以十八年有期徒刑定讞。又恰巧碰上解嚴滿二十年，政府頒布減刑條例刑期減半——」

楊寧接話：「——從十八年變為九年，在二〇〇七年提前刑滿出獄。」她看向許浩洋。「許浩洋，你擔憂的點我都懂好嗎？我不是小孩子，我知道我面對的是什麼。」

「所以妳覺得自己有能力面對瘋子？」許浩洋語速加快，過度誇張地抑揚頓挫，整個人看起來有些歇斯底里。「還是惡魔？修過心理，學過犯罪學，我可以面對台灣史上最凶惡最噁心的連續殺人犯？」

楊寧沒有理會他的嘲諷。「你看檔案，他到現在仍然是列管對象，這麼多年了沒有任何紀錄，連一張交通違規的罰單都沒有。」

「我們再犯的比例有多高，列管、台灣的警方與司法系統如果真的有用，當初就不會放任他姦殺六個女孩子。」

「一個大律師講這種話好像不大對。」

「楊寧。」許浩洋表情陰沉。「我沒在開玩笑，程春金從頭到尾都沒有被捕。六個命案現場他只被監視器拍過兩次，兩次都是戴著口罩模糊的人影。當初他如果沒有主動投案，可能到現在還沒有人知道凶手是誰。」

「你說到重點了。程春金夠聰明，他能把警方把法官玩弄在股掌中，高智商、心理變態、對氣味執迷、連續殺人犯。跟我現在面對的一樣。」

「不只是警方。」他搖搖頭。「楊寧。他會把妳玩弄在股掌間。」

「就算是這樣，我也得親自去挖出一些什麼，不能只是傻傻地待在這裡。」楊寧每個字都說得清晰。「如果你那麼怕他，當初為什麼要幫我找這些資料？」

「如果知道妳想幹嘛，我怎麼可能幫妳。」

「你該擔心的不是程春金。現在有一個連警方都不知道怎麼找的殺人犯在外面蹦蹦跳，不知道躲在哪裡，誰知道接下來會發生什麼事？」楊寧眼神清澈而堅定。「程春金是很大的希望，他說不定可以解答這些。」

「妳不能保證。」

「本來就沒有任何事情可以保證。」

「跟他見面的風險太高了，不能讓妳有任何危險……」

「拜託……看著我。」楊寧張開雙臂，無奈地搖了搖頭。「我已經在危險裡了，許浩洋。」

許浩洋難以置信地看著她，表情扭曲。「我可以幫妳找其他方法，律師事務所裡面有些——」

「——我知道他人在艋舺。」楊寧堅定地看向許浩洋的雙眼，她輕輕地握起許浩洋的手。「我需要他的電話。」

許浩洋頹然地坐下，他緊咬牙關，牙齒格格作響。

「幫我找到他。」

03

三天前的晚上，許浩洋接到老大的電話，趕往了一棟公寓。

藍色小貨卡的車頂棚蓋著，楊寧和小支坐在裡頭，老大站在外頭抽著菸。

他靜靜地跨上貨卡，坐到楊寧面前。她旁邊有個大包，裡面全都是香水玻璃罐，空氣裡混合著多種香水味，複雜濃烈而嗆鼻。楊寧的表情平靜，雙手捧著幾塊玻璃碎片，屈著膝，沒有歇斯底里的哭喊、默默流淚或不可置信大吼崩潰的情節，她只是抬頭，緩緩地、口齒清晰地描述了她的發現。

目前為止，有三個地方擁有相同的香水味：詹嘉佳的窗簾、護理師男孩的房間，還有楊翰生前的衣服。

提到楊翰時，許浩洋震了一下。

三年來，她從未提過這個名字。旁人也從不提起，彷彿說出口會打破某種平衡。如今，她自己親口說了，語氣卻像講一個毫不相干的名字、一道菜名、一個被回憶喚起的遙遠記憶。

她沒有再多說什麼，陷入自己的世界裡。老大煙圈的吞吐聲、小支不安的清喉聲與不遠處車子滑過的轟隆引擎成為背景音。楊寧的沉默不似以往，超乎常人該有的冷靜，帶有某種扼殺空氣的窒息感。許浩洋起了雞皮疙瘩，渾身上下的細胞顫慄。

有什麼悄無聲息地在鬆脫，尋找時間崩解。

平靜海面下的波濤洶湧，暗潮流動。那股狂暴的暗流隨時會將楊寧帶走，他明白，他害怕卻無從解決。

許浩洋想握住她的手，但終究沒有行動，直到楊寧主動打破凝結的空氣，將手中玻璃罐的碎片遞給他，許浩洋接過，湊近鼻前嗅了嗅，玫瑰是他唯一能分辨出的味道，他的嗅覺不特別敏銳，對香水也稱不上有研究。

等待許浩洋出現的這幾個小時，足夠讓楊寧好好拆解氣味。之前在詹嘉佳的窗簾上她只聞得出玫瑰、雪松、檀香、麝香、香草，現在她能說出更多。香水本體遠比她想像的更立體，更有層次，更嚴肅莊重不容威脅。

「Madame Rochas，羅莎夫人香水。」許浩洋從碎裂玻璃罐中拼湊出它的原名。

小支打開隨身攜帶的筆記本，像小學生問老師能不能上廁所一樣，戰戰兢兢地舉手。楊寧離開自己的腦袋後，微微轉向他，輕點了點頭，小支這才開口：「我查了資料，羅莎夫人香水雖然品質很好，但在台灣並不是很常見的香水，沒有專櫃，只能在網上找代購。算是滿小眾的老香。因為味道成熟、沉穩、冷靜、高貴，又被稱作外交夫人香。」

他的筆記本密密麻麻筆記。楊寧並非是唯一認真的人。「羅莎夫人並不是年輕人會用的香水。」

許浩洋問：「妳說這個香水是殺害詹嘉佳的人留下的，然後在護理師男孩跟楊翰衣服上都有？」

「嗯。」話語後面的暗示已昭然若揭，這是個震驚又令人不安的念頭。

「小支，幫我記下來。」小支應聲，許浩洋繼續：「詹嘉佳，十九歲，國立台灣藝術大學美術學系二年級，十一月五日星期二，晚上九點左右，在新北中和的小套房中遭人勒死分屍。」

他看向老大，尋求他的答案。老大不安地點點頭。

「但在這之前是那個護理師男孩，名字？」
「鄭文良。」小支補充。
「死亡時間？」
「十一月二啦。」老大將菸踩熄，再從口袋掏出菸盒。「十一月二去世，我們十一月四到場，幹，台北市萬隆那邊。」
「年紀？」
小支翻了翻記事本，說：「十七歲。」
「好。十七歲，耕莘健康管理專科學校護理科二年級的男性，鄭文良，十一月二日，在台北市萬隆區家庭式雅房割腕自殺，失血性休克。在台灣割腕割頸這種雖然激烈，但只要有明確死因，如果沒有疑點家屬也沒有要求驗屍，基本上很快就結案了。然後是……」
「楊翰。」他頓了一下，偷覷對面的楊寧，思忖著語氣。楊寧緊繃著身子，卻一臉淡漠。他緩緩繼續：「十八歲，重考生，二〇一六年七月二十日下午兩點四十七分，苗栗頭份家中死亡，下午六點十三分媽媽發現報警，最後以燒炭自殺結案。」
「在目前沒有其他資料的狀態下，乍看之下這三者沒有明確的關係……除了年紀都是二十歲以下的年輕人，他們死亡的時間不同，地點、職業、性別都不同，死法也沒有關聯，唯一的共同點只有寧聞到的香水。」
「我們家沒有人用羅莎夫人。」楊寧打斷他的話，喉嚨微啞。「我爸的小三也不是這個味道。」
「這是凶手留給我的味道。我確定。他是刻意的，我不知道他要我幹嘛，純粹幫他揹鍋或者陪他玩某種遊戲，我不知道，但這是他設的局。詹嘉佳、鄭文良還有楊……楊翰都跟他有關係，這是他的味道，他的香水，他是衝著我來的。」她一口氣說完，說出口後，凶手與她之間的連結似乎又更確切了，前所未有的篤定。

「寧，不是我不相信妳。」他們討論了一陣，老大提議要把情報跟警方分享，認為讓楊寧擺脫嫌疑是第一要務，主動遞出橄欖枝。楊寧贊同，但許浩洋覺得這條線索太模糊不清。他繼續解釋：「我也覺得事情很蹊蹺。但畢竟鄭文良與楊翰的案子警方都已經以自殺結案，我們現在只是臆測，沒有實質的證據。第一，我們沒辦法證明香水的存在，楊翰與鄭文良的已經無證據可考，詹嘉佳的現場沒有空瓶，窗簾上殘存的氣味又只有妳嗅得到，即便鑑識有辦法，警方也不會走這一步。第二，這說不定是三位死者自己的香水——」

楊寧打斷：「——不可能。」

「我知道，這可能性低。」他安撫，「但也有可能是他們家屬或是朋友，甚至是學校教授或補習班老師的？」

楊寧沉思，羅莎夫人並不是年輕人會用的香水，它很華麗，很穩重，很濃烈，但確實有可能屬於他們身邊的成年人。她是不是真的太衝動，結論下得太草率了？

事情一扯到楊翰，不論她承認與否，似乎都有些心浮氣躁，說不出的情緒堵在胸口，慢火燉煮的灼心。

「不能說詹嘉佳的事件與另外兩則沒有關聯。但以現在的情況來看，確實太武斷。」他說明，「妳甚至不能跟警方說妳擅自去了現場。拆下窗簾毀壞證物，這不是件小事，尤其是現在的情勢，警方大可安罪名在妳身上。」

公司被警方盯得緊，老大沒辦法接近線人拿到情報，楊寧少了這項利器頓失雙翼。只剩先前手中握有的資訊，包括詹嘉佳家人的姓名、住址、手機號碼，甚至是教授與同學的聯絡方式。這倒是可以好好運用。楊寧心想。

「從她來找最快。」她脫口而出，「用公司的名義下去查。隨便編個理由都有模有樣，當初有東西沒還，要慰問，或者說要討論百日都可以，有一百種理由可以避開警察找他們家人出來。」

「用製作告別影片去找她的朋友、教授、義大利餐廳的同事，把所有她認識的人翻一遍。」

強悍蠻幹的老派作風，很符合她的性格。楊寧眼睛眨啊眨，某些行動快速在她腦裡旋轉塑形。「詹嘉佳被殺離今天已經一個多月，如果不趁現在，接下來要查只會更困難。」

她態度越來越強硬，許浩洋腦中警鈴大作。他知道這是楊寧堅定思想的開始。成形，固化，硬殼，上刺。若現在不阻止，接下來不管說什麼也難以阻止她。

「不是只有詹嘉佳可以找。」許浩洋緩緩開口，看向楊寧。兩人對望，楊寧的臉色瞬間沉了下來。「我們還有其他選擇。」

楊寧撇開臉，氣氛剎那凝結。老大和小支慢了幾拍，卻也很快聽出旋外之音，誰也不敢出聲。老大望向遠方，大力咂了咂嘴巴，小支故作忙碌地翻動著筆記本。

「妳知道有更好的選項。」許浩洋沒有退縮，繼續說道：「如果不從那裡開始，從詹嘉佳下手沒有意義。」

楊寧的下巴緊繃僵硬，呼吸用力又急促。她不是不明白，但許浩洋的直接還是讓她心神震動，膽汁卡在喉頭翻攪。許浩洋再度開口，柔聲警告：「得想後果。當初取窗簾已經冒了大險，再去挖詹嘉佳身邊的人，不是只有妳，老大和整個公司都會出事。」

態度明確，語氣柔軟。「妳在這些案子裡滾越久，大家越危險，也會離真相越遠。」盡可能降低楊寧在外頭莽撞出事的機率，讓她待在房裡動腦就好，他只想確定她的安全，其他別無所求。許浩洋談起警方及律師在事情膠著時，常會找相似的案件著手研究，以啟發新的思考。

這是個新方案。楊寧思考著，尋找類似案件確實有機會得到靈感，在這種風口浪尖的敏感時刻，或許這會是更合適的路。許浩洋一字一句柔聲說服，最終楊寧抬起頭，搶過小支的筆記本，撕下一角，刷刷刷列下一連串關鍵字：連續性、氣味、香水、謀殺、青少年、自殺……

「我會盡可能找。」許浩洋將紙角收進西裝口袋。

楊寧長嘆了一口氣，緊咬著下唇，心有不甘。不能貿然行動，盡可能保持低調。她明白的。沒有人真心喜歡這個結論。老大一股悶火無法發洩，胡亂罵了一氣，兩包菸吸吐吸吐沒一下子的工夫盡數抽完，脾氣更加暴躁。菸盒被大力揑皺，隨意扔在排水溝蓋上，抬頭望向路燈，暈黃的燈光下蛾蟲飛舞。

他吐出一口白煙，外頭更冷了。

04

許浩洋很快從系統中搜出資訊。幾個年代久遠的台灣連續殺人犯、幾個偷香水、偷聞女生內褲，甚至是黑絲襪癖、戀腳癖、連續強暴等等的案件。楊寧也著手在網上尋找相關案件，到圖書館尋找報章雜誌的微縮膠卷，仔細閱讀從許浩洋那拿到的卷宗。

非比尋常的安靜，她專心地在紙堆裡工作著。許浩洋看著欣慰卻又隱隱有些不安。果然，這樣的表面寧靜沒有持續多久，楊寧的吸收速度超乎他所想像。

很快地，圖書館裡一份舊報紙，一個名字吸引了她的注意。

程春金。

一九九五年開始活躍於北台灣的連續殺人犯。當時媒體稱他「香水殺手」，犯下的一連串案件太過凶殘，為避免模仿犯的產生，數天後他的新聞便被有關當局強制下架。

他符合所有楊寧想要的條件，一個會在被害者身上噴灑香水、強暴殺害青少女的連環殺手，一個不容於世的狂人，一個能帶領她進入犯罪者世界的導師。

程春金甚至比她想像中的更好。

楊寧激動到想哭，有股衝動想撲向任何人，許浩洋也好程春金也好，她只想衝向前激烈擁吻，然後跳上椅子高歌。

她說：「幫我找到他。」

她說：「我已經在危險裡了。」

她形容他為「從未想像過的完美對象」。

許浩洋也確實有辦法找到程春金，不難，這行都是這樣互相欠個人情，這次喝杯咖啡放個風聲，下次吃個飯透漏點消息，找人並非難事，但想到要讓楊寧去面對那樣的心理變態，就難以忍受。

上半身倚著牆壁，許浩洋雙手扠著腰，皺眉望著不遠處的女人。楊寧蹲坐在椅上，右手握著一支鉛筆，閉眼沉思，輕輕地搖晃著身子。

他感到前所未有的無力。

楊寧的臥室、客廳亂成一團，牆壁貼滿了紙張，五顏六色的麥克筆毫不留情地在白牆上留下足跡，桌面地板散落了各種資料和書籍，只有一條小徑可供行走，而那也很顯然是被隨意踢出來的。

對比主人表現出的冷靜沉穩，或許房間才確實地展露出一個人的心思。

許浩洋嘗試過整理，他難以接受楊寧在這樣雜亂的環境生活。但顯然楊寧亂中自有一套秩序，她知道每一筆資料在哪，每一張照片，每一頁筆記。這是她的堡壘，不容其他人插手。

他長嘆了一口氣。

程春金答應得很爽快。這點也頗令楊寧和許浩洋意外。

他說好。見面。要來幾個人都可以。楊寧能在話筒這端感受到他聳肩，他喝水，他起身，他走動，他窸窣的衣服摩擦聲，楊寧感受著他話語中的自信與愜意，那種對人生的無所畏懼。

05

他們約在萬華分局旁的圓仔店。

楊寧費了一番工夫才擺脫許浩洋，得以獨自一人赴約，代價是她的手機裝上了新型的位置追蹤器，還有一支偽裝成隨身碟的錄音筆，外加每兩個小時會跟她電話確認一次安全，他甚至還約定了幾個暗號。

「如果不接的話知道我會怎麼辦吧？」他難得殺氣騰騰，那張臉實在不適合陰沉或焦躁，「我會帶警隊殺過去。」

全身黑，一副要哀弔的模樣。卸下耳棒，用黑髮圈紮起低馬尾，楊寧用黑色羽絨衣將全身緊緊包裹，黑色長褲，黑色布鞋，她消弭一切個人特徵，盡可能將自己隱藏。她甚至把機車停在見面地點外一公里外的警局前，途中刻意經過多台攝影機，昂頭，讓街角攝影機拍下自己的模樣。

楊寧反覆想過很多次，關於她的第一句台詞。該直接了當，用不容反駁的氣勢命令他幫忙，還是該長驅直入，拋出問題：「你夢過她們嗎？」

「為什麼是她們？」

「你後悔過嗎？」

還是要問：「到底為什麼，為什麼要殺那些女人？」

她站在圓仔店對街好一會兒，沉澱思緒，將大腦運作到最合宜的轉速。紅綠燈交錯了幾回，人群短暫停又匆匆走過。她做了幾次深呼吸。這不是普通角色，楊寧明白，他是高智商的反社會分子，操弄人心的大師，他下手不會手軟。

她整理好思緒，邁開步伐踏入店內。

幾張鐵桌，幾張圓鐵凳，一個小小的攤，面對著馬路，一桶一桶甜湯底熱騰騰冒著煙。他坐著，一百七一百七五，楊寧說不準，比自己更纖瘦的身材，皮貼著肉，手長腳長，手掌很大。比楊寧手裡的照片老上一些，額頭與眼尾多了些皺紋和斑點，皮膚看上去有些粗糙。他穿著潔淨的立領白襯衫，寬鬆的黑色呢絨西裝褲，戴著一串看起來頗沉重的金項鍊，寬大的藍白夾腳拖。頭髮烏黑，有些染過了頭，看起來有些生硬，但向後梳理得乾淨，還抹了點髮油或慕斯之類的產品。

整體看起來還頗為性格，有種地方過氣角頭的調調。

他蹺著腳，面前擺著一碗甜湯。楊寧走到他面前，不發一語，坐下。

「紅豆湯好喝。」他沒有抬頭，撈起一顆大湯圓吃掉。「夠甜。」

「最推薦這個，紅豆湯配芝麻湯圓。」他舉起碗，呼嚕呼嚕大口吞下。「噢有夠爽，就是這樣給它灌下去。」

「喔甜甜甜讚讚讚。」他由衷讚嘆。「就是要這麼甜，神清氣爽啦。」

「晚餐來一碗這個最對味，喔我愛紅豆。」他浮誇地拖長音讚嘆，還大聲地咂咂嘴，舔掉嘴角的紅豆漬。「還有花生湯跟芋頭雪蓮子都招牌，蜜汁芋頭啦不然蜜汁芋頭加紅豆湯，他的芋頭很實在。」

對面的女人沉默無話，他終於抬頭，與面無表情的楊寧對望。

他有雙深沉的眼睛，楊寧收束心神。她必須集中精力，不能被他帶著跑。

「總不能來別人店裡不點東西吧，多沒禮貌。」楊寧瞄了空湯碗一眼，吃得乾淨無比，一點渣子都不剩。

「啊我的錯，不用擔心我請客，想吃什麼盡量點。」楊寧冷漠地望著他的眼，他微笑，抬手，轉頭。「我來我來，欸，阿霞欸，紅豆再來兩碗。都芝麻。啊再一碗雪蓮。」攤位湯桶前的阿霞，肥短的雙手在滿是汙漬陳舊的圍裙上抹了抹，欸的短促應了一聲。

楊寧發現他雖然衣著潔淨，但耳後脖根有些濁黑的汙垢。

「媽媽哩，讚讚，妳一定會喜歡。」

湯圓很快送來。阿霞年歲有了，走路顫顫巍巍的，左右兩手的大拇指幾乎浸到湯裡頭，碗在眾人注視下搖擺不定地放下，她抬手離開，在碗緣拖曳起一條黑紅色的湯痕。

程春金興奮地又咂了咂嘴，還很有禮貌地說了聲謝謝。他把其中一碗推給楊寧，「趁熱吃。一口吞。」

三顆晶瑩薄透的湯圓浮在上頭。

「為什麼要答應我？」楊寧開口。她的第一句。

程春金埋首在碗裡，沒有抬頭。「為什麼不？」

像一記強力的鐵鎚，狠狠砸進楊寧的耳裡。楊寧無話，程春金顯然也沒有要她的答案，只是一個勁地吃，還不時點頭，一邊發出嗯嗯嗯的稱讚。一個老伯走進，用七十年滿是痰的老嗓要了一碗鹹湯圓加凸餅。

程春金不屑地望了老伯一眼。「嗤，甜湯店就乖乖賣甜的，偏偏要越線。」
「不是所有人都喜歡吃甜的。」
程春金從碗中抬頭，直視她的冷面如霜。他嗤得笑出聲：「喔不不，妳喜歡的，只是不願意承認而已。」
「你不認識我。」
「我當然認識妳。」他笑得開懷。「是妳不認識我啊孩子。」
楊寧聳了聳肩。她依然沒碰桌上的甜湯，甚至離桌緣有一段距離。她不打算要融入這裡。
「妳的損失。」程春金看出她的打算，噘起嘴，搖了搖頭，真有點為她可惜的模樣。「不試試看永遠都不會知道喜不喜歡。」
「就像你試了，發現你喜歡幫女人噴香水一樣？」
程春金停下動作，笑了，露出陰沉又饒富興趣的表情。
「妳在電話裡比較有趣。」他慢條斯理地說。
「我一直都很無聊。」
「不不不，」他輕輕放下湯匙，打量著。「妳比其他人有趣多了。」
「謝謝愛戴。」楊寧冷冷地回。
老伯又嘔又咳，發出令人作嘔的聲響，老半天終於吐出一口痰，大力噴吐在地上。
程春金瞥向他的眼神輕蔑又陰沉，「到處都是蟑螂啊。」他喃喃，看不出是講給楊寧或是講給自己聽的。

良久，他開口：「妳想要什麼？」

「我需要你幫我找出一個人。」

他興致盎然又意味深遠地哦了一聲，接著抬高下巴，頭向右邊歪斜，身子往後傾，似笑非笑的神情，一副睥睨眾生的姿態。

「我需要你幫我做犯罪剖繪，同時也需要了解你們的世界。」

「你們？」程春金冷笑。「是我的世界。沒有你們，只有我。」

「隨你。」

兩人對望。像兩頭鼻孔呼呼噴著氣，繞著圓圈走的獸，每一步都小心又大膽無比，打量著彼此，探測對手的斤兩，等待撲咬的時機。

「我沒有理由幫妳。」

「是沒有。」楊寧跟著他的動作，抬高下巴，冷冷地望著他。「但你會。」

06

她來過艋舺。很久以前，帶著楊翰。

來求文昌。楊翰一早搭了客運上來，在楊寧住處放了行李，楊寧興奮地拉著他的手，到廚房拉出一大袋準備好的供品，興致沖沖地踮起腳，在流理檯上把打包好的食物又拿了出來，像小孩子似的開心地一一介紹。

「這是我上禮拜就跟林家阿嬤訂好的粽子，還特別交代裡面不可以放蛋，拜完回來電鍋給它哈一下就很好吃。喔還有，我怕祂會吃膩啊，而且油飯容易脹氣，所以去買了不一樣的小點心。」她攤出油切茶、奶凍捲、張君雅小妹妹……一個個興致高昂地唱名。接著她神神祕祕地從冰箱拿出簡約精緻的黑盒子，小心地打開。是個蛋糕。上面的奶酥有些焦了，黑糊糊的一塊塊，糖粉撒得亂七八糟，有的地方滿是白霜，有的地方則一片貧瘠。蛋糕側面莓果醬看起來有些狼藉，流淌溢出到紙盒上。

「呀。」她皺眉喊了一聲，接著隨手用食指抹了，含在嘴裡舔了舔。「假裝沒看到。」

「奶酥莓果乳酪。想說有自己做的比較有誠意。」她眼睛發著光，滿是笑意。有些驕傲有些幼稚，等待楊翰的稱讚。楊翰沒有說話，只是直直盯著蛋糕。「這是我千辛萬苦去上課學的欸。老師差點瘋掉，別人都下課了，我還剩一半。」

她笑出聲，而楊翰只是沉默，接著緩緩走上前抱住楊寧。

楊寧有些詫異，她看不見他的眼，溫柔地摸了摸他的背。

楊翰只是把頭朝她的肩頸埋得更深了些。

再更深些。

那天下午楊翰提著重重的大塑膠袋，楊寧一手提著蛋糕，一手興奮地挽著他，晃啊晃到了艋舺。

在入口處買了香，楊寧在心裡將供品點過來點過去，總感覺不踏實，腳剛抬起要跨過門檻，她突然像觸電似地將手抽離楊翰。「我去買……」話還沒說完，她已轉身，朝門外跑去。「等我！」她又轉頭對弟弟大喊，笑著，也不管許多人們的側目，途中還不小心撞上一位準備擲筊的大嬸，大嬸生氣地嘖了一聲。

「對不起對不起。」楊寧依舊笑著，她跑到龍山寺外圍高牆，向阿婆買了一把韭菜。

那個陽光明媚下午的楊翰等了她，他們兩人從左邊龍門進，將供品放到神桌上，點燃一炷香。她很單純地求著，只希望楊翰能離開苗栗，台北哪一間都可以。她在心裡默念。拜託了，要我做什麼都可以。

求籤拜神的人們來來去去，提著供品，懷著信念，點香，合十，念經，祝禱，這些祈願真的會上達天庭嗎？如果會，為何這世間還有這麼多苦難？如果不會，那為何人們還要祭拜？

她說，記得把姓名、生日、住址都念一遍，楊翰沒有點頭，只是默默地雙手合十。這是他重考醫學院的第一年。右邊虎門出，她領著他到附近吃了一碗甜不辣一盤蚵仔煎，到夜市晃了一圈，又買了一袋地瓜球，騎上車噗噗噗回家去。

許浩洋當兵去了，有弟弟作伴楊寧一整天講個不停，她說了站崗群組的好笑故事，她講了工作，如何用靈敏的鼻子找到許多清潔師都會忽略的小地方，說她對氣味的掌握度越來越高，說雪莉有多機車。楊翰在床旁邊的磁磚地上打了地鋪，楊寧坐在床上看他沉穩地裝著枕頭套，說搬來台北跟我住吧，剩最後三個月，來台北上衝刺班剛剛好。許浩洋當兵不在，我一個人也無聊。楊翰沒有應聲，楊寧也沒有繼續堅持。她知道弟弟是顧家的那一個，他不放心讓媽媽一個人，他會擔心，就如同他擔心姊姊，他擔心那個從不回家的爸爸，他擔心所有人就是沒空擔心自己。

是不是就是那天呢？那天是關鍵，如果她再多問兩句，如果她注意到楊翰的沉默，如果她看到他刻意用長袖隱蔽的割痕，如果，如果她能再敏銳一點，能更細心，如果她堅持，楊翰是不是就能好好待在她身邊？

有好多如果，她後來很討厭這個詞，說了如果，表示傷害早已形成。

一切都是她造成的，是她，她是凶手。

07

沒想到再一次到艋舺，竟是現在這般光景。

「為什麼只有妳來啊？」

「電話裡那個語氣很差的阿弟仔怎麼沒跟著來？」

「怎麼找到我的啊？你跟警察伯伯不會是好朋友吧？我現在的紀錄很乾淨捏。」

「妳到底是做什麼工作的？我在電話裡聽得抹煞煞。」

「你話很多。」楊寧歪著頭，眼神很俐落也很疏離。「一個問題換一個問題。」

程春金又笑了。楊寧的防禦和強悍很對他的胃口，他一直都是那種遇強則強的類型。

「好。」程春金放下手上的湯匙，比了一個紳士的手勢。「妳先請。」

她說明了案件，剪裁挑選修飾，小心翼翼釋放訊息，恰如其分，且完全省略了楊翰的部分。

楊寧邊說，一面謹慎仔細地觀察著程春金的反應。看似散漫的態度，時而舔著唇，抬頭轉轉脖子，或慵懶地拿著湯匙，緩緩在空碗裡攪著，鐵匙敲著瓷碗，清脆又空鳴的細碎聲響。但他的眼神一直亮著，眉間輕微地簇起，偶爾盯向空碗的一角，像是在凝神想些什麼，或是回憶起什麼的模樣。

他是個挺好的聆聽者，從不打斷。楊寧很不想提，但最後仍技巧性地解釋了她的工作，她「時好時壞」的鼻子，和她對於羅莎夫人香水的推論。

程春金終於停下手中鐵匙，沒有絲毫要掩飾興趣的意思。眼睛大發異光，楊寧話一閉，唇剛闔上，他像是積累已久，洪水傾瀉一發不可收拾，劈哩啪啦提出許多疑問。有的比起詢問，更像是質疑。

楊寧盡可能輕巧地回答，避重就輕。程春金興奮不已，像遇上某種稀罕的寶貝，各種刺探追求。他的確在觀察他人的部分有某種敏銳的直覺，問題比警方還要犀利而難以招架，楊寧不得不暗自佩服。

「妳叫他什麼名字？」程春金問。

「什麼？」

「妳得給這個傢伙一個名字。」他掏掏耳朵。「妳一直說『他』，或者凶手殺人犯什麼的，聽了就刺耳。不能這樣啊，妳以為他距離很遙遠，或者妳跟他不同，但其實不是。」

楊寧沒有反駁。他說的有道理。「罪犯非人化」是人類學家研究出的社會普遍問題，殺人犯也是人，需要呼吸，需要生活，他可能是你的鄰居、同學、教授或是管理員阿伯，他也可能擁有穩定的工作和美好的家庭，他也有在乎的、喜歡的興趣與弱點，他沒有那麼不同。

她也曾經無法接受這種說法，普遍認為把殺人犯「人性化」，是在為他的行為做解釋。稱那些罪大惡極的殺人犯為惡魔、畜生，似乎這樣就可以保持自己人性的清高，其實只是害怕接受天性的邪惡面。

可如今，想要讓影子成形，必須給個名字。讓他落土歸根，有個輪廓。

「葛努乙。」她輕輕吐出。驚人地，話才剛出，「葛努乙」的面貌迅速在楊寧眼前抖動浮現，眼睛鼻子嘴巴，他可能的神情，他可能的動作、體態。楊寧幻想他很久了，有了名字，他不再是稍縱即逝的影子，不再是海市蜃樓，他的面孔有了意義。

「葛啥？」

「葛努乙。」

「什麼怪名字。」程春金一臉狐疑，但沒有多做詢問。「妳有辦法想像就好。」

「剛剛說了那麼多，重點都在那罐香水身上。」他說：「窗簾、衣服上，除了妳之外沒有人聞到的味道。」

程春金陰沉沉地看向楊寧。「而妳卻沒有把他們帶給我。」

「沒必要，已經完全沒有味道了。」

「妳知道我有全台灣最好的鼻子吧？」他問。楊寧沒有回答，她眼睛稍稍瞇起，露出些許敵意與較勁，好勝心與好奇心大漲，她努力裝作無所在意，清清淡淡地說了：「證明給我看。」

程春金突然爆出大笑，十分歡快而盡興的笑聲，隔壁的老伯緩緩轉過頭，滿臉疑惑，但他的皺紋早已一圈連著一痕，密密麻麻，楊寧也說不準他的表情。坐在鐵椅上看小螢幕電視的阿霞被嚇了一跳，摀著胸口，生氣地碎嘴：「夭壽。」

「拍謝啦。」程春金的笑一發不可收拾，還發出嗚嗚嗚的聲音，他伸手抹去眼角的淚，開心地喘著氣。

「證明？」程春金的笑拖著長長的尾音。「喔天哪，妳的語氣跟那群警察一樣，好多年沒聽到了。證明？」

「我以為妳對我很熟了捏，這種問題還用問？」他笑得歡快。楊寧的表情與態度沒有絲毫退卻。

「不會吧，妳是認真的啊。」有些訝異，但話語掩不住笑意。他清清嗓子。「好啊來，呼。」程春金甩了甩頭，平復情緒，嘴角仍上揚。

他盡力正色坐好，鼻翼外張，使用鼻子的肌肉。

其實他可以不用繼續下去，楊寧當下就明白了：他們是同一種人，擁有相同的特質，他們是少數懂得用鼻子作為探針與武器的人類。

程春金開口：「來之前妳特地洗過澡，用了很多沐浴乳跟洗髮精，薰衣草口味，這個牌子好，算自然啦。一般人應該不會用到那麼多，有可能是因為妳聞不到味道所以都用太多，不然就是妳今天想掩蓋『妳』的味道。」他故意語氣加重強調。「兩手都留有機油，但不重。還有影印紙的味道，妳知道吧，那種一整包剛拆封新紙，穿過影印機留下一點燒焦味。不是新書，是紙，單獨的，而且都是同一種，同一台機器，同一種墨水跟紙，所以妳最近要嘛在影印店工作，不然就是妳家的影印機最近很忙。」

楊寧看得出他很享受，享受這種高人一等的優越感，享受拆穿他人人生的樂趣。

「妳看妳鞋底，看一下又不會死，妳鞋底應該有土啦！那股青草味妳邊講話邊傳上來，厚打擾到我喝湯，紅豆都沒那麼紅豆了，乾那混到青菜。」他作勢嘔吐，還裝模作樣的在鼻前揮了揮。「昨天這裡下雨，雨跟土還有草的味道，應該是踩到人行道邊邊。」

「外套肩上有菸味，七星，左邊味道最厚。不是妳抽的，妳呼出的氣很乾淨，普通的黑人亮白牙膏。應該是妳很親近的人，男朋友？爸爸？不是男朋友，如果是男朋友菸的氣味應該會更廣，但妳領子上沒有。」

「妳說妳在死人現場工作，那種味道就算洗過澡多多少少會帶在身上跟衣服上，一般人聞不到，但我可以。妳現在全身上下都沒有怪味或清潔劑，妳已經很久沒去工作了，對吧？」他停下來。不是結束，而是一個逗號一個短暫的休止符，他想看她的反應。震驚？訝異？害怕？他雀躍地想欣賞驚慌無措的神情，如果可以，他更想聞到那因恐懼而發出的氣味與汗水。

但沒有。楊寧依舊面如冰霜。

程春金抓了抓後頸，有些警戒和不悅。

楊寧繼續瞇著眼，學他一副高傲不可一世的模樣。憤怒能激起一個人最好的潛質。「就這樣？」她說，淡淡地。

程春金臉色一沉，緩緩繼續：「妳進來以前，身上就都是湯圓的蒸氣。要不是妳先來過這家店，不然就是妳在外面站很久了，應該是後面這個，妳在外面觀察，在外面收拾情緒，妳沒有妳表現得那麼堅強。」

他冷笑。「這種冷冷的臉，沉默，時不時拋出一句問題，妳想要搞壞警察那招，覺得這樣我會吐出更多東西。讓自己看起來難以動搖，但我們都知道，這只是裝出來的。」

「檸檬洗手乳還有同口味的乾洗手，這個味道反反覆覆疊在妳手上。妳的指縫非常乾淨。聞不到讓妳幾乎像強迫症一樣，摸過東西就要洗手。但除了聞不到之外，妳還經歷過某些事情，只是不敢承認自己很害怕。」

「那種害怕已經滲進妳的生活裡了。」程春金挑釁似地問：「妳在害怕什麼？」

楊寧外表鎮定，內心早已慌亂如麻。他原比自己想的還要敏銳。

但她只淡淡說了句：「勉強及格。」

「及格？」程春金很不滿意這個答案，楊寧看出他異常快速起伏的胸口，那是憤怒，從骨子裡煎燒出來的怒火。被輕視，被看低，被忽視。他還沒翻桌，拿刀或抬手掐向楊寧，是他對楊寧還有那麼些許的戒心與興趣，他選擇先與楊寧把這齣戲跑完。他也想知道會走往哪裡。

這會是他的觸發點嗎？他的源頭？楊寧心想。被某個重要的人藐視？

楊寧大腦警鈴同時大響，接下來的日子她得要很小心。玩火自焚。許浩洋的警告突然跳進腦海。

兩人相互瞪著眼，誰也不想先開口。

楊寧不敢貿然出手，程春金在消化情緒。

沉默良久，小螢幕電視播著最新總統候選人的八卦新聞，程春金先動。

「走吧。」他起身，伸了個懶腰。「我想吃紅豆餅。」

他領著她，兩人一前一後地走著。

巷口ＫＴＶ、小公園看老伯下象棋、打小鋼珠、到賊仔市閒晃……程春金帶她走了一圈艋舺，楊寧努力想了解他的目的，但他似乎也沒有特別的意思，就是邊走邊問邊說，一邊買食物，一口口嚼進胃裡。他問了很多關於詹嘉佳跟鄭文良的屍體狀態、所處的空間等等。楊寧也回問了很多問題，兩人有攻有守，在這樣雙方尖銳和防備警戒，如此詭異的狀態底下，竟也慢慢磨出一個夠靠近也夠疏離的距離詰問彼此，兩人都獲得了一些資訊。

楊寧的身分引來眾人好奇。許多店家邊裝食物邊結帳，還忍不住偷覷幾眼，年紀較長的直接不客氣地盯著，死沉又黏膩的灼熱眼神，楊寧不禁起了雞皮疙瘩，渾身不自在。

程春金有各種說法：這是他乾女兒啦，在美國工作趁休假回來看他，說是要把他接去美國住，但是在台灣這邊住了大半輩子比較習慣啦。

「唉呦，好命人吼，女兒孝順是福氣要好好把握。」五十幾歲的阿姨俐落地戳起紅豆餅，放進紙袋中。程春金幫楊寧點了一顆奶油的。

對公園玩象棋的阿伯們，他說這是他趴到的小姐啦，說起在哪裡認識，認識多久，他口沫橫飛，繪聲繪影，小細節都編得傳神細緻。阿伯們嘿嘿嘿的笑了起來，賊頭賊腦的快活模樣。

楊寧沒有反駁，沒有表情，始終沉默地站在一旁。她發現程春金十分喜歡和人互動，言語清晰、思維敏捷，但也狡猾、說謊成性，需要獲得關注。他是個騙子，無庸置疑，這是他的日常遊戲，享受創造身分，創造別種人生的快感。

他帶楊寧一家店晃過一家。艋舺幾乎所有商家、所有人都認識他，親親膩膩地喊他一聲：

「哎！程哥！」

也許在他們眼中，他只是個笑口常開、多話、無甜不歡，打扮又挺新潮體面的老伯或同鄉。說不定還有些人覺得他很熱心大方，樂於助人又幽默。誰會曉得跟她一起走的是個嗜甜的連續強姦殺人犯？

程春金從頭吃到尾，一手抓著紅龜粿，一手大力吸著珍奶。

「我真的很會吃齁。」他笑瞇瞇地說。

那剎那，楊寧震驚地發覺，自己竟然不那麼厭惡這個人了。

「剛剛那個賣紅豆餅的大嬸，有沒有印象？」

她哼了一聲表示回答。

「前兩年才出獄勒，詐欺慣犯，專門給老人家仙人跳，進去過三次。還有阿正，就那個洗衣店的，穿得趴哩趴哩人模人樣，你光看根本不會知道他有多喜歡小妹妹，越小越好，上次茶室一個十歲妹仔脖子一圈。」他握著珍奶杯的小指頭翹起，在脖頸來來回回比畫著。「送那邊急診，鬧很大，關了三年多。後面小鋼珠店老闆？不要回頭。」

她硬生生壓下回身的動作，僵硬地點了點頭。

「他剛剛不是一臉害羞，一直在抓臉，還不敢抬頭看妳。他以前是這裡最會拉的，手下小姐最多，手段之殘忍很難想像，打毒品還是痛毆啦威脅啦什麼都有，人人怕，結果去年大腸癌末期，有人跟他說是報應纏身，他才收手開始跟人家學佛拜拜，拜託勒以前還跟我訂畫，現在在那邊阿彌陀佛。」

「畫？」

「妳到時候就知道了。」他們坐在公園長凳上，程春金滿嘴食物又硬要開口說話，珍珠差點從嘴縫滾出來。「我的意思是，妳很難從外貌看出一個人。」

「要看很細，要看進去，妳知道嗎，外面只是皮，要從皮看進去一個人裡面。」

「妳想找到那種人，就不能用原先的腦子。」程春金說，「妳要嗅進去。」

楊寧想起在某篇科學報導中看過，大眾媒體喜歡將拿剁肉刀的殺人犯或連續殺手描繪成精神疾病患者，但事實並非如此。他們不會像小丑一樣，畫著誇張的裂嘴妝揮舞著槍啊刀的在街上遊蕩，他們不會像班恩或哈莉．奎茵那麼明顯，他們並不是面露凶光，渾身惡臭的髒髮流浪漢，我們極有可能撞見他們拎著凶器和提著屍體袋子，就這樣擦肩而過，渾然不覺。

他們極高的機率就住在你家隔壁，就坐在你辦公桌對面，就在我們一成不變普遍日常的生活之中，穿著靴子、布鞋、夾腳拖。「就像是心理學上的暗物質」，那篇報導這樣寫道。

「妳有這方面的天分。」程春金停頓，思考，抓抓後頸，楊寧發現這是他的習慣性動作。思考或焦慮時會無意識地抓後頸，特意要展現自我時抬高下巴。「但畢竟想要有辨識的敏銳度還是需要練習，那要花上很久的時間，妳現在最好的方法，就是停止在那邊猜那邊找那個什麼葛的，名字太難記。這樣有聽懂嗎？妳太糾結找那個人，整個心臟腦軀都揪成丸了，台灣那麼大妳是要怎麼找？那些警察大大都不一定找得到了啦。」

「什麼妳說的香水啦嗅覺，還有那些分析啦文謅謅，下一次進階課再給妳上啦不收費。但第一件事情，妳得要先從獵物著手。」他說，大力吸了一口珍奶，咳咳咳了幾聲，努力把卡喉的珍珠吞下去。「媽媽勒差點噎死。獵物知道齁，就是大家說的被害者啦。」

「想了解藝術家，先去了解藝術品。」

08

了解妳的獵物。

程春金的緩衝區遠遠超出預期，打破了傳統，以住家為核心，輻射出去畫出一個巨大的扇形。北北基桃竹苗，六個女孩六個位置。謹慎聰明地將犯案時間拉長，將犯案地點拓寬，不同時區，不同地區的警力資源不易整合，也不易聯想，六具屍體便這樣遺落在六個城市的公園與河堤，當時無人將她們視為同一案件，無人留神。

楊寧印下六個遭程春金虐殺的女孩照片，耗費一番工夫找出她們的生平。

為什麼是妳？她記錄下每個女孩的足跡。

為什麼是妳？她進入每個女孩的生命。

然後楊寧逐漸明白，她們並非只是在錯誤的時間，到了錯誤的地點。一切都有跡可循。越挖越深，楊寧驚恐地發覺，也許早在出生的那一刻起，她們就注定這樣一步步長成了獵物的模樣。

獵人挑選獵物從非偶然。

楊寧在腦中重塑案發現場，去揣想獵物們的反應。女孩會怎麼反抗，怎麼尖叫。當她被刀架著逼近草叢時，去感受她那份恐懼，當她的手被反綁，被往死裡打，陰莖戳進她的身體裡，下體被塞入水管時，必須感受她的痛苦和絕望。必須去一遍又一遍的想，一遍又一遍的知道當她無力反抗，無法尖叫，無法阻止自己被凌虐致死時，會是怎麼樣的心情，直到你連作夢都發現自己無法動彈。

臥房裡書桌上床鋪前客廳沙發上茶几面，滿滿都是他人死亡的痕跡。人們說，死亡時最後見到的影像會映在眼珠裡，接著發散，慢慢混濁，一張張照片裡的眼珠，毫無生氣地望向虛無，又好像在望著她。楊寧強逼自己面對那些眼珠。沉浸，將自己置換成獵物，極度真實的恐懼爬滿肌膚，有時從後脊柱仍會有針刺般的疙瘩瞬間冒出，一片片傳到頭頂腳趾，將她淹沒。她一遍一遍衝出房間確定大門好好上鎖，像強迫症那般，反覆確認窗戶鎖緊，窗簾拉上，電擊棒從不離身。她會無意識地顫抖，裹緊毛毯抵禦身子從裡而外的一波波寒意。

強烈的共感讓她痛苦。有些晚上，她甚至會尖叫出聲。

專心找出被害者之所以成為被害者的原因，分析被害者的相同特徵，了解被害者生前的模樣和屍體的狀況。這是第一課，她努力達成目標。

凶手之於被害者，獵人之於獵物，藝術家之於藝術品。去理解每件藝術品的來由，它身上的刻痕，每一條紋路，感受藝術家撫過它時的悸動。他是這麼說的，非常文藝的說法。六個藝術品，足夠讓楊寧反反覆覆地練習。

她也打破與許浩洋的規定，短短一個星期，她一次又一次與程春金見面。楊寧不得不承認，她幾乎無法忽視內心湧起的興奮。那些火花、衝擊、那些知識、潛藏在人性底下的惡。有什麼開關打開了，她蠢蠢欲動，這麼久以來，她終於有種真正活著的感覺。

「每個藝術家都有自己的簽名。」他說，「雖然現在線索太少，但要把香水這件事放在心中。」

她明白。

「楊寧是個怪名字。」他說，自顧自地喊她「小羊兒」，親暱地。

她沒有拒絕。

「當妳看得越清楚，就越不急著去聞。」他說，「所以把其他感官閉上。」

她照做。

「妳得拋下這個念頭，還有拋下以前的刻板印象，進入新的世界懂嗎？全心全意。」

她點頭。

「假設自己是獵物，懂得害怕後，再假設自己是獵人，學會駕馭恐懼。」他要楊寧學會害怕感受恐懼之後，享受支配、操縱跟控制。從害怕中找到趣味，從惡中找到光明，就像她能從屍體中得到高潮。

他就像她的導師，她的魅影。而她，是個學習力極強的學生。

在嗅覺這件事上，他倆明著鬥，暗中也不遑多讓，時刻較勁。隨著相處的時間越久，楊寧也得承認，程春金確實活得比她更細緻些。如果說嗅聞氣味是楊寧感到活著的依據，程春金則是氣味本身。

青山宮、中藥行、香鋪、糕餅店、甜湯、茶行、印刷廠、洗衣店……艋舺的氣味因子非常複雜，刷洗地面的氯化清潔品和糞尿爭相搶奪地位，檳榔渣和嘔吐物的氣味也會被風捲起，衝入鼻腔。公園金屬長椅上有些榕樹葉的生氣、土味與新鮮，滴漏在上頭成垢的甜湯散著沉舊蜜味，又同時存在揮之不去的體臭和飽嗝，將鼻子往鐵條上碰，還能聞出鏽蝕的金屬味以及屬於不同布料的溽濕感。

在這裡草藥清新舒緩，甜濃的食物和另人發暈作嘔的氣味並存。楊寧不知道是這樣複雜而多樣的環境造就出程春金細緻的嗅覺，還是因為有此細膩的嗅覺，才得以辨識出這裡的環境如此豐富。

據說老練的船員能聞出霧、雨、風、雪的氣味，他們能說出海風經過哪些城市，有的帶著鐵鏽，有的帶著魚腥，有的吹來千軍萬馬的雨勢。暴風雨的風會從高處帶來臭氧的清新，靠近港口的風會帶著漁船潤滑油的嗆鼻，若是霧裡帶有某種甜腥氣，當天肯定會有好收穫。

這些老練的船員們，能靠著鼻子嗅出回家的路，就像船上的狗兒能從兩公里外的地方找到漂浮在海面的鯨魚糞便。氣味無所不在，每一條都是線索。

程春金就是其中的解碼專家，他對氣味的掌握度極高。

「像這個從餅店傳出來的麵粉味，欸很香齁，他們的奶油酥餅很不錯，等等來買一個。」程春金嘴饞地說道，「一般人會注意到這種在空氣中的味道，什麼麵包店的香味啦、咖啡、鐵鍋炒飯的香氣之類的，但這些——」

他敲敲牆壁，紅舊潮濕的磚塊牆體。「基本上沒人會管。」楊寧明白。動態的飄蕩氣味很重要，但那些被物體吸收的靜態氣味，常常吸納了更多線索。就像那塊窗簾布。

嗅聞窗簾布成為楊寧某種詭異的日常標準作息，可如今她已無法從中聞到任何香水氣味。隔天她牙一咬，謹慎地把窗簾布給程春金聞了幾下，他們坐在某張停車場的石椅上，一旁三四個大媽發出赫赫赫的聲響，勤奮地做著甩手操。程春金眼神遙遠而空洞，鼻腔擴大不斷顫動著，許久許久，但最終仍兩手一攤，對楊寧搖了搖頭。

楊寧沒有多說什麼，表情卻難掩失望。後來想起，她懷疑程春金是不是早就嗅到了什麼，不說，只是在等待時機。

最佳的獵殺時機。

09

她睡得少，也睡不穩，時間總不夠用。

許浩洋先前的擔憂似乎成真，她幾乎沒有休息，除了去程春金那兒，兩人明裡暗裡的互相揣測、探刺和拆解彼此，其他時候楊寧就在家裡窩著，穿上多日未洗的毛絨大衣，一個人盤腿坐在擺滿被害者資料、照片、地圖和檢驗報告的圓圈中，像是某種祭祀，試圖犧牲自己換取凶手的足跡。

程春金興高采烈跟著大庄媽遶境那天，她再次約了方姊。方姊爽快答應，主動邀請她到私人工作室看看。離之前的上課地不遠，那位時髦的助理領著楊寧逼卡進入後便默默離去。方姊蹬著高跟鞋迎來，派頭與氣魄依舊凌人。她慵懶簡短介紹了環境，便領著楊寧走進後頭的私人辦公室。

牆面掛著幾幅無框流動畫，空間明亮乾淨。兩張工作桌散置十來瓶小巧的玻璃瓶，五座風力發動機形狀的聞香紙台座，鉛筆和筆記本有序地散在上頭。後頭是整面深書架，收藏了數百種配方的紙張與檔案夾。一旁還有塊立架白板，上頭記著楊寧看不懂的英文及分子式，磁鐵吸著幾張圖文並茂的筆記。

「之前基礎調香課精油是選過的，二十六種搭起來好聞的氣味。」她一面說，一面打開桌上的嗅覺箱，裡頭整齊擺放著四十八罐氣味瓶。「這是進階課程的教具。」

方姊旋開貼著編號十二的玻璃瓶，將細長的試香紙插入，沾了沾，接著讓試香紙在空中停上一會兒。她一邊嗅聞，一邊說明。

「除了比較形容詞的說法，妳也可以嘗試用不同的物品來說明，像是常見、熟悉的生活物品。」她拿出幾瓶精油認真講著，有的木頭帶著油性蠟筆的蠟質氣味，有的像下過雨後的濕木頭和草地，有的甚至會散發在冰箱放很久的乳酪味。

「像這個，」方姊嗅聞時朦朧的眼神一下子變得銳利。「本身的單寧味就像過年市場臘肉。想像妳過年回阿嬤家，她廚房掛著好幾條剛買回來的煙燻臘肉，妳走過廚房到她房間打開衣櫃，撲面而來的悶濕樟腦味，配合灰塵滿天飛的場景。」

她使用的語言很精準，楊寧聞不到，卻能從她生動的語言描述具體化氣味。

花香調聞起來其實並不像花，「而是妳行經花叢時，嗅到的空氣。」就像陽光本身沒有味道，我們所說的「被子上有陽光的香味」，其實是被子本身被陽光曬暖後的氣味。

「氣味有很多種呈現方式。是一種符碼，可以嘗試用不同媒材去展示妳所需要的。

「我在英國主要研究嗅覺、氣味與視覺色彩間的連結，試著讓顏料對應氣味影像，像是確立氣味的色票，Pantone。」她從抽屜拿出一本色票。「沒有標準答案，但還是會存在一些共感。像這種鮮綠、蔥青、草木綠，多數人直覺會聯想到薄荷、薰衣草這樣的植物。聞到玫瑰會偏向選擇紅色系的色票，聞到柳橙會偏向選黃或橘色。妳抽菸嗎？」

楊寧搖了搖頭，方姊將色票湊到她面前。「選一個，菸的氣味。」

眼前如孔雀開屏一般的色票，楊寧遲疑了一陣，最終點向一張較淺的灰綠色，看起來有些暗沉，看著卻也還算舒服。

「454C。」方姊念著上頭的編號。「不抽菸的一般會選更深，更不討喜的顏色像 448C 或 1245C 這種黃綠色。妳要不是對菸味沒感覺不敏感，要不就是喜歡，甚至眷戀。

「色彩是人類比較熟悉的信號，但換成氣味的時候，多數人只會用『這聞起來像什麼什麼』去形容，這聞起來像烤麵包，這聞起來像汽油，這很臭，這很香，我們沒有什麼能對應氣味質感的語言。」方姊指了指牆上裱框的流動畫。「我在英國的創作。同時也是一種氣味應用，關於嗅覺與情緒、大腦回憶的連結。」

楊寧緩步走近其中一幅。

「奶油餅乾。」方姊淺淺一笑。明亮流動的青檸色，和煦飽和的日光黃，乾淨清爽的椰奶白及那微帶紅色的紺青，在畫面舒展，輕盈柔軟。「在國外常想起我媽烤的餅乾，就畫了。沒什麼特別的意思，就是一幅想念。但確實是我最喜歡的。」

方姊沉浸在回憶裡，嘴角上揚。楊寧明白這個模樣。用氣味引導出回憶和情緒，甚至是運用氣味來做情緒連結。這些她來之前都已經詳細查過了，對於氣味的知識她吸收得快，也經歷許多。但到現在她仍弄不明白，葛努乙留下的氣味究竟代表什麼？究竟要把她導到哪裡？

楊寧逕自低頭思索，方姊繼續說著：「我有朋友在研究氣味與大腦、心理之間的關係，偏向腦科學跟嗅覺心理學的層面，非常專業的類別。另外也有比較特別的運用，像是氣味療法，台灣並不盛行，比較常聽到芳香療法，聞芳草植物促進放鬆，或者用精油按摩薰香治療頭痛失眠。

「妳要記得，雖然每個人對於氣味的感受度不同，但氣味無法防範，無法避免，無法被覆蓋。」楊寧咀嚼方姊的一字一句。「氣味是很強大的力量，嗅覺早於所有器官，主宰了一切。」她提到，每次打開瓶子香水就會氧化，前調有許多氣味分子會分解，但最核心的基調會繼續存在。「所以一定要記得，妳聞到的不是香水所有的氣味。很多香水的後調類似，得要很小心。」

方姊沉默許久，最終緩緩開口：「別被騙了。」

像句警世預言。

10

「妳真的不先吃點東西嗎？」許浩洋坐在客廳，對著臥室喊。

楊寧沒有回應。她全身洗淨，圍著浴巾三兩步跑出浴室，發抖著迅速走進臥室，用最快的速度穿上黑色的保暖衣，一層兩層三層，最外面再套上一件純黑高領毛衣。冷冷冷！楊寧無奈地在心裡咒罵。屋裡那台老舊的葉片式暖氣從沒停過，但她依舊覺得冷。她包得嚴實，連襪子都穿了兩雙。她面對鏡子，俐落地綁起頭髮。

楊寧放在餐桌上的手機發出吡吡吡的震動聲。

許浩洋起身，是個未知的號碼。吡吡吡滋滋滋。他看了看臥室，遲疑了一秒，接起。

「喂。」一個慵懶的聲音響起。「妳今天想吃啥勒？」

許浩洋血液凝結，不發一語。

「先去買我上次說的那家麵茶涼粉，然後去轉角芋頭冰坐著吃怎麼樣？還是要去北港甜湯啊？吼我今天有點難決定捏。」

沉默。電話那頭的程春金也頓了一會兒，接著輕笑出聲：「你是她的小男友吧？」

許浩洋鼻孔噴出沉重厚濁的氣息。

程春金話語滿是笑意：「小羊兒跟我提過你，感覺你不大喜歡我啊。」

「她沒有說錯。」小羊兒？他叫楊寧小羊兒？許浩洋怒火中燒，惡狠狠地說：「她今天不會過去，以後也不會。你敢再打來，下一個跟你說話的就是警察了。」

「喔喔老兄，冷靜啊冷靜，是小羊兒自己給我電話號碼的欸。」程春金笑嘻嘻地解釋，「你可能不知道，畢竟這一個禮拜我們幾乎每天出去，小羊兒沒空理你。我們現在就像是大學好姊妹一樣，一起上廁所一起挑衣服一起吃下午茶——」

「你他媽的離她遠一點。」許浩洋暴怒。

「你綁不住她的。兄弟，給你點建議，捆越緊，她只會逃越快。得動動大腦想其他法子。」程春金說道，「這可是實戰心得啊。」

他吃吃笑了起來，被自己的捆綁雙關逗得很樂。

許浩洋厭惡至極，一陣反胃。

「你有看到我的手機嗎？」楊寧從臥室大喊，她穿上最後一層羽絨外套。「我快遲到了……」她邊問邊走了出來，接著煞車止步，瞪向拿著手機的許浩洋。

許浩洋看著她的眼睛，一個字一個字緩緩吐出：「如果你他媽的敢再靠近她，我會把你送回去。」赤裸裸的警告。他掛斷電話。

「你們現在是朋友了？」他問。

「誰准你接我電話的？」

「妳沒有回答我的問題。」

「你也沒有。」她氣急敗壞地搶過手機，走到玄關，抓起托盤內的鑰匙，準備出門。「回來再跟你算這筆帳。」

許浩洋擋在身前。

「幹嘛？」楊寧皺眉，語氣不佳。

「解釋清楚，妳違反我們當初說的。」

「怎樣？」

他不懂為何她可以理直氣壯地站著，還雙手環胸，一副陰沉凶狠的模樣。

「說好每次見面都要透過我。但我只安排過兩次，上禮拜二在甜湯店，第二次是今天。」

楊寧撇著嘴，沒有回話。

「他是連環殺人犯！我到底要跟妳解釋多少次嚴重性，妳不是警察，不是心理醫生，妳不知道他在想什麼，就算專業的精神科醫師也被他騙過不知道幾回。」

許浩洋感到一股前所未有的憤怒和疲憊席捲而來。「妳到底想怎樣？是想跟他變姊妹還是什麼詭異變態的破案夥伴？」

「我沒有想要怎樣，但兩次根本不夠。」楊寧努力維持話語中的平穩語調與理性。「我跟他只是找一家店坐著吃東西，我問他問題，然後他回答我，就這樣而——」

「——妳答應過的。」許浩洋打斷她的話，帶著不容置喙的嚴厲。「當初是妳信誓旦旦地答應我，我才把他找出來的。但現在呢？小羊兒是什麼？」他不敢置信地搖搖頭。「妳違規了楊寧，越線了。妳自以為可以很理性地處理這些事，但並不是，妳被他牽著走還沒發現嗎？」

「違規？」楊寧憤怒地失笑，她難以置信又氣憤地重複。「越線？」

「他在享受玩遊戲的快感，老師與徒弟。他想要傳承啊，楊寧，他需要有人懂他，有人站在他那邊跟他一起分享殺人的喜悅。」許浩洋激動地說，「他的人生就是一場遊戲，妳已經成為棋子了，還不明白嗎？」

嗤了一聲，楊寧惱羞成怒地笑了。許浩洋說得殘忍卻真實，她想頂回去卻無從反駁。她順著頭髮，腦子急轉試圖找出論點穩住主張。許浩洋繼續：「妳轉頭看妳的牆壁，那些塗鴉。妳幾乎沒有睡覺，那些滿山滿谷程春金的資料跟被虐殺的照片。妳到底知不知道自己在幹嘛？」

楊寧緊抿著泛白的雙唇，全身微微顫抖，她朝許浩洋靠近，滿眼的悲憤與怒火。「我在幹嘛？你覺得我在幹嘛？」

面對楊寧的反問，許浩洋剎那間無法反應。

楊寧聲音發顫：「你會不知道嗎？你問我她媽的要幹嘛？」

「我不是這個意思……」

「我要找出他，不管要付出多少代價，你會不知道嗎？」她重複，以一種志願者的語氣，犧牲者的堅決和絕望。「要我死都可以許浩洋，我已經準備好了。」

一陣扼人的沉默。許浩洋主動打破凝結的空氣，向前想抱住她，楊寧往後踩了一步躲開。他雙手滯留在半空中，像艘擱淺的船，緩緩地、默默地放下。

「我一直在想要怎麼分擔妳的痛苦，要怎麼讓妳願意開口找我。」許浩洋艱難地開口，輕柔的呢喃像親撫。

「讓我幫妳。」他喊，溫柔地，受傷地。

一股強大的力量將她往悲傷的方向拉。她很想哭。她可以躲進他的懷抱的，躲進這個強壯的胸膛，放聲大哭也好，瘋狂做愛也好。兩年多前，是她狠心大力地把他推開。兩年多後，這個胸膛仍願意讓她回去，為什麼不？

「讓我回來，好不好？」他柔聲問。

楊寧好想說好，好想說，回來許浩洋，我需要你。

「寧……」許浩洋靠了上來，低頭想吻她，楊寧倔強地躲閃，第一次，第二次，第三次，當許浩洋的唇落在鼻尖上，她再也沒有力氣反抗。但躲回許浩洋的懷抱代表著軟弱，她沒有資格躲進安全的地方。

電話總會在最緊要的關頭響起，兩人像被凍結般停下動作。

許浩洋嘆了口氣，眉頭深鎖，掏出口袋的手機。魏恩琪。楊寧瞥見螢幕上的名字。防衛在那剎那甦醒，她退開一步，雙手環胸，回到原先冷漠疏離的模樣。他看向楊寧，任由鈴聲持續響著，終止，不到一秒又再度響起。

一股莫名的憤怒席捲而來。

「接啊。」楊寧維持冰冷的表情，卻藏不住語氣的酸刺。

「我會跟她說清楚。」他說。

「喔不用，沒那個必要。」楊寧漠然地說，搶上前打開大門，迅速穿好鞋。

許浩洋擋住電梯按鈕。「我現在就跟她說，她是個很好的人……」

「就說沒必要。」楊寧眼神如冰霜。「我跟你已經沒有任何關係了，我沒有叫你送便當，沒叫你管我，你來我家像走後花園一樣，打掃個屁，你擔心個屁。」

「寧——」

「你他媽的要不要接，還是我幫你接？跟小女友說妳男友沒空，因為他媽的正忙著找我做愛？」她一口氣狂吼完，喘了幾口氣，再度將自己武裝起。

張牙舞爪的刺，將人推到千里之外。

許浩洋嘆了一口氣。

「妳讓所有事情都變得很難。」他說。

「你也沒有讓事情變得比較簡單。」她說。

11

「今天很不專心喔。」程春金口齒不清地說，吞下一顆湯圓，接著很快速地舉起手。「老闆娘欸！再一碗。」

「妳要嗎？」他轉頭問。

她搖了搖頭，湯匙舉到唇邊，飲下一口花生湯。

「妳這樣不行，跟我在一起想著別的男人。」程春金頻頻轉頭看老闆娘的進度，脖子反覆扭動，楊寧想起自己跟他說過蛆的故事。

亂竄的蛆，死去的蛆，蠕動的蛆。

在濕熱的氣候下，蛆蟲相對較多。為了幼蟲的生長發育，大部分的蛆蟲會群聚在一塊來保存更多熱量，法醫昆蟲學稱作蛆團。牠們啃食屍體、不斷運動、有氧代謝持續產生高熱，能讓屍體內升高十甚至到二十。但蛆沒辦法自己調節體溫，屍體的環境溫度若高於五十度，牠們就會有熱死的風險。為了涼爽牠們會往外移動降溫，一段時間後再重新回到蛆團內部，核心與邊緣來回移動，一再重複這樣的循環，在人類的眼中看起來，就像是牠們不斷在屍體內四處亂竄。

「有趣吧。」那時她這樣說。

「我沒看過屍體裡的蛆。」他深思，聽起來有些惋惜。

「你看過那個死豬的影片嗎？」她問。「其實人的也就差不多那樣。」

程春金立刻拿起手機 google，一隻擺放在荒郊野嶺的死豬奇幻旅程，二十一天後被蛆蟲齧食得面目全非。

他撫掌稱奇。

楊寧從沒想過，有一天自己竟會和惡名昭彰的虐殺者坐在路邊圓凳上，吃著珍珠粉圓米苔目冰，一邊討論蛆和一頭死豬。

也或許，有些事情只有跟他說不會受到異樣的眼光。有些黑暗，只有真的經歷過的人才懂得。當妳走得夠遠，有些事情終將無可避免。

必要之惡。

「竟然完全不理我，心不在焉，妳沒想到那個小男友影響力這麼大齁。」程春金呼嚕嚕吞掉第三碗米苔目。

「我跟妳講啦。感情事紛紛擾擾，妳今天想，想破頭，就算解決，明天又會有其他事情出現，」

他說得頭頭是道，「倒不如走出來喝一碗甜的，卡實在啦。」

「我沒有在想那個。」她說。

「聽妳在裝肖維。」他說，「我都不知道妳跟小男友怎麼認識的？大學同學？工作認識的？還是怎樣？」

她沒有說話。他倆的故事要怎麼說起呢？說那些銀風白浪，那些流雲長日，說她一手搞砸了所有，說她有多想念從前，卻如明日黃花。一切回不了頭，前進，只為了不想嘗到記憶的痛。

當初的回憶與現在的她又有何關。

「妳都不說，我怎麼幫對不對？」程春金一臉受傷。「其他我都想好要怎麼幫妳了，唉真心換絕情。」

「其他什麼？」

「阿良的事我可以給妳一個建議。」程春金狡猾地說，「只要跟我說說妳跟小男友的故事。」

如果是兩個禮拜前的她會憤而離席，拂袖而去，但經過兩個禮拜的相處，她對他不再陌生，他就像個商人，狡猾的，需要一些甜點一些獎賞，來換取有用的資訊。她對鄭文良的事沒有頭緒，她需要他的幫忙。

楊寧遲疑了一陣，終究還是說了。五分真實五分謊，實際的人生軌道配合虛構的骨肉，加上欲語還休的模樣，沒有破綻。

「然後呢？」他問。

楊寧搖搖頭，程春金意猶未盡地舔舔嘴唇。

「好吧。」他放下鐵湯匙，敲擊鐵碗發出清亮的脆響，餘波盪漾。「阿良的室友不是有提到，說他們一群朋友勸他要勇敢面對自己？他可能面對了，但還是接受不了，只好選擇抹抹脖子翹起。妳去查這段時間有什麼事情，他知道之後痛苦到不行。」

楊寧沉思，剛想開口提問，程春金打斷她：「嘿，我說夠多了齁。」他狡猾地說，「妳繼續說故事我再幫妳。」

楊寧思忖著。

「可以。但在那之前，」她說。一字一字緩慢又清楚地。「帶我去你家。」

他慢條斯理地說：「都講幾次了，保留一點神祕感才能天長地久嘛。」

這不是他第一次拒絕楊寧，事實上已經是第四回了。顯然不是只有楊寧有所保留，程春金也有自己的底線。

「你說要幫我了解藝術品跟藝術家。」楊寧說，「所以帶我去你家，我需要全然地沉浸。」

「我不會理妳啦，」程春金不為所動，拿起衛生紙粗魯地揮拭嘴巴。「妳也是很盧捏。」

「我知道你的畫。」

他的動作凝結。

「我看過幾幅了。」她補充，「洗衣店老闆給我看了他的私藏。」

他緩緩抬頭，看著楊寧的眼睛。

「帶我去你家。」楊寧說。

12

如果跟任何人說母親不喜歡自己，大家會先是一愣，接著大笑吧。

像是開了什麼很有趣的玩笑。

我不曉得要怎麼說服別人：不，不，這不是玩笑，是真的，我媽不喜歡我，你看她盯著我的眼神……對，看出來了吧？那是打從心底的討厭，雖然我不曉得她自己有沒有意識到。為什麼？是我出了某些問題，對嗎？不夠好、孤僻、笨拙又不擅交際，又或許出生時沒有小嬰兒該有的奶味，打從一開始便勾不起母愛。

沒有體味，一個不完整的個體，上天卻嘲諷似地給了我異於常人的嗅覺。氣味如此易懂而直觀，了解一個人如此快速而不需隱藏，人類卻習慣用語言溝通，我難以理解這樣迂迴的表達方式。參與和學習社會體系的互動模式，更是極大的挑戰，尤其是在身邊人們都不在意自己的情況下。不在意說起來或許過於苛刻，或者說他們只是沒有發現，沒有留意，也難以注意到我的存在。小朋友常會拿著蠟筆迎面撞上，雙雙摔倒在地，但撞上的人總比被撞的我吃驚，愣愣地看著我，然後放聲大哭。

分組時總被落下，同學生日分糖果時會漏掉。不會成為同學們的團體核心，自然也不曾被欺負，因為根本沒人記得。沒有氣味的孩子連老師都容易遺忘。

像是團不具實體的、透明的霧氣，飄蕩在空氣中，似乎與空氣融為一體，空氣卻也不認識我。

我想被記得。

不管做什麼都顯得笨拙，除了畫畫。流動在血液裡，滾燙的，無法抑制的本能。就像舞蹈家透過身體去認識自己，畫筆就是手的延伸，似乎只有一直畫下去，人生才得以延續。一張張都是母親。母親的顏色、線條、區塊，畫下母親的髮，走路時的姿態，洗澡時脫下的衣，憤怒的扭曲神情……畫不出整體，母親只是個印象，一個氣味與顏色的總體。一個遙不可及的、悲傷的夢。

喜歡畫畫，或許潛意識裡覺得母親會更喜歡這樣的自己，也或許是能從顏料和畫紙的氣味中找到平靜。可惜只要洗個手洗個澡，顏料氣味又會從皮膚細孔飄散進空氣中。

我不在意。整隻手掌浸在顏料裡。氣味能在身上停留多久，我便能存在多久。

13

他帶她去了。

走進萬華雜亂林立的公寓叢裡，打開一道貼了粉色瓦斯單的深綠色鐵門，供兩人擦肩而過的小梯綿延而上。牆壁斑駁，轉角處甚至有幾處鋼筋外露，鏽蝕之字形的鐵柱蜿蜒其中。

程春金在前，鑰匙在手中嘩啦啦喀啦啦地轉，敲擊出一聲聲金屬迴旋。楊寧一步步在後頭跟著，繃緊了肌肉，拳頭一緊一鬆，眼睛神經質地骨溜溜的轉。

五樓，對開的樓型，程春金停下，駐足在一道乾淨的鐵門前，身旁一多層木鞋櫃整齊地擺著幾雙不同的鞋款。「妳不要看萬華好像是個很吵的地方，其實這裡很安靜。」他卸下藍白拖。「鞋子脫外面。」

她看著程春金用鑰匙旋開兩道鐵門，推開紗門。

幾聲慵懶的貓叫，嫵媚的，歡迎的，再帶些埋怨，一隻帶著黑虎紋的深棕色貓咪迎上前。意料之外的事物總讓人措手不及，楊寧眼睛猛地放大，與貓咪對望。

「唉呦唉呦乖寶寶，有沒有想我勒？」程春金滿臉寵溺地一把抓起她柔軟的身子，貓咪喵地一聲，軟倒在他懷裡。

「她叫拉拉。」程春金揉著她的頭，拉拉眼睛瞇起，一副享受舒服的模樣。「她齁，黏人啦，妳看是不是可愛得不得了。」他將拉拉湊到楊寧鼻前，楊寧本能地後退一步，努力不露出害怕與嫌惡。

她動了動鼻子，感到略微意外。她的嗅覺系統沒有任何要活躍起的跡象。

「不用那麼訝異。」程春金似乎看穿她的想法，意有所指地望著她。「這裡很乾淨的。」

是鬆口氣抑或是有些遺憾，楊寧大腦高速轉著。方姊曾經說過，嗅覺是多數動物用來偵測及因應世界運作的主要感官，而人類的五個感官中，最早發展和發展完成的亦是嗅覺。十二週大，也就是母體懷孕短短不到三個月的時間，胚胎寶寶就已具備完整的嗅覺功能，開始透過羊水中的化學物質，擷取並學習各種氣味。

反觀被認為最重要的視覺，要在寶寶出生後好幾年才會逐步發展成熟。

「五種感官中一定要捨棄一種，願意放棄的通常都是嗅覺，妳的鼻子。」方姊一邊整理香水櫃，一邊滔滔不絕地說著：「真的，一般人不那麼在乎。妳隨便去問，十個有九個半都覺得鼻子不重要。大家都不明白嗅覺才是最本能性的感官，它擁有絕對影響力。」

楊寧明白。

氣味不只能誘發情緒，影響人們的感受，甚至影響如何思考與行動，同時也和記憶密不可分。她很清楚這些，這曾是她認識這個世界的方式，嗅覺是她的神經觸手，即使多數時候刁鑽的鼻子令她對人事物都備感厭惡，但至少也是種不甚滿意的連結。

糖尿病聞起來像水果、腎衰竭散著阿摩尼亞的氣味、手摸過的書皮會留有溫血味……喜歡什麼氣味，討厭什麼氣味，身上沾有什麼氣味，吐出的味道……基本上只要知道這些，就能建構出一個人的模樣，一個人的性格、過去，所有流過他身上的故事。

一種剖繪。

程春金不喜菜市場，說是氣味太混濁他受不了。只有一次，為了買一攤一個月只來擺四天的薑汁豆花，他一邊高談闊論關於冬天就是要吃熱豆花的理論，一邊涎著口水解說那家的薑汁有多濃郁，豆花本體有多綿密等等，音量越提越高，穿過人龍潮水，堅定興奮地朝某個方向前進。

人與人之間幾乎沒有距離，衣服與衣服互相磨著，能站立不倒是基本盤，每踏出一步就多了一分存活機會，在這樣的人潮下呼吸也是一種競爭。大媽大伯們很有經驗地在人潮間擠出一條生路，如一頭頭巨型而粗暴的獸，原型的，沒有雕琢過，最真實的面貌。也有幾個從小跟爸媽跑腿提菜的孩子，像尾滑溜流暢的泥魚，喊著借過借過，撥開肥肉抖顫的人群，夾縫中擠擰，從楊寧面前游過。

楊寧在後頭跟著熟門熟路的程春金，跟得很是吃力。程春金的衣角在眼前一閃而過，埋進茫茫人群中，楊寧踮了踮腳，矮小的個子就算拚了命撐起整個腳跟，還是沒台灣女人的標準身高。她順著人潮湧動，往前進。最後逕自駐足在那大聲吆喝，中氣十足的提刀婦人面前。雞血灑過的攤位，她深吸氣，盡可能地把血腥氣灌進體內，召喚出身上殘留的原始本能。

「呀，不要亂跑，走這裡啦。」程春金穿過人群回頭找她，催促著。「快點快點，他很早就賣完了。」

她回過身。他試圖帶著她衝出重圍，第一次伸手抓住她的手臂。兩人挨得很近。

那是她第一次聞到程春金的味道。

「拖鞋。」他朝著右下方點了點頭，楊寧左膝著地，蹲下，從底層小櫃中拿出一雙淡藍色的皮革室內鞋。看起來清爽潔淨。

楊寧迅速換好後抬頭，血液倏地凝結。

「歡迎來到我的城堡。」他說。

剛才被程春金身子擋住的景象，如今無一絲隱瞞地展露在眼前。大大小小的油畫作品，直立橫躺的充斥屋子每一個角落，除了沙發上頭和冰箱口，各處都是作畫的痕跡。

色彩鮮明，用色大膽豔麗，楊寧眼前一個衣衫不整，手遭反綁的女人，痛苦地在地上爬著，像是拚了命地想爬出畫框。她的嘴驚恐地撐到最大，彷彿在用最後一口氣尖叫，身後戴著白色面具的男人，一手提著模糊不清的人頭，一手握著尖刀，朝她緩緩走近。

視線往下一幅挪動，一個赤裸著，四肢被縛綁的女人，頭無力垂著，下體被刺滿水管、手術刀，用十分具設計感，孔雀開屏的方式細緻而無情地插著。

楊寧緩緩起身，屏住氣。

屋內滿滿的虐殺油畫。每幅都述說著同種欲望，扭曲的人體，被捆綁強暴的女性，對殺戮與肢解的極致想像。

她做過心理建設。但洗衣店老闆買的那張顯然只是小菜一疊，B4小型畫作的震撼力，遠遠比不上這數十幅一次展出，如畫廊、藝術宮殿般錯落又有序地展示在屋子的每一個角落。

一個赤裸淌著血的等身女人像，豎立在時鐘之下，軟倒扭曲的人體就像依著沙發睡著。像達利的時鐘，用肉身記下永恆。

楊寧凍結在門口，不知該如何挪動身子，更不知該如何置放自己，每個空氣分子都包裹著惡意。陽光從透明的落地窗灑進，貓咪慵懶自在地遊走在畫作之間，靈巧嫵媚的尾巴掃過畫中的女體，捲起塵埃，詭譎中又帶著塵囂中不可多得的寧靜。

她不悅地朝楊寧叫了幾聲。

楊寧倏地警醒，退後一步，充滿警戒。

太陽穴流進大量血液，神經快速上下跳動，她知道身子已經盈滿力量，隨時能夠揮拳或是逃跑。但她不能。

這是一座城堡，一座聖殿。程春金是這裡的國王與祭司，這些畫記錄著他的過往和夢裡的嚮往。程春金閉上眼，朝楊寧的方向深吸一口氣。他嗅著、享受著她的恐懼，滿意地鬆了鬆脖頸，長長舒了一口氣，坐下，伸展手腳，放鬆而舒服地，望著他的獵物。

「喜歡嗎？」

「不知道。」楊寧說，「我沒什麼藝術細胞。」

程春金不喜歡這個答案，但對他嗅到的氣味很是滿意。享受著空氣中的緊張、壓力、畏懼和敵意，他沒要楊寧坐下，楊寧也沒絲毫挪動，只是一動也不動的站著。

「那是剝皮者。」他順著楊寧的目光說道，熟練地介紹起，像是博物館的導覽員。畫裡一個成年女性，光裸著潔白又平滑的肌膚，躺在絲綢布上，頭微微向後仰，枕在一張赤紅色的枕頭上。如果選擇性觀看這幾個部分，你會點點頭佩服起這個畫家，女人就像是安詳地睡著似的，寧靜迷人。但視線往下，女人的腹部臟器外漏，就像有人在她下腹劃開一個大口，小心翼翼地打開，臟器散開成一個完整的圓形，像花一般，新鮮又華麗。

許久，程春金這才心滿意足地轉了轉頸子，舒舒服服地開口：「有藝術品後，接下來就該畫出藝術家的樣子了。」

「教妳這麼多，妳有足夠的材料。」他說，「說來聽聽，妳的葛先生是怎樣的人？」

如果先前她還有一絲猶豫，那麼現在她毫無遲疑。她準備好了。

「我想練習。」楊寧開口。

程春金輕輕緩緩地歪了頭。

他懂她的意思。

兩人對視，像末日要啃食彼此的豺狼，相知相惜，相依為命，卻也只有彼此可食。

「我不是妳的目標。」他開口，慢條斯理地說。

「我知道。」老大總說她太過莽撞，賭徒性子又一意孤行，總有一天他會來清她的命案現場。「但你是很好的練習對象。」

讀不清他的表情，她小心翼翼，每步都在深淵的邊緣踩踏。

「除了原本的卷宗，現在還有Podcast、網站、書、YouTube，甚至有人特別架網站研究你們，只要認真栽下去資料像山——」

「他們。」他開口。

「他們。」她歪嘴微微斜笑，順著他的意，講起來卻有些諷刺。「我連你國中高中的畢業紀念冊跟隔宿露營的照片都找到了。」

「妳知道。」他眼神凝視著前方的畫作。「太衝動的羊很容易被吃掉的。」

「反正橫豎都會死。」楊寧目光透著閃爍的狠勁。「倒不如拿命來賭。」

程春金的沉默前所未有的扼人。

「你不想知道我怎麼看你的嗎？」楊寧繼續，「許浩洋說你是我的老師，也該是驗收成果的時候了。」

他往後傾，大字形地癱在沙發裡頭，脖頸昂著，睥睨著塵間。

「行。」他吐出長長的氣，扯出一個難以言喻的微笑。「來吧。」

沒有理由能解釋這樣愚蠢的行為。為何要在獵人面前挑釁似地起舞，明知會置於險境，為什麼要進他的堡壘，將他的人生剖開？俯視眼前的男人給了她些許力量。楊寧始終站著，接著緩緩開口。

「對你來說，這個世界骯髒又愚蠢。人像羊像金魚一般存在，你這樣特別的人不被理解。其中，最蠢最醜陋的那個，就是你媽。」楊寧輕輕吐出，「還有那些像你媽的賤女人。」

程春金面無表情。

「從有記憶以來，你爸就不斷外遇，同時家暴你和你媽。他因酗酒過量引發心肌梗塞猝死後，你覺得解脫，以為從此能跟媽媽過上幸福快樂的日子，沒想到並沒有。」

一個穿著長袖長褲的小男孩疊加在程春金身上。現實與幻象的殘影流動，楊寧眨了眨眼，無法遠離地盯著。

靦腆不安地拉著衣袖，遮蓋遍布的瘀青與傷痕，飄忽不定的人體宛如訊號不佳的電視頻道，七彩的馬賽克跳動，弧形的波紋閃爍，過去與未來同時交疊。楊寧逼迫自己忽略男孩孤寂又帶著批判的眼神，抿了抿唇，再度張口。

「你媽把無法對老公施展的恨全報復在你身上。拳打腳踢，大肆謾罵，被藐視被羞辱被虐待，為了討好她你卯足全力，但怎麼做都不對。你變得畏縮沉默，有點陰沉，在學校邊緣，沒有任何朋友，剛好印證媽媽說的：沒有人需要你。」

「你很聰明卻也很無助，長大後那份困惑跟沮喪變成了憤怒。外人都覺得她是和藹親切又熱情堅強的現代女性，在超商當收銀員獨力撫養兒子長大。只有你知道，她是個做作的婊子，恨不得把你丟掉卻又控制了你的生活，你無法逃離。」

男孩的影像倏地消失。她稍微停頓，知道接下來的判斷遠遠超出搜尋到的資料。這會是只有他們，她與他，他們倆才會知道的事。

「無聊又該死的世界。」她說，「每個人都自私愚蠢，不懂你又強迫你被生下，強迫你存在。唯有一件事情，氣味，只有你的鼻子，稍稍讓你跟這世界有所連結。」

「你天生對氣味敏銳，這是你自己說的，對吧？你沒說的是，因為你媽的關係，你對女性的氣味更敏感，女人的體味、化妝品、香水、沐浴乳、洗髮精，你是這方面的專家，氣味某程度主宰了你的人生，也是你對於性，對於女人認識的起點。」

「你靠色情光碟打發時間，除了滿足欲望，更重要的是解決寂寞。你收集各式各樣的光碟和香水，噴上香水，隨便幹螢幕上的女人。在那個當下，你有種抓回人生控制權的錯覺。可是你媽的話常常鑽回大腦：現實生活沒有女人瞧得起你，都淫蕩都欠幹但沒有人願意跟你。暴力、性、道德跟自我認同開始衝突，激烈對抗，最終幾乎崩解。」

她從口袋掏出一本小筆記本，密密麻麻，字跡潦草。為了這天，她準備已久。

「上了高三，你解剖了生物實驗的青蛙。警方的筆錄很完整，這我也很訝異。筆錄裡，你同學說：『第一次上解剖課大家都有點緊張，但男校嘛，又不能表現出來，就會開一些幼稚的玩笑。但他不是，他像瘋子一樣，那天大家都很怕他，他把那隻青蛙的內臟剁爛了。』」

「你還跟其中一個同學說：『我不知道這麼刺激，那個味道好好聞。』你從未感到如此放鬆，原本疏離而陌生的世界，第一次有了意義。你重新掌握了生命，所以你開始嘗試其他，可能是老鼠貓咪或狗，我猜是貓咪，流浪貓多到數不清，是很好誘捕的獵物，只要鐵棍敲兩下就死了，連個聲響也不會出。是嗎？」

他依舊無語，只是摸著拉拉，從頭到尾巴，輕柔地撫摸著。

拉拉翻了身，露出柔軟的肚子。

「殺死動物是種實驗，從幻想到實踐的第一階段。我猜你最初的幻想跟性還有死亡有關係，也許是強暴一具屍體，或是做愛完對方被你勒死殺死之類的，那帶給你極大的滿足。你不認為有女孩會接納你，你只能靠幻想與她們合而為一。如果她們能在你懷裡死去，她們就會是你的了。」

「殺小動物很好玩，興奮充實，但欲望會增長，胃口跟膽子也會越養越大。依照你前半段的生命軌跡，你極有可能在大學階段就開始強暴跟殺戮。但不知道該說你很幸運，還是這個社會很幸運，你遇到了她。」

「林語琳，你第一個女朋友，成了你的全世界。」楊寧停頓，感受氣氛的微妙變化，如果她真是豹子，這時候會知道該逃。「你們同系，她大你兩屆，對你很好，但對大家也同樣友善。她好香，你第一次遇到這樣陽光的女孩子，對她一見鍾情，害羞又困惑，不知道該如何是好。」

她話沒停，與林語琳碰面的場景卻猖狂地在腦海跑了起來。

身材矮小但豐滿有致，歲月痕跡反倒是種風韻。楊寧仔細端詳，尋找與程春金重疊的痕跡。絨毛駝色高領與牛仔褲，腳上的布希鞋，防割手套，蹲在小庭院前拿著鐵鏟，眼角的魚尾紋襯托目光炯炯有神，舉手投足都帶著歷經滄桑的智慧與優雅。她對楊寧的到訪沒顯露過多詫異，反倒讓楊寧顯得尷尬和過度小心。

她站起身，隨意拍了拍衣服上的土，只多問了幾句怎麼找到她的、還有誰知道、為什麼要來這裡這樣的基本問題，邊問邊脫下手套，露出有些粗糙的手指。

楊寧老實說了，十分誠實。

「你不是會主動跟人告白的類型，是她先來找你的。她覺得你很可愛，靦腆又聰明，很快你們牽手，接吻，上床，是公開的系對。她是你的救贖，你的陽光，你對女人的不信任和占有欲被壓了下來，開始有了改變。」

楊寧的誠實是對的。林語琳點了點頭，澆水、除草、挖土，言無不盡，偶爾會停下手邊的動作，陷入沉思。有些記憶留在過去就不曾往前，真實於下一秒鐘便不復存在，每一次時空回溯都顯得艱難。日子的模糊、光點與空白，曾經的刻骨銘心多年後說起，宛如夢遊者的囈語呢喃。

「跟她在一起後，你話多了起來，不再是透明的邊緣人，教授和同學開始注意到你的聰明幽默，你學會和人聊天，展現自我，享受成為話題的中心。林語琳讓你看到人生的另一種樣貌。你們在一起三年，說短不短說長也不長的一段時間，很穩定沒什麼岔子，你多數住在林語琳的小套房裡，很少回家，就算逼不得已要回去，你也學會對母親的冷嘲熱諷或破口大罵置之不理。為了林語琳你可以忍，忍下你對這個世界所有的不滿，你愛她，以為能夠就這樣一路下去。」

「她提分手那天你天崩地裂，你求她，哀求，你下跪了對吧，拿美工刀架在手腕上。她嚇死了，連跑帶滾離開，甚至打了學長的電話求救，三個人在巷子拉拉扯扯咆哮動手。之後，她再也沒有出現在你的生命裡。」

她有個孩子，男孩，高中，啦啦隊，一家三口生活平靜。臨走前，楊寧道謝，告了辭。林語琳最後一次叫住楊寧，說是絕對不能讓那個人知道她住在哪裡。語氣無比認真，苦澀而堅定。楊寧答應。

「我們衝太快了。不能忽略你當初會選擇她的原因，這是心理學研究犯罪者的重要關鍵。往回推一點就會發現，林語琳跟你母親有很多相似點，一樣豐滿的外型，一雙會笑的月亮眼睛，一樣喜歡穿連身裙，活潑外向，熱情大方的模樣。你一定也意識到了，你覺得噁心，但同時又壓制不住欲望。」

「她離開以後，一切便開始了。」

她望向剝皮者，程春金順著她的目光往前看去，望向那燦烈的，那豔麗的，那充滿生機的死亡。恍惚中，女人腹部的臟器悄聲無息地歸位，血液從虛空汩汩注入，腹部裂口被無形的針線細心縫合，平坦的小腹，光滑完整，規律地起伏。女人緩緩坐起，比了個一，放在嘴邊。

「張安潔是第一個，你在那個女孩身上聞到雅頓紅門淡香，立刻決定下手。你把她拖進河堤邊的草叢，撕她的裙子反綁雙手，強暴她，最後把她活活勒死，再用旁邊廢棄的水管亂刺她的腹部和陰道。」

「她的死亡，是種安慰。」她說，「你的手法越來越精進，甚至聰明地將緩衝區擴大，遠超出警方預期。這些都不代表你比別人更高尚或有多特別，你跟所有犯案者都一樣，都有一個扳機。失去林語琳是你的壓力來源。統計顯示，很少犯罪者會將憤怒發洩在真正怨恨的人身上，就像你。你恨的是你媽，但你沒有種。」

「你沒有種。」她刻意重複。「多年後，也就是你主動投案後跟警察的自述裡，你說你在失戀後打擊過大，偶爾精神會恍惚，不知身在何處，惡魔在耳邊呢喃，貓在睡前跟你說話。你說你失戀後去看了身心科，還吃了藥，你在監獄裡跟精神科醫生打心理戰，在法庭跟檢察官跟法官繼續玩，投案之後的生活對你來說還是場遊戲。的確有些人被你說服了，但也不是所有人都信你這套。殺害張安潔之後，你第一次去的是鍾明馨身心診所對吧？鍾醫生就不買帳，他看出你的狡猾，你也感受到他的懷疑，所以只去了一次，接下來換了更大的醫院，你清楚這些醫院運作，懂得臨床術語跟用藥知識，你甚至能以精神分析學來分析自己的行為，來往醫院對你來說就像去學校吸收知識一樣。」

「你自稱在張安潔身上聞到雅頓後，神智恍惚，意識模糊。你不記得你有傷害任何人，滿心愉悅地以為在跟女友做愛，你以為你終於跟她復合了。」

「你初戀女友的味道？想跟女友復合？你真的以為會沒人發現。」楊寧冷笑，歪過頭，眨了眨眼示意幻象的女人消失。女人點了點頭，面露哀戚，散進空中。

她惡狠狠地嘶聲道：「那是你媽的香水。」

「那是媽媽的味道，那只能是她的味道。雅頓喚起了你對你媽複雜的情感，你在幻想中強暴她，殺死她，現實中卻卑微地祈禱能獲得她的愛。你一直都想狠狠操你媽，把她幹死，你不可能不知道這點，但下不了手，只好找相似的女孩，張安潔、郭欣亞、蔡立彤、周晴、林宜珊、陳紹婷。她們都和你母親有相合的特質：及肩短髮、微胖、不高、愛笑、活潑。你利用她們轉移對母親的憎恨，在她們身上噴上雅頓，將她們虐待殺死。」

「你以為自己很特別嗎？這在心理學裡只是很典型的替代行為，一種替代型報復。裡面可能還參雜自以為是替天除害的成分，你覺得這種做作的女生不該存在。自以為高人一等，其實只是嚴重的自戀型人格障礙，外加發洩憤怒和滿足控制欲的代償心理，這些心理病徵結合在一起成了一顆不定時炸彈。對社會沒有絲毫貢獻，又自以為被社會傷害。」

「這些都是遠古時代的事了，監視器還不發達的年代，DNA鑑定技術還在扮家家酒的時候。你該不會以為挪到現在，你還能那麼輕易得手？你投案的原因也不怎麼高尚。是因為你媽生病去世了，對吧？她的死，讓你失去動力，世界再度變得沉寂而無聊。」

「真正的目標死去，殺死她們就再也沒有意義了。」

不知何時，程春金已轉過頭，雙眼直勾勾地盯著她，面無波瀾。

只是盯著，瞪著，直勾勾地看著她。

她成功了。楊寧明白，她的剖繪至少對了七成。

楊寧感受到迎面而來濃厚的敵意和殺意，再蠢的人都知道該離開。但她不行，只是將自己武裝好，打開所有細胞，準備迎接任何攻擊。

「如果我在一個小時內沒有走出這棟公寓，你連逃跑的機會都沒有。」她說，「我都準備好了。」

程春金沒有任何動作，只是這樣看著她，時間一分一秒地過，兩人凝視著彼此，沒有退縮。

「很厲害。」程春金淡淡地說，「我不得不說，妳比我想像中的有天賦。」

「妳只需要知道，妳跟我沒有太大的區別。」他很輕很輕地抓了抓後頸，抬高下巴，臉粗暴拼貼著暴烈與不安，她彷彿能看見有張臉猛地衝出那身體，對她咧嘴咆哮：「妳只是還沒開始而已。」

14

楊寧緊繃顛簸地在巷子間穿梭，影子在路燈和月光的拉扯下抖動。

程春金沒有刁難她，他態度強硬，冷漠而有禮貌地請她離開。貓咪拉拉走在程春金前頭，不悅地將尾巴高高豎起，一副隨著主人趕客的模樣。楊寧戰戰兢兢地換鞋，確認鐵門在她面前重重鎖上，這才頭也不回地奔離。

她用仍在顫抖的手催了油門，騎車騎得飛快，呼嘯而過的風蓋過心臟和腦袋發出的空洞嗡鳴。她急速拐了個彎，超了車，被一輛大貨車按了長又憤怒的喇叭。

她繞了路，一彎又一彎，祈禱程春金不知道她家的地址，又想著接下來幾天是不是該去到外頭找旅館。直到家巷口，被監視和尾隨的感覺依舊揮之不去。她停下車，在原地停留了一陣，睜大眼睛，身子隨著腳步轉啊轉，環顧警戒著四周，說服自己是安全的。

楊寧舔了舔乾裂的唇，叮咚，進了便利超商。

拿了冰羊奶，到櫃檯結帳。店員剛刷完條碼，她已打開瓶蓋，咕嘟咕嘟灌下。

「五塊錢找您。謝謝。」楊寧伸手接過。叮咚，玻璃門打開，她想了一下，決定朝家的反方向前進，到另一條巷子，找鎖匠。

楊寧難以入睡，醒著盹著都是剝皮者的身影，樓梯間不小心掉下鑰匙的聲響都能讓她驚跳出聲。眼睛浮腫，神經繃緊衰弱，她罵著髒話用冰水洗了把臉，走回客廳端詳牆上幾個名字。她呼口氣，決定從鄭文良開始，翻找出所有資料，鋪平攤開，拉出人際關係圖與時序。

「他們都會想回去。」程春金曾經這樣說，「獵人都會想回去，想在獵物身邊多遊蕩。」

也許只從這幾個月推根本不夠，他的創傷或許是一切的關鍵。

「人齁，最有可能無法面對的都是童年。」程春金的話緊緊攀住她的耳道。「去找他們小時的照片啊日記，哪裡畢業的好朋友是誰，誰後來就沒有再聯絡了。慢慢建構，妳會發現一個跟眼前見到的，很不一樣的世界。

「把眼光拉長一點。」她聽見他這樣說。「小羊兒，去找他的室友。」

「廢話。」楊寧脫口而出，甩了甩頭，嚥下口水。她沒有時間浪費，立刻找上當時打電話報警的，鄭文良的室友。是個溫柔而善良的女孩，邊說邊哭個不停，反倒讓楊寧有些手足無措。女孩說，鄭文良有個弟弟七歲時意外身亡，爸媽從此以後都沒能走離陰影，鄭文良也開始有些壞習慣，像是會故意把藥倒進馬桶裡，企圖延長生病的時間，希望能爭取那麼一點點，父母對他微弱的關注機會。

意外身亡？

又多一具屍體。她幾乎能想像程春金捧腹大笑。

好像是失足落水吧，我不大確定，他沒什麼說。室友繼續啜泣，楊寧幾乎抑制不住仰天長嘆的疲憊，開始盤算起接下來的工作。他弟弟出事時的目擊證人、附近的住戶、流浪漢、經手的警察、社工、葬儀社，做七或出殯時的影片、出席名冊、當時的老師、輔導員……腦海迅速跑過一輪，她手中本就破爛的小小筆記本，被無奈又憤怒地戳滿墨點，在掛斷電話前，便已被刺破，墨跡滲進每張頁面。

她找上謙哥，問他能不能幫忙找到當時鄭文儒的葬儀社。謙哥滿臉寫著擔心，像個老媽子一樣絮絮叨叨，楊寧沒見過他這副話嘮憂心的模樣。推著眼鏡，頻頻說再這樣繼續下去很危險，說什麼都不願幫她，還要她發誓別再這樣冒冒失失。

「該長大了楊寧。」他說。

楊寧敷衍地答應了兩句。無可奈何，只能自己繞了個彎路找到當年承辦鄭文儒的葬儀社。搬出老大的名號後做事都不難，同行好找好說話好辦事，出席名冊早不見了，倒是還良好地存有當時告別式的追思影片。

「我幫妳把光碟轉成數位檔。」熱心與她聯繫的窗口這樣說，「有其他需要再跟我說。」

鄭文良的關懷訪視員在電話裡並未透漏太多，說是無法討論個案的狀況，卻也憂心地多問了幾句，楊寧費了一番工夫才打發了他。而護校的教授跟輔導老師都深表遺憾，卻也只有些不重要的情報。

最終楊寧以找到遺失物為名，請鄭文良的父母碰面交還。約在彰化，鄭文良的老家。碰面前，楊寧特別到老大正在清掃的孤獨死現場轉悠了一圈，暢通鼻子，然後祈禱她的嗅覺能維持久一些。

「阿謙跟我說，妳前幾天找他要有的沒的資料。」老大問。

楊寧漫不經心地點了點頭，腦子快速運轉。她曾偷拿沾染體液的髮圈，悄悄帶在身上作為醒鼻劑。有趣的是，雖然人類常態性的忽略嗅覺，對氣味漠不關心，卻對這種天然的腐敗消融特別敏感，即使只是一只浸泡過死者脂肪的髮圈，人們老遠還是能聞出那濃烈噁心。楊寧所需的毒品是他人的毒瘡。那天她每十五分鐘把髮圈拿出來嗅一回，感受前所未有的暢通感。重新回到氣味世界的感覺還不賴，她暗自為自己的小聰明喝采，但不到兩日，最簡單的社交也產生障礙，許浩洋、老大、小支雖然努力包容惡臭，卻難以忍受跟楊寧同處一室，她曾幾次狠下心不予理會，但看著賣便當的阿姨皺起眉頭又強顏歡笑的模樣，她心一軟，默默將髮圈丟棄，接下來再也沒有嘗試過。

但現在的她急需找回嗅覺。在老大轉身之際，大力用美工刀割下一塊沾有屍水的枕套裝進夾鏈袋裡。

「他說妳要鄭文良還有其他自殺的資料，是不是蛤？」老大的聲音從空氣清淨機後頭傳來：「欸，問妳欸。」

她再次點了點頭，幅度更大了些。「嗯，但我猜他不會給我。」

三層夾鏈袋密實地包裹一小角枕套，她匆匆道了別，搭上高鐵前往約定地。

15

那天是個開始。

適當地在身上噴灑香水。同學像突然醒過來似地，猛地發覺：原來有那麼一個人存在於我們教室啊。不再是隱形的，香水賦予形體，實實在在的站立於地。

用氣味作為引子，像狗像鯊魚去了解一個人。嗅出一個人的氣息，嗅出各種習慣，聞出人們企圖隱藏的祕密。然後，避開。迎向他人喜歡的，繞開他人所厭惡。找出和這社會共處的方式。

我需要被看見，需要被喜歡。

那種想被注意，想被喜愛的欲望，就像潛伏在體內的癌細胞，每天都吞食著自己，一點一點的。可是，就算要捨棄部分的自己，成為他人的幽魂也沒關係。

就算再也不是自己也沒關係，真的。我沒關係。

16

一棟白底紅磚的透天厝外，楊寧深吸了吸枕套，貼身收好，接著拿出羅莎夫人細心地往手腕與脖頸間噴灑，努力放鬆緊繃得像是準備狩獵豹子的身體，按下門鈴。

開門的是鄭文良的父親，頭髮黝黑卻稀疏，方形國字臉，乍看下有些嚴肅寡言。他客氣地邀請楊寧進屋，請她換上粉紅色的夾腳拖，領著她到客廳的沙發坐下，轉身掀起玉珠門簾，進到廚房拿了一瓶愛之味麥仔茶出來。
楊寧接下，不知該說些什麼，有些彆扭而尷尬，慢半拍地點了點頭。
他看楊寧沒有開口，用台灣國語問：「還是妳想喝水？」
「不用。」楊寧回答，她努力運轉腦袋，試圖尋找下一句話。「茶很好。」
他點點頭，想著下一句客氣的接待話。「那……」文良的父親手無意識地搓著褲管，也有些尷尬與不自在。「那……妳喝茶等一下。」
他躲回門簾後。
褪色的花布椅墊沙發，散著久未見光的潮濕霉味。正前方擺著一台老式大屁股電視，黝黑的螢幕反著光，右方一張實木大桌供奉著華嚴三聖，莊嚴肅穆的立像，幾盞棉蕊紅芯酥油燈長明於此處，兩旁幾條經幡垂掛，上頭印有經文咒語與佛像神馬，屋子瀰漫著沉香肉豆蔻的藏香。
神桌旁還有個小桌，上頭有幾張小男孩的照片，從嬰兒時期到七八歲時快樂的模樣。
鄭文良的母親從廚房走了出來，端著一盤水果，眼眶和鼻頭紅著。
「不好意思讓你專程下來一趟。」她臉上的皺紋深且長，幾個月前染的咖啡金髮隨意盤起，幾綹灰白的髮絲散亂落下，穿著簡單但乾淨有禮，手腕一圈念珠。她在楊寧左前的沙發坐下，鄭爸爸順著坐到了她左側。
「很不好意思。」她說話開始有些鼻音。「我們在台北沒有親戚，上去一趟也有點……」
「我知道。」楊寧有些笨拙的回話。「這個。」她決定單刀直入，從包中拿出六分滿的羅莎夫人。「這是文良同學拿給我們的，說好像是他常噴的香水，不知道你們有沒有印象？」

鄭爸爸接過，瓶子在手中轉了轉，看了一會兒，遞給了妻子。她看著香水有些疑惑，打開瓶蓋。

「可以噴在手腕上聞聞看。」

鄭媽媽照做，謹慎地對準手腕按了兩下，靠近鼻子嗅了嗅，眨了眼睛想了想，接著對楊寧搖了搖頭。

楊寧有些洩氣。

「沒有任何印象嗎？」

「沒有。」鄭媽媽開口，小小聲地。

兩老對香水沒有反應，楊寧有些失望，她努力撐開鼻翼，希望能汲取更多資訊，但他們身上沒有值得探究的氣味。嗅覺也逐漸委靡。

「那這幾本。」她拿出早上才去誠品購買的書籍，《我在少年中途之家的日子》、《黑色的歌》、《慈悲的語言》，看能不能釣出些父母的回憶。「也是他朋友拿給我們的。」

鄭媽媽看了幾眼，搖了搖頭，隨手放到一旁桌上，喀啦喀啦地轉起手腕上的念珠，珠子在食指和拇指間虔誠地翻動著身軀，發出清脆的聲響。鄭爸爸謹慎地拿起書本，認真地一頁翻過一頁。

「你們有沒有撿到他的筆記本？」鄭爸爸突然開口。

「筆記本？」

「不是，不是筆記本，」他艱難地想表達想法。「那種畫畫的本子？」

他離席，夾腳拖趴搭趴搭地走上樓，留下鄭媽媽和楊寧坐著。兩人無話，壁鐘的走動聲清晰無比，喀喀喀喀，一秒一秒人生就這樣虛度過去了。

楊寧老家也有一架類似的鐘，需要上好發條，還得請人上油清理保養。在孩子眼裡整架鐘不僅巨大又駭人，鐘擺晃動的幅度，鐘響緩慢又淒涼，帶著老邁陰沉的回音。楊翰半夜聽到打鐘，總怕得不敢起來上廁所，又睡不著，翻過來翻過去，最終還得哭著搖醒姊姊。為永絕後患，楊寧趁爸媽不在時往鐘上倒了滿滿一杯果汁，徹底解決問題。

鄭媽媽不停搓揉珠子，無神地望著地板。

楊寧摸了摸後頸。以前的她伶牙俐齒，嗆辣酸刺樣樣來，經過長達三年的靜默，她口拙遲鈍，不是個好的聊天對象，更不是高明的詢問者，遑論關心跟安慰。

在他人的悲傷前她不知所措。

尷尬的沉默、扳指節的喀喀聲和珠子碰撞聲。她後悔當初拒絕老大跟許浩洋的陪伴，如果有他們說不定，喔不，是一定，狀況一定比現在好得多。楊寧想著要如何開口，喉頭卻只發出一個奇怪的聲響，一個微小的氣音。

鄭媽媽或許聽到了，回過神來，急忙忙地說：「吃水果，這裡，吃點水果。」

她將水果盤往楊寧的方向推了推。

「洗個手。」

「洗手間就在旁邊，我帶妳去。妳要在廚房洗也可以。」

「我自己來。」

她迅速站起，繞過長桌，掀開門簾。

「有找到嗎？」

她聽見起身的聲響，連忙應聲。

打開燈，老式日光燈滋滋滋了幾聲後，不甘願地亮起，死白的燈光照亮花磁磚。楊寧迅速關上門，從褲袋中拿出夾鏈袋，深吸幾口。

血液流經鼻子，她甩了甩頭，感受重新掌握世界的能力。

屍味開始散出，她趕緊把夾鏈袋彌封好，用力壓緊封條，但廁所已有股難以言喻的臭酸味。像是一滴血滴進大海，開始晃蕩飄散，吸引著鯊魚。

楊寧拿起沐浴乳、洗髮精起來嗅聞，檢查有無與羅莎夫人香水相似的成分，她細心地檢查，結果並無所獲。她輕巧地開了門，隨意晃了廚房一圈。氣味組成複雜，多是食物：吃一半的蛋餅，昨晚煎魚留下的殘味，冰箱散出的雜氣……沒有任何線索，楊寧掩不住失望，試著甩掉纏著她的徒勞。

走出廚房，恰巧撞上下樓的鄭爸爸。兩人有些困窘，一前一後，默默走回客廳，鄭爸爸把手中的畫本與零星的紙張交給楊寧。

「他從小就很喜歡畫畫。」鄭爸爸喉音混濁。「坐火車手都不會停。」

幾張炭筆幾張水彩，細緻成熟，即使只是從筆記本空白處撕下的即席素描，一筆一畫都認真精細，展現了屬於他踏實穩健的調性。

她想起鄭文良桌上有許多繪畫的痕跡，還有一盒裝著素描筆、軟橡皮的工具盒，他們卻沒發現任何素描本，也沒有任何繪圖紙張。她皺起眉頭，這確實有點奇怪。

「我們沒有找到他的畫……」她低語。一張都沒有，這是怎麼回事？「這些是什麼時候的？」

「嗯……四年，可能五年有了，他這幾年很少回家。」

「我回去問問看。說不定他朋友那邊有。」她將手中的畫本紙張遞還給鄭爸爸，他剛要接過，鄭媽媽卻開口。

「妳拿走吧。」她說。「我們沒什麼好留的。」

鄭爸爸看起來有些詫異，手停在半空中，幾秒後，才緩緩地，哀傷而無奈地將手收回身側，一下又一下抓著褲管。

「這些書還有香水也拿走吧。」鄭媽媽說。

楊寧沒有推辭，她走回原先的座位，拿起包包，將物品一一放好。「那我先走了。」

「帶點蘋果回去。」鄭媽媽起身去廚房，玉珠門簾嘩啦啦響起落下。

楊寧站起身，將背包揹上身。

「他應該很恨我。」鄭爸爸突然開口。

「嗯？」楊寧望著廚房的方向，訝異地。

「我說阿良。」鄭爸爸壓低音量。

楊寧不知道要怎麼接話，只是聽著。

「他弟弟走之後，我們都太傷心。」楊寧隨著鄭爸爸的視線望去，客廳裡一幀幀男童開懷大笑的照片，都不是鄭文良的，不屬於他。他就像是個不被承認的幽靈，想困在家中也無法如願。「從小到大阿良都是靠自己，我們給他吃給他穿，但從來沒有好好照顧他。」

他那悲傷的語氣裡是悔恨還是無可奈何？

「弟弟的事情我跟他媽媽都走不過去，做父母的沒有辦法，真的太傷心。」

照片試圖將亡者的靈魂碎片留下，遺物是與地下世界溝通的媒介，是亡者最後吶喊的機會。

鄭文良沒有這種機會，這家裡沒有他，全部，全部都是他弟弟。

「他應該很痛恨我們。」

他父親輕輕地說：「我不怪他。」

17

鄭文良的輪廓逐漸清晰，也愈顯詭譎。他弟弟在七歲時放學後失蹤，一個多月後，卡在橋墩的屍體被流浪漢發現，警方在現場沒有找到他殺的痕跡，加上男童本就好動愛玩，家屬不願驗屍，也就草草以意外墜河結案。之後，鄭文良的父母深陷在悲痛當中，無心照顧當時年僅九歲的鄭文良。

人們喊失去父母的孩子孤兒，但失去孩子的人沒有名稱。母親的哀慟無從抒發，無視大兒子正需要陪伴，一心寄託於宗教，每天誦經吃齋跪禮求神問佛，買符咒買神水買療程，父親忙著照顧母親也疲憊不堪，鄭文良活在弟弟死亡的陰影下，在家中如同空氣般存在。

鄭文儒。楊寧輕輕念著他的名。他的死亡純屬意外，或是跟他哥哥的「自殺」一樣，有可能屬於他殺？事情發生那天，兄弟倆在學校搶玩具後大吵一架，放學後鄭文良沒有像往常那樣等待弟弟，賭氣逕自回家，這一去，即是永隔。

鄭文良始終無法原諒自己，而父母顯然也沒有原諒他。他一生都被原生家庭困擾著，渴望父母的愛卻一再落空。長大後的他敏感細膩，善於繪畫，對待病患用心負責，做事細緻卻也情緒不穩，容易自卑自我質疑。

鄭文良弟弟的死亡、鄭文良消失的畫冊、詹嘉佳和鄭文良的共同愛好，許多事縈繞在心頭。即使還沒有確切的證據與方向，但她隱隱有種直覺認為這些事件都有所關聯且非比尋常。大家都說鄭文良很愛畫畫，但沒有人手上有他的素描本和畫紙。她端詳手中的畫紙，想起鄭文良書桌上的畫具，還有桌面那幾抹顏料疊加的痕跡。她想起詹嘉佳也是個愛畫畫的人。

楊翰也愛畫畫嗎？

楊寧問自己，卻發現無法回答這個問題。

「可能會有意外的收穫？」她跟許浩洋分享資訊，他則不止一次暗示她回苗栗。總是故作隨意，試圖輕描淡寫地說服。「如果能找妳爸媽或他的朋友聊聊，說不定會有新的線索。」

「至少比現在無頭蒼蠅到處亂撞來得好。」他是這麼說的，一面將冰羊奶推到楊寧面前，像是害怕得罪她，要趕緊給點甜頭似的討好。楊寧始終沒有正面回答，沉默地避開這個話題。她望著冰玻璃罐凝結的水珠，晶瑩美好卻易逝。她伸出手指，一抹而過。

回苗栗，苗栗的哪裡？回家？

失去家的人要怎麼回家？

對她來說，在楊翰死去那天，爸媽也就隨之死去。她不只失去了弟弟，也失去了家，失去所有家人，包括自己。光是下筆畫出楊翰的人際圖，她都顯得吃力。努力回想楊翰生前的所有細節，他的朋友圈、同學、老師、喜歡過的女生、鄰居、家教、補習班、烹飪社團……她畫出一個龐大的樹狀圖，這才發現弟弟的生活圈比想像中大，她茫然地望著樹枝的空白，呆愣著。

她錯過好多。

那些沒補習的時光他都在幹嘛？躲在房間裡溫習功課？和喜歡的女生講電話？他有喜歡的手機遊戲嗎？他最喜歡看哪種電影？他最常做哪一道菜？

她甚至不知道楊翰怎麼去補習班，下課和同學一起走去？在熱食部吃完晚餐？自己搭公車回家？他什麼時候遇到葛努乙的？在什麼場合？葛努乙跟他是什麼關係？

他有哪些朋友，他最討厭的體育課都在幹嘛？平常晚上，躺在床上望著天花板時，他都在想些什麼？

「他應該很寂寞。」她腦裡迴繞著離開前，鄭爸爸對她說的最後一句話。楊翰也寂寞嗎？是嗎？有我在的你，還是很寂寞嗎？

好陌生。她從未發現楊翰如此陌生。她時常會望著某張照片或某個筆記發愣，思緒像是短路一般，暫停著姿勢，任憑情緒一擁而上，占據腦海一片白茫。極空卻也極滿，她很難喘氣。

楊寧盡可能保持冷靜理性地寫下註記，拉出許多問題框，雖然她心裡頭也明白，最有效率的方式就是回到老家，把他的遺物翻出來，那些日記本、手機、聯絡簿、畢業紀念冊甚至是上課筆記，一個個翻出來重新檢查，一定會有線索，或者，開口去問他們的母親。

母親。

楊寧覺得大腦某條通路堵住了。這個詞彙聽起來遙不可及，甚至帶點憤怒燒盡的煙硝味。餘灰捲起，片片紛飛，最後吹落在心底，將往事掩埋。

埋起那些畸零殘缺，那些迴腸九轉，那些斑斕的謊言。

她不是沒想過回去，連夢裡都已反反覆覆出現過多次，但終究給壓了下來。

光想就無法呼吸。

那晚，她撥了通電話。

即使通訊錄早已沒有這號人物，母親的號碼從五歲上幼稚園前就已深植腦海。

她心跳很快，喉嚨乾渴，嘴唇龜裂，手不聽使喚地顫抖著，手機輕輕晃動貼向耳朵，聽著嘟聲一明一滅。

「喂？」

她屏住呼吸。

「喂？誰啊？喂？有人嗎？」

對方掛斷電話。

楊寧笑了出來，嘴角迸出一絲唾液。

不可遏止地狂笑，手機從她手中掉落。她軟倒在地上，笑聲混著喉頭的哽咽，一聲又一聲，迴盪在沉睡的屋子。

18

楊寧回不去從前的屋子，只能抓住現在磕磕碰碰地走下去。

她打開葬儀社傳來的檔案。

小孩子意外身亡，忌諱的人多，依習俗來說長輩也不可上香，來致意安慰的多是關係較親密的親友。氣球取代了鮮花，糖果餅乾取代六品菜碗，她看著鄭媽媽在鄭爸爸的扶助下，顫抖著抬起拐杖朝小小的棺木敲了三下。她看著鄭文良徬徨無措地站在一旁，一個阿姨過去蹲下身，摸了摸他的頭，跟他說了些什麼，他一臉茫然。

才十歲吧，還沒抽高變聲的年紀，看起來好小，好小，好無助的模樣，阿姨和叔叔伯伯們從他身邊走過，他嚅動著嘴巴，聲音微弱地說起一聲又一聲的謝謝。楊寧想要關掉影片，身子卻動不了，她口乾舌燥地看著會場，看著軟倒在地的鄭媽媽，看著蹲在地上安慰著也頻頻拭淚的眾人，她看著鄭文良迷惘的小臉，想起自己唯一參加過的告別式。

那天，在別人眼中的她也是這樣的迷惘無助麼？

確定他離開人世以後，她沒掉過眼淚，她冷靜地做了筆錄，她請了清潔公司，她一手跟葬儀社敲好所有細節，方案是她訂的，錢是她匯的，日子是她算的，照片是她挑的，花是她選的，衣服是她揀的，骨灰罐、棺木、塔位都是她一手處理，而如今的她已記不起細節，往事如煙，在楊翰送進火化爐的那瞬間，她的記憶也隨之燒成灰燼。

恍惚間，楊寧母親和鄭媽媽的身影疊在一塊兒。

告別式過後眾人離去，留下她、父母、舅舅舅媽與許浩洋。捧著照片排著隊，身旁一列列都是黑衣的人們，時間未到，他們只能等著，等待前方的數位叫號燈。

死亡後的死亡更需要等待。

她看著棺木進爐，誦經法師轉著珠子念著她聽不懂的文字，她從跪姿起身，頭也不回地離開。拉著小小的行李箱到火車站買了車票，許浩洋買了斜後方的位置，給了她完整的空間。她戴起全罩式耳機，將連身帽蓋上。

他們說：「對不起，我很抱歉。」

說：「不要怪自己，沒有人願意發生這樣的事。」

說：「妳要加油。」

說：「要好好照顧媽媽。」

楊翰在爐裡燒著，說要九十分鐘才能成灰。

九十分鐘。跟苗栗到新北的火車一樣。她想笑，喉頭卻只發出怪聲，哽塞地、古怪地笑聲，聽起來像痰。她將自己從太陽系中大力甩出，拋向虛無。

那是她拋下自己的開始。

沒有人阻止她。

楊寧回過神，眨了眨酸澀的眼睛，影片播畢反黑，她隨意點到約三分之一的段落，讓影片裡的人們重複著悲傷。楊寧走到臥室點了人工淚液，她看向鏡子，用指腹大力壓抹，清除眼尾兩根掉落的眼睫毛。

視力有些模糊，像隔著一層水霧。她眨啊眨的回到餐桌電腦前，適應著光線。

慢著。

她大力眨了一下眼睛。慢著，那彎下腰，摸著鄭文良頭頂的黑色西裝背影異常熟悉。

她反覆回拉著時間線。13分27到35秒，13分26到34秒，13分27到35秒。

手停在滑鼠上，她不敢置信地看著螢幕。

那男人轉頭向左離去。

畫面定格。

是謙哥。

19

結束後他會流淚，高潮後的空虛緊緊勒住他的脖子。

半小時前他是全世界最幸福的男人，鬆開領結，釋放困在喉頭的野獸，他在溫熱的肉身中放縱幾乎脹裂的欲望，射出的精液從顫抖微張的小嘴邊緣流下，神聖而純潔啊，宛如希臘時期的藝術傑作，他讚嘆那原始的美，如此脆弱卻又盈滿力量，他彎下腰湊近那唇，用舌尖舔舐自己體液的腥甜。他好快樂。

但他們都會離去，必然的離開，留下歡愉後的狼藉。

悲傷地踱步，走進浴室，將自己沖洗乾淨，默默將浴室恢復原狀。蓮蓬頭的熱水混著淚一同滑進黑暗孔洞。他總告訴自己：最後一次，這是最後一次了。他不想再受傷，不願再承受撕心裂肺的痛苦。是他的錯，他太粗暴，他不夠溫柔，他該更謹慎，他應該將欲望深埋。

最後一次，這是最後一次的發誓跟哭泣，也只是一種循環，一個慎重卻永不會實現的諾言，而且間隔越來越短。

擁抱前，他喜歡在浴室觀看自己的影像。他已四十，依舊保養得當，清秀斯文的五官搭上些許成熟的紋路，嚴肅的表情與洞悉人性的眼神，他懂得自身擁有的魅力。想著外頭床上的人兒，將眼鏡拿下，在鏡中的人影顫抖，毛孔搖曳著微細的汗珠，臉部潮紅，眼中血絲滿布，興奮和黑暗占據了整個身子。那是他，真正的他，讓執念掌控著。他好喜歡。

但現在，他獨自對著鏡子，不可遏止地放聲大哭。

20

跟清潔公司的規制不同，葬儀社的行政人員每個月會輪流排假，包括謙哥。

紅燈。楊寧緩緩停下機車，冷風一陣一陣起，颳在身上凍得磨人。楊寧失神地看著儀表板，胸悶得發疼。

她知道不該如此多疑。謙哥斯文，話不多，但底線清楚分明，發起脾氣的執拗跟火氣也與楊寧有得比拚。上班時他潔癖，西裝筆挺一塵不染，嚴謹務實，下班後卻是個熱愛帶孩子旅行露營爬山野餐，弄得全身都是泥的好爸爸。這些楊寧都是知道的。

很多年前公司耶誕聚會上，楊寧還與謙哥的太太聊了整晚。鄒太人親切溫暖，像是小太陽一樣柔和光明的性子。那時他們的孩子還小，三歲的小男生總愛含著手指，每次開口，小手胡亂在空中畫呀畫，拖曳出的口水甩得到處都是，還硬是要坐在楊寧腿上聽唱歌，搖搖晃晃地纏著她不放。

她有多久沒看過那孩子了？

短促的兩聲喇叭，楊寧沒有遲疑，迅速轉動油門把手。

她不該多想，她沒有理由多想，謙哥是老大看中的人，而老大喜歡的不會有錯。她想起早上那通電話，天還矇矇亮，鄭爸爸嗓子尚未打開，喉頭卡著一夜醞釀的濃痰，說起話來模糊不清。她問起了謙哥。

鄭文儒的葬禮過去已久，許多細節早已記不清。鄭爸爸花了一些時間才想起。當時文儒的國小老師，正是謙哥的太太，羅儀珊。她認為自己沒有做好保護小朋友的責任，始終過意不去，耿耿於懷在喪禮上連連道歉流淚。

所以謙哥只是陪著老婆去小朋友的葬禮，一切合情合理。鄭文儒的死純粹就是場意外與悲劇。那她為什麼還揪著這點不放？那灼燒啃食內心的不安是怎麼回事？

她停下摩托車，轉了鑰匙熄火。小小的鯨魚在她面前盪啊盪。

謙哥熟悉清潔公司的運作，他經手公司帳目，知道案子細節，也多少知道警方在現場的鑑識方法和辦案方式。他知道那天只有楊寧在公司，他與所有受害者都有關聯。還有那天她看到的、額頭上的膚色OK繃。那時她問起，謙哥是不是神色古怪地匆匆離開？她覺得腦袋隱隱作痛。吊扇砸在詹嘉佳身上，滿地血跡，若凶手就在一旁，極有可能也被砸傷了，不是嗎？

最重要的是，謙哥認識楊翰。她需要確定才能安心。

楊寧沒有掀開安全帽的深黑防風罩，從斜胸包掏出手機，手機有兩通未接來電，她沒有理會，逕直撥了電話。藍芽耳機傳出小支誠惶誠恐的聲音：「喂？」

「你們在哪？」

「內湖好市多附近，四十坪垃圾屋，我們都出來了。」小支通常坐在左後座用手機檢查客戶訊息，一九五開車，老大副駕，雪莉在右後座欣賞雙手指甲。語畢，他像突然想起什麼似地，趕緊補上一句：「妳不可以過來喔，楊寧姊，老大說妳很多天沒有睡覺了……」

「我知道，我只是想問——」話還沒說完，對面就傳出一陣吵鬧的聲響。「阿寧又想來找死嗎？」「她沒有要來啦。」「她是不是要找我！」「沒有……」

手機被老大搶去，他興致高昂地接起：「嘿喂喂，阿寧什麼事蛤？」

楊寧沉住氣，盡力展現隨意慵懶的語氣，看似漫不經心。「發現我這裡有上個月的單沒報，謙哥今天在公司嗎？」

「這種小事情。」他粗魯而不在意。「妳睡覺休息，不用東想西想，聽到沒有蛤？」

「有七、八張大單……」

「就算有一百張也給妳隨便報啦！」老大拉高分貝。「妳最好不要給我跑去公司，我會叫謙仔把妳轟回去。」

老大的語氣和聲調越來越高，楊寧隨意敷衍了幾句，迅速掛了電話。

謙哥今天上班。她只要確定這個就好。她望著眼前的紅漆大門，摘下安全帽，跨下車。

謙哥的太太羅儀珊見到楊寧顯得意外又驚喜。左一句好久不見，右一句外面冷趕快進來，好客熱情地引她進門。羅儀珊一頭俏麗短髮，條紋襯衫，連身牛仔工作服，氣色紅潤，沒有一絲身為兩個小小孩媽媽的疲憊樣。

「妳隨便坐，哎呀，妳看亂七八糟。」她看了看手機，接著有些害羞地一把抱起沙發上剛吸飽太陽香氣，從衣桿收下但還未摺好的衣服，匆匆碎步走進臥室。

「吃過午餐了嗎？」楊寧點點頭。

「妳沒先跟我講，家裡今天沒有好東西當下午茶，只有一些小朋友的餅乾……想吃什麼？」

她急忙忙隨意將衣服丟在床上，埋進廚房尋找待客食物。

「都可以……」楊寧站在門廊，仔細地環視客廳。一個裝著咖啡的馬克杯，看一半的早報攤在客廳大桌上，一旁手機螢幕還亮著光。沙發上疊著粉色的衣架和衣夾，一個益智球、會發出啾啾聲的小狗玩具、少了蓋子的彩色筆、髒兮兮的蠟筆盒、魔術白板、一隻恐龍娃娃和幾塊樂高，各自東倒西歪地在沙發、桌上、木地板零散地睡著。

一旁的牆壁貼著大面的白色畫紙，上面布滿小朋友的塗鴉，花花綠綠。客廳放了許多照片。除了全家人的生活照，還有一張妹妹剛出生的皺臉照，一幅弟弟幼稚園畢業的照片，放大護貝，放在電視櫃顯眼的位置。

「有小孩家裡就是亂，沒辦法。要不要咖啡？」羅儀珊拿出一盒蛋捲和小泡芙。「這個吃吃看，是鍾愷毅——你們家老大上次帶來的煎餅。咖啡是妳謙哥特別去買的衣索比亞咖啡豆，很不錯喔。」

楊寧點點頭，羅儀珊親切地笑了，又踏著悄然無聲的碎步離開。

這是個在陽光沐浴底下的家，一塵不變卻新鮮，像破曉般冷冽而溫暖。

凌亂卻溫馨，楊寧彷彿能聞到太陽，聞得到嬰兒爽身粉、小孩子的口水和茉莉花香味的綠色洗澡粉。

家的味道。

在這種家裡長大是什麼感覺？楊寧有些後悔這衝動的闖入。她像是個破壞者，帶著懷疑與毀壞，侵入玷汙這平靜的和諧。

「我關個窗戶，妳可以把外套脫下來，今年還沒有需要穿到羽絨外套吧，妳越來越怕冷欸。」

她笑著說。

羅儀珊在台北一間知名的國小當老師，課務忙碌，小孩一批帶過一批，但多年來她對小孩的熱情始終未減，依舊幽默又溫暖。

「咖啡要一下子。妳先喝喝水。」她終於在楊寧身旁坐下。「今天怎麼有空過來？」

楊寧說她想念弟弟跟妹妹了。這是她昨晚翻來覆去想到最好的理由，她希望擠出的表情看起來夠真誠。羅儀珊露出一抹陽光的笑容，撕開煎餅包裝，遞到楊寧面前。楊寧拿了一片煎餅，但只是拿著，遲遲沒有入口。

弟弟去畫畫班，妹妹還在睡。羅儀珊也是個喜歡分享和說話的人，點開手機給楊寧看照片，一口泡芙塞進嘴，話依舊沒停。畫室就在巷口，楊寧等等一起去接弟弟吧，他一定會很開心。

「十歲了，有個性了啦。」她無奈地搖搖頭，但楊寧一眼就看得出她眼神滿是疼愛與笑意。「有夠難管，作業一場糊塗，坐不住，跟蟲一樣。」

「我其實都對老師很不好意思，真的太皮了，這個畫畫班是朋友開的，我才敢送他過去。」羅儀珊微笑。「妳還沒看過妹妹，等等她醒抱出來給妳看看。也是個小惡魔。」

楊寧不知要怎麼回覆，只是努力擠出禮貌的笑，點了點頭。

「最近還好嗎？」羅儀珊問，那表情楊寧很熟悉。是一種保持安全距離、保持禮貌又想親近的小心翼翼。

還沒來得及回答，說實話，經過三年多她依然不知該怎麼回覆。嬰兒的哭聲適時響起，羅儀珊哎呀一聲，妳等等，她說，快步走進臥室。

楊寧快速抽起放在大桌上的手機，回想剛剛羅儀珊的手指位置，迅速輸入密碼，761003，謙哥的生日。她的耳朵盡全力地打開，一邊注意臥室裡的聲音，一邊快速掃著手機。沒什麼特別的App，通話紀錄也沒什麼引人矚目的消息，他們的google帳戶甚至是通用的，照片多是每天的飯菜，小孩的各種生活照，幾張遊玩的風景。她打開夫妻兩人的通訊軟體，視線快速掃動，滑滑滑，幾則小訊息引起了她的注意。

「會回家吃飯嗎？」

「不會。」「還在這邊。」「晚點回家。幫我跟弟弟妞妞說晚安。」

「好呦，開車小心。」

類似的訊息不少，多數顯示在星期五晚上。

還在這邊？這是什麼意思？楊寧皺起眉頭。嬰兒的哭聲暫歇，咿咿呀呀的稚嫩童音由遠而近，楊寧迅速關起手機，精準地放回原位。

「妞妞來看大姊姊啦。」羅儀珊疼愛地搖啊搖地，將一歲多的小女嬰抱在胸前，楊寧直起身，有些僵硬地站著，不知手腳要怎麼擺。面對十歲以下的小孩她一向彆扭又無措，這不是這幾年才有的症狀，一直以來都是如此，她總是僵硬尷尬萬分，許浩洋總是笑她對小孩像面對無毛的外星生物一樣。

「這是大姊姊呦。」羅儀珊溫柔而緩慢地念著：「姊、姊。妞妞的姊、姊。」小女嬰張開小嘴，呀呀呀地吐出一口泡泡。「她喜歡妳耶。」羅儀珊笑著，輕柔地用孩子脖上的兜巾將嘴巴擦拭乾淨。

「要不要抱抱看？」

她不由自主地後退一步，快速地搖了搖手搖了搖頭。

羅儀珊看到楊寧那瞳孔放大，慌張又怕失了禮貌的神情，情不自禁地笑開懷。「妳還是跟以前一樣，都沒變。」

「小孩倒是長很快。」她頭瞥向一旁，感嘆道：「妳看那張，她出生這麼小一個。」楊寧順著看過去，皺巴巴大哭的濕漉漉小嬰兒，她不覺得嬰兒可愛，所有小孩不都長一個樣？濕濕滑滑黏黏一團肉球。但左方有張照片吸引了她的注意：夫妻兩人抱著還小的兒子，在一間被綠樹環繞的鐵皮屋前開心合照。

羅儀珊留意到她的視線。

「滿漂亮的吧，我很喜歡這張。」楊寧情不自禁地拿起相框，認真看著那鐵皮屋和山野。「是妳謙哥家裡留下來的房子。小小一間，老人家以前住的地方都滿簡陋的。弟弟還小的時候會帶他去玩，但後來颱風把那邊都毀光光了。」

會是這裡嗎？這間小屋是否能通向解答？

羅儀珊看了看手錶，熱情地邀請楊寧陪她一起去接弟弟，她難以拒絕，看著羅儀珊溫柔地將寶寶放進嬰兒背帶，接著小心翼翼地揹起媽媽用後背包。

「教室就在巷口而已，走路七分鐘，我有算過。」

七分鐘。楊寧跟著她走出大門，拉緊外套。她知道僅剩這些時間能再找出些什麼。

一路上，羅儀珊的主動關心不間斷，楊寧簡單回覆，企圖導回正題。

「我忘記那次颱風叫什麼了，三、四年前的事情，鐵皮屋整個塌掉，家具泡水，要整修錢也是要花不少。現在弟弟假日要上畫畫課跟游泳，我們也不急著用，妳謙哥就說他慢慢修。」她笑了起來。「也算是他的祕密基地啦，他幾乎每個禮拜都會過去泡茶看電視，上班那麼累有個地方能好好放鬆也是挺好的。」

一來一往，拐彎抹角，用盡渾身解數終於在畫室柵欄前，套出山中小屋的大致位置，還沒過去她已疲憊不堪，身心靈像是經歷一場浩劫。她本想說聲謝謝下次再聯絡，掉頭就走，但又怕太過古怪不自然，只好硬著頭皮陪羅儀珊把孩子接到手。

推開木頭柵欄，有個小庭院，羅儀珊抱著寶寶踏上白碎石路，經過石椿、小水池，一棟藤蔓攀著的老宅映入眼簾。一旁木質小招牌，用黑花俏字體寫著：蓋亞GAIA。推開厚實的木門走進，櫃檯沒有人，羅儀珊正要邁步往兒童教室前進，一個雙手推著輪椅的婦人推開教室的門，輕輕巧巧地滑出。

「劉老師。」羅儀珊親暱地喊著。坐在輪椅上的婦人笑容燦亮。有些人長得清秀，有些看起來很有朝氣，讓人覺得可愛或容易相處，極少有樣貌會讓楊寧驚豔。但第一眼看見這個婦人，好看，是掃過楊寧腦海的第一種詞彙。

「這是全台灣最有氣質的美術老師，劉老師，她也有在我們學校開社團課，我把弟弟的未來都放在她手上了。」

劉老師笑得開懷。她梳著整齊的公主頭，穿著潔白長裙，一件卡其色的軟絨毛背心，脂粉未施，眼角幾絲往外延伸的魚尾紋展示了她的年紀，卻沒有削減任何風采，反而添加了成熟優柔的風韻。

羅儀珊一手在空中比畫，為她們介紹彼此。「這是我們家的朋友，謙哥公司的同事，楊寧，木字楊，寧靜的寧。」

楊寧頷首。

「妳也怕冷啊。」劉老師說，聲音輕柔圓潤。

楊寧點點頭，羅儀珊想起什麼似的，手搭著輪椅，問了劉老師某個問題，兩人親親熱熱地聊起天來，楊寧並沒有仔細聽。

妞妞突然舉起小手，發出咿咿啊啊的聲響，眼珠子好奇地骨溜溜轉，張著小嘴流下口水。羅儀珊輕柔地用圍兜幫她擦拭，劉老師迴轉輪椅，打開教室門。剎那間，小孩的尖叫、吱喳與歡笑聲狂湧而出。楊寧瞧見教室裡頭的樣貌，六個孩子在中央地上一張偌大的黑色布幔上塗塗抹抹，兩個認真乖巧地拿著筆塗繪著，其他野孩子用整個身子當作畫筆，歡樂開心地在地上打滾，發出盡興地格格笑。教室顏色繽紛奔放，除了較深處的一大張畫桌和顏料工具外，還有一大區拼著巧拼的玩樂空間，上頭有著搖馬和小型溜滑梯。靠牆的架上擺放著拼圖、積木、黏土、樂高、玩偶、模型……

楊寧有些驚嚇和困惑，她不記得以前孩童時期的畫畫教室是這個模樣。眼前的畫面更像是一棟彩色城堡，一個遊樂場而非畫畫班。

「曉晨。」劉老師溫和地喊。沒有一個孩子理會，頭也沒抬，全都專心於畫畫跟玩樂。羅儀珊接手。她提高音量，試圖蓋過裡頭的歡樂嘈雜。「弟弟！鄒曉晨！開始收拾了！」一個趴在地上的小胖弟從同伴的胳肢窩間奮力擠出，抬首看向媽媽。

「我還沒畫完欸！」誇張的皺著眉頭抱怨。

「明天再繼續。」

「這樣我會是第一個走的欸。」他奮力地抬著圓滾滾的臉，試圖討價還價，緊抓著一旁同伴的手臂揮舞。「彭彭也還沒要走啊，大家都還在這裡，當第一個走的不好吧？很沒禮貌欸。」

孩子氣的邏輯，說不通卻又難以反駁。羅儀珊笑了，但沒有妥協。「明天可以讓你晚一點，但爸爸今天會回來吃晚餐，你說好要一起去市場買菜的喔。」看見媽媽篤定的神情，小胖弟這才心不甘情不願地從地面爬起，十步路的距離如千萬里，依依不捨和同伴們碰肩捧臉說掰掰，彷彿行軍前有千言萬語要囑咐。

「不是說要幫爸比做玉米濃湯？」羅儀珊笑著催促，「再拖會來不及欸。」

小胖弟噘起嘴，擠出小小的雙下巴，緩慢走到媽媽面前，踮起腳在妹妹的額頭上吻了一下。

「每次來都跟野人一樣。去浴室把手跟臉洗一洗。」羅儀珊寵溺地低下身，整理他的衣衫。雙手雙腳全是顏料，臉和頭髮也無一倖免。

楊寧上下打量著他。雖說這孩子細皮嫩肉的蓬鬆圓頰和謙哥的細長尖臉截然不同，但眼角眉宇間還是有些相似。她看看羅儀珊、懷裡的寶寶，又看看滿是顏料與汗的弟弟。她是不是真的想錯了什麼？

小胖弟毫不畏懼地面對端詳自己的楊寧。

「她是誰啊？」他不客氣地問。「妳是誰啊？我看過妳嗎？」

「哎！」羅儀珊抓住他轉身。「爸爸的同事，什麼妳是誰他是誰，沒大沒小。快去！」

楊寧沒有理會羅儀珊的抱歉，只是不斷在想，是不是該收手，在還沒造成任何傷害之前。

她沒有騎機車到那麼遠過。烏來桶後。

越往山裡去人煙越是稀少，後來她只聽得到身下機車呼嘯的聲響與山林的聲音。她越騎越慢，路也越來越窄。

並不好找，她在山頭繞了又繞，幾次停在小路旁掏出手機，矮瘦的個子努力踮高了腳，試圖定位卻始終沒有成功。天色有些暗了，樹葉的沙沙聲更加清晰，樹影迷糊地晃蕩，顯得朦朧又有些詭魅。

她不想要打開大燈。

楊寧握著龍頭的手發疼，嘴唇緊閉。她不能回頭，她得找到，這由不得她決定，她得做到。她努力讓眼睛接受更多光線，邊催著油門邊穩著機車，頭看向四方，張望著蛛絲馬跡。終於，在天全黑之前，她看見遠處樹林間露出一小角，不顯眼的苔綠色鐵皮屋頂。

楊寧把機車丟在一處山坳，戴上紫色塑膠手套，徒步朝著小屋走近。

荒煙蔓草，草高至膝。楊寧謹慎而無聲，如果不是屋主懶得好好打理，就是企圖隱密地將此處與山林融為一體。

是個不起眼的屋子。波紋鐵皮屋頂褪了色，幾塊大帆布蓋在上頭，還用磚頭壓著，側壁的紅磚厚牆，些許角落、潮濕處蘚苔猖狂地攀著，但大部分仍留有白漆重新粉刷的痕跡。楊寧小心翼翼地繞了屋子一周，探著虛實。屋子右側擺著幾塊被鋸斷的粗木頭，還有一把鋤頭、鐮刀、四齒耙、鐵鎚、塑膠水桶、水管、鋁白鐵線、掃把、手套、搬運推車等普通的五金工具靠牆堆置。工具的上方高處有著兩扇看起來還頗為新穎的窗子，楊寧吃力地半抬半滾著粗木，往上蹬，這才發現裡頭的窗面貼起了黑色的窗紙，密不透光。

附近沒有車，屋子沒有任何活動跡象，粗鐵鍊與掛鎖緊緊鎖著大門。楊寧沒那種隨手一截鐵絲一根髮夾就能開鎖的本領，她只是靜悄悄地走回側邊，踏上小木樁，沒有多想，拿起鐵鎚往窗子四角砸去。

極大的聲響，一下兩下三下四下……楊寧面無表情地砸著，手腕感受著強烈的震動反彈，而窗面就是紋風不動。楊寧咬著下唇，掃視底下工具，焦躁不堪，督促自己快速轉著腦袋。

忽然，她眼前一亮。躍下木樁，小跑步從堆疊的工具中，迅速挖出插電式銲槍，插上電源，接著跑到另一端拿起盤環如蛇的水管，按下把手測試。嘶嘶兩道強烈水柱噴出，她再度躍回木樁，吸上一口氣，舉起銲槍，猛地往窗戶戳去。

高溫使玻璃表面產生細微的裂痕，碎小的啪嚓聲像冬天擦出的仙女棒，點點火芒。

她露出笑容，打開水槍開關。

劈啪碎裂聲響爆出，她再次舉起銲槍大力撞去，匡啦啦窗面硬聲碎成乳白色水晶狀。她迅速清理周邊銳利的綠色半反射玻璃，接著丟下銲槍與水槍，將手縮進外套裡，抓住窗緣，繃緊肌肉撐起身子，奮力從小窗中擠出。上半身順利進去，下半身還懸在外頭，窗框緊緊壓著腹部。她翻身換了個角度，抓住內窗緣上方，慢慢將身子穿進屋。

內窗緣很淺，她只能靠著兩截指節撐著，手臂肌肉發狂地顫動，腳掌剛進，她沒能抓穩，提早一步放手。

楊寧極輕極輕地喊了一聲，忍住疼痛，看向腳踝。右腳承受了身子極大部分的重量，著地時猛烈地扭向內側。像是強硬想從身子分裂出去那般，毫不留情卻又有些輕鬆簡單，人的肉體強壯與虛弱同舟。

她似乎聽見啪嚓一聲，像把幸運骨往兩頭扯去發出的古怪聲響。

楊寧痛苦地皺眉，緩緩軟倒，她往後傾，喘著氣。呼吸。她在心底一遍遍告訴自己。深吸深吐，恢復頭腦的清晰。強忍著哀號跟疼痛，冒著冷汗，雙手握著腳跟，用力一推一扳。呼吸變得短促，楊寧努力維持神智，用力撕開內層的薄外套，不規則滿是汗的長布條，一圈圈緊實地纏在腳上。她知道這樣做沒有實質上的效果，卻也知道自己沒有時間坐在地上自哀自憐，她把重心放在左腳，雙手一推，不穩地站起。腳踝像有萬根針反覆戳刺，電擊一般地疼痛。楊寧緊咬著下唇，拖著右腳走著，像恐怖片中扭曲的畸形人。

簡單的一廳一房一衛，意外地潔淨。或許是颱風當時毀壞了大部分的家具，幾張木椅代替了沙發，簡單的小桌上頭擺著一盤茶具，書櫃上頭只有零星兩三本雜誌，櫥櫃下腳明顯有泡水的痕跡。客廳物品並不多，沒有多餘的擺飾，說是祖傳的老房，卻更像是倉促搬進的空屋。

廚房用具收拾得妥貼，流理檯瓦斯爐沒留下絲毫油煙汙漬，櫃子裡鹽罐醬油砂糖調味料一應俱全，冷凍庫冷藏區裡滿是食物。楊寧穩住身子將抽屜、櫥櫃一一拉開檢查，沒什麼特別。

她轉身，吃痛地拖著腳，努力前往臥室。

門虛掩著，她推開。臥室竟比客廳大上許多，靠牆正中央有張雙人床，床前有兩個深木紋的滑蓋大衣櫥，以及一張極長的工作桌。一疊聞香試紙、玻璃皿、香氛蠟燭和幾瓶酒精，七八十罐盛裝清澈液體的褐色玻璃瓶，浩浩蕩蕩整齊劃一地擺滿整張桌。楊寧驚訝地走近，每個瓶身上頭都整齊地貼有白色標籤紙，用義大利文或德文草寫著名稱，楊寧看不明白。她拿起，旋開瓶蓋，剛要習慣性地湊到鼻前，手卻頓在中途。

大腦接收到了另一種刺激，血液狂熱地跳動。

她聞到了。

這需要屍臭祭奠的鼻子，在走進臥室的幾秒鐘內，活躍了起來。

興奮跟恐懼只有一線之隔。心跳加劇、呼吸急促、思緒飛快是興奮和恐懼皆有的反應，楊寧有時分辨不出。但她喜歡這樣的高張情緒，她喜歡一觸即發，摸索著暗夜中模糊朦朧的槍手，享受被撲噬的不確定與猛力回咬的快感。她奢求能嗅到味道那樣活著，近乎病態地上癮。這或許是她挑釁程春金、無法和許浩洋好好走下去的原因，又或許她純粹就是個渾蛋。

臥室裡的氣味紛雜不堪，淚水、屎尿、糞便、超越悲傷和憂慮的恐懼。楊寧細細分辨，試圖釐清每一種味道的源頭，順著河流向上。她拖著傷腿，慢慢跪地，趴在床腳，雙手抓捏起床單，將頭埋了進去。

每一種氣味背後都存在著故事，而這裡的故事將會是警察最喜歡的那種。

手指絞著床單，純黑棉質的床單已有些裂痕毛渣，尤其是邊緣的破損更看得出年代已久。有些塊狀，比黑更深的汗漬沉澱，散出令人難以忍受的惡臭。許多糞尿和精液層層覆蓋在床單上，口水與胃酸堆疊，她皺起眉頭。汗水可以粗略劃分出四種，謙哥那以香根草為基調，薰衣草、廣藿香為主軸的古龍水和柑橘口味的肥皂不難分辨，他毛孔滴下的汗液與其他三者比較，氣味顯得更濁更重，更強大。

精液的鹹酸衝鼻，許多氣味更已滲進床墊，陳舊的，侵入的。氣味層層疊疊幻化出人形。他喜歡這樣的氣味，不願清洗。楊寧心想，就算身旁沒人，躺在床上就好像有著陪伴。

但裡頭沒有楊翰。

楊寧有絲急躁。沒有。她大力扯著床單，換了塊地方。沒有。她像狗一樣抽動著鼻子。會有的，她咬起下唇，費勁地撐起身子，走到桌前，旋開一個個瓶蓋。褐色玻璃瓶裡的氣味清新而舒緩，寶寶洗衣精、熊寶貝、痱子粉……孩子和陽光，一切是多麼的美好，閒適自在的香水湧進鼻腔，讓人幾乎忘卻身旁的古怪和危險。

沒有羅莎夫人。她動作更急，迅速打開每一罐香水，連湊到鼻前的時間也沒有，彎下身，瓶蓋旋開即關，旋開即關，手像大廚做菜一樣忙碌不已。最後一罐，她急躁地揮倒了香水，鏗啷地清脆聲響，清澈透明的液體流了一桌。

她沒空收拾，隨手拿起幾罐，匡噹匡噹地塞進胸包裡，接著跛著腳走到深木色的大衣櫥前，一左一右滑開。

眼前的景象出乎楊寧意料，她愣愣地，往後退了一步。

上百隻色彩斑斕的襪子，專業謹慎地釘在軟木板上，一排排整齊陳列，氣勢凶狠浩蕩，宛如狂熱的昆蟲標本收藏。

上緣沾了圈塵土的高筒足球襪、趾尖有些破損的純黑素襪、亮橘的蛋黃哥……原應溫和柔軟，如今鋪天蓋地釘在牆上，散著說不出的詭異和恐懼。兩支圓頂細針，釘起一隻襪子，正下方一塊白色名牌，收藏家工筆寫著：「賴宇祐。深坑。2015.04.08。」、「不知名。文山區指南路公寓一樓。2016.07.31。」、「羅尚廷。未知。2016.09.12。」……

目光迅速飄過一個個名字、不具名、地點、日期。

她不確定自己想看到什麼。如果看到楊翰的名，她會有什麼反應？她該有什麼反應？

接著，在右側最上方，三個字浮在眼前。

鄭文儒。

「鄭文儒。彰化。2010.10.20。」骯髒的灰底白面純棉學生襪。

楊寧心跳得飛快，壓住反胃和下肢的疼痛，緩緩傾身，湊到那隻襪前。大雨天浸悶在鞋裡的汗水氣竟還牢牢黏在上頭，年久陳舊的濕溽酸臭，直衝胃部翻攪的濃厚感，混合著雨天一大片土壤腥味，最後挾帶失禁的糞便與尿液，三股力量黏悶又強烈地向楊寧席捲。

她沒有作嘔，卻寒毛直豎，難以置信地望著襪子牆，望著一個個哭泣尖叫的男孩幻化成形。震驚鬆懈了戒備。一股新鮮的溫血氣朝她背後緩緩拂來，楊寧收束心神，鎮定地伸出右手，滑開斜胸包的拉鍊，輕緩地掏出一把折疊刀。

啪地一聲刀鋒出鞘，她迅速回頭。

黑暗降臨。

21

從什麼時候開始的呢？

他也曾問過自己，但說不上來，可能從國中開始，也可能更小。他經過學校旁的安親班會不由自主地停下，晶瑩的汗，細捲的毛，他喜歡孩子笑起來有彎彎的月牙。

十歲以下的男孩有著貓薄荷的氣味，汗水混著牙膏，濕漉漉的頭髮香草，一種在成長前，尚未徹底解放的，祭祀的羔羊味。那是很原始的愛欲。兩者合一，他沒辦法克制。

他愛那樣的美，他會流淚。

然後在日常的小碎片裡，那些同學藍芽互傳的照片，偷夾進課本的小說，他逐漸意識到，他似乎該感到害怕，害怕與眾不同，害怕即將成為的那種自己。他開始嘗試逃離，繞過安親班、繞過國小、嘗試看各種女優自慰，在同學起鬨下收下隔壁班女孩的情書。他開始練習游泳。晚自習到八點半，他漫步到體育館旁人已寥寥無幾的游泳池報到，盡全力耗掉體力。

吸飽氣，吸進腹腔裡，手向後推，推到底，腳蹬出，像火箭，像根針，鼻腔冒出幾顆小泡。忍住，他告訴自己，手心內縮，推到底才能前進。一連串的泡泡緊黏著彼此，滾著游著往上升去，頭髮在水裡飄蕩，他停下，沉在水底望著岸邊搖晃著的人影，緩緩吐出所有，睜著眼，望著泡泡碎裂，消散，彷彿從未存在。

能就這樣一輩子嗎？在水底。

就這樣讓涼涼的水流過指尖，讓水觸碰，接住每一寸欲望。

後來害怕時他就會躲回水裡。

再後來升上高二，他遇見了鍾愷毅。一動一靜，一率性叛逆一聰明乖巧，青春校園電影裡的鐵律，鍾愷毅的荒唐和他成了鮮明的對比，也意外成了掩護。他是鍾愷毅身旁的軍師、兄弟，不容質疑的重要存在，那些「來啦看雞雞比大小啦。」「為什麼不答應她？超正欸，幹爆啊。」之類的挑釁話語越來越少出現，也沒有人敢過問或質疑他的私事。

他其實也嘗試過女人，大學時交過兩個，只不過都無疾而終。他對她們提不起絲毫興致，試過無數種方法，情趣玩具、蒙眼、捆綁、汽車旅館、扮裝、威而鋼、公共廁所、酒精，就是無法順利勃起。最接近成功的一次是某年情人節晚上，他們到高級餐廳喝了點紅酒，女友嬌羞又曖昧地說準備了驚喜，她換上短裙護士服，梳了兩邊馬尾，極盡挑逗地吻著他。

他硬不起來。大力揉著胸部，捧著渾圓的屁股，他撥開女友的蕾絲內褲，伸進濕潤的縫裡攪動，身子卻沒有絲毫反應。女友的手伸了過來，他輕柔地擋下。

「我去廁所。」他說，留下錯愕又失望的她。

他坐在馬桶上，懊惱又害怕。忽然，一個想法從腦海閃過，原先枯乾的喉分泌出滿口唾液，他顫抖著將手機拿起又放下，反覆掙扎，臉捧在掌心搓得通紅。這樣最好，他在心底說，這可以解決問題。他表情猙獰痛苦，呼吸急促地點開圖庫。

他分不清那是興奮還是罪惡。

三分鐘後，他挺著堅挺充血的肉棒，大力開門走出，翻過躺在床上訝異的女友身子，直直進入。一，想想那柔軟的黑髮。二，屬於小男孩的稚嫩鼻子。想像孩子顫動的睫毛滑過自己的恥毛。三，親吻那粉色小巧的唇。四，撥弄那還未發育完全的陰莖。女友的指甲嵌進背脊肉，耳邊傳來略微誇張的嬌喘，他閉著眼睛皺起眉。五，想想柔細汗毛的小腿。他進入。六，想想那誘惑人心的腳掌。

女友呻吟，成年女體的氣味直衝鼻腔。

七，他全身疲軟，猛地抽身。陽根柔軟委靡地垂在腿間。

那時的他就像現在這樣，坐在床緣，雙手無力地放在腳上，背彎著，頭頹喪地垂下。那女孩真心愛著他，擦乾眼淚，像隻貓般蹭到他身邊，臉貼著他毛渣渣的大腿，無話。

正常人。他一遍又一遍地說，我是正常人，我可以改。他沒放棄過根除，試過矯正，他翻遍心理書籍找資料，甚至在網上匿名尋求協助。他疲憊又乏力地對抗著自己，卻逐漸發現，這就像是內建好的系統，不容改變，他只能竭盡全力守著在夜裡膨脹的欲望，然後壓下。

畢業前，鍾愷毅為了追一個財經系女孩，強拉著他參加某個社團舉辦的暑期山區服務隊。他拒絕了兩次仍沒有成功。事後他說服自己，一切都是鍾愷毅的威脅強迫，但一方面他也明白，或許骨子裡的他並沒有認真抗拒過。

六天五夜鋪天蓋地的誘惑，豔陽下孩子們的汗水，短袖露出的臂膀，小臉露出的微笑，頭髮的潮濕，打赤膊下那兩顆小小的胸豆。他吞嚥下欲望，還需時不時趁沒人留神，伸手快速壓下膨脹翹高的褲襠，硬挺的疼痛提醒著他。他裝作無所在意，冷漠疏遠，避開孩子們的眼神，躲開所有可能的觸碰。

第一晚開會檢討時，有人委婉地提出，有老師對小朋友很冷漠云云，鍾愷毅不爽地站起，充滿威脅性地反駁。他伸手壓了壓兄弟的肩頭，開口表示歉意，說是今天有些不舒服，明天會改進。

不願造成兄弟困擾，他打起精神。第二天，他搖身一變，成了孩子們最喜歡的大哥哥。

小朋友對他著迷，他的笑話引得全場歡呼尖叫，小男孩喜歡在他身邊打轉，還有別隊的孩子希望能轉到他的麾下。最愛纏著他的，是個缺著門牙的七歲小男孩，小個子，說話漏風還帶著奶音，全身髒兮兮地，指甲卡著黑垢，他喊他小不點。他幫他洗頭髮，刷掉那些堆積沉澱已久的汙垢。他教他畫畫，陪他玩遊戲，跟他說故事。沒有人明白。他愛他們。他照顧他們，他願意花時間陪伴。這是愛。

最後一晚守夜巡房，他坐到小不點的床旁。看那憨熟的臉，微微起伏的胸膛與露出棉被的小腿。他自我拉扯著，大家都說最好的人生就是做自己，如果這就是他自己呢？他面露異光，興奮和羞恥搏鬥，他前後搖晃著身子，小不點翻身，發出一聲軟綿綿的夢囈。好美。他愛他，他克制不住自己。

手指輕觸的瞬間，他像是觸電般顫動。這是他的歸屬，他的所在。他低頭吻上那腿，留下唾液，唇舌舔舐著幼嫩的肌膚，手忘情地磨蹭著，上移，再上移。他吻著蠟筆在手指留下的粉屑，吻著靠近鼠蹊部的汗水，下體也跟著脹大抖動。

小不點眼睛眨啊眨的初醒，睡眼惺忪地發出一連串夢囈般不成句的疑問。

他抽離身，撤開手，跌跌撞撞地離開。他狼狽地跑進廁所，砰地關上門蹲在地上發抖。他是怪物，他不該存在，他覺得自己好噁心，邪惡，羞恥，他成了自己的噩夢。

近乎悲劇性的自我拒斥。

隔天早上，小不點像是什麼也沒發生一般，依舊瘋魔瘋樣屁癲屁癲地跟在他身旁。孩子或許不明白發生了什麼，但他明白，他不敢與任何孩子對視，竭力保持著距離。結束隊輔們準備上車離開時，小不點坐跌在地，歇斯底里地嚎啕大哭，鍾愷毅和那已追到手的女孩上前安慰著，哭聲只越來越大。他坐在小巴士靠窗的座位，板著臉，壓下吼叫流淚的衝動，鍾愷毅勸他下車跟小孩道別兩句，他只搖了搖頭，狠下心，假裝無視那伸長身子拍窗的小手。

他沒有資格道別。

那晚回到家，他洗好澡，換上乾淨的襯衫長褲，走到頂樓，風有點大，他將外套脫下摺好，信平整對齊地放在上頭，爬上欄杆。褲袋發出震動，手機響起。他任由它響著，響著，螢幕閃爍顯示第三通未接，對方沒有要罷手的意思，他遲疑著，按下接聽。鍾愷毅照常操著那髒話連篇，濃濃的中部腔，開頭劈哩啪啦語速飛快，沒什麼特別的事情，普通的日常，約出去吃點東西。

他怔怔地望著地面，流下眼淚。

「喂？喂！鄒又謙？」

「欸，是怎樣，睡著了喔？哩馬卡好，才幾點在睡屁睡，給我出來吃宵夜啦。」

全身打顫，肩膀一起一伏，眼淚和鼻涕全滴到了衣上。他蹲下身，不可遏止地哭了起來。

22

偽裝必須徹底。

想繼續生存，他必須有個合適的人生導引，一個門面，一個社會風俗下的完美標準。

他開始物色伴侶。親戚們鐵定很樂意幫他張羅相親，但這樣的關係太緊密而赤裸，也不符合他低調樸實的性子。ＭＳＮ跟電話交友雖然是很盛行排遣寂寞的方法，卻也不適合有些潔癖，標準也高的他。

他需要百分之百能掌控跟明白的對象，當然最好是一個善良的女人，一個性欲不大高，溫順又能替他繁衍和教育後代，裡外兼具的好妻子。是天意或是巧合，不久後，他在社區圖書館遇上一個女生。他對她的長相和名字都模糊，是那女生認出他的。

「不好意思，請問，」他停下腳步。「你是鄒又謙嗎？」他還沒反應過來，只是有些納悶、反射性的點點頭。她又驚又喜，指著自己：「我是羅儀珊！隔壁班的那個羅儀珊，你有印象嗎？以前同學很喜歡起鬨，鬧我們兩個？」

那女孩的笑容喚起了塵封許久的回憶。他想起來了，羅儀珊，國中遞給他情書的那個。他們倆在同學嬉鬧下，扭捏羞澀地牽過一次手，午休時他還將外套借給女孩穿過兩次，他記得她笑起來有很深的酒窩，心形的臉頰像隻小松鼠。畢業典禮當天，她眼眶紅著找他加了ＭＳＮ，交換了電話，傳過幾次訊息，但後來也就不了了之。

他們簡單小聲地在圖書館更新了彼此近況。他驚訝自己竟對這偶遇感到些許愉快。

羅儀珊揮手離開以前，他主動邀請她喝杯咖啡。她的雞肉起司帕尼尼先送上，她開心地向服務生道謝。是個親切而大方的人啊。他心想，一邊要她趕緊趁熱吃，羅儀珊只是微笑著搖搖頭，有禮地等著。

她說了些什麼，他笑了，感到久違的放鬆。

他們有著青澀的過去，不遠不近的距離，卻又有些老派的浪漫。當然，知道羅儀珊的職業後，他著實思考了許久。他得殫精竭慮遠離一切誘惑，國小老師並不是個避險的好選擇，但她的坦率大方確實吸引了他。

如果說這世上還有人有機會改變他，羅儀珊似乎是可能的人選。他不能保證，但或許年年歲歲過下去，他也能像個正常人，有安穩過日子的機會。他會用盡一切抓緊她，即使只有萬分之一。

決定跟羅儀珊告白的前兩個禮拜，他找人試了幾次。謹慎小心地用匿名電話聯絡，車子直接開入旅館，洗了澡，下半圍了浴巾坐在床緣等待，濃妝豔抹的女人敲了門，摘下墨鏡，問他要洗澡還是直接來。

他想了想，拆下身上的浴巾。

女人的肌膚很柔軟，富有彈性，但對他來說卻太成熟了。他摸著女人的腰身，忍住厭惡，想像其他畫面。小不點那稚嫩的臉衝進腦海裡，他陰莖逐漸充血硬挺，勾了起來。

「好大啊。」女人歪笑，嬌喊著準備吞入。「看起來好好吃喔。」

「閉嘴。」他說，疾言厲色的。他不想那麼無理，但別無他法。他要女人背過身，女人被重重壓在床鋪上，他下身挺入。

一，想想那柔軟的黑髮。二，屬於小男孩的稚嫩鼻子。想像孩子顫動的睫毛滑過自己的恥毛。三，親吻那粉色小巧的唇。四，撥弄那還未發育完全的陰莖。女人發出略微誇張的嬌喘，他閉著眼睛皺起眉。五，想想柔細汗毛的小腿。他進入。六，想想那誘惑人心的腳掌。成年女體的氣味直衝鼻腔，七，他努力轉移注意力，想像小男孩衣領的汗漬。八，想像那小學洗手台肥皂的味道，想像自己壓在他們身上，想像他們的嘴含著他膨脹的陽具。

他發出歡愉的呻吟。

兩年多後，羅儀珊成為他的妻子，鍾愷毅成了伴郎。

鍾愷毅在婚禮喝得七葷八素，上台發表了不大恰當卻又真誠無比的伴郎感言，在台下又哭又笑一塌糊塗，一手摟著儀珊，一手摟著他，發酒瘋似地胡亂吻著他們的臉頰。

小夫妻買了車，租在離儀珊父母家較近的彰化市區，他在一家義大利精品公司當會計師，儀珊在民權國小當低年級班導。一開始，下班後兩人會窩回家裡吃個晚餐聊聊天看劇休息，不時鍾愷毅會來串個門子，帶著各種稀奇古怪的故事而來，有時他會陪她參加各種老師活動，爬山聚餐或各種一日遊。

他和儀珊一個月做兩到三次愛，他不知道儀珊滿不滿意這樣的次數和表現，他們從未討論，而她也未曾抱怨，他就當作是認可繼續依循著。好工作，好房子，好的朋友和好的妻子，他不知道這樣的日子算不算好，他只是越來越常去游泳，時常去，時常。

日子就這樣一天天過。

他找各種理由不再接儀珊上下班，也不再跟老師們出遊，刻意疏遠，不是感情轉淡，而是國小就像他的糖果屋，他知道自己越少接觸越好，這樣比較健康。

他還記得那天雨特別大，大到有些嚇人。拖完地清完流理檯，客廳的時鐘指著10:11，儀珊還沒回家，電話也沒接。他有些困惑，決定開車出門尋找，右手控著方向盤，左手握著手機緊貼耳廓。

第三次語音信箱。外頭的車子不多，暴雨將人們逼進室內，這時仍在外頭遊走的人們通常都有著故事。雨刷答答答地打著，抖動的街景一一流過，模糊的光束照著短短三公尺的距離，他被水流的聲音包圍，瞧不清前頭。

他有點恍惚。

「喂？」話筒傳來女聲。

「喂？」他被喚回，急忙問道：「妳在哪？還在學校嗎？」

「媽家。」

「喔。」這三個月以來，她獨自回娘家的次數越來越頻繁，他知道這事但沒特別關注，自然也沒多問。「我去接妳。」他打了個方向燈，準備從前面掉頭。

「不用。」她語氣冷淡。

「我在路上了，剛到國小。」

「不用。」她堅定又冷漠地重複。「不需要。」雨聲加入他們的談話，他和她都沉默，他不明白。

「今天幾點回家？」她開口問。

他頓了一秒，決定說實話。「去游泳，大概七點半到家。」

「你六點下班，游泳然後回家。我不在也沒有留訊息，你直到十點多才打第一通電話。」儀珊的語氣越來越差。「你不覺得有什麼問題嗎？」

「我想說妳應該在媽那裡。」生氣了？他感到納悶。「妳最近都在那裡。」

「我最近都在那裡？」儀珊壓低音量，語速和語氣卻越來越激烈。「你有想過我為什麼都在這裡嗎？我每天回家都沒有人。說要一起吃早餐你說太趕，各自上班，晚上你每天游泳不知道會到幾點，八點九點十點都有可能，回家之後說不到兩句話各自洗澡睡覺。一天又一天重複，你覺得這樣很好嗎？」她問，她希望他聽得出話裡的悲傷與求救。

「我明著講暗著講已經很多次了。上禮拜三我說有事情要跟你說，你答應我會回家吃晚餐，我煮了一整桌，結果呢？你說加班，然後想運動，我跟整桌菜等你等到十一點。這發生了幾次？我根本就不敢數。我每天回媽這是為什麼？鄒又謙？你有想過嗎？」

紅燈，他停下。

「我是真的累了。這樣的生活我沒有辦法，鄒又謙，我真的沒辦法。」

「我們都想想吧。好好想想。」她語氣疲憊。「我這幾天都住媽這，開車注意安全。」

她要他懂什麼？他連自己都不懂了，她在期待什麼？

一天又一天重複不好嗎？怎樣是好的生活？正常的人生？

綠燈亮起。他沒有前進，停在原地，無神地望著前方，雨刷一下又一下，機械地左右搖擺，刮下的水匯聚成河。

下一次的紅燈來到。

23

他坐在床緣，望著眼前被綁在椅上暈厥的女人，煩躁地將頭埋進手掌心，發出無奈又焦慮的嘆息。

楊寧頭無力地向右垂著，像個破布娃娃。

十五分鐘前，他拿繩準備縛她，摸到肌膚骨頭的瞬間，慌亂大起，當下的溫熱讓一切開始有了真實感，他似乎到那時才回神想起，拿水管朝她後腦勺重擊的就是自己。

楊寧的四肢纖細骨感，他只能小心翼翼地捧著，生怕太用力會把那小骨頭小腕給折了。不都猛力往頭上打了嗎，還怕折傷她的手？他嘲笑自己的矛盾。

不該打她的，她什麼也不知道。光憑幾瓶自製香水，幾隻襪子，又能懷疑什麼？沒錯，就算她心裡有點疑惑，他也有一千種恰當的回答，講一講就過了。這世界怪人還少了嗎？有戀足癖，喜歡蒐集襪子香水的人多的是，興趣特別了點，也沒什麼好質疑。就算她懷疑又能怎樣？沒有證據，什麼都沒有，該理虧該害怕的是她，先是跑到別人家問東問西，又闖進這裡。是她該不知所措。

他將頭埋進手掌心裡反覆搓動，想把臉揉進去般用力。

他不該打下這一棍的，沒打就好了，他不應該打的，他應該假裝訝異，露出合理範圍內的生氣和不解，雙方一起給出和善的解釋，最後禮貌地請她離開。但不，不不不，楊寧的機靈他是知道的，她衝動但聰明，不按常理出牌的行事風格，看似無禮不顧邏輯，但有時會是最能接近解答的方法。

從十一月二十四日楊寧進入警局至今快一個月，這短短幾週裡，她野性和鬥志都高昂得令人吃驚。不但和程春金成為詭異的夥伴關係，還打著鍾愷毅的名號，向警方、葬儀友社、家屬身上要了不少資料。這令他感到緊張，即使這幾個案子都與他毫無關聯，理應乾乾淨淨心安理得，但偏偏就這麼剛好，偶然，巧合，命運，鄭文儒竟是鄭文良的弟弟。

難以形容發現時的震驚。

之後，他想方設法，每份交給楊寧的檔案都會先流過他手裡。明著看他是個擔心下屬、擔心同事的好上司，暗地裡他抽掉許多跟他有關的或者有點相連性的案件。

楊寧越挫越勇，遇強則強的性子和倔脾氣他都是知道的，所以一直緊跟她的查案進度，想盡辦法勸她停手，但她又怎會安分？執著是她僅存不多的優點之一。如果讓她活著走出這裡，一切都會曝光的。他坐在這軟硬兼具的床墊上說服自己。不能讓她活著，絕對不能。要怎麼辦？

掌心的溫熱傳到臉頰，他無力地望著地板。他別無選擇不是嗎？他很慌，從接到儀珊電話的那刻起心就怯了。儀珊有起疑心嗎？應該沒有。她只說楊寧突然來了家裡，「雖然她也沒多說什麼，」儀珊語氣擔心。「就問了一些弟弟跟妞妞的事，還有桶後的房子，但看起來就是有點心事。」

「她感覺過得很不好欸，比之前更瘦了，氣色也很差，整個人看起來很不健康。她有跟你說她要過來嗎？嗯嗯，對啊突然這樣來我有點擔心啊，是不是發生什麼事了？」他忘了自己說了什麼，只知道他放下電話，手掌心一陣冰涼。

他迅速離開座位，同事都還沒開口詢問事由，他已匆匆離開公司，前往停車場，匆匆開車前往桶後。五六點下班時段都市的道路並不通暢，車跟人都浮躁卻始終駛不過，下一個紅燈又亮起，他看了看後照鏡裡長長的車龍，心浮氣躁地推了眼鏡，車子被乾燥冷冽的空氣包圍，只能原地噗噗噗地發抖等待。

他不禁想起許多許多年前的一場暴雨。

那晚新聞頻頻插播超大豪雨特報，他在雨瀑中開著車，一邊打給儀珊，儀珊的絕望和質疑，還有那些沒說出口的憤怒，他仍記得清楚。

「我們都想想吧。好好想想。」紅燈綠燈輪流交替，他握著方向盤卻不知該去何方。他是不是害了儀珊？一股愧疚感油然而生，他卻不知該如何面對。又到了一個綠燈。幾聲毫不客氣、刺耳凶狠的喇叭聲在後頭響起，他緩緩踩下油門，決定掉頭回家，車頭轉到一半，他猛然警醒：會不會是儀珊發現了什麼？他混亂又震驚地詢問自己，她這兩三個月的反常與不滿，該不會是意外得知了他的祕密？

但不可能呀，他沒有一次踰矩，照片圖片都在另一支加密手機裡，在泳池更衣間的自慰安靜無聲，那些偷偷壓下堅硬的褲襠的時刻，他也都極度謹慎小心。

其他欲望只在他腦海裡碰撞，乾淨無痕，彷彿從未發生。

但他是不是不夠小心？難以言喻的絕望感朝他迎面湧來，緩緩將他拉吸進黑暗。儀珊要離開他了嗎？會嗎？會吧，誰會喜歡這樣的他呢？還用問嗎，多麼愚蠢。誰能忍受像他這樣的人？

他愛不愛儀珊？愛吧，他願意對她負起責任，在生病時陪著她，半夜她喊餓時到廚房煮一碗麵，他接受她的裸體、她上廁所的習慣，她大笑時他會忍不住一起笑出聲。最重要的是，跟儀珊在一起時，他願意竭力抑制住那些小小點點的渴望，即使效果差強人意，可在她身旁時他願意努力。這是他活了三十幾年來，最接近正常人的時刻。

他想他是愛她的，可他不喜歡她。終究，他對她只有承諾跟保護，沒有欲望。

但他也從未想過離開，這樣的生活是他能擁有的最好的了，像他這樣的人，不該要求太多。他眼眶泛紅，鼻頭發酸。儀珊要離開他了，他該怎麼辦，多年來對自己感到的可恥、憤怒、咬牙切齒的悲憤讓他難以專心，他將車停在巷口，低下頭。

接著一下兩下三下按著喇叭。長鳴。

雨刷打著固定節奏。沒有淚，他疲憊地抬頭，模糊的水流中，他瞧見前方不遠，一個小男孩在巷口轉角處，躲在屋簷下蹲著。像隻受傷的、無處可歸的小獸。他目不轉睛。

他想起那些話語。做自己啊，可以就做吧，不要後悔。

為什麼不？腦海裡重複播放著那聲音說：為什麼不？

「上來吧。」他說。

小男孩起初有些猶豫，但雨實在太大，他沒有電話不知道路，這些時間蹲在這裡也沒有人幫他。「你會經過中正路嗎？」漏風的奶音讓他想起多年前那個令他魂牽夢縈的男孩。「我們家在中正路。」

他說會，輕輕的，怕嚇著小動物似的。

「謝謝你。」小男孩說，你聽起來有點像膩，又補了一句：「我們老師說要常常跟人家說謝謝。」

小男孩很多話，兩句不離我們老師說。我們老師說最近雨很大要帶雨衣，但是哥哥把媽媽買的藍色雨衣搶走了，哥哥很討厭，吵架之後沒帶他去安親班，安親班老師說如果有事情或生病沒去要請假，他不知道哥哥有沒有幫他請假。巷子都長一樣他走好久找不到家。「我們家前面有一家理髮店，媽媽都帶我在那邊修頭髮，我們老師說頭髮不能太長，看起來會很亂。」

他的頭皮有著雨水和潮濕的汗味，男孩從長褲口袋掏出兩顆難以辨認的足球巧克力。「你要吃嗎？」他搖了搖頭，試圖專心開車。男孩、雨、巧克力的氣味。

「有點噁心，額！」男孩揮了揮沾黏著軟黏巧克力的手指。「應該是因為下雨的關係，水濕濕的，還有我今天體育課忘記把它拿出來，有點黏黏的。」

「我們老師說一天只能去一次福利社，媽媽一天有給我十塊。」男孩、雨、巧克力的氣味。「哥哥有二十塊，媽媽說因為他比我大兩歲。」

「我想脫鞋子。」他愣了一下，微微側頭，看向男孩。男孩看起來很難受。「我想脫鞋子，可以脫鞋子嗎？」

還沒等他答應，男孩已經動手。吃力地把布鞋脫掉，連同那襪子，散著強烈的氣味，皺成一團，還逕自滴著水的髒襪子。

那是他第一次聞到孩子的腳掌的氣味，被雨水浸泡過的，七歲男孩的腳丫子。

從此迷戀一生。

他一直覺得，那天真正被勒死的不是小男孩，而是他自己。雨水沒能消融膨脹的欲望。一切都發生得很快，快得混亂，等到他真的有餘裕思考，小男孩已隨著河水流去。

沒有人知道他有多痛苦，你必須真的經歷，才會明白。

他也是在那刻才真的懂得，肉身的痛根本算不了什麼，迫不得已、沒有退路而下手的才是真正的痛，撕裂心肺的刻骨銘心。

楊寧身子抖了幾下。

他從床緣站起身，撐住昏迷的她，替她換了姿勢。

24

楊寧曾經是家裡最愛反抗的那個、叛逆的那個，好勝、自負、伶牙俐齒、張牙舞爪地對待眾人。所有學校的競賽她都要贏，強烈的勝利欲望啃咬著她，田徑、公布欄的美術創作大賽、健康操……發高燒仍硬要去上學，被老師三催四請回家，她還是硬要撐著證明自己沒有生病；媽媽討厭冰淇淋，她故意買一堆回家囤，大剌剌開著腿坐在客廳吃給媽看；要她帶雨傘出門就偏偏要淋雨回家；校規規定裙長，開班會的時候她在班導面前掏出小剪刀，在眾人的窸窣驚呼中，喀嚓喀嚓慢慢露出兩條大腿。

也就是她成績好，老師對她也就睜一隻眼閉一隻眼，忍著。

許浩洋總說她是帶有毀滅性格的那個，不只毀滅周遭，更毀滅自己。她把這句話當作讚美，嘴上不承認又暗自以此為傲，刻意的小反抗是她的特徵，叛逆是進步的標誌。只是當時楊寧沒想到，最先毀滅的不是她，而是弟弟楊翰。

她恨過楊翰。恨，恨到覺得他死得太痛快，恨到想追到地獄裡，狠狠賞他一個巴掌。

她知道她愛他的不是嗎？當她親暱地喊他小鯨魚的時候，當她細心幫他繫上圍裙，當她不顧燙從鍋子裡舀食物吃的時候。

他也愛她的不是嗎？那些一起長大的勾手承諾呢？

要怎麼學會活在一個又一個的謊裡？要怎麼責怪一個離去的人？成為倖存者之後要隔多久才能微笑？課堂不會教這樣的事。說是要親身經歷才會懂得，懂得後才能學習昇華，但她也還沒學會。

楊翰生前的東西她一件都沒留。

整個流程跑完後，禮儀社小姐找上楊寧，說是要交還他生前穿的衣服與眼鏡。楊寧死死盯著那包衣物，沒有接過，沒有開口，沒有表情。

禮儀社的小姐有些尷尬，許浩洋輕聲對楊寧說：「收下吧，也是留個念想。」許浩洋看楊寧仍沒有動作，剛要替她接過，她終於開口。

「燒了吧。」

她淡淡地說了句：「留下要折磨誰。」

現在的她原諒他了嗎？她不知道，偶爾還是會好恨，恨到胸口直直發疼，恨到她除了不斷攻擊和受傷以外別無他法。傷害別人來鞏固自己，傷害自己來確定自己的存在。

她想起被撞見的傍晚。那時還是短袖時節，委託地在中和四號公園旁邊一間狹小的套房，離她家很近，老大要她先到現場進行初步判定，楊寧很快地騎上機車抵達目的地。

燒炭過後的空間，瀰漫粗鄙的木質氣味與腥野的焦臭，像同時有一百尾烤過頭又帶腥的魷魚。氣味濃烈到扼喉，也會因炭種不同而有細微的變化。楊寧拿起一旁的鐵叉，翻弄裝滿炭火的鐵圓盆。慘白的灰燼和沒燃燒完的墨色木炭，盆裡早已沒了火星，某些細微的氣味隨著翻攪，緩緩往上飄竄。荔枝木。楊寧的鼻子噘了起來，清淡濕潤的果香往空中飄散，慢慢淡去。

楊翰用的也是荔枝木。

那煙燻味較淡，帶有濕潤度及軟黏迷人的荔枝木香。

楊寧把往生者的衣服一件件拿出來嗅聞，放到了枕頭旁。最後她動作輕柔地設了半小時的倒數計時鬧鐘，在衣物的包圍下，恍恍惚惚地躺在屍床上。她睡得酣熟，半小時過去，楊寧微細的鼾聲和胸膛穩定地起伏，手機鈴聲沒叫醒她，像要將一生都睡去那樣睡著。

直到一連串的腳步聲、開門聲、驚呼聲、道歉聲紛沓而至。到現在她仍不曉得那時為什麼會有大批人馬到來，除了老大、小支、往生者的父母與哥哥，連禮儀師、引魂師父，還有幾個根本不知道是誰的，也許是社工或是房東？

都來了。像正宮帶著記者、律師捉姦一樣浩浩蕩蕩，現場有驚呼有斥責也有痛哭。她也確實有種被抓姦在床的尷尬。房裡小小的空間、狹長的走廊擠滿了人。老大八面玲瓏地道歉與解釋：最近的工作量太大，員工都很疲倦……

她在老大身旁低著頭。她是真的很疲倦，好久了，沉重的疲倦感從未消失。

那天回到辦公室以後，她默默走到老大辦公室等待訓話。但預期的髒話飆罵沒有到來，老大只是沉默，沉默地看向她。

她痛恨那種眼神，像是她真的失去了什麼。像是同情，像是憐憫。

更像是施捨。她不需要。

也就是那天晚上，媽媽嘗試要和楊翰一起走。

父親跟醫院的人借了電話，號碼沒有封鎖，楊寧接了起來。

他與她不怎麼說話的。長期抽菸喝酒的都有種特殊扁啞的嗓音，偽裝的滄桑，硬撐起的成熟威嚴。他沒有叫她的名。「那個，那個妳媽……」他吞吞吐吐，說是他回家探望時發現人倒在浴室門口，及時叫救護車送往醫院。吞了兩個月份的安眠藥，現在還沒清醒。

喔所以你現在願意回家了？她心想。過去的她會開口諷刺，言語相譏，極盡酸刺惡毒，她父親一點贏面都沒有。但現在她沒那個力氣。

楊寧始終沒有回應，話筒那端也有些尷尬，有些話他始終說不出口，一父一女保持著陌生可笑的距離。

「說完了嗎？」她問，冷淡疏離。

他愣了幾秒，菸酒嗓咳了兩聲代表回答。

「吃安眠藥死不了。」楊寧平平地說，「跟她說，真的想死就認真點。」

血液回流進大腦，楊寧有了點知覺，意識緩緩恢復，痛覺也重新回到崗位。眼皮不住地顫動，連睜眼也費力，目光渙散，全身不可抑制地抖著。她頭暈得難受，想吐喉頭卻哽著，她搖搖晃晃，無法克制地往前傾，卻發現繩結瞬間勒住了脖頸。

她難以呼吸，太陽穴鼓起砰砰作響，氧氣沒辦法順利流到腦部，頭脹痛欲裂，後腦勺兩股血流至下顎，黏膩地凝固在那。她撐住身子，極力保持自己的神智，竭力拼回意識。一條粗皮繩繞過脖子打了個活結，將整個人往上提，繩穿過天花板的燈具後收緊，她感覺繩結嵌進脖頸裡，血液上衝，她不穩地站在一個小木椿上。

楊寧努力站挺打直脊椎，感覺繩子不那麼緊繃。她費盡力氣睜開眼，花了一段時間對焦，集中目光。她在臥室裡，燈全關著，厚重的窗簾拉上，一絲光線也透不進。她被黑暗包圍。

我叫楊寧，她念著，在心裡喘著氣。我叫楊寧，現在是……我人在謙哥的小屋裡，我不知道為什麼……她想咳嗽，氣管卻被繩索環著，發出虛弱的嘶嘶聲，舌頭忍不住想向外吐出。

側胸包跟彈簧刀在地上，她不可能搆得著。雙手無力地拉扯拍打著粗繩，看起來可悲又無助。

楊寧雙膝疲軟，尤其右腳幾乎無法出力，她幾度向前癱倒，又急忙集中心智穩住身子，脖子被反覆勒出怵目驚心的瘀痕。

燈亮的瞬間，她目光渙散，失去平衡，刷地懸空吊掛在空中。

25

小男孩隨著河流漂去的隔天，他一如往常洗了臉，刮了鬍，打了領帶上了班。他決定下班後要跟妻子好好道歉，把她找回家。

接近中午十一點多，儀珊哭著打來電話，說是班上有學生不見了。他安慰著，要她冷靜，吸氣。報警了嗎？警察會處理。學校那邊怎麼樣？學生的爸媽？好，好，不要緊張。妳得堅強。他叫什麼名字？

鄭文儒。他複誦。鄭文儒。他在心裡反覆咀嚼。

會沒事的。他在電話裡說。

沒人知道小一的鄭文儒去了哪裡，又發生了什麼。他聽說鄭文儒剛升小三的哥哥震驚又不知所措，久久不願開口說話，幾乎每天都待在輔導室裡。

孩子不見的那段時間，他與儀珊的感情急速增溫。身為導師的她悲傷又自責，而他也有類似的感受，兩個受傷的靈魂終於在結婚多年後找到共鳴，開始學習互相舔舐，陪伴安慰。那天做愛，她和他第一次雙雙達到高潮。

一個多月後，卡在橋墩的屍體被流浪漢發現。身體浸在河裡太久，早已泡水發爛，多數肉身也被魚蟲啃食殆盡，警方跟法醫都沒有找到他殺的跡證。家屬不願再多做檢查，加上男童本就好動，也就以意外溺水結案。

告別式那天他去了。看著放大的照片，表情哀戚。

後悔嗎？

他不知道。

26

突如其來的燈光使楊寧剎那暈眩，眼前濃稠又帶著幾絲閃點的黑，她一度失去平衡，卻又在險中穩住。

「我該拿妳怎麼辦？」他反覆呢喃著，表情痛苦。「我該拿妳怎麼辦？」

楊寧瞇著眼，努力抵抗沉重欲墜的眼皮。睜開眼睛，她告訴自己，搞清楚現在的狀況。活下去。活下去。活下去。眨啊眨地努力適應光線，她將頭緩緩撐起，細細的眼縫望出，謙哥坐在床緣，右手食指和中指夾著金絲框眼鏡，反覆搓動著雙頰，表情痛苦。

「我警告過妳了，我說不要再查下去。」他說。「我說了很多次，妳偏偏不聽……」

「為什麼？」楊寧出聲，嘶啞如砂紙，唾沫從嘴緣滴下，白色混濁的泡沫積在嘴角邊緣。

他沒有正面回答，自顧自悲傷地說著：「我跟鍾愷毅說過很多遍，要他阻止妳——」

「不要說他的名字。」楊寧嘶聲。「你沒資格。」

他終於抬頭正臉看她，對上楊寧狠毒悲憤的眼神。

「我跟妳的事完全沒有關係，不是我。」他說，「真的不是。」

「楊翰……」她喉頭積著血水與痰，混濁不堪。

他大力搖頭，極力否認：「楊翰跟我沒有關係，不是我。」

楊寧不置可否地冷哼了一聲。

「我沒有碰他。」他說，「楊翰是個好孩子，他的事我很遺憾。」

「苗……栗？」楊寧口齒不清地問，頭依舊垂著，望著地板。

「沒有。」他說，「我沒有去過苗栗。不知道妳是怎麼想的，但鄭文良、詹嘉佳、楊翰都跟我沒關係。」語氣竟真有幾分真摯。「尤其是楊翰，知道他走的時候我也很震驚。我發誓。」

「什麼叫尤其？」楊寧忍不住吐了口血沫在地上。隨著身子搖晃不定，脖頸時而束緊時而放鬆，喉頭一陣陣湧上酸液。「尤其是楊翰？」

「我相信妳，妳知道嗎？我應該是裡面唯一相信妳的人。鍾愷毅、許浩洋都覺得妳瘋了。」

「鄭文儒……」楊寧開口，「鄭文儒跟鄭文良……」

「那是場意外。」他低語，「我沒有其他方法，會被發現。」

他的話語開始顯得凌亂，「要偽裝成自殺太難了。」她聽他喃喃自語。「我不是故意的，可是他說做自己，這是我自己，我不是故意的。他們好香，我只是想收集襪子，我沒辦法克制……」

「他媽的……」雙邊的太陽穴鼓動，如擊鼓般一槌槌大力打下。她有一百個問題想問，她有好多疑惑，憤怒不解懼怕，太多情緒與思緒隨著血液湧上，她沒辦法判斷也沒辦法負荷。「你這個狗娘養的混蛋……」

他沒有理會楊寧的辱罵。

「我一直處理得很好。」表情扭曲，目光渙散，眼珠沒有目標地滴溜溜轉。「這麼多年了，我一直很小心……妳不應該繼續查下去的，我的事與妳無關……」

真的不是他嗎？楊寧思緒混亂。他是最接近答案的人，但是不是有那麼一絲可能，他真的不是答案？她聽見太陽穴快速的鳴叫擊鼓聲，血液沸騰翻躍，想抽滾出她的大腦兩側血管。

「我控制不了……」他突然哭了起來，尖銳的哀號，震耳欲聾，撕心裂肺的哭。他手顫抖著，抱起頭，對外大吼。吼了又哭，哭了又嚎，接著發出如幼獸受傷害怕的聲音，微細的悲鳴。

「我不是故意的。」一次次重複，似祈禱又似懺悔。「我不是故意的。」

楊寧痛苦地，努力地撐著身子。他抽咽了幾聲，慢慢靜了下來，房裡只剩灰塵落下，與楊寧喉頭如狗求水的喀喀聲。

他從口袋掏出一條手帕，壓了壓濕潤的眼角，低下頭仔細地擦拭眼鏡。最終緩緩將眼鏡戴上。

「對不起。」他站起身。楊寧睜大雙眼，第一次，她感到如此真實而逼近的驚慌。想說些什麼來挽救這頹勢，想辦法激起他的愧疚感。但驚嚇使大腦齒輪無法順利運轉，楊寧只發出一聲聲不成詞彙的聲音。

「是妳逼我的。」他說服自己，「我沒有選擇。」

楊寧發出短促粗啞的嘶聲，全身肌肉開始顫抖，腳趾發青。

「我沒有選擇。」他眼神閃過一絲悲傷，接著走到她身後，將繩子往下拉收緊。

她整張臉漲紅，雙眼圓睜，太陽穴痛得極欲炸裂，頭部發熱，眼前閃光如電，一聲聲低迴的耳鳴響起。她意識到自己就快失去知覺。想要呼吸就得穩住身子。楊寧在心底說道。她知道自己只有一次機會。

楊寧努力吸住一口氣，屈膝，然後用力一蹬，雙手用力拉著繩索撐起，猛地向後倒。在後頭的謙哥沒料到這突如其來的變化，反射性用雙手撐住楊寧的身子。連結天花板的燈具無法負荷瞬間猛烈的力量，劈啪斷裂，兩人一同往後重摔。

謙哥後腦勺大力撞地，頓時失去意識。

楊寧狂咳著嗽，將頭上的繩索大力拔下。氧氣順暢地進入氣管，她的喉嚨卻像是著火一般，身體每一個細胞都在尖叫，視線模糊，只覺得有熾熱的光線在前方跳躍。

她跌跌撞撞地拾起彈簧刀跟側胸包，蹣跚地從衣櫃扯下一雙雙襪子塞滿包包。謙哥的眼鏡碎裂在地，他意識模糊地摀著撞地流血的腦袋，暈眩想吐地搖了搖頭，手胡亂撐著，掙扎想站起。楊寧拿起一罐罐精油和香水瓶毫不留情砸向他頭頂，力道猛烈而狂暴，玻璃碎裂的聲響清脆而嚇人，謙哥原先擋在頭前的雙手無力地垂下，癱倒在地，像隻額頭冒出汩汩鮮血的破布娃娃。楊寧盯著失去意識的他，目光冷冽。

她面無表情地抓起沉重的玻璃酒精瓶，緩緩舉起，猛力朝他頭頂揮下。

27

她打了電話。很多人都來了，警察、救護車、急救人員。周圍的聲音對她來說都毫無意義，手臂上還插著幾支細碎的玻璃碎片，被棍子重擊的後腦勺血凝結了一大塊，頸子一圈深紫紅腫，喉頭想尖叫似的火辣灼燒，腳踝瘸了，頭劇烈疼痛，她呼吸又重又急。

從擔架到救護車到醫院急診室，她渾渾噩噩，只想一路長眠。不斷有警察試圖找她問話，只差沒逼她起身拿紙筆或直接架她回偵訊室。

「喂！她沒昏過去不代表沒事欸！你們太誇張了吧。」一個年輕的女醫護員粗魯地打斷警察。「她不能講話，借過！借過！」

楊寧努力瞇起眼睛，隱約瞧見她戴著口罩驅趕警察的身影。楊寧很感激，打了藥後她得以好好睡上六個小時，像脫線木偶任由醫護人員用刀用針把她翻來覆去。直到廖警官到場，刻意拖拉在急診病床旁的鐵椅，在地板上刮起刺耳尖銳的聲響，坐到她身旁。「抱歉。」他笑著向一旁表情不悅的醫護員道歉，毫無真心。

聲響將楊寧強拉回現實，她昏昏沉沉地皺著臉，努力眨了眨眼，微微側頭，廖警官微笑與她打了招呼。她沒有回應，自顧自地閉回眼睛。

廖警官也不急，就這樣笑笑地看著她。年輕的陳警官則不安地扭動著身子，原子筆答答答答一伸一縮，資料夾翻了又翻，手指節扳了又扳，一臉躁動。他想開口，又不好自己行事，身子前傾後仰，著急地瞥向手錶，再望望始終氣定神閒的廖警官。

久久無話，楊寧也就這樣閉著眼等著。

楊寧還記得廖警官的模樣，銳利的目光，年長又結實的身體，老謀深算的幹練狡猾模樣，程春金的臉默默疊了上去。

「他死了嗎？」她淡淡地問。聲音不像自己的，低沉粗啞的嘶聲。

「說話不會痛？」廖警官驚訝地放下手中的資料板。

「他死了嗎？」她沒有理會廖警官的驚訝和微笑。

「頭部外傷併腦挫傷，顱內出血。」他回答。「昏迷中。」

她冷哼了一聲。

「怎麼？」他問。

「可惜。」她沒有睜眼，只是幽幽地說：「他不應該活下來的。」

「妳應該知道，」廖警官說，「妳現在說的每句話都會是證詞。」

「你是第一百個跟我說的警察。」

「知道就該小心一點。」

她沒有回話。只是深吸了一口氣，喉嚨依舊灼痛，每口吸進的氣都恍若新生，剛出世時的疼。

「妳沒問妳自己的狀況。」

「還不錯啊我猜。」

「醫生幫妳打了劑量很高的止痛和麻藥。」他繼續說，「還幫妳把舌頭喬回去。」

喬舌頭？唾液下意識地湧出，她動了動舌頭，感受舌尖浸潤在唾液裡。還行。

「畫面不是很美觀。」廖警官挪了挪身子，喬了個舒服的姿勢。

「哈雷路亞。」她嘶聲嘲諷。

「麻藥退之後，下巴用力會很痛，從這裡到這裡。」他伸出手指在下顎到臉頰之間比畫。「本來估計妳至少兩天沒辦法開口。」

「我可以立刻閉嘴。」

「這次也是為了弟弟？」

「該說的我都說了。」

「妳之後還是得到警局做筆錄，妳很清楚。」

「至少能先讓我睡一覺。」

「妳睡很久了。」

「遠遠不夠。」

「我覺得差不多。」

「被打的不是你。」

「砸人的也不是我。」

楊寧沒有接話，廖警官接續著說：「不管之後我們警方調查出他做過什麼，妳都有無故侵入他人住宅和暴力傷害的事實。」儘管說出來的話依舊公事公辦那樣無聊，楊寧卻聽出他語氣中的提醒，不像以往那般犀利咄咄逼人。這樣挺好，她想，或許來不及更新警方資訊的這一週，他們有些進展。她隱約嗅出廖警官似乎對她有些改觀。

「意存報復而非防衛。」他說，「對妳很不利。」

「冷。」她沒有回覆，只是緩緩睜開眼，說了這麼一句。

「我會冷。」字正腔圓。

廖警官朝陳警官使了個眼色，後者不情不願地離座。

「有東西吃嗎？」

「妳等下還有排檢查。」他看了看手錶，「至少再兩小時。」

「餓死。」

「總比被打死好。」

「他還活著。」

「昏迷算是活著？」

「對他來說都是奢侈。」

「這句我可以當作沒聽到。」

「我的包跟折疊刀會還我嗎？」

「包可以，但折疊刀沒辦法。」

「我還是嫌疑犯？」

「尚未排除。」廖警官說。

「一直都是。」陳警官回來，狠狠地接了話，扔了條被子到她床尾，她沒動，只是定定地回看陳警官。廖警官看向楊寧，楊寧撇了嘴，輕輕舉了纏滿白色綁帶的雙手，一副無可奈何的模樣，陳警官望向廖警官，正巧對上長官看他的眼神。

「媽的。」陳警官低聲罵了一句，兩步向前，粗手粗腳地把被子鋪到楊寧身上。

「他說他沒有對楊翰動手。」吐出的鼻息有許多雜音，「我不知道該不該相信他。」

「這是警方的事情。」陳警官惡狠狠地說，一面將手環抱著胸，防衛警戒著。

「我想也是。」她粗鄙嘶聲像個惡毒的巫婆，盡情地嘲諷地說：「但不知道是誰把我當嫌疑人在追，逼得我只能自己到處找生路。也不知道我被變態弄得半死不活的時候，警察在哪？」

陳警官握緊拳頭，脖頸冒汗，胸膛明顯過快起伏。廖警官搖了搖頭，用眼神壓下陳警官的怒火。

「你們得花一點時間跟我對口供，才能確定我們跟媒體的說詞是一致的。」挑釁地，她刻意放慢速度。「天哪，記者一定愛死我了。」

廖警官微笑，抬手示意陳警官。陳警官彎下腰，兩人附耳交談了幾句，陳警官惡狠狠瞪了楊寧一眼，接著踏著沉重的步伐離去。

「妳以前就是這樣嗎？」

「怎樣？」

「這種咄咄逼人的方式。」

「沒有變過。」

他笑出聲，再搖搖頭。「這種防衛機制很有趣。」

「隨便你。」

「他們說妳弟弟自殺後，妳變得很沉默。」

很少有人會在楊寧面前提起楊翰，更少有人會直接說他自殺，用這種直接，不帶任何批判，沒有任何同情的語氣。不知怎麼，她感到感激。

廖警官悠緩平靜地說：「不管怎樣，妳都不該一再牽扯進暴力事件裡。」

「我沒有。」罕見地，楊寧露出疲憊。「是它們來找我的。」

兩名警官走後，第一個出現的是程春金。

楊寧知道他來好一陣子了。她感覺得到他，她聞得到。廖警官在問話時，他就在這棟大樓裡晃蕩著。等到楊寧身邊的警方撤去，他穿著立領襯衫長褲，厚實的卡其色外套，戴著鴨舌帽現身，愜意晃到她身旁。

「喔天哪。」他的臉混合著憂心與興奮悸動，兩種矛盾的極端情緒，仔細端詳她。「喔天哪，妳有看過自己的臉嗎？」

「妳看起來好慘。」他直白地說。

楊寧沒有理會，只是大字形仰躺著，靜靜看著天花板。程春金像個小孩，東摸摸西看看，掀起楊寧的被子看了看，在呼吸器，心律儀、點滴、名牌、病床架旁遊走，不時嘖嘖稱奇。

「妳都不知道我多久沒看到這些東西了。」他興奮地說，「我很久沒來醫院了，上次來不曉得是什麼時候，十幾年前有了喔。」

楊寧乾澀的開口：「從什麼時候？」

「什麼從什麼時候？」把玩點滴開關的手倏地停下。

「你知道我在說什麼。」

他聳了聳肩，停下毛躁的舉動，吱呀一聲，大坐在鐵椅軟墊上。「一開始唄。」

楊寧嚥下一口唾液，似笑非笑地重複：「一開始。」

「妳知道，藝術這種東西要讓觀眾鑑賞，不能自己說破的。」程春金接了下去，「要讓觀眾去猜去想，說破魔法就沒了。」

「但當然，不是每個人都那麼有創意齁。還是有一群人喜歡交流，喜歡找人聊天，什麼手法啊、對象啊、棄屍方式啊，有點像在找靈感啦。不過就算在這上面也很少人真的動過的，大多數都是怎麼講來著，一種獵奇的心態，發創作文或來找故事題材的那種啦，我分得出來。」像在咖啡廳與老朋友聊天的語氣，慵懶閒適。「當然偶爾，我說偶爾，我也會好奇其他人在做什麼，妳懂。」

他從不說我們，下意識地把自己從所有群體中劃出來。

「現在人和人變得很畸形，不是都說變寂寞了，變疏離了什麼孤單世代。」他停頓，看起來像是在沉思。「但其實要影響人變得更簡單了。簡單到不怎麼好玩。」

「這跟我有什麼關係？」

「當然有。」他盯著她，一眼不眨。「我說的每一句話都跟妳有關係。」

「你認識鄒又謙。」

「我認識他，他不認識我。」程春金伸了伸懶腰。「我去周晴告別式上香的時候，他是負責人。我只是從他身邊經過而已，但他身上的氣味洩漏了所有。」

「說到味道，我好餓，有沒有吃的捏？」他一格格拉開抽屜，翻找。「甜的最好。我匆匆忙忙趕來，只喝了一碗紅豆湯。」

「我沒得吃你也別想。」

「唉，有夠小氣，早知道剛剛去美食街晃兩圈。」他抬頭張望，尋找時鐘的蹤影，「現在也不知道還有沒有開。」

「總之，他身上血跟精液的味道真的太明顯，我很好奇，所以就想辦法在交流圈上面查了一下。有人覺得他在唬爛，因為他從來沒有放過照片或影片，都是短短的文字，但我知道那是真的。」他大力關上抽屜，引來些許側目，他連忙低身彎頭表示歉意，接著說下去：「妳知道他寫說，他姦殺後會幫那些阿弟仔的屍體淨身或洗腳捏，還會幫他們穿回衣服，喔很詭異，把屍體弄得漂漂亮亮的。我不懂欸，這樣就喪失原汁原味了啊。」

「他還會哭捏，邊向屍體道歉，最後留下小孩的襪子，然後把屍體肢解埋到後面。」

「呀這好幾年前的事了，剛開始發現他的小祕密覺得有些意思，但後來一成不變啊，模式也都差不多，SOP有沒有，都在那邊分享他又哭跟道歉什麼的，看來看去也是很煩，後來我就懶得再查下去或幹嘛了。」

「你早就知道，卻放任他到處跑？」楊寧不知該有什麼反應，該震驚還是憤慨？

「欸，別這樣，我又不是警察，沒人規定我不能做一點社會觀察跟實驗對吧？」

「所以……」楊寧花了點時間消化，想開口都艱難。「……我也是你某種畸形的社會觀察跟實驗？」

這不全然是個問句，答案不言而喻，楊寧感到強烈的怒意上衝，是背叛，她明白，明明程春金從頭到尾都是敵人，這一刻她卻深感屈辱與背叛。「我一開始就走錯路了，你知道，鄒又謙不是我的目標，是你讓我去找被害者的過去，讓我去翻鄭文良弟弟的資料，你像看戲一樣，眼睜睜看我走進陷阱。」

程春金不置可否地噘起嘴。

「你從來就沒有要幫我找人，我賭上了所有，但你只想玩，這對你來說只是場遊戲。」楊寧喘著氣，一口氣說太多話喉嚨像是被砂紙反覆摩擦，疼痛感湧上，嚥下口水都痛得難受。她握緊拳頭，嘶啞著：「你想讓我死。」

「這樣講太令我傷心了捏。」程春金開口，「鄒又謙有點小聰明，但不夠精。留了一堆線頭。我只是很好奇妳會走到哪裡，看妳能不能發現真相嘛。」

「真相？」楊寧竭力忽視喉嚨的灼痛和骨頭不對稱的異物感，憤怒地笑出聲。「你想知道真相？少噁心了。不用講這些冠冕堂皇的理由，你只是想報復我在你家講的那些話，你只是恨我把你看得清清楚楚，你想除掉我，因為只有我知道你只是個再普通不過的噁心人類。」

「報復……」程春金若有所思。「這麼講我也無法反駁，我那天確實在想要怎麼殺死妳。」

楊寧瞪大雙眼，對他突如其來的坦承感到錯愕。

「不過在那天之前，我就想要試試看了。」

「所以妳說，我到底是為了讓妳死才帶妳走進陷阱，」他看著楊寧，像在討論一個稀鬆平常的問題，隨性又認真。「還是為了好玩？」

楊寧不敢置信地盯著他，她大口大口喘著氣。「妳讓我有點失望。」程春金沒有受楊寧的憤怒影響，只是慢條斯理地說：「對，鄒又謙跟妳的葛先生有點類似，用料成分很相似，但技巧與手法，喜歡的獵物，喜歡的武器，行事風格完全不一樣，一般人能犯這種錯誤，但妳？」他嘴角下垂，看起來真有些難過。「我有多看好妳，我教妳如何鑑賞藝術品，如何去剖繪藝術家，我帶妳去我的城堡，我克制住殺妳的欲望。而妳卻只有這點能耐。」

「他只是皮，他是罐拙劣的香水。」楊寧明白他的話。鄒又謙是一瓶華麗又簡陋的香水，一般人聞起來毫無疑義是個閃耀著豪華光輝的老派醛香，但在專家手裡，他只是個魔術師戲耍的老把戲，顯得幼稚難堪，線型單薄，簡單粗暴地把概念元素堆起來，辨識不出層次結構和起承轉合，只是個拙劣的仿作。

她竟被迷惑了。

「真可惜。」他彷彿真的感到痛心惋惜。有那麼一瞬間，楊寧感到十分懊惱，無法達到他期望的愧疚強勁地襲來，難以言喻的羞赧使她臉部灼熱泛紅。

「妳要找到是真正的香水，而不是這種次等品。」

「回頭去找氣味的源頭，小羊兒，妳在錯誤的路口轉彎了。氣味是一切的關鍵，氣味和人。」他的話語透漏著無法掩飾的感慨和扼腕。「我把該給的都給妳了，接下來妳得靠自己去找，找到一切的開始。妳有天賦，但好多時候都差那麼一點，有太多事妳還沒看明白。」

「太多憤怒，對這個世界充滿敵意。」雙手在空中胡亂比劃揮舞。「這是好事。很好，充滿能量，不畏懼弄髒自己。但妳要釋放更多，毫不保留妳懂嗎？全部。」

「我差點就死了。」她嘗試恢復怒氣，蓋過心底那愚蠢白癡卻又真摯到令人咋舌的歉疚。「我躺在醫院急診室累得要死痛得要命，不是為了聽你鬼扯。」

「妳也沒有完全跟我說實話啊小羊兒。」

「楊翰。」從他嘴裡吐出這兩個字，讓楊寧毛骨悚然。貼緊病床的背脊，毛孔刷地張開。

「妳從來沒跟我說這一切的起頭是他。不是因為要洗刷自己的冤屈，妳這麼玩命是因為妳弟弟。」兩人對望，程春金笑出聲。

「妳這麼訝異會讓我很受傷啊。」他笑著。「妳以為瞞著我就沒事？我怎麼可能漏下這點啊，小羊兒。」

「妳弟弟是妳最大的恐懼。」

「我每次想都一把鼻涕一把淚。一個勇敢的姊姊在為弟弟尋找真相，討公道。很像某些電影齣，勇敢的爸爸去找黑幫報仇，媽媽去救回被綁票的兒子，巴拉巴拉我好愛看，那叫什麼……什麼即刻救援，感人哪。」

「但小羊兒，別裝了，妳只是想演一部電影而已，妳知道的。」

「妳希望他是被殺的。」

「妳想找個凶手，這樣就不用承擔害死楊翰的責任。不要這個表情啊小羊兒，不用那麼震驚。想要拋下過去，繼續往前走這很正常，或者說對妳、對我這種人來說很正常。我們都知道妳迫不及待想找替罪羔羊，妳厭倦把自己當作是凶手了，妳想當的是英雄。」

「妳想解脫。」

「妳知道妳是怎麼找上我的嗎？小羊兒？」

「閉嘴。」她說。

「解脫是一個主要原因，但還有另一個更新鮮的：妳根本不希望這件事情結束對吧？妳愛死這種感覺了。」楊寧沒能回話，也無法動彈。

她就只是這樣，愣愣地，定定地望向虛無。

「享受不用背負責任，享受聞到人死去的味道。妳靠死亡那麼近，生活終於有點樂趣可言。妳還沒發現嗎？妳根本就不在意鄭文良，或者詹嘉佳，妳也不在乎這些找到的屍體還是襪子，死五個還是十個阿弟仔對妳來說根本沒差。」

「都一樣啊，妳是這樣的人，妳知道，只是不願承認。」

「死越多人妳離凶手越近，越接近楊翰，或者說，死越多人越接近真相，妳越興奮，不是嗎？」

「妳知道妳是怎麼找上我的嗎？小羊兒？」

「因為妳和我，」他向前傾身，笑咧了嘴，緩緩吐出：「我們是一樣的。」

第　三　章

呢　喃

01

驚愕又懊惱地凝視這不可置信的混亂，我望著地上碎裂的吊扇、點點血跡和粉塵，看了看手上那截連著吹風機的電線，再望向地上死絕的女人。

一場失敗至極的意外。

吊扇撐不住懸掛人體的重量，猛地往下砸。詹嘉佳連人被砸向地面，額頭背脊與手臂割出血痕。躲閃不及，我肩頭也被劃了一道，鮮血與她的滴滴答答融在一塊。

她嚇壞了。

不要了，不要了。這樣解開自己脖頸上的繩索，拍落磚石碎塊，大聲喘著哭著吐著。不要，不要。她哭。我只是呆愣地點點頭。

好，不死了。下一步該怎麼辦？想，快想。

該死的吊扇。應該要注意到的，它確實老舊又不牢固。不對，應該再往前推：我本就不該出現在這。是啊，不該一時心軟，聽她啜泣說會怕，放下手機便匆匆騎車到來。

是嗎，心軟？

那出發前帶上羅莎夫人、手套和大塑膠袋，刻意在前幾個路口就停了車，避開所有監視器，一切的一切，都是為了什麼？有沒有可能，我早在電話中便聽出她的猶疑和恐懼？

詹嘉佳用手指、用臉頰絕望地摩擦我的手臂，牢牢地攀附，緊抓茫茫大海最後的漂流木，眼淚、鼻涕、血漬全擦在衣袖上。那瞬間，我忽然明白這一切發生的理由。

在她的注視中，我戴上塑膠手套，拿起一旁吹風機，啪啪地拉好電線。一切準備就緒，我毫不猶豫。

為了她，與他。

場景布置妥當，等待主人公的登場。我掏出從未使用過的預付手機，按下電話號碼。

「你好，Next Stop-Company 命案現場清潔公司……」話筒那邊的她，意興闌珊地說。

02

許浩洋想起故事的開始。

伴隨著夏天的熱度，女孩的輪廓，拉扯碰撞在空氣中的氣味。或許從那刻起他就注定臣服，他需要臣服才能抵擋不讓心臟阻塞，不讓自己癱軟，他需要臣服，才能讓火蔓延。

「來比啊。」一個稚氣的女聲，很挑釁地喊道：「有本事來啊。」

這是他關於她的第一個記憶，遠處女孩用紅底黑點絲帶綁著馬尾，穿著國中的運動服，短袖短褲露出一大截肌膚。她率性地把背包卸下，隨意丟在一旁，在操場尾端站定位，似笑非笑地看向身旁面紅耳赤的男孩。

男孩顯然剛剛誇下海口，說了什麼讓女孩抓到把柄，幾個同學圍在他們身後喧鬧起鬨。許浩洋忍不住停下腳步。是身體要他停下抑或者他注定得停下。他看著遠方的女孩旋轉腳踝，熱開身子，躍躍欲試的模樣。她笑得燦爛，帶點殘忍帶點狡猾。

女孩知道自己的實力，她知道自己會贏，但就是忍不住，像頭蛇想好好玩弄她的獵物，再將他纏死吞肚。

他忘記走來這裡是為了去註冊組，嚴重腸胃炎讓他剛轉學就遲了一個禮拜報到，其實他多少是有些緊張的，新的環境新的同學。但他現在不能動，他也是獵物，他想當獵物，他需要被纏進裡面才知道被絞死的感覺。許浩洋愣愣地站在他們對面，直到被女孩喚醒。

「嘿！」女孩朝在遙遠對面的他喊道，「我們要賽跑，幫我看一下！」不是問句，而是暖和、看似客氣卻又不容置喙的直述命令。

像是陽光。

他點點頭，看著女孩朝他跑來，他幾乎要用意志力狂熱地堅決地控制，抑制住奔向她的欲望。

女孩比男孩快了許多，在許浩洋身旁停下，喘著氣回過頭，狡黠地看向男孩比了個二。

女孩的氣味像火球一樣撲向他，薰衣草沐浴乳與洗髮精，她離他很近，兩個臂膀伸長的距離。他可以很清楚地看到她的睫毛上下顫動，她急促吸吐的小小鼻翼。或許當時他就知道當她碰到他，他會融化，像在火上炙烤的奶油，他會迷失，最終歸向煙塵。

「肯定超過兩秒。」女孩笑得開懷，其他人拿著女孩的書包小跑步過來，吱吱喳喳圍成一圈又是大笑又是歡呼，說個不停。後來上課鐘聲響起，人群往教學大樓散去。女孩揹上書包，颯爽地跟他道了謝，突然湊向前，鼻尖在他肩上滑過。「你的沐浴乳好香。」他還來不及反應，女孩瞇起眼睛，看著他制服上繡縫的學號。「咦。你跟我同班欸。」

他望著陽光下睫毛打在臉頰上的影子。或許一切都是從這裡開始的，始於那個當下：那聲壞心眼又好勝的「來比呀」，那陣薰衣草味的風，始於那笑聲。

始於那天，她笑著跟他說：「嗨，我叫楊寧。」

03

又掉進去了。

楊寧夢到許浩洋，夢到楊翰，夢到一個女人朝自己靠近。

她想要逃離，但女人陰魂不散地跟著。無論她如何跑，在斜倒的公寓、在廢棄的停車場、在學校裡狂奔，死命地狂奔，女人依然在後面跟著。楊寧好喘，卻無法停下休息。她頻頻回頭，睜大雙眼想看清女人的長相，但始終像隔著毛玻璃，女影晃動而模糊。

楊寧聽見自己急速狂亂的心跳聲，咚咚咚在耳邊迴響，她也聽見女人的笑聲，很輕，細碎的竊笑聲，越來越大，像打破的瓷花瓶碎片，銳利地刮進她的耳膜。

朝她欺近，一步一步。

下一秒，女人出現在楊寧眼前，毫不留情地掐住她的喉嚨，細長如蛇的手指勒住她的氣管。楊寧發出輕微的嘶聲，她感到暈眩。

醒來吧醒來醒來，唯一逃脫的方式就是醒來。女人的臉部依舊模糊，在楊寧眼前劇烈晃動，冰涼又黏膩的觸感讓她無法克制的顫慄，她好害怕，只想逃。女人的手縮緊，楊寧覺得頭就要被擰斷，差一點，只差一寸。醒來醒來醒來。她嘗試對自己大喊。醒來！

楊寧與女人同時發出尖叫，楊寧的頭硬生生地斷裂。她冒著冷汗驚醒，睜開眼，黑暗中房間仍在她面前現形。楊寧嘴唇微微顫動，急忙重複醫生的指令：醒來第一件事先確認時間，確認地點。

「我叫楊寧，現在是凌晨兩點四十七分，我在家裡，夢魘。剛醒來。」她驚魂未定，在腦中反覆說了兩遍，醫生說這有助於幫助自己更快進入現實。

感覺背部抵著柔軟的床單，結實又服貼地躺著，感覺空氣的濕氣和冰冷，指尖裡頭來回折返的溫血。知道自己是安全的感覺很好，知道頭還連著脖子的感覺很好，一切都很好，直到她發現自己沒辦法克制地，一直盯著臥室的門。無法挪移視線，她越過身體盯著不遠處緊閉的門，一股寒意從腳底板竄上頭頂。

她沒辦法闔眼，無法轉動目光，只有上下唇齒難以控制地交戰。

然後，她聽見門鎖轉動的聲音。

一下又一下，喀喀喀喀，就像有人嘗試拿錯誤的鑰匙轉動門鎖，門把下壓又彈起。她想鼓起勇氣起身，走上前確認，也想埋進被窩裡。但不管哪一個，她都無法執行，她動不了。

熟悉的竊笑聲在房外響起。楊寧湧起極端的恐懼，她還沒醒。一個夢包裹著一個，像是裹著黏稠蜜漿的雙心糖葫蘆，進去，再探更深，碰觸到核。

她著急地想挪動手指，驚恐地無聲求救，身體沒有任何回應。大腦給予其他神經其他肌肉的訊息石沉大海。癱瘓或死去會是這種感覺嗎？楊寧被驚慌淹沒，再也醒不過來的恐懼籠罩全身。楊寧看見臥室的木門浮出一張沒有五官的女性臉孔，空茫的臉浮出一對嘴唇，對她咧嘴笑著。門把壓下彈起的聲音隨著笑聲越來越響。

她強迫自己專注，專注在呼吸。她努力回想醫生的叮囑：「尋找精神寄託。」

「有人會請上帝，有人會喊佛號，專注在任何能讓你感到被保護的人或事上。」手指很漂亮，全身白白淨淨的女醫生說：「重點是要很堅定。要真的相信，把全身的專注度放在投射的對象上，相信它能帶你起來。」

她該想什麼？她該向誰求助？她真的相信什麼？

從未感到如此無助，如果沒有信念，她是不是一輩子也醒不過來？她竭力搜尋自己的世界，狂亂地耙著腦袋，試圖找出個人，找出件事她願意深信且扎根的。但沒有。她的世界裡沒有這種東西。

門把晃動得更厲害，嘎吱嘎吱金屬的彈壓聲和撞門聲迴盪在耳道。她知道女子隨時都會衝進闖入，掐著她的脖子直到一同拖入深淵。

人活著卻連個相信的事物也沒有，她是不是活成了最可悲的模樣？

放棄會不會比較簡單？她不曉得。她聞到炭火香，荔枝木與腐爛的屍味。她想起那些畫紙，人體素描，男子的側臉。她想起一隻隻襪子和香水罐。她在夢裡尖叫著醒來，急忙用雙手撫住自己的喉嚨，慌亂又無助地想把頭接回頸子，無措又震驚，滿手血腥。

那夜在醫院，楊寧經歷了五次屠殺，女人掐著她的脖，一次又一次，死不了卻也活不過的循環。反覆折磨，煎熬到太陽升起又落，女人終於退場，她得以短暫清靜一陣。現實的她發起高燒，模糊之間廖警官護士醫生許浩洋小支還有楊翰似乎都來過，每個人都在床邊說了些什麼，討論案情討論病情討論下一步，她聽不清也不在乎，她只想叫住一個人。

「吶，小鯨魚。」她想喚住他，卻無法開口。「吶，翰。」你還好嗎？她有好多好多話想說。我不好，一點都不好。留下來陪我好嗎？留下來。我沒辦法一個人撐過這些。

楊翰就在身旁，靜靜地，模糊地，在身旁看著她。楊寧喉頭一抽一抽地，無聲地吶喊。把他留下，求求你們了，誰來幫我把他留下。她願意用自己換回他，用全世界，她可以付出所有代價，就算要從此活在永遠醒不來的夢魘裡，只要他還活著，她願意。

她在夢裡歇斯底里，在夢裡她的淚成海。她求著，用盡這生從未想像過的方式，但楊翰依然一句也沒說，悄無聲息地離開，就像從未存在。楊寧的意識沉入水裡，沉沒、浸潤、包覆，無底。

再次醒來，已是隔夜。即使夢和現實早已難辨，痠麻的手指仍提醒著現實的存在。她時常夢到自己起床，夢到她刷完牙，吃了飯，到工作現場，保護著自己，提防著他人過了一天，等到真的醒來，她會陷入困惑。明明就在夢裡過完了星期三，為何又得重複一樣的日子。夢裡的失落是真，寂寞是真，痛苦也是真。

那為何不能直接撕去這一天？

頭仍發脹暈眩，視力或意識都難以對焦，楊寧喉頭乾燥，舌頭灼燒，唇緣脫屑，全身痠痛不堪。手臂無力，她花了一些時間適應，才吃力地撐起身子。身旁老舊沉紅色的陪睡床上，長手長腳的許浩洋蓋著一條小毯子，一手枕著頭部，一手彎曲，身子蜷縮成球狀，嬰兒似的，面向楊寧，發出規律的鼾聲。

楊寧不願吵醒他，顫顫巍巍地伸手拿起一旁櫃子上的小水杯與吸管，乾癟的唇噘起，用力地吸住管子，拚命將水分運回體內。她注意到自己乾淨的指甲縫，也注意到身上的棉被，原先陳警官極不情願披在她身上的醫院被子，換成了許浩洋和她約會時一同買的毛毯。他都準備好了呀。楊寧看著濕潤的毛巾用衣架掛起，桌上濕紙巾、充電器、小臉盆、砧板、小水果刀、樂扣盒一應俱全。

昨天的回憶緩緩湧回，雜亂無章。人們需要記憶確認身分，她卻越來越難辨別記憶的真偽，無法確認昨天究竟是真實發生還是源於想像，抑或是她的夢境與極度渴望產生的幻影？她有時會渾渾噩噩地覺得，說不定二十幾年來擁有的記憶，只是有人強行塞入她腦子的符號。

昨晚撲向程春金應該是真的吧，點滴架隨之翻倒。

「妳只是想當英雄而已。妳根本不在乎其他人的死活，不是嗎？」

那些譏笑那些真實，在腦子裡不斷迴盪。猛力扯掉的針頭在她手臂劃刺，鐵椅傾倒，匡啷啷地響，她聽不到。

「沒辦法否認吧，小羊兒，死越多人妳越興奮。」

重複播映，震著腦膜與所有神經迴路，一遍又一遍，無法停歇。程春金驚愕地被壓倒在地，她掐住他的脖子，一旁的護士與病患驚呼。

「如果沒有這些事，沒有我，妳什麼都不是。」

話語狂亂地扎在心上，提醒自己真實的模樣。身體好空，有什麼被剜走了，胸膛一個大洞。彷彿只是一眨眼間的事，他們被護士與急診室警衛分開。護士架著她，她沒有掙扎。

程春金咳了兩聲，接著笑吟吟地向擔憂的護士說：「喔沒事沒事，謝謝。」

從地上爬起，順了順衣衫。

他離去前，楊寧坐倒在地，瞥見他摸了摸脖頸，露出一抹詭異的微笑。

「妳還不知道自己是什麼樣的人。」他是這麼說的。

04

隔壁床是個嗓門很厚的大媽，楊寧能夠自己坐起吃飯那天，大媽終於逮到機會指揮老伴拉開病床隔簾，笑嘻嘻打招呼，充滿好奇。許浩洋擋住了第一波的攻擊，委婉地說需要好好休息，大媽口中說著唉呦我知道我知道多休息慢慢吃，但顯然沒有要輕易放許浩洋離開的意思。一句她是怎麼啦，你是她老公嗎？喔那是男朋友齁？也不是喔，太可惜了啦。哎警察有來說要我們不要擔心啦，護理長也過來打好幾次招呼耶。

許浩洋紳士地微笑，大媽看在他身上挖不出任何八卦，逕自說起她兩天前陽明山下大雨時出門採筍筍，滑了一跤，屁股跌得又青又腫，摔折了左踝跟左膝，臉頰也被鋒利的草緣劃傷。繪聲繪影，楊寧都能想像陽明山石板階梯與泥土地潮濕的模樣。許浩洋的手抓著簾幕，想要拉起卻被死活纏住。楊寧自顧自地吃著便當，塞滿整嘴嚼。

直到廖陳警官再次到來，扎實的腳步聲，陳警官毫不留情地拉起帘幕，整間病房突然靜了下來，剩下醫療監測器的逼逼聲和外頭護士推車越過走廊的滾輪聲。

「有睡好嗎？」廖警官問。

「要不要來睡睡看？」楊寧眼袋腫大，紫青的黑眼圈讓她顯得更陰鬱，全身的殺氣更濃重。「我以為身為警方的重點人物，至少也是單人病房。」

「妳沒那麼重要。」陳警官咬牙切齒地說。

「那顯然你也是。」楊寧懶洋洋地反擊，「不然你也不會在這裡顧一個廢人。」

她的訪客除了警方和許浩洋，只有小支。

許浩洋把空間讓給他們，一個人走到護理站的走廊與員警沉默地待著。小支帶了幾罐冰羊奶，旋開瓶蓋，細心地插上吸管。話題圍在傷勢跟後續處理打轉，偶爾講些無關緊要的瑣碎旁支。兩人努力打起精神，卻依然有一搭沒一搭地說著，彼此都明白癥結點在哪，眼神一次次洩漏沒說出口的話語，心事重重，但沒人戳破。

他待了滿長的時間，一如既往地細心又體貼，幫她整理好櫃子桌面，幫她把被子往下拉一些遮好腳背。但直到廖警官再次到來，把小支「禮貌」地請回去前，誰也沒開口聊到謙哥，也沒人提起始終沒現身的老大。

應該第一時間來找她的人去哪了呢？粗聲粗氣又霸道的「您老師勒，阿寧妳又給我出什麼包？」一沒有出現，為什麼呢？警察去找過他了嗎？他不願再看到她嗎？為什麼？

她從未像現在這般渴求他的出現。

或許吧或許，搞砸所有關係，是獨立自主的開始，她是這麼說服自己的。說服、欺騙、蒙蔽，都是種說法，只要能強硬將自己拉出距離，失落就不會那麼猖狂。

她在醫院待了九天，抽血Ｘ光電腦斷層磁振造影，要排上許久的檢查她在幾天內全做了。廖警官早上不到七點就帶著早餐，豆漿飯糰，有時會是米漿配蛋餅，拖著鐵椅，中氣十足地跟被吵醒的許浩洋打招呼，趕他去上班。中午會回警局，下班後再度出現。他甚至會帶筆電、耳機、充電線還有筆電架，坐在陪病床上自成一個行動辦公室。晚上總會挨到最後一分鐘，才會在楊寧「你可以滾了，拜託讓我睡覺，我腳殘也跑不掉」的亂嚷中，悠悠然然地拎起包，跟站崗的警察交頭接耳一番，與護士打過招呼，紳士又自在地離去。

楊寧從未叫過他警官或廖警官，總是「欸、欸你、欸」地喊，在其他人面前說他是「派來監視我的那個」，總沒給他好臉色看。不過他確實也有些令她詫異的地方，他很穩重，楊寧如果臉色陰沉緊抿著嘴，他也不會輕易開口。他懂得等。楊寧發覺她挺欣賞這點，不像自己的衝動莽撞，沒有程春金的自負和自顧自地高談闊論，或者許浩洋那副總是憂心忡忡的表情，他就只是等，耐心而平靜地。

楊寧知道自己對他的特殊感激。某種程度，他補上了某個位置。

吃羊肉湯麵那個中午，廖警官提著沉甸甸的塑膠袋，一手迅速地整理桌面。他推開那串掛著鯨魚的鑰匙時，她突然說：「J35。你聽過J35嗎？」

他停下動作，虎鯨在他掌心擱淺。

她說起楊翰，說起J35，說了他們的海，為了連自己也不真正清楚的理由。或許是因為從未與人說過，胃裡蓄積著渴求，混亂翻攪，急切地想要發聲，像一場只屬於陸地的鯨爆。臟器腐敗，氣體膨脹，爆炸撕裂空氣，全然地噴濺自己，血肉化為養分，在另一個人體內種下。

他安靜地聽著，餘波逐漸沉澱，血塊塵埃落下，她抿了抿唇，將倖存的骨骼黏合。

顧不得塑膠袋還冒著煙，她逕自將麵放到保麗龍碗上，解開紅色邦提圈。沒有氣味的霧氣上升，她後來才知道，虎鯨也沒有嗅覺。而他也順著她的動作，拿起筷子，大口大口地吸起麵條，臉龐很快凝了細小的汗。

兩人無話，他隨意捲起襯衫長袖，楊寧無意間瞥見原本衣袖遮蓋底下，一條條隆起的膚白色疤痕。

「我女兒。」他發現她的目光，拿起湯匙，撈了一口湯。「好燙。」

窺探到他人生命的羞愧，楊寧臉刷地紅了起來，吶吶地不知道要怎麼接下去。

「我給了她一顆葡萄。」他說，「等到我老婆發現的時候，已經來不及了。」

「那時候她才三歲。」他陷入沉默。「很久以前的事了。她們兩個我都沒來得及說再見。」

他低頭看向左手的戒痕，沒有再多說。

「你……你是怎麼……」楊寧望著絞著棉被的手指，然後她又搖了搖頭，無話。

「我沒有。」她問不出口的話語，他溫柔地接到了。「我沒有。我只是繼續走下去而已。」

他再度張開筷子，夾起一塊羊肉，大口咀嚼。楊寧看著他，看著手中的湯匙，然後緩緩地舀起一口湯，放進嘴裡。

05

離開止痛藥後，手指和臂膀的痛麻感慢慢浮出，打上石膏的右腳踝反而沒太多不適。楊寧每見到一個活人就嚷嚷著要出院，廖警官和上頭聯繫過後最終遂了她的心願，幫她處理了各種手續。大媽話多，心腸也暖，分了香蕉蘋果給楊寧，還熱心地叮囑顧好身體。

出院前，該來的人還是沒有出現。廖警官則是沒多思索，一口答應帶她到加護病房看鄒又謙。楊寧戴好針織帽，圍巾纏繞，穿著肥厚的羽絨外套，腹部還貼著保暖貼片。以往這樣的溫度，她至少會穿絲襪、內搭加件牛仔褲，但現在卻只能選最寬鬆會漏風的那種，才容得下右腳的石膏。

她拄著拐杖，生疏地一拐一步往前行。從電梯出來拐個彎，遠遠就能看見加護病房前站哨的警察，楊寧停下腳步，看著羅儀珊牽著孩子，緩步走了出來。

那孩子眼珠子轉啊轉，神情不安，一手拇指含在嘴裡，一手拉得高高的，盡可能地五指扣著媽媽，緊緊挨在一起。羅儀珊領著他到外頭坐下，湊在他面前輕聲細語地說了些什麼，孩子乖巧地點了點頭，她露出淺淺的微笑，在弟弟臉頰上親了一口，順了順他頭上的小雜毛，接著疼惜地捏揉他放在大腿上的肥嘟嘟小手。

廖警官隨著楊寧停下腳步，轉身對她說道：「五分鐘。」

楊寧點了點頭，身子卻沒有移動。羅儀珊似乎感覺到了什麼，抬起頭，往右邊望去，兩個女人對上了眼。她的男人幾乎殺了她，而她幾乎毀了她的男人，兩人從此往後唯有沉默。羅儀珊眼裡滿是悲傷。那孩子順著母親的目光，看向楊寧，像小松鼠般嘟嘟的臉頰看起來躁動不安，他搖著母親的手，張嘴問了些什麼，羅儀珊緩緩轉回頭，沒有直面孩子的提問，只是垂下眼，緩緩地，緩緩地將頭埋進孩子的手掌心。

楊寧終究沒有走近，只是遠遠地看著，然後轉頭離去。

她到警局做了整個下午的筆錄。廖警官恢復犀利，陳警官一如既往地被氣得吹鬍子瞪眼睛，許浩洋同樣冷靜又過度保護，楊寧疲憊不堪。

許浩洋和廖警官張口閉口相互攻防。她有些出神。

「你會把東西還給他們嗎？」起身離開偵訊室前，楊寧突然問起。

「什麼東西？」

「那些襪子。」她說，「你會還給他們嗎？」

廖警官搖了搖頭：「沒有辦法。」

「那些……他們的家人，都知道了嗎？」

「還在等鑑識結果。要等到身分辨識出來後，才會開始聯絡家屬。沒有那麼快。」

「我有沒有可能，」她吞了吞口水，「可能跟他們見到面？」

廖警官望著她，像是想看穿她的心思一般，許久，才開口：「我想是沒辦法。」

楊寧輕輕地點了點頭：「我想也是。」

離開時已晚，雨滴微涼，廖警官禮貌地替他們打傘，說是隔幾天警方會再去家裡拜訪。

她撐著椅墊，有些吃力地坐上許浩洋的副駕，拐杖躺在後座。楊寧將頭枕在安全帶上，側頭看向窗外。你們能決定降落的地方嗎？她望著窗外的雨滴。從空中落下時在想些什麼呢？

啪一聲落在車窗，在剎那擴散暈開，向下滑落，匯集成一顆大水珠，滾著水流，追逐著下一顆迷惘的殘雨。

能不能一輩子待在雲裡，不成為雨，不選擇落下，順著人的臉頰而過，滑落至街道，被鞋重重一腳踩起。雨中朦朧的商街早已紛紛掛起小燈泡，亮燦燦的一片祥和，十幾首聖誕歌曲輪流播著，車裡聽不到，但楊寧確信空氣裡響著聲音。

「今天幾號？」她開口。

「十四。」他回答。停了一會兒，又說：「一年又要過了，時間過得好快。」

她沒有回應。水霧中，外頭一輛接著一輛的車頭車尾燈都顯得柔和，被稀釋的紅，暈染的警告。即將到來的不只是節日，還是她的生日。她原以為在平安夜出生的孩子，會一生順遂平安的。

楊寧想起七歲還是八歲那年的生日，她想起父親。

小時候她最喜歡看他西裝筆挺，提著公事包拖拉行李箱，容光煥發出門打天下的姿態。一去半年一年，她跟楊翰都很想念，但有什麼法子呢，父親得要賺錢養家，她得習慣沒有父親的日子，大人說這叫懂事。

她穿著彼得兔的長睡衣下床，偷偷開了房門，從門縫往客廳瞧。

「我有什麼方法？」父親皺著眉，抱胸，表情嚴肅又煩躁。「沒辦法全家帶著走啊，我得飛來飛去，每天加班也很忙，根本顧不上你們。」

「你只會說沒有辦法沒有辦法。」她看不見母親，但母親激動的樣子她常常見到，也不難想像。「沒有辦法就想辦法啊，你把兩個小孩丟給我是怎樣？你以為小孩很好養嗎？」

「不給妳養誰養？我養嗎？」父親的酒味很重，幾乎蓋過衣領和袖口那股刺鼻死板的香水氣，雜糅著中年女人帶點霉味與皮脂的汗味。

「一起搬到台北是會死嗎？你在台北上班，台北學區也好，為什麼要留在這種鬼地方？」

「不是說搬就搬……」父親滿臉厭煩。「有很多事情要考量，需要好好規畫，沒有妳想的那麼簡單……」

「都講幾年了，錢也不是沒有……」

「妳嫌我們家錢多，還是嫌我賺錢不夠累？」父親暴躁地扯開話題，音量提高。「每次一回來就嫌，到底在嫌什麼？我錢少給妳了嗎？要妳在家裡照顧小孩苦毒妳了是不是？」對面臥室的門也悄悄打了開來，小小的縫隙透出楊翰睡眼惺忪又害怕的臉，楊寧把指頭湊在唇前，比了個噓聲。楊翰乖巧地點點頭。

「賺錢很了不起嗎，楊澤勳？」母親近乎嘶吼。「你不要以為我不知道你都在外面幹嘛！把我當傻子是不是！把兩個小孩丟給我，你在外面做什麼你自己清楚！」

「妳無不無聊？」父親逕自離開現場，母親憤怒地追了上去。楊寧趁機開了門，溜進楊翰房裡，把弟弟抱在懷裡。

還在用自動鉛筆和香水珠子的年紀，卻已習慣母親總是在自己耳邊嘆息：她本來有機會念完高中甚至去念大學的……她大可以到台北坐辦公室當時髦的上班女郎，她不應該只是個家庭主婦，那時候有多少人在追她，如果沒有楊寧，她不用嫁給這種愛包小三小四的男人，她本來有其他選擇……

「我當初沒有要小孩，我那時候才幾歲根本就不想要，是你說你爸媽喜歡，會幫忙照顧，結果勒？想要想要到哪裡去了？一知道是女生他們有來看過嗎？啊？坐月子的時候你媽一隻雞都沒燉給我過，還要我去你家幫忙洗碗！」那晚父母的聲音拉到很高很尖，姊弟倆躲進被窩裡，楊翰緊緊抱著她，她把楊翰的耳朵摀住了，自己卻躲不過穿刺進來的憤怒與悲傷。

她聽見父親甩門離家的巨響和母親憤怒絕望的尖叫哭吼，楊寧哄著楊翰，說著鯨魚大戰水底怪獸的故事，不久弟弟在她懷裡沉睡，而她一夜無眠，只不斷想著：明天生日，父親會不會回家陪她？

隔天她在家坐立難安，等了又等，父親沒有回來。中午姊弟倆吃了放在餐桌上的饅頭和紅豆麵包，晚上她熱了冰箱裡的微波義大利麵，母親像忘了他們的存在似的，躲在主臥室裡，一整天門都緊閉。那是她看時鐘最頻繁的一天，看著生日一分一秒過去。

楊翰給了她一張畫著歪歪扭扭兩個火柴人的卡片。她道了謝，抱了抱他，送他進床鋪裡，幫他蓋好了被。回到臥室前，母親的房門終於開了，她想笑又想哭，按捺不住激動的心情迎上前，母親蓬頭垢面穿著睡裙絨毛拖，面無表情地走了出來，直直往廚房去。

在廚房翻冰箱熱菜倒豆漿的七分鐘內，母親沒有正眼瞧過她，只有在拿著微波菜盤經過她的時候，厭惡地說了一句：「走開。」

「媽媽……」

「怎樣！妳要我怎樣！」菜盤大力砸向地板，銳利的碎屑爆開，滷肉和菜汁濺到牆壁上，細渣子噴散在楊寧腳旁。「妳想要什麼？說啊？吵吵吵，每天只會吵，還嫌我事情不夠多嗎？」

「妳要幹嘛？媽媽媽，媽什麼媽？我要講幾次！就是因為妳！」母親捏緊拳頭咆哮。「是妳！我才會被困在這裡，在這種鳥不生蛋的地方給妳爸糟蹋！」楊寧盯著綠黃色的菜汁從牆上緩緩流向地板，動也不敢動。

「那時候把妳墮掉就好了妳知道嗎，我有多後悔，我做了那麼多，早知道妳出生就把妳掐死，我就不用在這邊活受罪……」她又是狂叫又是哭，歇斯底里地拿起餐桌上的玻璃水瓶，再摔。「一群賤貨，統統都去死，還是我去死算了怎麼樣？啊？還是我去死算了！」

楊寧始終垂著頭，不發一語，像是被凍僵似地。母親發出高頻率的尖叫，像隻被掐住脖子宰殺的雞，痛苦又瘋狂。直到楊翰怯生生地哭著打開房門：「媽咪……」

母親用力揪著自己的頭髮，臉漲得通紅，面目扭曲猙獰，前後搖擺著身體，像是個要爆炸的鬧鐘。朝楊寧前傾，在她耳邊尖叫又尖叫，然後憎恨地擱下一句：「看妳就知道妳爸有多噁心。」咚咚咚憤怒地回到房間，砰地甩上門，留下石化般的楊寧。

水流了一地，映著楊寧空茫的臉。楊翰鼻涕和眼淚全擠在臉上，害怕地瑟瑟發抖。楊寧聽見他的呼喚，這才悠悠轉醒，連忙要他待在原地，不要亂動。她試著往楊翰的方向走，她要到他身邊，抱住他說沒事不怕，姊清一清就好了。

小心翼翼地找尋安全的磁磚，抬起腳，踩下，噗扎，腳底板插進一個小碎碴子。

傷口結了疤卻從未淡過。或許從那天開始，楊寧真正學會用尖酸刻薄的譏諷與反抗來保護自己。她還是一樣愛笑愛玩，一樣瘋瘋癲癲，一樣自尊心極高又固執，但有些更深處的東西質變了。她將全身裝滿了刺，學會隱藏失望，用各種強硬的方式，保護自己不會受傷。

雨越來越大，車走走停停。

「會冷嗎？」許浩洋問。「我把溫度往上調好了。」

「老大來過嗎？」她吐出心裡最大的疑問。這麼多事壓在心頭，未解的，糾纏的，但此時困在心頭的只是這件事。他來過嗎？在我昏迷的時候？

許浩洋艱難地思索不讓她傷心的說法，但良久，也只是默默搖了搖頭。

不意外，但不明白。

「程春金來找過我。」楊寧說。

許浩洋掩不住眼神的震驚，卻仍想裝作波瀾不驚。「醫院？」

「你來之前就到了。甚至完美避開警察來偵訊我的時間。」

「他說什麼？」小心翼翼地提問。

「說我根本不在乎死多少人。」

一台機車催起油門在車陣中蛇行，呼嘯而過濺起大片黑水花，不少汽車憤怒地按了幾下喇叭，表達不滿。許浩洋手放在上頭，忍住了。

「好像真的是這樣。」楊寧說，平靜無波地。「每天都在等有誰死了，甚至巴望凶手再多殺幾個，殺越多我越有機會找到人。」

「抓一個殺人犯，遠比制止一起謀殺案更容易。」她說。「我得承認，我幾乎要瘋了。」

「你還記得嗎？有次我們吵架，半夜跑去饒河街吃羊肉爐那次，你說我跟我媽眼裡有一樣的悲傷跟瘋狂。」許浩洋還沒來得及發聲，楊寧沒有要他的回答，繼續說了下去：「你說我一直在逃離，逃家，逃離各種關係，我不承認，超生氣的，對你飆了一頓。我能接受像所有人，我可以沒有自己，很平庸也沒關係，我可以是全世界最噁心的人類，但我不要跟她一樣。我盡了一切努力，就是為了不要像她。」

「結果你沒錯，到頭來我跟她一樣歇斯底里，不顧身邊人的死活，死抓著不屬於自己的東西不放。」她喃喃自語：「一模一樣。」

外頭的雨越下越大。

「你還記得我發現羅莎夫人那天嗎？知道他是被殺死的，知道自己不是害死他的人，那種感覺很好。我很生氣也很興奮。好像終於有點什麼不一樣，終於有希望了，只要抓到那個人，我就能好好睡覺，有人給了我解釋，給我鬆口氣的權利。」她笑，笑出聲，望著車流過，笑得悲傷。「那種被赦免的感覺。」

「但現在我開始害怕，如果沒有找到凶手，如果他真的是自殺的話，我該怎麼辦？」楊寧看著雨滴滑落。「不知道我媽會不會也這樣覺得。」

停紅燈時，車窗起了霧。楊寧舉起手指，想在上頭畫些什麼，但最終只是重重地滑過，留下一道痕跡，突兀地擱在窗頭。世界充斥著問號，沒有回答。雨刷咻咑咻咑地工作，許浩洋打了方向燈，答答答答規律地響著。

車子轉了彎。

06

楊寧強迫自己起身，在浴室放了張小板凳，拿了塑膠袋與膠帶，坐下又拉又扯，吃力地脫下衣褲，再將右腳藍色石膏用塑膠袋層層包起，緊實地貼好不漏縫隙，接著伸手，打開蓮蓬頭。熱水碰到身子的瞬間，她忍不住發出啊地長聲感嘆。五天以來第一次洗澡，竟有種無以名狀的感激與想就此一覺長眠的衝動。楊寧低下頭，讓熱水恣意流過光裸的頸子，感受熱水打在身上。浴室很快蒸騰瀰漫，像望不穿的雲霧。她想起不久前的黃昏，她與程春金坐在河堤邊緣的長椅上，那時已近十二月，寒氣大盛，黑雲壓得很低，眼前河景也有些霧氣，揮不走散不開的，飄浮在萬物之間。

他們倆分坐長椅左右兩端，中間隔了個空位，頗有井水不犯河水，一山容不了二虎的氣勢。

楊寧半張臉埋在高領裡，這裡對她來說太冷了，河風迎面吹來，颳得臉疼。她把手放進羽絨外套口袋裡，腳還一抖一抖地動著，試圖產生更多熱能。

她不想來，但程春金喜歡這裡，他一腳踩在長椅上，豪邁不羈的野人坐姿，腰拱著，一杓一杓舀著情人果口味的綿綿冰。覷起的一大匙放進嘴裡，寒氣直衝腦門，他發出嗚嗚口齒不清的鬼叫，接著滿足地閉口用舌化著。

楊寧知道程春金對這裡的迷戀，像國中生的祕密基地。這裡是他遇上張安潔的地方，是所有事物的起頭。

「妳很困擾。」程春金嘴巴含糊不清地說著，一邊「喔喔哈好冰好冰」地喊，頭上仰，企圖吞下那一大口冰。

「嗯。我不曉得羅莎夫人究竟代表什麼。」楊寧沒有否認，試圖表情平靜，但一開口卻難以掩飾自己的困惑和糾結。「是不是一開始就走錯方向？花一堆時間在追查香水，繞著它跑，但沒有什麼進展。」

不輕易示弱，但一股強烈的挫敗感襲來，她垂下頭，一字一字緩慢地說著：「說不定羅莎夫人根本就不重要，只是巧合，說不定它早就人手一瓶路上滿街都是，只是我聞不到。」

「喔不要鬧。」程春金忍不住張口吐槽，冰和咬碎的情人果碎屑隨著他的聲線與唾沫噴出，濺到楊寧身旁的椅子上。楊寧斜眼不悅地盯著，程春金隨手撥了撥拍掉殘渣。話說得直。「妳少來了，妳知道那個什麼夫人很重要，妳也知道獵物就是獵物，再怎麼臨時也有一定的原因跟目標，不會是隨機找的。」

「讓妳在那邊煩煩躁躁的才不是這個。」楊寧頓時語塞。確實，讓她煩惱的並不是這點。

「說啊，重點到底是什麼啦。」程春金催促。

「重點是，羅莎夫人用在成年男性身上會很突兀。」她坦承。她知道自己掌握了許多關鍵拼圖，零碎又重要的線索散落在她周圍，看著沒有規律的邊角，她拿起碎塊在陽光下照著，對著邊角，拼了又拼，就是對不上。「對於一個要隱身的凶手來說這很不合理。肢解詹嘉佳的人，設下陷阱利用我的人……我不懂為什麼，這整個感覺不對。」

「又來。」程春金語氣不滿地說，「不要一直問為什麼，而是為什麼不？」

「妳得重新思考，用他們的角度，去關注獵人的幻想，像獵人一樣幻想。」他噴出不屑的鼻息。「這樣妳就不會一直問我蠢問題了。」

「不要一直問為什麼要殺小孩，為什麼選她，為什麼挑那裡，為什麼這為什麼那。要問為什麼不能殺？為什麼不能選她？為什麼不？」程春金白眼翻得透徹，一股腦地不吐不快地說著：「想像力拿出來啊。妳知道為什麼現實永遠比電影好看？因為在這裡我們什麼拉哩拉雜稀奇古怪的事都會發生，最噁的最髒的最好的，電影只是人生拙劣的復刻品。

「妳現在是怎樣妳知道嗎？自己把自己綁死了，總是以為不可能，發揮妳的想像力啊，男的女的年輕的老的，媽的，這世界不是只有這幾種分類好嗎？」

楊寧睜著眼，看五隻白鷺鷥形成三角隊形，雙翅鼓張，優雅地掠過河灘。

蓮蓬頭與臉貼得太緊，一陣熱刺，她回過神，趕緊將它拉遠了些。

為什麼不？她想起鄒又謙在企圖勒死他那天，也說過同樣的話語。這是安排好的又或是詭異的巧合？

羅莎夫人是女性用的香水。是個她？沒有理由說不是，不過確實以數據上來看，殺人犯為女性的比例並不高。她有種直覺是男性，但這樣尊爵型、成熟濃烈的女香用在男性身上會散發強大的霸氣，而她的葛努乙不像是個喜歡彰顯自我的人。又或者……她猛地想起諾曼·貝茲，一個披著母親外衣的殺手，與母親有著畸形連結的人格分裂者。一個重度畸形的戀母者？這樣詭異的狀態也不無可能。

她赫然發現右腿那塑膠袋面冒出細微的水滴。熱水依舊跑進去了，以為包覆緊實的腿部，滴滴流流，給點時間和毅力終究還是被侵入。她拉長手臂在熱霧中尋找開關，摸索著關掉熱水，接著撐住地板，直起身，從架上抽起浴巾，腦中迴盪著程春金的話語：「想。氣味在他的藝術品中占了什麼位置？」

葛努乙喜歡香水，又或者換句話說，「他喜歡他的藝術品滿溢著香水」。他需要他們擁有這個氣味，只有這樣，他們才能真正屬於他。香水的氣味不能太濃，要恰如其分，要能在結束後消失得無影無蹤，讓人無所追查。就算要留，也只能讓特定的人聞到……她能篤定羅莎夫人女香是他刻意留下的。

香水不只是香水。香水為她留下，是一種挑釁，一副戰帖，是一張地圖。

他想要她找到。

楊寧需要尋到一切的源頭。她扶著濕滑的牆壁起身，其實冷靜下來思考，這趟她並非一無所獲。鄒又謙和程春金強迫她正視真實，她得去尋找真正的香水，她只有一個選擇。

她得回家。

那個已死的老家。

07

她睡過好幾個日子。不曉得要怎麼開口，手機亮了又暗，在手中翻來覆去。打下的字每個都扎眼，刪了無數回後，終於按了發送。傳了兩封給不同的人，一樣的短短幾個字：「是我。下午去一趟。」不是回去，不是回家，就只是去一趟。

鑰匙早扔，在多年前一個晚上隨著廚餘一起倒進餿掉的桶子裡。她像是要去遠方親戚家借住般，拖著一個小小的行李箱，裡頭幾件乾淨的換洗衣褲，毛巾牙刷洗髮精沐浴乳，該帶的一樣沒有少。

雲薄陽光清晰，空氣冷冽。先到醫院拆了石膏，繳還拐杖，腳踩在地面的實體感竟有些古怪，會不自覺地用左腿出力，左臂肌肉緊繃。兩個禮拜便足以改變一個人近三十年的習慣。

重新練習走路，她慢慢移動到車站，上了整點的火車，沒想拉上窗簾。她戴上鴨舌帽，掛好連線耳機，沒有音樂，只是戴著。爸媽各打了幾通電話過來，她看著他們的手機號在螢幕閃爍，再閃爍，最後索性關了機，頭枕在窗框上。

火車搖搖晃晃。她終究還是回到故鄉的生人。不用看指示牌，不用拿起手機打開 google

map，她順應著多年多年前的直覺，抬起行李箱，跨步走下樓梯，走出閘口，順著熟悉的大馬路前進，在那賣仙草茶的攤子前轉向，直走，直走，在冠軍眼鏡行前等綠燈，走過斑馬線，看到一家五金行，前頭擺著幾張竹椅，繞過三四個打盹的阿公阿嬤，往右彎，沿著國小外牆繼續前進，經過幾棵行道樹和巨大化的動物陶瓷作品，行李箱的輪子匡啦匡啦顛簸地在柏油路上行走，顫動著方厚的身軀，在炸雙胞胎的小攤車處，轉向，走進小弄裡，開始數一，二，三，四，五，六。

她在第六間透天厝前停下，走向前，按下門鈴。

藍底白字的斑駁門牌，有些鏽蝕的鐵門，以前有這些盆栽嗎？她看著門口的桂花樹，照顧得還可以，一大叢綠蔭蔥蔥，翠葉細花，碎了一地。

她聽見裡頭的騷動。碰撞聲，著急的呼喊聲，瓦斯爐水滾沸的嘫嘫聲，大力踩踏而來的腳踏聲。砰，門嘩地大力展開。楊寧有些措手不及，猛地吸了口氣。

楊寧不用特意瞧就能知道，那開門的力道，那種急促與迫不及待只能是母親。

母親手緊緊握著門把，外頭的風捲進家中。

門檻內，門檻外。

楊寧頭壓得很低，帽簷下的臉龐半明半滅，桂花樹影在上頭搖動。垂視的雙眼盯著母親的腳，赤裸的，安穩踩在磁磚地上的腳掌。沒人開口說什麼，母親比了進門吧的手勢，重複了一次又一次，客氣生疏又殷勤地。楊寧吞下口水，拖拉行李，走進。輪子平順地滑著，隨著主人滑進那擁有十八年回憶的房間。她迅速轉身關上房門，望著緊閉的門板，心跳得飛快，像是落水的人被救起，終於能好好呼吸。

房間還是那個模樣。

橘紅色的碎花窗簾透著光，厭惡至極的櫻花粉色成套床單，從補習班老師手中接過的五顏六色原子筆跟宣傳L夾，用了十幾年的檯燈，那會傳出燒焦味的吹風機，衣櫥裡過小、過時、純粹看了不悅的衣服，那條有些泛黃的包頭巾也還在櫃子裡，沒動過。手指輕輕在玻璃書桌面上抹過，沒有沾灰，潔淨光亮。

臨走那天換下的裙仍垂掛在椅背上，但已洗淨燙勻。

「當初不是說好了。」她說，有點沮喪。

他們約定過的，她上大學便帶他一起到台北生活。他說好，兩人都很開心地，因此她志願表全填了台北的學校，義無反顧，沒有退路。但幾個星期後楊翰反了悔，她知道原因，母親在他們面前哭著鬧著摔了杯子。她憤怒不已，但從那刻起再也沒有任何事物說得動他離開。

「我怕被租走還先付了押金，你上來我們就改租這間，兩房的，很不錯，走十分鐘就到國中。我問過註冊組了，申請入學很方便。」

他眼眶泛紅，搖了搖頭。

「拜託，小鯨魚。」她搓著他的手，不捨地。「沒有你我要怎麼辦？」

「不行。我要待在這裡。」這麼多日子，重複著一樣的對話。誰也沒說服誰。

「你知道我能養你。完全沒問題，輕輕鬆鬆。」

「妳講一百次了啦。」

「對啊講一百次了，嘴巴都乾了你還是不理我。」她頓了一下，接著轉換語調，壓低聲音。「她自己也能很好，你知道的，我們每個週末都可以回來找她。」

他咬著唇，大力搖了搖頭。再大力便會將自己拋甩出去。

「相信我。」她說。

「高中。」他小小聲地說。「我高中跟妳一起過去。」

「那還要三年，太久了。」

「高中。」他無比堅定。

她嘆了口氣，揉揉他的頭髮。「不准再反悔，不然我直接去學校幫你辦休學。」

楊翰笑了，帶著眼淚，難過又不捨地點了點頭。

「妳會回來看我吧？」他問。

「當然啊，不然要看誰？」

「說謊怎麼辦？」

「那打勾勾嘛。」她伸出手指。

「我又不是小孩子。」他瞇起眼睛。

「唉呦，十二歲就以為自己很大了，不是小孩子要我回來看你幹嘛？」她用力戳了他的鼻頭，

楊翰唉了一聲，皺起眉。

「那不一樣啦。」

「哪裡不一樣？」

「哎！」他嘟起嘴，生著姊姊的悶氣。「那妳回來我都不要在家。」

「不在家是要去哪？」她愉悅地笑出聲。

「不管啦。就是不在家，消失不見，看妳怎麼辦。」

「我會去找你。」

「如果找不到呢？」他手抱胸，一臉氣嘟嘟的樣子。

「很簡單啊。」她笑了。「那就一直，一直找下去。」

一直，一直找下去。她答應過的。楊寧坐上床鋪，撫了一遍又一遍，手指聚攏又收散，輕輕搓揉，感受被褥的棉絮。環顧四周，當初她割捨下的，如今安靜無聲地環繞著她。被拋棄的，不被需要，被剩下的，那群。

咚咚咚，三下指節敲門聲。

「妳吃過了嗎？」母親的聲音傳進來，小心翼翼的語調。她能看見門縫底下母親灰撲撲的影子。

「還沒。」她回答，聲音像在沙漠迷途的旅人，乾燥粗糙。

「我煮了晚餐。」母親頓了一下，但不過兩秒，就接續說了下去：「羊肉爐，炒了一些妳喜歡的菜。我知道現在吃有點太早，但是——」楊寧開門走出，中斷了母親的話語。

「先吃也好。」她淡淡地說。

方形木紋餐桌上羊肉爐冒著熱氣，豆干蒼蠅頭，蠔油芥藍，菜脯炒蛋，乾煎豬肝，五花肉炒魷魚，梅干扣肉，擺滿一整桌。全是她以前愛吃的菜，又鹹又油，重口味的極致。看得出是費心準備過的菜餚，直接在館子出餐，同時餵飽十個人也不是問題。楊寧五味雜陳地站在餐桌前。她確實有些詫異，是啊，母親手藝很好，這她是知道的，在很遙遠的記憶裡，家裡還完好的時候，殘存母親煮飯的身影和桌上的飯菜香。可更多時候，她得去大賣場扛一盒盒微波食品回家，日復一日嚼著相似的食物，直到再也受不了，她得踮起腳尖，去拿櫥子裡的鍋子，料理那比她臉還大的生雞肉。又有多少次，她得跪在地板，拿抹布抓起滿地的食物，用報紙包起碎掉的碗盤？

人不可能因為一時半刻的光暈，而遺忘曾經的暗影。她如此確信，卻被眼前的景象搞得暈頭，她只覺得現在所處的畫面與時空極不真實，太溫馨了，太正常了，就像一般遠遊離鄉的孩子回家後，母親會有的溫情反應。

她不知要如何面對正常。

楊寧腦子有些打結，現在她該轉身到碗櫥櫃拿湯勺筷子，還是到電鍋前盛飯？

「妳先坐，先坐。」母親看出楊寧的困窘，開了口。楊寧拉了椅子坐下，看著母親盛飯，顆粒飽滿，接著遞給了她一雙筷子。

「謝謝。」她說，彆扭地接過。

母親打開電視機旁的收音機，主持人圓潤與雀躍的聲音傳出：「各位聽眾朋友大家好，又到了光碟小魚的打嘴鼓時間，感謝大家的收聽。最近天氣轉涼，除了要多注意保暖，不知道大家喜歡在冬天吃什麼料理呢？小魚我啊，最喜歡吃……」母親在廚房和餐桌來回逡巡，走過又走去，忙忙碌碌地又端上一盤鹹蛋炒苦瓜。

「鳳梨苦瓜雞還在滾，今天雞攤這隻很肥……」

「太多了。」

「不會，不會太多。」母親急忙搖手，害怕她拒絕吃似地，趕緊在她身旁坐下。「完全不麻煩，簡單弄而已。」

「啊，我再拿個空碗。」母親起身到廚房。「我換了一家中藥行，妳試試看這個口味，聽說比較甜。」

母親用大湯匙盛了滿滿一碗羊肉，很沉，小心地放在楊寧面前。「菜市場今天人不多，買東西很快，回來弄一弄也不錯，吃飽一點。」

楊寧嗯了一聲，將羊肉夾進嘴裡。一口。然後一口。

母親看她夾菜張口的樣子並不嫌惡，鬆口氣似地，歡喜點了點頭，這才拿起筷子，話也逐漸多了起來。

「好吃嗎？」「很香吧？」「這個腿的部分給妳。」「多夾一點，我今天有特別用蒜頭煎過。」「會不會太辣？」母親問。

「嗯。」「香。」「好。」「嗯。」「不會。」她這樣回答。

其實她很想說，我已經聞不到了，吃東西只是為了熱量，甜不甜好吃不好吃，對我來說一點意義都沒有，我吃不出來。媽，我吃不出來。但她終究沒開口。就像當時在楊翰的告別式，她站在那裡面無表情地看著眾人搶上前扶起昏厥的母親。那時她有一千一百句話想說想問，最後仍舊壓回心底。

夾菜，咀嚼。母親沒問為什麼回來。敲擊的盡是旁支。台北會不會冷？最近常下雨嗎？住的地方會不會很潮濕？還有在工作嗎？她不知道這樣算不算是一頓溫馨的晚餐。她們沒有吵架，沒有過度的試探，沒有劍拔弩張的氣氛。是了吧，還願意在同一個平面上吃飯，她覺得可以了。

母親老了好多。她看得見母親的頭皮，咖啡色染膏遮不住稀疏的髮量，從前細嫩白皙的緊緻肌膚不再，依舊白底但布滿細紋，臉頰肉微微下垂，粗厚的青黑眼袋，略微發黑的嘴角邊緣。母親什麼時候放棄穿她那貼緊腰身的高領毛衣，改成這身寬鬆的大裙？

廣播繼續放著，母親是最早收筷的那個，說是最近跟某個阿姨一起在健身，需要克制自己的食量。楊寧倒是吃了不少，但桌上的菜若用筷整理整理，依舊像是沒人動過一樣。

「我來收吧。」她站起，母親卻也跟上，兩人一起默默地收拾了碗筷。圍裙、洗碗精、菜瓜布的位置仍在同處。她瞧見廚房水槽旁邊堆積的空餐盒和塑膠蓋，沒有拆開的免洗筷整齊地放在一角。

熱的湯還不能收，用保鮮膜封好盤子，肉類裝進樂扣盒……她已經很久沒做這樣的事了，動作生疏。

「在上面櫃子，有看到嗎？」「這個不用換碗，用保鮮膜包就好。」「剩這些我沖水，妳抹洗碗精。」母親一字一句地說，楊寧沒有跟她爭。

母親擦好桌子，來到流理檯旁，站到楊寧身邊，她感覺到母親的衣物摩擦過自己的。一股前所未有的窒息感掐住楊寧的喉嚨。楊寧從沒有那麼緊張過。面對程春金時沒有，面對鄒又謙時也不曾，她湧起一股赤裸裸的恐慌，不自覺地全身發顫。也許從母體離開後，這是她第一次與母親如此接近，僅布與布之間的距離。
「妳又瘦了。」母親說，伸手拿下楊寧掌心的盤子。
楊寧愣愣地望著沾滿肥皂泡沫的空手，難以動彈。
「太瘦了，瘦到連胸部都沒有了。」母親說，嘩啦啦的沖水聲讓她不自覺地抬高音量。
「我也沒看過妳頭髮那麼長，妳以前不留長頭髮的。」母親甩了甩碗，動作大了一些，再度碰上楊寧的手臂。楊寧像觸電般抽動閃躲，本能式的防衛反應。
「我想早點休息。」她迅速站離，伸手急速在衣上抹了抹。「剩幾個碗而已，我先去洗澡。」
「啊……」母親聽起來有些受傷。「也對，也對。妳一趟路那麼遠，先洗洗澡比較舒服。我去幫妳拿……我有準備一條新毛巾，怕妳不想用之前的，還有牙刷……」母親趕緊將手沖洗乾淨，就要起步去拿備品。
「我都有帶。」
「噢……」她站定腳步。「浴室裡紅色扁扁那罐是潤髮乳，洗面乳是……」
「我有自己習慣的。」楊寧說。
「要洗的衣服丟洗衣籃，我明天早上會洗。」
「不用麻煩……我會直接帶回去。」她倉皇地想離開廚房，卻被喊住。
「寧……」楊寧不明白她怎麼能如此輕易喊出自己的名字。童年時她喊過幾次？「妳什麼時候會再回來？」
「我不知道。」

「不是說台北一直下雨嗎又冷……我們可以一起吃晚餐……」

「我跟妳？」

「我們可以去市場……嗯……或是一起……」

「我先去洗澡……」

「去其他地方走走也好……還是說……不然海邊呢妳喜歡海邊……」

「我不……」楊寧感受自己急促的呼吸。逃，她想逃。

「啊要不然旁邊夜市有開的話，我們去……」

「我先……」

「我想了很多……很多……我知道以前我對妳，對你們……」母親哭了。

「妳……不要……我先去……」

「我沒有要哭……我不是要妳的原諒。」

「拜託，我我我……妳先讓我……」

話語疊加又疊加。在對方打斷和自己的痛苦下，一句話怎麼也說不完整，支離破碎。

「我知道妳很恨我……我知道妳覺得我很失職……」

「我要走了……」

「我知道妳很生氣……我不是故意的……」

「沒有……」楊寧說，唇齒都在顫抖。「沒有……這裡什麼都沒有了。妳知道嗎，空了，什麼都沒有了。」

那是楊寧最後一次打斷她的話，她轉身走進廁所。

母親蹲在地上，眼淚繼續流著。

「對不起……」她哭著說，在楊寧聽不見的時候。她慢慢扶著桌子起身，緩步回到沾滿肥皂的菜瓜布前，垂下頭，盯著流理檯裡的碗盤。

直到廚房的水聲響起，楊寧才打開蓮蓬頭。她突然想穿回防護衣，回到沒有任何事物能穿透她以前。

08

楊寧在浴室躲了一陣，直到再也待不下去了，才趕緊轉移陣地，踮起腳一二三跳啊跑啊，急忙逃回房裡。濕漉漉的頭髮隨意用毛巾包裹成一團，她穿著成套的外出服，上衣背後被零散掉落的髮絲弄得一片濕。她縮在床頭，像頭膽驚受怕的獸，不敢發出太大的聲響，不敢出房，她能聽見母親的腳步徘徊在門前。

這樣的狀態持續了整晚，直到母親敲敲房門，欲言又止地說：「那個……我先睡嘍。」

楊寧沒有回應，緊繃到痠痛的肌肉終於放鬆。

大腦很堵塞，像高速公路上過年返鄉的車陣，思緒一台接著一台。她維持著球狀，眼睛發愣直視著前方，似乎思考了什麼，也像什麼都沒思索成功，許久後，她才打開包裡的夾鏈袋，深吸了一口氣，接著躡手躡腳地走出，打開對面的房門。

楊翰與她的房間一樣，就像主人只是剛離開房間去個客廳，馬上就會回來似地。回憶慢慢湧回，像潮水，從最近的開始回推。楊翰走後，她請老大跟小支來打掃過，荔枝木的氣味早已不再，老大買了個嶄新的床墊，還買了同一款的藍色彼得兔床罩。得很用力才看得進這房裡的物品，她拿起楊翰桌上的馬克杯，那個用過無數年從未更換的馬克杯，她將把手湊到鼻前。楊翰在她身邊。她知道。踏進了他的巢穴，她知道自己無法躲藏。

她知道想念的氣味。她這輩子都將服膺於這個味道。

楊寧悲傷地皺起眉。她記得所有。他們曾經用床單棉被大毛巾跟衣服在書桌和床之間搭出屬於他們的帳篷，披披掛掛的野營帳。準備好了嗎？她站在電燈開關旁，興奮地問。好了好了！楊翰的聲音從帳中傳出，楊寧壓下按鈕，臥室一片漆黑。呀你要一起打開！楊寧笑著尖叫，太黑了啦！啪的一聲，一盞小燈亮起。帳篷裡的一把小火焰，楊寧順著光，小心翼翼地打開簾幕。歡迎光臨！楊翰笑著迎接她。他手裡捧著湯婆婆送的紙製小夜燈。她面對楊翰盤著腿坐下。兩人都笑了，好美喔。楊翰說。

望著當初夾著床單的抽屜。她記得的太多了。他們說美好的回憶是種祝福，讓人們能夠帶著力量往前走。怎麼走？她總會問，當你知道你失去了所有，知道再也沒辦法像過去那般快樂，你要怎麼大方邁步往前？

恨不得最初什麼都沒有。恨不得一切都是一場空，是夢也好，恨不得遺忘，她不需要這些回憶，有誰想要，她都可以親手捧給他的。

最幸福也最悲傷的地方。她放下馬克杯，打開那道抽屜。楊翰的畫紙沒有隱藏的，坦蕩蕩赤裸裸地，放在裡頭。最上頭的畫紙，是片海。藏匿在浪花裡的陽光，往上躍起的每一個海滴，她似乎能嗅到空氣中微鹹的海風。那是他們的海。

楊寧沉靜地凝視著。是悲傷嗎？這片海是否打出了求救訊號，是不是藏在某個激起的白色浪花裡，還是在那遠方，再更遠方那艘剛點起燈的漁船。海想說話還是想沉睡，她鼻腔裡滿是大海曾經的腥甜，卻聞不出楊翰留下的線索。

她不知道自己凝視了多久，也不知道轉過多少個念頭，她不知道自己是不是看起來很悲傷，她只知道在終於意識過來的時候，自己的食指一遍又一遍撫過右下角的痕跡，那裡簽上了日與名：「翰，2016.07.17」。

楊翰去世前三天。

她謹慎地把那片海放到床，接著用雙手捧起或說鏟起剩餘的、一整疊厚重的畫紙，小心不摺到任何邊角那樣穩重地放到書桌，一張張拿起端詳。下面總是那個翰字。方塊，窄小的，不起眼地縮在紙角，生怕被人注意似的。日期越來越往前。2016.07.10。2016.07.03。2016.06.26。2016.06.19。2016.06.12。她查了手機，每個星期天。每個星期天楊翰都會畫上這樣一幅素描。船長、羊奶罐、人物肖像、海螺、船錨……越往前，筆觸越稚嫩。一張張球體、三角錐體到酒瓶。她快速翻到最後一張，用了點力道將它抽出。是張正方體的基礎練習。右半邊生澀的筆觸，笨拙的力道控制，線條與線條之間生疏無比。楊寧輕輕滑過炭筆的痕跡：「翰，2015.11.08」。

左半邊是個完美無瑕的正方體，一旁還有幾個示範的線條，簡略的小方塊，最下角簽了一個英文字母：「I」。

09

咚咚。楊寧用指節敲了敲房門，等待房裡的回應。

「嘿。」房裡的人提高音量，楊寧硬著頭皮打開門。

大燈暗著，只有床頭一小盞檯燈亮著黃光，母親坐在被窩中，背脊依著枕頭，戴著老花眼鏡，食指還停留在發光的手機螢幕上。門半開著，楊寧的身影斜靠在門框，母親連忙放下手機，拉了拉被單，拘謹地坐好。

有多久沒見過這個房間了？楊寧的不自在全反應在身體上，不住地上下打量，扭動手指，握拳又放鬆，最後咳了幾聲，話終於吐出口：「妳……妳有印象他在學畫畫嗎？以前。」她尷尬地補充說明，輕輕揮舞幾張畫紙。「我在他房間找到的。」

「噢……噢……嗯，」母親努力回過神。「說過幾次，跟一個朋友學素描……水彩……我不確定是哪一種。」

「女的？男的？」

「男生。」母親急忙點頭。「男孩子。我問過。」

「重考班同學？」楊寧將畫紙放在一進門的小櫃上。「還是比他大……」

「比他大。」母親像被老師詢問的小朋友，迫切希望叮咚叮咚答對問題，獲得老師認可。「對，對，比他大。大多少我不曉得。」

「在哪裡認識的？」

「他沒有跟我說過……」

母親搖了搖頭，楊寧有點喪氣，只是輕輕撥著畫紙，像在撥弦那般，發出細微的啪啪聲。一不留神，弦斷人散。

母親絞盡腦汁希望喚回些許回憶：「我擔心會影響到他考試。但他說對方成績很好，是心理還是社工系畢業的，在公家機關工作……有個名字……一個什麼英文開頭……」

I。楊寧眉頭緊鎖。

「有一間畫室。」母親掀起棉被。「我看過名片，也是個英文……」

「妳不用起來……」楊寧往後一退。被單翻開露出內裡的剎那，她的肌肉再度被喚醒，緊繃，僵硬，一種極為悲傷的防禦姿態。多可悲。

「我找找看，不知道還在不在……那個畫室名片……」母親執意要起，一手握緊手機，雙腳踏下地板。

莫名的恐懼幾乎將楊寧滅頂，她連阻止的話語都來不及說出口，連忙抓起畫紙，就想轉身逃離。一張名片從抖動的紙張中掙脫，悄無聲息地滑落在地。

母親定格在原地，楊寧緩慢地彎腰撿起，是張名片。

她眨著眼睛，上頭寫著：「GAIA」。

10

第一次看見她，她穿著全身防護衣，臉部卻沒有任何面罩覆蓋，蓋著被子，安穩地側躺在往生者的床上，發出輕微規律的鼾聲。我從未見過有人睡得如此熟穩，像襁褓中的嬰兒，像柵欄裡安睡的羔羊，疑惑、好奇，甚至有些忌妒。我震驚地發覺，自己必須竭力壓制住爬上床和女人一起沉睡的衝動。

已經很久，很久沒有好好睡過了。

鹹腥且陳舊的血味盈滿整個空間，忍不住皺起眉頭。女人右手緊攥著案主的學校制服，口鼻和緩地貼著衣服柔順的弧度，被子舒服地拉到了腰部，嘴角涎著一絲唾液，髮絲沾著濕潤的口沫，幾隻小蠅停在上頭搓揉著手。

床鋪散亂，蚊蟲雜亂的拍翅聲和嗡鳴掠過耳際。

「阿寧！」鍾愷毅驚訝和溫情緊張的呼喚，一面急忙向前將床鋪上的女人扶起，一手輕觸她的額頭。一隻小蟑螂慌張地越過她的身體，尋找其他安樂地。

「還好嗎？發燒？頭暈？」鍾愷毅著急地問，「昏倒？哪裡不舒服？」

不敢置信的啜泣在空中炸裂開來。

「靠北！」葉房東雙手揮舞，臉露噁心與震驚，急速往回跑。

女人慌張地爬起，床鋪隨著她的動作往下陷又彈起，暗沉的血印大剌剌地展露在眾人面前，她鬆開手，原本緊捏在掌心的衣物掉落地面。

「李大哥，不好意思齁，我們先外面請……」鍾愷毅急忙起身掉頭，張開雙手，像老鷹趕獵物似地，強硬將擅自闖入、無預期接受視覺、嗅覺與心理衝擊的人們請出去。

「小心小心，我扶著，好，師父我們先這邊請。沒事的，李大姊沒事，李大哥我進去確定一下……」鍾愷毅協助攙扶眼淚鼻涕齊出，幾乎癱軟的李媽媽，一面軟言安撫著。

我跟著一起走了出去，鍾愷毅抓住我的臂膀，湊到我耳邊小聲卻粗魯地咒罵：「您老師勒，怎麼會讓他們上來……」

我道歉。

三分鐘前鍾愷毅、李爸爸媽媽、房東、禮儀師、引魂師父與我在樓梯間時，黏膩的氣味就已絲絲散入鼻腔，我很快就意識到不對勁，顯然鍾愷毅也是。鍾愷毅以先進去確認清潔完成度為由，要眾人在二三樓之間的樓梯平台等待，逕自上樓開門。房東面露不悅，碎念了幾句，說什麼也要上去一探究竟。我沒有強力阻止，好奇心戰勝一切，虛情假意地來回攻防後，一群人踩著笨重的腳步狐疑地上了樓，聞到看到的景象都非常人能承受。

「給我安撫一下啦幹，我進去看我們家的人怎麼回事。」礙於委託人在場，鍾愷毅的憤怒沒得發洩，但我聽得出那話語裡的不滿。

點頭應著。鍾愷毅關上門，不知道他們在裡頭說了什麼，音量很小很低。我從包裡掏出衛生紙，單膝跪著，安撫坐在樓梯間哭泣不已的李家父母。房東來回踱步，三字經反覆幾句咒罵著。禮儀師與引魂師父規規矩矩的，只是站在一旁，嘗試不要吸氣，無話。

我平靜地握著李爸李媽的手，聲音悠緩又沉著。

「不要緊的。我們深呼吸。」她睡在屍床上。

「等等鍾老闆會出來解釋，在這之前我們先深呼吸。」她沒戴面罩。

「李媽媽，李媽媽，放輕鬆，跟我一起。」她的臉。

應該沒過多久，但分秒都煎熬，鼻腔鼓滿氣味，女人的睡臉，那驚慌失措的神情，蟲蠅在頭旁飛舞親近的畫面在腦海不停重映。

鍾愷毅與女人一起走了出來，鍾愷毅微微欠身：「對不起，我們家員工今天發燒，體力不支。沒有管理好是我們的疏失，非常抱歉，責無旁貸，我們另外一個團隊和設備已經在路上，兩個頂尖的……」

蓬頭垢面的女人開口囁嚅了幾聲對不起，雙眼始終沒有正視任何人，只是彎著腰，低垂著頭，直直看著地面。

鍾愷毅當下清楚安排了補償與後續的清潔規畫，展現高度的效率與魄力。李家爸媽眼淚滴滴答答地流，但沒多埋怨或為難，重新約定了驗收時間，也就扶持著彼此走了。反而是房東抱怨東咒罵西，鍾愷毅搭肩打哈哈，廢話盡出，花費一番力氣才搞定。

而她看起來好累。垂著頭，消沉，沉默，矮小而尖銳，像隻瘦骨嶙峋的豹子。

好眼熟。如此相像。我不該向前的，不應該。

我走向前，伸出手。「妳好，我叫陳紹誠。是李偉軍的自關員。」

女人轉過頭，看向我的眼神很空茫。我甚至不確定她有沒有聽進去。

有什麼在生成，萌芽，茁壯，我感覺得到。

「我是自殺關懷訪視員，李偉軍是我的個案。」又說了一次，盡量傳遞友善。「我叫陳紹誠，可以叫我 Isaac。」

「楊寧。」她平淡無波地說。沒有後續。

11

最早的火車是五點三十九分的自強號。

不到五點她便坐在售票口前的塑膠藍椅上，抖著腳等待，像個躁動的患者，手插在口袋裡，吐冷煙，轉頭，抖動，咬唇。戴著棒球帽的清潔阿姨狐疑地瞧她，一邊收拾拖把，準備擦拭椅子。

三三兩兩的人多了起來，聲音逐漸嘈雜。她仰頭望著電子看板。還有十七分鐘。

她在沒人能瞧見的口袋裡，緊緊捏著有些皺痕泛濕的名片。我會找到他的。在心裡念著，對自己，也對那個已經離開的人說。

12

照片中的父親眉宇神情都與我有幾分相似，尤其那上揚的眼角和粗黑的濃眉。父親的容貌拷貝似的留給了兩個孩子，性格則對半分送，哥遺傳了熱情奔放、認真、自在、討人歡心的部分，彌補了父親的位置，成為母親的新慰藉與支柱，而我則繼承父親內心深處沉默、內斂和古怪的那面，像是上天多的麵團隨意揉捏烤一烤，沒空顧爐火，想起時匆匆拿出，表與裡早已焦黑苦澀。

即使我們兄弟倆穿的用的都是一樣的，該上的才藝課，該買的書包課本也沒有少過，不曾打罵，未曾匱乏，相反地，她扛起了該有的責任，盡己所能成為一個好母親。

但，那種打從心底的厭惡依舊是真實的。隨著日子，一天一天膨脹。

應該是升國三那年，我開始用味道很重的洗髮乳洗頭，偷拿母親的羅莎夫人，看書琢磨香水、精油與香氛，鑽研它們能在皮膚上駐留和揮發的時間。我會偷偷把羊奶倒進浴缸裡泡澡。蜷曲著身體，潛進乳白的奶水裡，頸子一半露在外頭，光滑突出的脊椎，一截一截，像是一隻連結著一隻爬著的甲蟲。頭髮飄蕩，睜開眼睛，一點一點的吐出泡泡，倒數著時間。

氣味是愛與被愛的媒介。

聽說牛油跟豬油，三比七的比例最佳。去永康街購買的最後一塊麻布整齊地鋪平在床上，上頭已經照著哥哥頭頂、背部和臀部大腿後側的弧度，塗抹上應有的油膏層。哥一絲不掛地躺到上頭。鍋裡的油膏不能太燙，也不能過涼，一切都要恰到好處才能完美捕捉人體的氣味。食指輕柔地戳進滑密的油膏，感受溫度。可以了。

戴好手套，站在床尾，拿起抹刀，從右腳大拇趾開始，仔細地在每一寸肌膚塗上油脂，腳趾縫、足弓和後腳跟氣味較濃，油膏厚度約零點三公分左右。小腿外側，薄薄一層，再上來的膝蓋窩需要仔細厚敷，大腿味道較淡，我看了看，又刮了一點下來。

像塗抹奶油蛋糕抹面一樣，抹刀的角度，奶油的厚度都會影響效果。需要平整無瑕的表面。我要哥腿張開一些，刮刀小心翼翼掠過鼠蹊部，接著輕輕抬起軟綿的私處，就像先前十幾次那樣，在抹刀上用平了油膏，滑順快速地滑過陰莖，四圈，厚厚一層包裹住。

肚臍的氣味比背部濃，手臂內側的味道比外側重，腋下絕對不能放過，一切都有邏輯可循，依照氣味濃度的不同，敷上不同厚度的油膏。嘴唇有特別的氣味沒辦法捨下，所以最後只留下鼻孔。哥閉上眼睛，刮刀輕巧地在那顫動的眼皮上滑過。

一大鍋油膏一點也不剩。藝術家最後審視自己的作品，我繞著床鋪走，刮下一點添加一點，修補再反覆抹平，細緻的果醬蛋糕體，哥哥油亮得像是成為木乃伊前的模樣，油光水滑，晶亮無比。

「還好嗎？」我細聲問。

他眼閉著，只是輕輕地從喉頭發了一聲嘖，連嘴唇都沒有挪動。

我放下刮刀，從床鋪兩旁拉起垂下的麻布，將哥哥像嬰兒一樣捲起。沒有縫隙，突起的邊角全都細心地撫平貼牢，只留了臉部一個小洞，其餘地方都包得嚴實。用指腹輕柔地壓實每一寸布面，確定肌膚油膏與麻布三者融為一體，讓身體的氣味吸附進油脂裡。

人形木乃伊的腹部規律地隆起落下，畫面極其詭異。

到洗手間洗了洗手，坐到他頭旁的椅上。滑開手機，點開影片，將手機架在他耳旁，音量開到第八格。美國情境喜劇，劇情早已熟悉萬分，我們能一言一句接著對話，連停下讓罐頭笑聲出來的時機都很精準。

「……想像你的問題是一枝筆。」

「好。」

「想像你握住那枝筆。」

「好。」等待罐頭笑聲結束，沒有漏下任何一個節拍。

「現在，打開你的手放開它。」

「但我才剛拿到這枝筆！」我尖起嗓子，模仿得唯妙唯肖。「上面刻了我的簽名縮寫，你看！」

哥努力憋著笑，人形木乃伊身子細微地抽動。我也笑著。

劇情繼續，我看著那具身體，笑容漸漸消失。

「抱歉。」我喃喃地說。「這是最後一次了。」

「你會討厭我嗎？」他突然開口，嘴唇幾乎沒有挪動。

討厭？我討厭他嗎？這個占有母親所有愛的男人，我這生看過最亮眼、最有趣，也是這輩子最愛我的人。努力學習他的穿著、動作、說話方式，我從小就這樣吃力地跟著他的腳步長大，而他也竭盡所能地處處護著晚他三分鐘出生的弟弟。

即使不被理解，即使這世界紛亂虛無，雙胞胎意味著人間罕有的相似與契合，人與人之間最近的距離。只有他明白我是多麼愛她，他懂得我的傷痛和追尋。

我討厭他嗎？

「怎麼可能。」我說，帶點鼻音。

氣味從他的身體離開，從毛細孔被強硬拔出，被油脂牢牢抓住。亞麻布還留有在永康街那窄小擁擠的布坊裡，堆積已久的陳年氣味，已清洗過多次，但這種陳舊已成為麻布本體的一部分，無法分割。

接下來脫脂處理的器具也都準備好了，我看向手中那小罐玻璃瓶。

不算先前的模擬練習和失敗的那幾回，十四次的正式實驗，成果遠遠不如小說和電影來得好。脂吸完的後續處理更複雜，需要高度專注和耐心，每回兩人都心神俱疲，好幾次都要放棄了，是哥晃動那罐小玻璃瓶，勸：「把剩下的布用完就停止吧。」

兩個半小時是哥的極限，超過這個時間他總說背部和鼻子奇癢無比。雖然氣味無法汲取完全，不過這也沒辦法。手機計時器響起，我小心翼翼地剝下麻布，像是拆藥布那般謹慎細心，輕柔地刮下所有油膏，收集剝落的油脂，最後用一小塊軟布擦過他的全身，肌膚沒有留下一點痕跡。

最後一次，我明白，所有動作都格外小心，生怕浪費任何一點可用的油脂。用酒精把氣味洗出來，照著書與網路影片的教學，成功再提煉出一點點精油。

母親在樓下的浴室梳洗。

我穿上哥哥的衣服，即使我們倆共用一個大衣櫃，鞋子衣服平時從未區分。我還是謹慎地套上他最常見的穿搭，一件潔白的圓領 T 配上長袖格子開領襯衫，簡單的牛仔褲。

「別動。」哥說，抓住我的肩，把頭髮抓得亂一些，尾巴翹起幾根毛，像小鴨尾巴。他握住只有少許清澈液體的香水瓶，手腕微微顫動，打開瓶蓋，對著我耳後，輕輕按了一下。味道強烈得不可思議，哥的氣味盈滿鼻腔，立體清晰地附著在身上。

我成為哥哥的鬼魂。

他拍了拍我的肩，再次把自己用力印進我的身體裡。看著我，欲言又止，最後只說：「去吧。」

我對他點點頭，鼓起勇氣走下樓。

母親沒有關門，在浴室裡穿戴耳環。聽見走路的聲響，她提高音量朝外頭問：「愷，你吃過早餐了嗎？」我一愣，停下腳步。媽，我是陳紹誠。

「你今天有活動嗎？小邱老師會來代我的班，我們下午去逛建國花市好不好？」如果知道我是陳紹誠，妳會這樣問我嗎？

「愷？」

我平復心神，繼續往下走，站到浴室前。

「怎麼啦？」母親邊問，邊跨出浴室門檻。她低著頭，手裡還捏著衛生紙擦拭手指，接著她抬起頭。到現在依然清楚記得，母親看見我時的困惑。但疑惑很快消散，取而代之的是燦爛的笑容，我從未見過。

「一起去吃早餐吧。」她說，挽起我的手。

13

楊寧還沒轉頭，就知道有人朝她走來。移動的 Rōzu 馥香水。

「劉老師，她說要找……其實我不大了解……」櫃檯老師像是找到救星似地，試圖擠出字句解釋楊寧的來歷與來訪理由，急忙想轉交楊寧這個燙手山芋。

「我來，謝謝。」劉老師滑著輪椅，禮貌地請楊寧到旁邊沙發區。對於楊寧的突然來訪她的驚訝和困惑難以隱藏。「妳是上次儀珊帶來的朋友，抱歉我不記得妳的名字。」

「楊寧。」她沒有坐下，保持一定的高度，對接下來的談話來說可能更自在，也可能更有利。

「妳好。請問有什麼能幫妳嗎？」

以玫瑰為主角，苦橙、佛手柑、紫蘇，交織溢滿土壤氣息的岩蘭草，這款之前她聞過，已穩穩地在她腦海列檔。但現在她鼻子抽呀抽，幾乎打出噴嚏。

太濃了。整個人像是剛淋過一場香水雨。楊寧聞出劉老師手腕內側，手肘內側、耳後、腳踝與胸前衣服全附著香水，像是一台移動的室內擴香氣。她不知道其他人有沒有同樣的感覺，楊寧不自覺地將臉部朝向一側，並放緩自己的呼吸，本能地調節嗅覺功能。

楊寧還沒緩過氣，劉老師看她目光有些呆滯，再度開口：「楊小姐？」

「我想找你們這邊的老師。」她回過神，趕緊說：「有沒有英文名字開頭是——」

砰地一聲教室門大開，孩子玩鬧的嘈雜聲猛地傳出，啊啊啊我先拿的啦借我用一下又不會怎麼樣啊啊呀呀呀，打斷楊寧的話語。一個夾著花朵髮夾的小女孩手上沾滿顏料，蹦蹦跳跳地挨到老師身邊。「老師！我們可以用油漆潑嗎？」她抓住劉老師的手臂，晃啊晃，撒嬌式的詢問。「我想要綠色那罐。」

「不好意思。」她匆匆向楊寧道歉，轉頭面對小孩子。「妳要畫什麼？」

「我覺得我的大象是綠色的。那一種青青的綠色。」她揚起頭，可愛又神氣十足地說：「她吃了很多蔬菜。」

「很好欸。」劉老師點頭讚許。「不過要照剛剛我們說的方式用喔。」

「耶！」她像小兔子一樣蹦蹦跳跳地回去，凱旋歸鄉般得意地說：「老師說可以！」

教室傳出一陣歡呼。

「小朋友都是這樣，很可愛。」老師笑著說，「回到妳的問題，妳要找哪個老師？」

「英文名字有個I開頭的，男老師。」

「I？」劉老師歪著頭問，看起來很困惑。

「對，I。」楊寧確認。

「I……」劉老師看起來既疑惑又難以啟齒。「嗯……我們這邊老師不少，妳確切是想找哪一位老師呢？」

楊寧補充說明：「體格滿好的，平常有在鍛鍊身體。可能喜歡畫人體素描，以素描為主，還有油畫，但這點我不太確定。最近有受傷，多出一道疤，身上或者頭部……」

「我不太明白妳的意思。」她問：「楊小姐，我不是有意試探或者不禮貌。請問儀珊知道妳在這裡嗎？」

糟糕。她肯定多少知道鄒家的事，劉老師看向楊寧的眼神除了好奇之外，還有所戒備。嗅覺就快消失。楊寧搖搖頭。「我自己過來的。這跟她沒有關係，我只是想……」

「如果跟儀珊沒有關係，我不大明白妳的目的……」劉老師面部表情依舊和善，但話語與態度略趨強硬。「楊小姐，如果妳沒辦法說明來這裡的確切理由，也沒辦法清楚指出妳要找哪個老師，我沒辦法幫妳。」

「這是我在朋友那邊找到的名片。」她拿出楊翰抽屜裡的畫室名片，快速在劉老師面前晃動。「他跟你們畫室的一位英文名字開頭 I 的老師有聯繫，我需要找到他，很簡單，我只要知道這個人的本名就好，就這樣而已。」

「那我建議妳去問妳朋友比較清楚。」劉老師的態度堅決。「我沒辦法這樣隨意透漏老師的資料，這算是很基本的隱私。」

原以為問到畫室老師的名字不是什麼難事，楊寧後悔起自己的策略選擇，她低估了人們的防備心。應該想個更具說服力的情境，難以拒絕的誘因。每回開門見山都沒帶給她好處。她想。不適合溝通，她可能還是比較適合走暗道。

「楊小姐，我覺得妳直接去找妳朋友吧。」劉老師滑動輪椅，展現委婉驅趕客人的姿態。「這樣之後我會比較好協助，今天可能沒辦法幫妳。」

楊寧還在思考要如何留下，一個男聲在樓梯處響起：「Penny，我想要今天早上試上的學生資料，那個要考美術班的國中弟弟……」

一個男子踩著輕快的步伐走下樓梯，愜意地走向櫃檯，隨意地朝劉老師和楊寧的方向望去，動作倏地定格。

很淡，細若游絲的羅莎夫人從那男人的衣領和袖口傳出。突然間，所有事情都連上了。楊寧想起詹嘉佳那幅男子的側臉，那高聳的鼻梁，那顆耳垂下的小痣。男子穿著長袖毛衣，大圓領隱約露出的右肩，有道長淺的疤痕。一個模糊的人影在她腦海抖動，逐漸清晰。

「他。」楊寧盯著他，他回望著楊寧，沒有移動。「我要找他。」

劉老師望望楊寧又望望那男人，摸不著頭緒，滿臉狐疑又擔憂。

「沒事。認識的。」男人緩緩開口。

「上樓吧。」他對楊寧說，一邊回頭往上走。「樓上剛好有間空教室。」

楊寧緩緩跟著他到樓梯口，沒有往上。她緩慢地將右手移到大衣口袋內，握緊那電擊棒把手，手掌心全是汗，濕漉漉地。

他回頭看著她，平靜地說：「底下都是小孩還有老師，我能做什麼？」

「頂樓。」楊寧說。

他思考了一會兒，接著點點頭。

14

陳紹愷跟陳紹誠。

長得一模一樣，擁有同樣的眼鼻唇，同樣的身材膚色，但差的那一字，領著我們走向截然不同的結局。或許上天原本就只想打造一個，雙胞胎是無心的錯誤，時間一到，哎呀真抱歉搞錯了，揚手一揮，便收了一個回去。

一生一滅。誰也怪不了誰。

第一次聽到社區自殺關懷訪視員這個職業，是在昏昏欲睡的下午，一場精神醫學研究社的演講上。全身橫肉，神情凶狠的校友學長提到了這份工作，國台語交雜，投影在白布上的簡報隱去了姓名和人像，卻如此迷人。

精神醫學研究社和其他社團氛圍截然不同，從未出現陽光燦爛的時刻。多數時候我會穿著沾滿顏料的衣服出現，打開社辦大門，瞧見數個眼袋厚重，癱軟在沙發上的肢體，遲緩地抬起頭，疲憊地「欸」一聲，算是打過了招呼。

沉重的身體有著敏銳的目光，茫然的卑微的陰暗的，努力拖著身子往前走。處在真空狀態的靈魂，仍試圖從宇宙洪荒挖出生存解答。不知怎地，我發現自己喜歡這種置死而生的狀態。

因為喜歡，把自己全然丟進這個社團裡，甚至在眾人不可思議的眼光中，轉了科系，只為能再接近大家一些。

沒有落下任何一個專題講座、團體諮商和治療工作坊，偶爾還拖著哥一起參加。他沒有拒絕過任何一次邀請，雖然看起來興致缺缺，但總會露出有些無奈又寵溺的笑，跟著我到處打轉。我帶他認識所有朋友，吃遍附近小吃，日子挺好，目前為止都好。

到場的孩子多是國高中的青少年，也有大學生加入，有的身上有傷，但更多是心裡難以言喻的痕。一個高中女孩每場團輔都會準時到場，不早一分鐘也不晚五秒，白白淨淨的，頭髮烏黑，長袖制服和皮鞋光亮潔淨，看得出是好家庭好學校的孩子。她的笑容很亮，像貓咪一樣圓滾滾的大眼，恰到好處的優雅，恰到好處的笑容，該笑的時候笑，該悲傷的時候一起皺眉。但有那麼一些時候，她會舉手起身，衝向洗手間。

突然就潰堤了，那瞬間再也撐不住皮相，像是即將被強制收回的機器人，眼神散著異光，扯髮、催吐、捶牆、坐在骯髒的地板上大哭，咬住自己的手臂避免放聲尖叫，抱住頭晃啊晃，眼淚掉啊掉啊掉。閉嘴！我有次在洗手間外聽見她這樣哭喊，我知道那是女孩企圖阻擋惡魔在耳邊的呢喃。

過一會兒她會冷靜下來，彷彿惡魔終於肯短暫離開她的軀體。女孩會站起身，洗洗手洗洗臉，抽幾張衛生紙，站在鏡子前細心戴好面具。調整好微笑的角度，然後回到教室，什麼也沒有發生過。

一個國中弟弟沒有喝酒卻無法走直線，手抖、頭暈，四肢看起來也不大協調，走路總是磕磕碰碰，常絆到自己的腳往前摔，或者一而再打翻桌面的飲料。他會慌張地跟在場的人們道歉，話語中溢滿恐懼，顫抖地拿出衛生紙，忙亂地擦拭桌面，但是下一秒，剛扶正的飲料罐再度被掃落，殘餘的汁液流出，濺了滿地，他像驚弓之鳥，對不起對不起反覆地說，帶著哭音，手緊緊捏著濕透的衛生紙，彷彿那是唯一的依靠。那是站在懸崖邊的聲音。風從身邊呼嘯而過，如果再看不到夕陽升起，人們只好一躍而下。有好幾次站在團體諮商室後頭，順著那孩子呆滯的目光看去，像盯著黑洞，只有虛無。

大三升大四那年，某個有棉花糖雲的夏日。

我穿著灰色圓領短袖，上面沾著花花綠綠早已結塊的顏料，幾輛腳踏車慢慢悠悠地從身旁騎過。一小時前的訊息哥讀也沒讀。

「吃午餐？」一張期待的貓咪貼圖。

「我想吃上次那家馬來西亞料理。」

「那個椰香滿讚的。」

「人勒？」一張瞇眼生氣的兔子貼圖。

「快到你系館了。」依舊沒有回音。我低頭傳著。「不然我自己去吃了喔。」

人群圍住了身前的街道，卻不是某種社團表演或在排隊取餐。我瞥見封鎖線圍圈內來來去去的警察。哨聲，無線電逼波的聲響，走動的警方不時交頭接耳，抬頭低頭比畫著動作。我皺起眉，擠進人群縫隙，看見不遠處一塊長白布蓋著屍體。一旁的同學議論紛紛，靠得近咬著耳朵，聲音卻很大，像是刻意要說給其他人聽的。說是從理工館頂樓跳下來的，很多人都看到了，還差點壓到一個騎腳踏車經過的教授。

我順著眾人的目光，瞧見一個光頭教授將眼鏡摘下，坐在系館大門前石階和警察交談。他食指與中指夾著金斯框眼鏡，一邊搓著臉，比著手勢，頻頻回頭望向高處，最後搖了搖頭，摀起臉。

我突然想起偶爾，很偶爾個案自殺時，學長姊們意志消沉的模樣。

在熱炒店一瓶瓶一杯杯把自己灌醉，又哭又吐，眼淚稀哩嘩啦地掉。幹，不做了啦，大家都會這樣哭著說，幹幹幹。有些還撐著的人不斷安撫，沒事了沒事了，不喝了，明天帶你去海邊。一手握住酒杯，想站起卻整個人滑落地上。幹，每次都這樣。酒水灑了整身，哭吼著。昨天才跟她通過電話，說好的都不算數嗎？是嗎？這世界爛透了，幹。

總覺得是不是自己當初少做什麼，或應該要多做些什麼。但人生就是條河流，撞上礁岩還是得繼續往前走，時間可以扭曲拉長，但不能回頭。

救護車還沒來。

我手握手機正想穿過人群轉身離去，卻瞥見白布下，那人露出的球鞋。鞋底板有個用黑色簽字筆大大寫著的英文字母：I。

那是我的球鞋。

那是我哥。

15

「妳需要什麼嗎？」他問。「熱水？茶？」

「你知道我會來找你。」她說。

「我一直在等。」他語氣輕柔。

「等什麼？等我？」

「等妳。」他慢悠悠地說，「我留了那麼多線索。」

「我？」她混亂不堪。

「妳知道的。」他沉靜地說，「答案都擺在那裡。我等妳很久了。」

不，我不知道。楊寧在腦海裡尖叫。我漏掉了什麼？她努力維持外表的平靜無痕，快速轉著腦子，拼湊著每一條線索。

「那就茶嘍。」他轉身準備下樓，楊寧大聲說道：「詹嘉佳、鄭文良、楊翰。」

男人停下動作，慢慢回頭，看向楊寧。

「前面還有多少個？」

男人縮回腿，靜靜地關上頂樓的門，風很大，楊寧的頭髮往西南邊飄散著，掠過她的臉頰。

「回答我。」

「十七。」他說，手插在褲腰口袋裡。「加上詹嘉佳，十七。她是最後一個。」

「十七。」楊寧重複說道，然後忍不住冷笑出聲。「不可能。」

男人沒有說話，只是微微歪著頭，看著她。

「這裡是台灣，不會……不可能沒人發現。」

「妳自己走過這一輪，也該知道沒有不可能。」他輕聲說著：「況且除了詹嘉佳之外，我沒有殺其他人。」

楊寧張口，卻混亂得無法說出任何話語。

「詹嘉佳是場意外……但確實是我殺的。她在最後一刻後悔了，我沒辦法讓她離開。」陽光打在臉上，他陷入回憶。「我很愧疚，但也是因為她才能讓妳來到這裡。」
「愧疚？」楊寧厲聲說道，啐了一口唾沫在地。「怎麼可以這麼噁心。」
「妳懂的。」他直視楊寧。「妳知道愧疚是什麼感覺。妳明白那種無能為力。」
「不要拿我跟你這種人比。」楊寧惡狠狠地說，「我高攀不起。」
「妳沒有聽清楚。我說了詹嘉佳是我下的手，這我不會否認。但其他人不是，我沒有殺他們。」
「你是神智不清了還是在裝傻？你知道自己在說什麼嗎？」
他沒有回答，只是直勾勾望著楊寧的視線。
兩人對視著，目光赤裸地交談。猛然，一股懾人的寒意直衝腦門，楊寧從他的眼神看出真誠。他沒有說謊。
某些拼圖在這剎那自動歸位，喀嗒一聲拼接完成。真相擺在那裡，如此明顯張揚卻又安靜無聲，她來來回回走動卻視而不見。她沒有看進去。寒顫從腳底直竄頭頂，楊寧愣在原地，感受鋪天蓋地的震驚。
他沒有殺他們，從來沒有。
男人從她逐漸震驚而僵硬的表情，看出短短幾秒鐘內，楊寧內心翻天覆地的變化。他緩緩開口，臉上有著一抹淺淺的苦笑。「妳懂了。」
「不可能。」
「排除一切不可能的，剩下的即使再令人難以置信，也是真相。」他說，「我一直都很喜歡這句。」

「不可能……」楊寧眨著眼，一句話也說不清，最後只輕輕吐出：「呢喃者。」

「妳看。」他微微一笑。「妳自己想出來了。」

呢喃者、低語者。楊寧眼神藏不住的震驚。領導者、啟發者。這樣的人有各式各樣的名稱。楊寧覺得喉頭再次痛了起來，乾涸粗糙，她想發出聲音但身體與大腦連結不上。

「我沒有殺他們。」他柔和地說：「都是他們自己下的手。」

楊寧感到暈眩，她盯著頂樓的抿石子地板，盯著其中一顆酒紅橢圓形的石子。小石子開始輕輕顫動，頭尾兩端像蟲子伸展一樣彎曲。

「你在旁邊推了他們一把。」

「我已經盡力了。」他搖了搖頭。「我想了所有方法幫助他們。有些人確實能夠克服，但總有一群人過不去。」

耳鳴的邊緣。楊寧開闔嘴唇，覺得自己像在失重狀態。

「太痛苦，痛苦到沒辦法繼續下去。都是真的，想死。」

「狗屁。」努力維持呼吸，維持眼壓與耳壓平衡。

「我只是讓他們知道，這個選擇沒什麼不對。當整個社會體制跟心智都不屬於你，至少這副肉身還是自己的。」

楊寧眨啊眨眼睛。小石子膨脹，開始像是觸電般瘋狂地扭動。楊寧大力晃動頭部。

「你是怎麼做到的？」她聲音顫抖著。

「氣味。」

楊寧瞳孔倏地放大。

他輕鬆地笑了。「跟妳講話好輕鬆，只要講一句妳就明白了。」

「沒有想像中那麼難。」他溫和地說，「當然也不容易。需要經年累月的練習，還有長時間的計畫。不過只要透過氣味，將想法植入他們的腦海，基本上就成功了。接下來需要的只是耐心，慢慢引導他們走到終點。」

「沒有人會想那麼多，沒人會懷疑，也沒什麼值得懷疑。活著的永遠都會幫死去的人們找理由。他殺會被窮追不捨，但自殺，」他搖搖頭，「自己弔念過嘆息過也就過去了，大家都想將這樣的悲傷塵封，不會有人想多挖出什麼。」

他看著楊寧：「妳不就是這樣嗎？」

楊寧語塞，竟無言反駁。

「也許這就是人性吧。」他說，不帶評斷與偏見地。

楊寧一面驚詫於他的直接犀利，一面感受體溫節節升高。她全身發燙，彷彿有潮濕的麵團在腦中發酵膨脹，伺機想要衝破頭殼。

「你在他們耳邊呢喃，最後都是他們自己動的手，不會有證據顯示你曾經牽連其中。」楊寧開口，覺得呼吸困難。

他點了點頭。

「是，是沒有證據。」楊寧竭力將目光聚焦在他身上。「但你以為說了這些之後，你還逃得了嗎？就算在這裡殺了我也沒有用，我一步步找來這裡，已經留下夠多線索給後面的人，他們會把你找出來。做過的事總會留下足跡，你跑不掉的。」

「我沒有要跑。」他抿起下唇，有些失望地說，但話語依舊輕柔。「妳還是沒想清楚，我耗費那麼多工夫，就是為了讓妳過來。為什麼？當然不是要殺妳。」

「那……」

「詹嘉佳就是為妳設計的。」

「找我洗刷掉所有證據，把事情栽到我頭上，順便放下線索要我找到你。」她望向他尋求答案。「這不是第一次……」

他點點頭：「鄭文良之前還有三個，我都在他們房間噴了羅莎夫人。但被你們公司另外一個女生接走了。」

「雪莉。」楊寧喃喃說著。

「我沒有料到遇上妳的機率那麼低，所以詹嘉佳或許算是個契機。」

「一方面害怕曝光，一方面又希望我能找到你……」楊寧無法理解。「很早以前就開始了，一直是我……」

「當然。一直都是妳。」他說，聲音聽起來很遙遠。

「為什麼？」

「妳知道的。」楊寧不明白他為什麼帶著苦笑。「妳只是需要相信。」

「因為那天你看見我躺在屍床上？你知道了我的工作，還有我的怪癖跟鼻子？是這樣嗎？你想找個跟你一樣的怪人？」她問。

「妳的嗅覺當然重要，這是整個計畫成功的關鍵，但最重要的妳沒說。」他輕聲說著，「妳一直都知道的。」

她看向他，突然明白了什麼，眼睛圓睜。

「楊翰。」她輕輕吐出。他沒有說話。

「為什麼是他？」楊寧細語，聲音近乎碎裂。「為什麼？」

「我真的很喜歡他。」帶著微酸的鼻音。「真的，很喜歡。」

「閉嘴。」她表情扭曲。兩個字說完，用盡力氣。

「妳知道他會睡在妳媽房門外嗎？打地鋪。」他的聲音顫抖。「妳媽動不動就說要死，說要上吊、燒炭，走出去給車撞，他每天都沒辦法睡，怕睡一覺醒來媽媽就沒了。」

她不敢置信地睜大雙眼，內心有塊地方卻被怪物撕咬著，扒開強迫遺忘的內裡。

「妳媽會割腕然後傳照片給他看，一痕一痕血淋淋的，說我死了你就可以跟你姊一樣自由了。他要怎麼辦？跟姊姊說嗎？不行，他要擔起責任，他要保護姊姊，姊姊在外面已經很累了，不能再吵她。」

「我媽沒有……我媽，她不會，怎麼可能，我不知道……不可能……她怕痛……」

「她會。」他斬釘截鐵地反駁。「他不停說服自己可以撐住這一切，他每天得要吃五種藥，五種，妳沒吃過這種藥不會明白，吃完就跟喪屍一樣，幾乎失去所有行動能力，連起床都很痛苦。但他還是能光鮮亮麗地乖乖出門，回家煮飯，然後念書，晚上睡在妳媽門外。妳懂那是多努力才能辦到的事嗎？」

「我要帶他走的……」她持續搖著頭，衝擊尚未全然抵達體內，她卻已無法承受。「我這麼努力就是要帶他走的……」

「妳怎麼會懂？妳在外面吃好、喝好，只顧著自己念好書就好了，跟妳帥氣男友過妳的快樂日子。妳沒有想過他有多痛苦。」他說。楊寧聽出他話語中跟自己相同的破碎。

「你什麼都不知道……」楊寧震驚不已，顫抖著企圖反擊，話語在真相面前卻顯得虛弱不堪。

「我知道的遠比妳想的多。」

「妳才是不知道的那個。妳走的時候他才幾歲？妳把一個剛上國中的孩子拋在後面，把他留下跟一個妳自己都不願意跟的人生活。」他略顯激動地說。「妳有認真看過他的笑嗎？看過的話怎麼會不懂？他一直在幫妳辯護，他說他姊姊是他這生遇過最好的人，最聰明的，最酷的，最好的人。」

「我要他一起走的……」無用的呢喃。

「他一直掛在嘴邊，說妳離開是為了給他更好的生活。說妳為了把他接過去住，有多努力忍下可怕的味道。妳爽約，他說妳要上課又要工作太累了。妳跟妳媽吵架不願意回家，他說妳需要好好休息，媽媽他顧就好。妳做的每一個決定，他都可以幫妳想到最溫柔的理由。

「他很想妳，但他沒辦法放下妳媽。他不知道要怎麼辦。」他緩緩地往後走，雙臂往外伸開。「他說，他就像是在細繩的一端，慢慢往太空飄去。」

上排的牙齒撞擊著下排的牙尖，喀搭喀搭，快速顫動。楊寧知道自己哭了，在一個說著楊翰故事的陌生男子面前，她無助地流下眼淚。

「他想回到地面，但沒有人在細繩的另一端拉著。他越飄越遠，直到細繩斷掉，他知道自己再也回不來。」

楊寧看著他的眼淚順著臉頰，緩緩流下。她發現他也在顫抖。

「你給他聞了什麼？」楊寧嘴唇蒼白，無力地問。

「妳不會想知道。」他輕輕搖頭。

「我？」她流下眼淚。「對嗎？還有海，海，對吧？」

他沒有正面回答，只是緩緩開口：「他說，他姊是他這生最愛的人。」

「他穿著制服坐在沙灘上哭。」他說，笑了，帶著哭音。「那是我第一次看見他。後來我們也常回去那裡，在沙灘散步，下去游泳，然後到你們小時候常去的那間屋子休息。婆婆還是沒有回來，所以我把鎖撬開了，換了新的。」

他從口袋掏出一把鑰匙，溫柔地放到地面。楊寧認得那個吊飾，是她跟楊翰第一次去木柵動物園時買的鯨魚鑰匙圈。羊毛氈，毛茸茸，套著一件紅色上衣，上頭寫著：I LOVE YOU。髒兮兮的。跟她的是一對。

她不自覺摸了口袋，眼淚滑過不停打顫的唇角。

海湧了上來。

「這樣就可以了，妳如果能懂就好了。我真的好累。」他眼神空洞，淚痕卻布滿雙頰。「我跑得夠久了。妳也跑不掉了，這樣很好。」

「陳紹誠，我叫陳紹誠。」他緩緩往後走。走向頂樓邊緣。楊寧想發出聲阻止他，話語卡在喉頭。「楊翰都叫我 Isaac，I，我替自己取的名字。妳如果能記得這個更好。」

「他很愛妳。」他柔和地說，「我本來不想跟妳說這些，我藏了很多年。直到那天看到妳躺在屍床上，我知道這是命運，躲不了了。我知道妳能幫我。」

「我曾經懷疑過妳，但我是對的，妳懂一份愛可以走多遠。妳知道人能為愛做到什麼程度。妳懂我為什麼在等妳了嗎？我希望妳能看著我。」他繼續向後退，腿後跟踢到頂樓邊緣砌的小牆，全身大力晃動。他伸出雙手平衡，露出微笑，沒有一絲恐懼，取而代之的是平靜。

「你不要，我還沒有問完……」楊寧搖著頭，喘著氣，她知道他的下一步。「不……你不准……」

「我真的很喜歡他。各種方面。」他說。「我愛他。」

「那為什麼？」她結結巴巴，胸口被緊揪著。「不可以……我不懂，你不可以……」

「妳長得很像他。」他笑了。

楊寧起步往前跑，伸出手想抓住他。他嘴唇嚅動著。幫我。往後仰面倒下。

樓下傳來肉砸向地的聲音。

著陸。

16

第一個像是任務，也像是個實驗。戰戰兢兢，花了數個月的時間準備，反覆質疑世界，質疑任務，痛苦不堪。但當晚上坐在床緣，我知道有部分的自己已經麻木。是種生存本能。抽離是為了避免受到傷害。接到通報那天早上，我拎著樓下便利商店買的熱咖啡和起司三明治，剛放到桌面，電話響起。

毛巾綁在宿舍寢室的上下床鋪樓梯，跪著將頭套進圓圈裡。我想著這樣的上吊該有多堅決。同事、學長姊們紛紛送上安慰，我眼睛用力地眨啊眨，試著擠出些液體，眼淚代表感同身受，代表悲傷，代表哀悼，但開闔開闔再大力，都沒有任何酸澀，我低頭望著地板，試著讓眼淚匯聚成河。

同事們以為我不願在大家面前落淚，也就放我獨自衝往洗手間。憐憫的目光緊刺在背後，我跌跌撞撞，砰地撞開洗手間的大門，死白的燈光照著如喪屍般的臉。

沒有落淚，卻張開雙臂，死死握住洗手台，嘔出青黃色、混濁腥臭的胃酸。

明白不能再從自己的個案裡挑，那樣太張揚，破綻太多，更重要的是我無法面對這樣的情感折磨。

訪視員與案主維持一對一的關係，沒人敢洩漏相關隱私。只不過桌上個案的檔案夾堆積如山，沒人會注意他們是否被翻看。電腦密碼設得隨便，生日加上身分證字號後幾碼，交往紀念日配上男友的英文名字，組長更是只有台灣人看得懂的：「5k4g4ji32k7au4a83」。

我學會徹底刪除電腦紀錄，學會不留一絲數位痕跡的方法，這世代網路上從煮飯到犯罪都有人教。加班留晚，大家只覺得認真，沒人看見痛苦。國高中的青少年以及還在大學念書的孩子、同事們的個案，甚至是資料庫中還在列管的高風險族群都是目標。這年紀的他們有著對未來的懵懂，憧憬又害怕，每個步伐都踏得大膽而小心，希望與絕望交雜的個體最容易被攻陷。小心地選擇，從戶役政資料開始，從小學開始的學校成績、輔導紀錄，光是一份家訪報告，就能對目標有很細膩的了解。

家訪的社工、調保官、訪視員都會開啟超強雷達，從家庭環境、出入動線、空間安排，最微小的細節都不會放過。門口散落的鞋——看屋裡的人年齡與性別，甚至是性格、購物模式，家中電腦擺在哪裡，牆上掛了什麼照片或宗教警語，餐桌上不同醫院的藥袋，青少年是否有單獨的房間，能不能鎖門，桌面有沒有吸笑氣的氣球，有沒有噴頭被破壞的打火機用來吸食毒品……他們甚至會翻垃圾桶，看冰箱，看浴室的用品，看房間有沒有窗簾。而我則是會盡全力，去聞飄蕩在屋裡的氣味。

全是計畫好的，那些不期而遇，那會讓他們回頭的氣味，那些在街道巷弄中的巧合，全都是反覆推敲的精心安排。

這職業就像是個好人名片，遞出去，不會有人質疑你的目的。相較於花時間去了解一個人的內在，人們更習慣用外觀、用職業去評斷一個人，只要穿著得體，掛著微笑，人們不會有所懷疑。

與目標對象成為朋友，傾聽他們的訴求，一邊用氣味帶領他們。

氣味能點燃被隱藏的記憶。洗澡粉的氣味飄進鼻腔，人們會被送回童年，回到無憂無慮的夏天，那泡在小浴缸裡玩著漂浮鴨的自己，想起老家的紅色水瓢，想起那地板有些龜裂的花色磁磚，想起洗髮精的泡泡香氣，說不出是什麼口味，但如此鮮明地知道它曾經存在。想起當自己大叫：「媽咪！」在房間摺衣服的媽媽會立刻衝進來，「怎麼了怎麼了？」緊張地問，慌亂的模樣總讓自己開心不已。

走在路上，當氣味散入鼻腔。人們會停下腳步，錯愕不已。遲疑地回頭，望著離去的身影傻愣在原地。擦肩而過的年輕女孩用了和初戀一樣的香水，早已忘卻香水的名字，也記不清女孩的長相，但那如被雷擊中的瞬間，氣味劇烈摩擦過腦袋，燃起沉睡的記憶。所有回憶猛地湧上腦海，即使過了五年、十年，甚至二十年，早與另一個女人結了婚，有了兩個正在叛逆期的孩子，有了一份乏味卻足夠支付房貸的工作，上班下班晚餐，例行性的做愛洗澡起床，過著不好也不壞的日與夜。

即使早已忘了如何作夢，睡著與醒來都是奢侈。泡在福馬林裡的人生的某天，在這樣一條大街上，竟想起了第一次親吻女孩時的天氣，想起女孩流汗後的頸子，想起女孩咬著髮圈，舉起雙手，輕巧地綁起馬尾，寬大的衣袖露出一點內衣蕾絲邊緣，髮絲拂過鼻尖。

擦肩而過的女孩自然不會是她。手輕輕抹過下巴灰白的鬍碴，定睛望著前頭消失在人群的背影，不知自己究竟是鬆了口氣，還是該承認湧上喉頭的失落，幾乎讓自己流下眼淚。

氣味擁有讓回憶再現的強大力量。

每一次試圖重現都是挑戰。那男孩爸爸的古龍水氣味，經過資料蒐集跟幾次旁敲側擊，用檸檬、甜橙、葡萄柚為主基調，加一些辛香與苦橙葉，最後放入一點胡椒薄荷，一小罐裝在玻璃瓶的清澈古銅色的液體，趁男孩去廁所時，噴灑在他的書包上。觀察返回時的表情。沒有太大的變化。調整配方比重又試了幾次，去掉胡椒薄荷，加入肉豆蔻、佛手柑，最後再放入一點穩重嚴肅的樹苔。男孩像是突然被襲擊似地，我永遠不會忘記那個表情，像是見到這生最大的恐懼，突然被惡魔撫摸，男孩瞬間凍結。

創傷不會被遺忘，它會永恆地刻在大腦迴路上，甚至改變自己的警報系統。每一口呼吸，每一個彈指，每一個踏出去的步伐，身體會記得每一個心靈的傷，不受控制地反覆吟唱。時間不會沖淡一切，真正的回憶只是被各種感官存在體內，埋藏好，關進心底一個小盒子裡，闔上，反覆一道道上鎖。氣味則是那把鑰匙，喀啦一聲，所有回憶洪水猛獸般淌洩，在血液裡四處流竄「對不起。」男孩女孩們說。

男孩女孩們在他面前癱軟在地。

「是我做錯了。」男孩女孩們說。

男孩女孩們回到家，作著噩夢。

男孩女孩們喝酒、抽菸、吸著大麻，笑著哭著，在派對裡起舞著。

她愛上啃咬自己的手指甲，蒐集所有吐出的指甲皮，她看了看指緣脫皮發爛，然後努力將腳趾提到自己嘴邊，像在練習瑜伽一樣，張嘴，一口口啃下自己的腳趾甲。

他一根根拔下自己的頭髮，毛囊隱隱發疼，後腦勺禿了一塊，他去夜市買了一頂帽子，三百六，是好幾天的零用錢，老闆沒有打折，黑色的鴨舌帽。

她在媽媽的針線盒中，找尋著羊毛氈，往手臂戳出一個個小洞，像極了蜂窩，像極了藝術品，血滴滲出毛細孔，她低下頭，伸出舌頭，舔掉。

他愛上食物，越甜越辣越油越好，吃了又吐，吐完再吃，嘔出成型的漢堡肉的瞬間，他感到自由。

她做愛，跟老人做愛，跟年輕的男人做愛，跟女孩跟老師跟保全跟鄰居，她不喜歡，只是很單純地想，想讓自己的身體沾上別人的氣味。

他想喝尿，好想好想，站在電影院的廁所，看著旁邊陌生男子的陰莖嘩嘩地流出尿液，他好想湊上前，他想含住那根，然後把所有骯髒吞進肚子裡。

她沉默地坐在書桌前，盯著鉛筆，盯著美工刀，沉默、沉默，還是沉默。

只要找出創傷。瓦斯、中藥、氯水、炭香、煞車皮的煙硝、香菸、高粱酒，就能利用氣味讓過去如影隨形。噴在孩子們的書包裡、外套領口、手機殼、錢包、雨傘。逃不了也躲不掉。每個人的狀態不同，嗅覺活度也不同，劑量要抓得精準，若有似無，一次次噴灑，逐步加重，讓痛苦回捲，侵襲生活，像是永遠走不出地獄，絕望悲傷。

氣味同時提醒著失敗。無法成功，無法使父母滿意，無法守護，無法找到夢想。也提醒著失去。離家的母親，死去的家人，意外身亡的姊姊。甚至可以利用代表美好童年的烤蛋糕、餅乾、洗澡粉、香味玩具狗、初戀的香水。已逝的美好，對比殘酷的現實。

一拉一推。用氣味喚醒記憶，接下來交給情緒推動，慢慢讓痛苦將自己滅頂。

然後這些孩子有天早晨起床，呆愣望著天花板，決定再也不要醒來。

17

楊寧想起某本書中的一段話：「人們日後所走的路，很多都是起因於小時的經歷，只是我們很少能清楚意識到，或準確地把它們指出來。」類似這樣的句子吧，她不大記得了，一直到很久以後，她才逐漸明白。

聽說人死時，眼睛會映著最後一幕，接著逐漸失去光芒，最終歸於死寂。從頂樓往下探，她看不見陳紹誠的眼睛，只見幾公尺以下，那四肢凹折成怪異的角度，血液慢慢從身體滲出，像是有人壓在身上擠出某種紅色果汁。

楊寧滑坐在地，聽著底下人們的尖叫。還有孩子呢。楊寧突然想到。他就這樣毫無顧忌地跳下去了啊。

驚叫，哭喊，抽氣，人們奔跑，停頓，議論紛紛。

警察破門時，她已跪倒在地，雙手舉直。

「把手舉高！把手舉高！」他們還是對著她嘶吼。一個警察停在原地，槍已在手，平直舉起，瞄準著楊寧。另外兩個面對她緩慢走了一個弧。「趴在地上！不要亂動！」

一個指令一個動作，她乖乖配合，警察們的動作和語氣也略趨和緩。

「小姐，麻煩了喔。」一聲線高亢的警察聲響從左側傳來，像是念稿機一般，滑順無比，念得飛快。「……依法將你逮捕，你可以保持沉默或書面為自己而陳述，你可以選擇辯護人，如果你是低收入戶，中低收入戶、原住民或其他依法令人權保護者，你可以請求家人朋友列證據……根據法院提審法規定，我們現在……」

手銬很臭。楊寧還沒來得及體會冰涼磨手的觸感，只覺一陣金屬的臭氣朝她襲來，汗，尿騷味，消毒水，菸。楊寧皺眉，撇過頭去，動作大了些。一旁的警察急忙喊道：「小姐，我們乖乖配合喔……」

「能自己走嗎？」他問，一邊將楊寧扶起身。

「他跳下去了。」楊寧呢喃。

「什麼？」

「他自己跳下去了。」楊寧頓了一下，說：「我沒有阻止他。」

「沒關係，妳說什麼等等回局裡再說一遍吼。」警察沒有聽進她的話，公事公辦的敷衍著。

「妳有辦法自己走嗎？」

她點點頭，卻詫異地發現雙腿痠軟無力，不受掌控。幾位警察立刻察覺，沒有多說，一人架起楊寧一邊臂膀，攙扶著下樓。楊寧不敢隨意張望，只聽見小朋友此起彼落的啜泣聲。他們應該沒有看到吧。楊寧想。她頭軟綿綿地垂啊晃啊，像是沒有拴緊的手提燈籠，視線沒有對焦地隨著腳步晃蕩。踏完最後一階樓梯，警方喊著不好意思讓我們過一下，她看見輪椅。

陽光斜斜地照進，她與白牆形成一抹剪影。就坐在玻璃自動大門進來的不遠處，前來報案的民眾即使自己也急忙忙地，還是會多向她看上兩眼。牆上一排不鏽鋼橫桿，楊寧側身，一手被銬在上頭，一手無力地跟隨。她身子矮小，橫桿硬是在她肩膀之上，她的姿勢古怪，雙手向上懸在不舒服的角度，整個人像是要被硬生生拔起。

她往前傾身，想看斜角牆上掛的時鐘，卻只瞥見右下角的邊緣，分針時針都不在那個位置，她無法判斷時間，只覺得時間無比漫長，手腕被磨刺得發疼，手臂也一分鐘比一分鐘痠麻。至少嗅覺已經消失，她安慰自己，那鹹腥的金屬氣味讓人忍不住作嘔。

楊寧想起國小國中時的操場單槓，積累著各種汗臭、體味，她總能聞到冰涼金屬表面裡外的潮濕與腐朽，她都會隨身攜帶酒精棉片，即使只是玩個遊樂器材也會不厭其煩的東擦西擦，像是個擁有潔癖的強迫症患者。她想起很多氣味，像是她很害怕的火車頭墊巾，以及更害怕的電影院頭墊布。這也是她衣櫥打開全是帽T的根本原因，她沒辦法讓自己的頭髮直接碰上那布，一般人無法體會那氣味的豐富程度，混雜著各種男人女人小孩老人的頭油味，就像是個油膩膩的腐臭狂歡派對。光是想像她便能起全身雞皮疙瘩。

帽T、口罩、酒精濕紙巾，每回總要全副武裝，前面不管男女主角激情親吻，還是老父親對著過世女兒的照片痛哭，她總無法入戲，全心全意抵抗著身後傳來的氣味。

但她的抽屜裡卻留有一堆票根，一張張全是與楊翰生活過的痕跡。

害死弟弟的男人剛從自己眼前跳下，她腦袋卻不斷想起無關緊要的事物。想起票根，想起廚房，想起空的羊奶罐。

一個戴著安全帽匆匆走進的紫衣阿姨，緊捏著手機，用慌亂的哭腔說自己的錢包不見了。戴圓框小眼鏡的男警察，一邊安撫著，一邊側身從資料盒拿出幾張紙。「我只是下車去全家領包裹，剛走沒一分鐘……」阿姨嘴沒停，手指敲敲敲著桌子，一邊眼珠子東瞧西瞧，越過服務台，和楊寧對視。知道自己是個珍禽異獸，楊寧沒有退縮，直直盯住那目光，凶狠地，挑釁地，無畏地。阿姨自討沒趣，訕訕地撇開臉，楊寧看見她下意識地，伸出右手，轉了轉手腕上的佛珠。楊寧收回視線，疲憊感又再度席捲，又餓又渴，剛想喊人幫忙，玻璃門往兩邊滑開，熟悉的兩個身影走了進來。

廖陳二警官見到她時的表情，足以畫出一整系列的經典貼圖。

「我就知道！」陳警官指著她大吼。「放她出去一定會出事情，我之前就說過了！」

廖警官沒有說話，只是望著她，表情深不可測。楊寧只朝他瞧了一眼，隨即轉過頭。她讀不清那表情背後的意義，也不敢再望下去。某個辦公室的門打開，走出兩名警察，在他們側面恭敬地停下，精神抖擻地問好。

「可以準備報告了。」廖警官收回視線，大步邁入辦公室。兩位警察趕緊跟了上去。

「我早就說過了……」陳警官搖著頭，不屑地碎念，嫌惡地望著楊寧，接著跟隨其後，砰地關上門。再度留下楊寧一人。辦公室陸續有警察進出，每次開門她都以為有人要喚她的名。沒想到直到身後的影子消失，警局天花板的日光燈光顯得更加白亮，還去上了兩次廁所，她都還被銬在外頭。兩手腕磨出一圈破皮，露出更柔軟的肌膚，楊寧手臂已接近麻木，肩膀痠痛，後背肌也直發疼。她打了幾次迷迷糊糊的盹，恍惚間總聽見海聲。

門再度打開，一位警察匡啷匡啷地走來，帶她到了偵訊室，在門前解開了她的手銬。

廖警官坐在裡頭。

「妳知道該做什麼。」他比了一個邀請坐下的手勢。楊寧默默就坐，用手指揉了揉眼睛，前眼角掉了一些皮屑。她覺得眼皮很重，眼壓很高，腦子罕見地遲緩。她閉上眼睛，食指壓在鼻梁兩旁。

「妳想開口的時候我們就開始。」廖警官十指相扣，輕鬆地放在桌上。

「就一定要這樣你才高興。」

「怎樣？」

楊寧猛地睜眼，布滿血絲。她表情扭曲地朝他前傾：「不用裝傻。你自己知道。」

「搜查、開會、報告，我們有很多事情要做。」

「隨便你。」

「妳吃過晚餐了嗎？」

楊寧冷哼了一聲。

「如果不餓的話，那我們先開始。」他說。「妳先問吧。我知道妳有問題想問。」

「你們找到什麼？」她望向他眼前的資料夾。

「妳覺得會找到什麼？」

她沉默了一會兒。她該怎麼說？他們會找到什麼？楊翰的日記？鄭文良的畫本？

「我不知道。」腦袋沒辦法認真思考，現在、當下、此刻對她來說是個模糊的概念，她的思緒不斷往回跑，像是錄影帶放進紅色倒轉車。雙手捧著臉頰，再摸向耳朵，身子微微發燙。「詹嘉佳的東西吧。」

「跟楊翰有關係嗎？」他問。

「我不知道。」她說，表情難受。「我不知道。」

廖警官沒有輕易放過她，他渴望楊寧身心極差的狀態，在混沌中劈出幾個竅，總比在石頭上砍來得有效。不過楊寧也沒讓他好過，她性子硬脾氣倔的天性在此時展露無遺，硬是抵住他那慢火燉煮的言詞詰問，面如槁木死灰，拖著活死人般的身體嘴皮子仍不饒人。兩人纏鬥至隔天太陽懶洋洋地升起，斑鳩在外頭咕咕嗚咕咕嗚地啼鳴。

楊寧體力與心神都近乎透支，她咬著下唇，偶爾吃進嘴唇的死皮。指甲嵌進掌心肉，用疼痛企圖撐住神智。廖警官低頭看了看時間。

「好吧。」他說，轉了轉脖子，鬆了鬆手腕。「今天到這裡差不多。」

他起身開門，要早已換班的前台叫了計程車，親自送她上後座。

「好好休息。」他說。

楊寧送他一根中指。

爬上頂樓的路無比艱辛，她眼皮幾度垂落，剩下一小條細縫展示模糊的路徑。她差點就要在許浩洋的門前停下，那扇鐵門像是沙漠中的綠洲。按門鈴啊楊寧！進去睡在那張雙人床上。但最後她只是喘了幾口氣，拖著腳步繼續上樓。衣服也沒換，砰地倒在床鋪，將自己用被子捲好，暖和的熱狗捲，陷入長眠。

直到啊啊啊！還我！不要！不可以跑！排好路隊！小孩歡快大人噩夢的開始，腳步聲在地板揚起巨大的聲響，把她從無邊的夢境中震醒。

楊寧把棉被拉過頭，手機卻同時響起。她沒有理會，鈴聲卻沒有要停歇的跡象，響了又停，停了再響，像每天早晨無限增生，五分鐘響一次的鬧鐘。令人抓狂。她把頭悶進枕頭裡，發出一連串無奈又煩躁的低吼，克制住把手機摔向遠方的衝動，她從被窩抽出左手，往旁邊茶几摸索著。靠。她沒力氣罵出聲，只能在心底媽的媽的咒罵。好冷。

手機鈴聲像是要奪她性命似地，惱人又持續不懈地來回切割她的大腦。左手摸索了好一陣，手心從暖變涼再成冰，這才摸到那塊長方體，趕忙將手縮回被窩，接起。

「喂？」許浩洋的聲音聽起來特別遙遠。「喂？」

「幹嘛……」手機好冰，她眼睛還瞇著，嘴唇貼著口水浸濕的枕頭。電話也說不清楚，一個頭痛欲裂，一個心急如焚；一個每句話都不耐又暴躁，一個婆婆媽媽式地擔憂。掛掉第一通電話沒隔多久，許浩洋再次打來。他所處的律師事務所正式接下她的案子，老闆派了兩個人找她討論，一個是許浩洋，想當然，第二個是恩琪。她沒有細究為何是這種絕妙搭配，新女友對上前女友，中間夾著千頭萬緒的男人。是，第一次聽到這組合時她是有些意外，但也就僅止於此，沒有更多反應，她無所謂，現在也顧不得那麼多。

「老闆希望我們兩個一起跟妳聊。如果可以的話等等就碰面。」他停頓。即使隔著話筒，楊寧都能感受到他浮動和不安，許久的空格之後，他才再度開口。「恩琪並不知道。」

「不意外。」她直接地說。

他提議要在事務所碰面。「妳不想的話咖啡廳也行。」

看似貼心的提議，她沒有理會。

「記得按門鈴。」她說。

楊寧沒有起床整理房子，沒有任何準備，甚至沒有換下昨日的衣服，掛完電話她只是把手機丟到一旁，繼續裹起棉被，但身子翻來覆去卻總有股說不出的悶。睡不著，越躺越煩，楊寧只好不甘願地起身。她還穿著昨天的舊襪子，黑長襪，沒有任何一點裝飾，連個橫條紋都沒有，或許她就是這樣無聊的人，連襪子也一樣無趣。她盯著腳丫與襪子，像是再用力一點就能夠用意念自動換雙新的。

她考慮直接再套雙乾淨的在外頭，但最後也懶，光是起身就耗了所有能量。

冬夜的水，像捧著雪吻著冰。她的手通紅，一節比一節更加僵硬，忍不住打了個哆嗦，卻仍一遍又一遍將水往臉上潑，水龍頭開著任由水流啊流，洗手槽內的排水圓圈盡力工作卻仍趕不上大量傾瀉，水慢慢漲高。她深吸一口氣，把頭砸進水裡，水兀自沖下，濕了她的頭髮。

排水孔然後呢，下水道，汙水廠，河川，最後終究會流往大海吧。

水嘩啦啦滴下，襪子濕了。

她猛地睜眼張嘴，咕嚕嚕咕嚕嚕，把氣吐進大海。

「楊小姐，妳好。妳認識許浩洋，我叫魏恩琪，也是益正事務所的律師……」

「我知道你們是誰。」眼前的女人穿著正式的藕粉色套裝，白皙纖細，輕巧的短髮配上晃動的珍珠耳飾。

「鞋脫外面。」楊寧開了門，自顧自地走到廚房。「需要水嗎？我只有水跟羊奶，喔，羊奶也沒了，水？」楊寧冰箱大開，晃動寶特瓶。

魏恩琪走進，小心翼翼地越過地板上的垃圾和香水瓶罐，一邊搖手客氣地婉拒，望著凌亂的客廳有些無措，卻仍保持著微笑，優雅地站著。

楊寧逕自旋開瓶蓋，水滑進喉嚨。許浩洋快步走到她身旁，壓低音量：「妳頭髮怎麼了？」

楊寧沒有回答，任由髮絲滴水。

「這樣會感冒……」他說，而她砰地關上冰箱門，冰箱門嘎吱長音，彈開。她用力壓了幾下，卻無法好好關緊。

「我來……」許浩洋低聲說，她擠開許浩洋的手，大力朝冰箱門撞去，門終於闔上。

長髮滴著水，為她走過的地方留下記號，提醒她實際存在。楊寧將客廳大桌上的便當盒、炸雙胞胎的油紙袋與免洗湯匙扔進垃圾桶，將沙發上散亂的外套衣服堆到角落，接著撿起上頭的書、資料、照片抱在胸前。「當自己家。」楊寧自己都聽不出這語氣到底是刻意壓下的平靜，還是意有所指的諷刺，她甚至不知道自己想達到什麼效果。魏恩琪保持著專業的微笑坐下，許浩洋看起來卻十分困窘。楊寧緊抱著紙張走回臥室，環視貼滿放滿各式資料的房間。都沒有用了。她看著牆上黏著的年表和人物關係圖。她不需再追尋，人死了，一切都畫下句點。

啪，她放開手，資料紛紛跌落在床，一張照片滑落在地。是鄭文良。

想逕自離開，走了兩步卻忍不住停下，在原地嘆了一口氣，接著默默走回拾起，輕緩柔和地將它夾進書中。

客廳已準備就緒。魏恩琪認真地拿著檔案端詳，許浩洋腿上也開著一本材料，眼珠子卻到處亂轉，搓揉著手，彆扭地舔著嘴唇。

「……根據我們的了解，楊小姐妳昨日在警局做的筆錄……」魏恩琪語速快但清晰，懂得在適時的點停下做總結或重點提醒。但楊寧難以專心，她只聽得進幾個關鍵句子。像是劉老師在警局痛哭，她堅持是楊寧把她兒子陳紹誠推下去的。像是公司的人陸續被傳喚做筆錄，她許久未見的老大也有出席。像是有內部尚未公開的消息流出，警方在陳紹誠房裡找到貼有詹嘉佳名條的繪畫用具，還有幾本鄭文良的畫冊，以及幾項可能屬於他者的物品。

「對方家屬目前已經向警方提出幾項……」

楊寧望著她。她看起來跟自己有好大的不同，天生的自信，來自於教養良好的家庭跟與生俱來的天賦，當然也跟外貌有關。不費力的微笑，自然的動作，她好正常，比正常更正常，沒有一點裂痕，像是光滑無比的蛋殼。

楊寧突然很想聞她的氣味，她的體香，她用的香水。

楊急切地想知道正常人是什麼味道，如常的人生是什麼模樣。她跟許浩洋上床完會想哭嗎？楊寧怔怔地望著她。看到窗外的好天氣她眼淚會不會奪眶而出。會不會在某個時候，突然知道自己再也沒有力氣往前。

正常人是不是能好好睡上一覺，不用害怕沉入夢境，更不會恐懼起床？他們是不是害怕夜晚，勝過早晨？

微笑底下毫無陰影。那種太陽升起的美好，她想起可頌，剛出爐的，蓬鬆柔軟的麵包。

「楊小姐？」魏恩琪看出楊寧的心不在焉。「如果需要的話我可以再說一次——」

「——我覺得我們先休息一下。」許浩洋這麼說，打斷她的話。

楊寧聽見了，眨啊眨眼睛，迅速離開沙發，走到廚房。她不知道自己要做什麼，只是需要離開，她得喘口氣。

魏恩琪有些困惑，許浩洋在她耳邊說了幾句，接著起身。

「我陪妳到後面抽菸。」他把楊寧拉到陽台。刷地拉上陽台紗門，楊寧甩開他的手。

「幹嘛？」她輕揉手臂。「抽什麼菸？」

「妳不需要這樣。」他低聲說。

「怎樣？」

不知怎麼說才好。他看著楊寧，又覷向客廳的方向。「我不是故意要——」

「算你厲害。長得漂亮，聰明，人感覺也不錯。你媽會喜歡。喔，如果頭髮留長一點，你知道的，你媽可能更愛。」

「妳不要這樣……」

「她不是笨蛋，你繼續這樣她遲早會發現。我不想被律師記恨。」

「等等……」許浩洋阻止她離開。「我有話。」

「好。」她雙手抱胸。「說啊。」

「我不想再這樣了。楊寧，我不想看妳這樣，我沒辦法。」
「你到底想幹嘛？」楊寧表情微慍。
「我會去跟恩琪說，老闆那邊我也會處理……」
「不需要。謝謝。」
「妳……」許浩洋表情悲傷又不知所措，幾度想開口，最後卻選擇放棄。「沒事。」他轉身，手碰上紗門凹槽把手。楊寧大力抓住他的手，甩了回來。他震驚地看著她。「幹！」楊寧凶狠地看著他。「什麼叫沒事？」
「妳不需要假裝沒事。妳根本就不知道妳現在看起來是什麼樣子。」許浩洋有些錯愕，音量也提高。他顧不上恩琪聽不聽得到，他顧不得那麼多。他看不透眼前這個武裝自己的女人，他說過要讓她幸福卻一項都沒做到。「我懂妳現在——」
「——你懂什麼？」一個字一個字字正腔圓，咬牙切齒，從深處吐出的針。「許浩洋。我說過很多次了，我不需要你的同情。」
「我沒有同情，楊寧，我想幫妳，所有人都想幫妳……」
「許浩洋，是擔憂還是同情，你從來都分不清楚。我活得軟爛又怎麼了，沒能像你活得華麗成功就一直要把我拔起來，這種幫忙我不要。」話說得激動。「把你白馬王子的心態收好，我他媽的真的很討厭你這樣，不要再嘗試解救我了。」
「我沒有要解救妳。」他被突如其來的敵意刺傷，慌張地想要安撫，卻也有股怒氣湧上。「但妳也不需要把全世界排斥在外。所有人都知道妳很痛苦，每個人都在嘗試幫妳——」

「我不需要！」她大吼，突如其來地。像是山崩，像是洪水，像是要將身上每一分力量，每一點憤怒每一寸委屈都往外炸開。「我不要你的同情，我不要你救我，我不想走出來可以嗎？我他媽的為什麼不能待在裡面？為什麼我不能承認自己就是一輩子過不去？」

「你從來都沒有搞清楚我真正想要的是什麼。我不要好起來。每個人都要我好好活下去，什麼是好好，什麼是快樂，為什麼一定要我快樂？為什麼像我這樣的人可以快樂？」

「我就是放不下，我爛得像坨狗屎，我很痛苦，每天早上醒來都覺得自己要窒息了，我掉不出一滴眼淚，他媽的我弟死了我掉不出一滴眼淚。但我就是這樣，你懂嗎？我需要這種痛苦。」

「那我呢？」他說。「妳有看到我的痛苦嗎，楊寧？」

空氣稀薄，突然被抽了真空。人們只會接受自己認為配得上的愛。是吧？好慘，對嗎？好慘。進入一段關係，彌補上一段留下的空洞。在他人身上修復童年的創傷，在廢墟上企圖建立出完美的城市，忽略那些搖搖欲墜，站在斷垣殘壁旁說服一切都會好起來。傷與痕，愛與不愛，皆是自我的延伸。為什麼，為什麼會走到這裡？

「妳一直覺得自己被丟下，可我也是那個被丟下的人。」他看著她，她望向他。有那麼一瞬，她似乎觸碰得到他眼裡赤裸脆弱的殘影。「妳有這麼多選擇，但妳選擇放棄我。」

「我沒有其他辦法。」許久後她這樣說，像被掐住了喉嚨。

「我像傻子一樣。」他看起來好無助。「像個傻子守在那裡。妳有想過嗎？對我來說，那天我也失去了我最在乎的人，她沒有再回來。」

「我需要離開。」她只能這樣說。有這麼多原因，盤根錯節的緣由，但說出口的句子如此浮泛貧乏。「每次你說要幫我，都讓我很辛苦。你不喜歡這樣的我，但我回不去了，回不去你喜歡的那個樣子，許浩洋，在你面前的就是我，你能接受嗎？」

你能接受嗎？所有的不解與痛苦都奠基於此之上。汙穢的身體，拙劣的內裡，這是我，如此殘缺。

「他不會回來了，大家一直這樣跟我說，我知道，因為我也是。」

楊寧拉開紗門，將自己關進臥室裡。她聽見外頭一陣騷動，她聽不清他們說了些什麼，也許恩琪什麼都聽到了，也許許浩洋正在跟她解釋，也或許他一句話也沒說。

她後腦勺抵著門板。沒人看得見她神情悲傷。這樣很好。這樣就好。

18

有時候想出門卻找不到鑰匙，猛力卻關不上冰箱的門，再怎樣都打不開罐頭時，會覺得非常非常沮喪。超出一般的悲傷，壓不下眼淚。都是些很小的事情，世界卻突然崩毀，毀壞突然衝到眼前，毫無預警地就過不去了。

痛苦累積到一定的程度，也就沒什麼好留念了。我收拾一小包行囊，五天份的衣服，五天份的金錢，到每個亡者的塔位前合十。只是合十，無話可說。結束後想著最後一站要去哪裡。

「在海裡是自由的。」突然想起那個筋肉發達，長相凶狠的學長在熱炒店這樣說。「不知道要去哪，就到海邊啊。」

行，出發吧。決定去找一片可以容身的海。搭上火車。頭城的太觀光，瑞芳的太暗淡，找啊找，一直沒找到想葬身的海，最終查著地圖，到了新埔。

好像還行。我想。屬於火車站的氣味，很少清洗的月台加上潮濕的木頭，沙灘遺留的貝殼和微鹹的海風。可以，就這裡吧。思考著要穿鞋還是脫鞋，要留下背包還是揹在身上，原來死亡前也有那麼多反覆瑣碎的事情要想。想起上夕陽落下的魔幻時刻，在日落時分走進海裡帶著某種純潔的淒美，詩意的感傷。很好的離別方式。

坐在沙灘脫起鞋子，敲了敲鞋裡的沙，整齊地排好。張望四周，不希望驚擾到任何人。也是這時注意到不遠的東方，一個穿著制服的男孩坐在那，頭埋在膝蓋中間，哭著。

聲響很輕，卻很心碎。

我聽過很多這樣的哭聲。知道哭聲的背後有多絕望。

你最清楚自己的狀況，不能理啊陳紹誠。在腦裡講了又講，我告誡自己。別聽了，別看了，趕緊吧。但最終我還是站起身，到不遠處的久瑩便利商店買了罐飲料。

「喏。」麥香紅茶碰了碰男孩肩頭。男孩抬頭，鼻涕眼淚掛滿整臉。「喝吧。」

男孩不知所措地接過飲料。我坐到他身旁，拍了拍手掌的沙子。

「謝謝。」男孩說，沙啞著嗓子，同時不可避免地吃進一坨鼻涕。還有更多更長的鼻涕懸掛在鼻頭，我遞過一包衛生紙。「謝謝。」他又說了一次。

男孩停止哭泣，將臉頰擦乾。

我們一起坐著，過了一段很長、很長沒人開口的時光。點點玫瑰紅飄落，陽光似乎將所有顏

色都流瀉在了男孩身上，他逐漸平靜，呼吸安穩，

他叫楊翰。

我沒有問他。男孩擤了擤鼻子，自己開口說起故事，關於他，關於姊姊，關於媽媽。悠悠地，像在講述一個古老的傳說。海風漸漸轉涼，但沒人留神。就這樣到了深夜，星星閃著，海浪拍打，遠處海面燈火閃爍。

該怎麼說當時的感受呢？好奇、詫異、迷惑，千萬種情緒如海濤湧上，沖洗了原先的麻木與悲痛。他的愛如此強烈，他說起姊姊時的笑，他玩弄著沾沙的腳趾，他手腕的傷痕。我意識到自己有多麼不捨離開。

男孩說，嘿謝謝你，我得走了，不然會錯過末班車。我和他在火車站道別。他買了張到竹南的火車票，而我平視離去的身影，低下頭，望著寫著他電話號碼的鋁箔包。

我打給他，將他從重考班偷偷接出來。

他臉上有些小雀斑，他跑步的步伐很小，他說起話會不自覺地發出小小的笑聲，像是很滿意現況，簡筆的弧線。他思考時總會咬緊雙唇，用實際的疼痛削弱痛苦。他畫素描時下筆保守，潑灑顏料卻如此狂暴不羈。

他像海水，挾帶著毀天滅地的能力，我知道若他要求，我便會當場死去。

他滲進我的血液，像氣味穿透黏膜。當他第一次牽起我的手，我知道我將臣服。我感受著全然的可能性。這世上唯一一個，讓自己留在地表的理由。無可避免的地心引力，地核，將我牢牢抓緊，成為自我的延伸。

多麼真心地，小心謹慎地，像守護一個脆弱美好的神話。

許多許多日子以後，頂上的落日將他映成淺粉色的玫瑰，當我小心翼翼吻上他手腕的疤，當我俯在他身上的陰影更大，疤痕終於看起來不再那麼明顯。

當我們舔舐著彼此，當他成為我的載體，當我以為一切都將好起來，我突然明白，楊翰總讓我想起哥。

楊寧，則讓我想起自己。

19

「他很愛妳。」

時時刻刻纏在楊寧腦裡。她像是得了幻聽一樣，將家裡的電視機聲音開到最大，企圖壓下腦裡的呢喃。但她還是反覆在夢裡遇上陳紹誠，她看著他落淚，然後從他的眼裡看見自己。慌張，哭泣，那個悲痛到語無倫次的自己。

殺死楊翰的凶手找到了，也死了。她應該要開心才對，就像許浩洋說的那樣，努力活回正軌，但不知道軌道在哪，她無從回正。早上起來照著鏡子，她都會跟自己說：笑吧，楊寧，笑吧。楊翰是他害死的，妳找到了，他也死了。楊翰會開心的，會的，笑一個吧。

「我希望妳能看著我。」

楊寧沒能細究陳紹誠對孩子們動手的動機。她做不到。對付日以繼夜的幻聽和夢魘已耗盡她的身心，每每聽見楊翰的名字都會讓她呼吸痛苦，空氣稀薄，氧氣不夠深入肺部。她第一次想要逃，想躲避問題，第一次覺得自己撐不過，覺得渺小。支撐她破碎的靈魂和肉身的憤怒與悲痛慢慢下沉，她原先以為是被掏空，但後來才意識到，不，這不是掏空，而是上升成為另一種更殘酷的形式。

她會在浴室練習笑，扯出很大的笑容，笑，笑吧楊寧。眼淚會滴進洗手槽裡。一滴接著一滴，直到她舉起手背，用力擦過。她好累。睡覺，起床，發怔，洗澡，把食物送進嘴裡，在睜眼時把自己拼回人形。

台北好擁擠，她能從陽台看見對面曬衣的阿嬤，聽見鍋鏟碰撞鐵鍋小孩啼哭，在樓梯間她能清楚察覺鄰居的洗衣機顫動嗡鳴。凶手死了，但她還是好憤怒，憤怒到她甚至不知道這個情緒是否名為憤怒。

「妳長得很像他。」

上方的小窗戶開了一道小縫，楊寧躺在床上，陽光從輕輕飄動的窗簾底透出，成為不規則的弧形，在她臉上搖曳。她忍不住瞇起眼，伸出手分不清是要阻擋陽光，還是想要多一寸肌膚感受溫度，她也分不出這是晨曦抑或是落日，時間對她來說是個模糊的概念，餓的時候就吃，睏的時候就睡，手機偶爾會響，其他時候即使電視機還在轉動，她還是覺得太安靜了。

「妳懂一份愛可以走多遠。」

他從未細說楊翰之死，他的痛苦是真，她看得出。所以到底為什麼？

陳紹誠仰身倒下前的眼神定格在她腦裡。那個她一直摸不透的眼神。解脫。她赫然明白。解脫、釋懷、救贖。

血液往上湧，思緒狂亂地奔騰。為什麼是救贖？為什麼他在最後一刻，會露出完整與鬆口氣的神情？源自於對亡者、對楊翰的虧欠？不，還有更多，這不是唯一的原因。他要楊寧找到他，不只是因為歉意，她腦海裡迅速跑過當天所有畫面，每一個細節，小石子地板，陳紹誠細微的臉部表情，他退後的時機，說出口的每一句話。

他把她一步步引誘到畫室，而不是其他地方，為了什麼？什麼原因讓他必定要楊寧見證他的死？他利用她完成了死亡。他說他不想再逃。他說了海邊。小屋。電影。母親。愛。各種詞句在楊寧腦裡旋轉。迸發，拼湊，撞擊，錯誤的消散，然後一個模糊又令她心驚的理論緩緩成形。

楊寧猛地從床上坐起，棉被滑落到臀部。她嘴角不敢置信地抽搐。是為了守護最重要的人對吧？陳紹誠。愛。陽光在她凌亂震驚的神色前後流動，一明一滅。

他當時悲傷又義無反顧的神情，倒下時的堅決，要向死者謝罪，自我的超脫，但更多是為了保護愛的人。楊寧摀住胸口，試圖塞回即將迸出的狂亂心臟。

「幫我。」他說著唇語。

諾曼・貝茲。無法逃離對母親扭曲矛盾的情感，完整承繼母親的病態，穿上她的衣服，學她說話，用母親的邏輯思考。但陳紹誠的母親沒有死去，他執行的不只是母親的意念，更是不可忽視的，生者的呢喃。

母親。為了母親。

羅莎夫人不只是讓楊寧上鉤的誘餌，更是陳紹誠的求救訊號，他的自白。

她看向兩隻掛在一起的鯨魚。警察來前，她把陳紹誠放在地上的鑰匙跟她的掛到一起，所以即使當天被捕，全身上下都被仔細搜過一遍，作為沒安全疑慮和嫌疑的鑰匙，自然原封不動的還給了她。

楊寧望著髒兮兮的絨毛尾鰭，清楚知道自己的方向。

她把鑰匙輕輕抓在手裡，站起身。撥了通電話。

20

「我們沒有別人，只有彼此。

這麼多年我從未說出口，我以為這是我們倆都知道的，一個無可撼動的共識。從出生那一刹那便是共同體，我以為這樣倖存的我們，這樣努力活下去的我們會懂得。

但你不明白。在你跳下去的瞬間，我想你並不明白。」

「哥，我好想你。想你跟恨你。

真想讓你看看你害媽變成什麼樣子。坐著輪椅每天在痛苦跟救贖中掙扎，逼我把他們帶來畫室，喝茶聊天教畫，認識他們，愛上他們後又要我處理掉，一個又一個無限循環……

痛苦的人不應該活著，我真的相信這句話嗎？但你說的沒錯，我們從小就沒辦法反抗她，所有決定都只是為了討她歡心。我們為什麼會走到這一步？

她從沒有忘記過你，痛苦瘋狂到想殺死他們，都是因為想你……」

「哥，我認識了一個男生。」

「……沙灘上遊客的表情就像是我們瘋了，我笑得很大聲，海水比我想像中冰，我們兩個邊游邊抬頭尖叫。這是第一次整個人泡進海裡，氣味跟在岸上時截然不同。很好聞，我跟他說了，分析海的氣味給他聽，像是我一直覺得自己有聞到百合花的香氣。他說他姊姊的鼻子很好，絕對比我還好。我很好奇她到底是什麼樣一個人，他每次說起她，都帶著令人著迷的表情。」

「……想了很久還是送出去了，一邊說聖誕節快樂。他很驚訝，笑個不停，說他很喜歡。」

「我不知道為什麼會這樣，告訴自己放輕鬆但卻越來越焦慮，一種根深蒂固的擔憂，快樂的時候感到悲傷。他會覺得我很恐怖嗎？如果知道了我真實的樣子……」

「是我的錯，我不應該告訴他畫室的地址……他突然跑來，剛好碰上媽……媽看他的表情，不行，絕對不行，我得想想辦法……」

「我求她了。第一次，哭著跪下求她。她沒有看我，一眼都沒有……我吐了好幾次，試圖站出來抵抗，我求了又求，但沒有成功。為什麼？為什麼我沒有辦法拒絕她？為什麼讓她開心，完成她所有的願望，成為她的理想兒子，比任何事情都還重要？為什麼，為什麼，為什麼……」

「我不夠愛他嗎？還是我愛母親勝過這一切？一切，包括我存在的唯一理由？還是從頭到尾，我都搞錯了我生存的意義……

裝罐的時候打翻了兩次，摔壞了一支瓶子。

哥，怎樣的人會為了母親，殺死自己愛的人？」

「他哭了。」

「結束。」

「媽，我是怪物。」

「妳也是。」

21

她其實從未想過成為母親。

剛從美術系畢業的她，雀躍地進了一家台北藝廊擔任行政助理。薪水不高但公司環境挺好，上司美得像個模特，同事們談論的都是名家，她被藝術家們的特殊氣場包圍，流連在下班後的酒吧聚會。她喜歡高跟鞋喀喀喀踩在大理石地板的聲音，走廊迴響，未來充滿希望。當時她想著，這裡將會是她小試身手的踏板。

但現實遠比夢想殘酷得多。藝術品只是人類延伸的附屬物，重點從不是藝術本身，就像貴族學校的重點從不是學生。在藝廊旁巷弄喝下一罐罐酒精，一根根菸，一小撮一小撮藥。台上的人說著自己也不相信的理念，台下的人舉起紅酒杯祝賀他們也不明瞭的成功，這是條食物鏈，新來的她在最底層，將大把大把的時間送給工作，再用大把大把的金錢換取酒精和醫生。她在巷弄裡和同事親吻，在廁所吞下委屈，早起噴灑的香水薰染古龍水的雜氣，機車停在不會被發現的遙遠彼端，從車廂拿出全是擦痕的布鞋，用防水ＯＫ繃覆蓋腳跟磨出的水泡，妝有些花，頭髮有些油，穿上雨衣回到橋下的公寓，不再盼望明天。

這座城總在下雨。不到兩年時光，她穿梭在各種關係中疲憊不堪。終於在還未放晴的一天，她感到極度厭倦，終於不再猶豫，當場提了辭呈，騎上她的小摩托車，揚長而去。

解脫的興奮、未知的恐懼和眾多可能，拋開枷鎖的感覺暢快無比，她大吼大叫地繞了一圈北海岸，全身濕漉漉地，這座陰鬱的北方大城在雨中卻格外清晰。回到市區時已油盡燈枯，她硬是往家的方向又騎了一段，但最後宣告失敗。附近沒有加油站，她咬咬下唇，決心厚著臉皮，尷尬地到前方機車店。

「有人嗎？」她牽著小摩托車，站在一整列機車前朝裡面叫喊。

「嗨。」店裡頭傳出聲響。「等我一下。」

他從頂高機的底部鑽出，對她微微一笑，靦腆地說：「妳好。」

二十五歲的她遇上了二十七歲的他，那聲你好，像是印記刻在心裡。她說她家不遠，就在那座橋下。他抽了一些油給她，足夠她再跑上兩三公里，她道了謝，兩人簡單聊了幾句，心裡都有些什麼在滋長。隔天，她提著一盒點心前來，說是感謝他的救命之恩，順便請他幫忙做定期安檢。

「需要一陣子喔。妳可以去走走，吃個飯再回來。」

「不用。」她說，晃著手中的芋泥蛋糕。「這裡很好。」

他仔細清了一塊小空間給她，一小塊潔淨的桌面一張擦拭過的鐵椅，他洗了洗手，俐落優雅地切了蛋糕盛盤，沒有多餘的邊角毛屑。

機車店不如刻板印象中黑又髒，被收拾地得條有理，明亮几淨，牆上甚至有些不相襯地掛著幾幅油畫，就在安全帽展示櫃旁。她舔著小叉子，蹺腳晃著高跟鞋，一邊觀察，一邊聊著天。是個喜歡畫畫的修車師傅，身子高瘦，長相清秀，眉宇濃黑飛揚，有雙和身體不大相符的大手。很靜，話不多，語氣柔和，但動作敏捷。每個手勢，揚手趴地拆卸，像與機車共舞，掃過每一寸零件肌膚。

那份自在與自信吸引了她。

她未曾想過，自己竟會在引擎聲隆隆，散著刺鼻機油味的店裡，得到從未擁有的滿足與平靜。或許就是愛上他那務實中保留對人生的浪漫，像是一艘航向未知大海的船，有個安穩的錨。她願意把懵懂的自己交給他。

他將一個螺絲帽作為定情的小信物慎重地交給了她。內圈刻了英文名字，Gaia。她的英文名字。不是一段轟轟烈烈的戀愛，卻是道地甜滋滋的情歌。

有了最好的修車師傅做老師，她扎扎實實地學了修車技巧，客人們看見牆上的畫一幅幅掛起，顏色鮮豔明亮。他們看見靦腆內向的師傅在她身邊大笑，看他細心地幫她擦拭沾抹在臉上的機油，看兩人在店裡吵架生悶氣又不自覺地想偷瞧對方，看一個綁起馬尾的捲髮女人踩著高跟鞋，熟練地拿起棘輪把手。

三年後成了老闆娘的她，手藝更精，兩人守著這家引擎與笑聲並響的小店，一起畫畫修車存錢，作著開畫室的夢。他們說好要一起去旅行，吃遍世界所有好吃的蛋糕，他們有過許多約定，包括相伴一生。

那或許是她這生最快樂的時光。後來她懷上他們，變得更加貪吃，他總愛鬧她，笑說在肚子裡長大的不是小孩而是脂肪。她尤其愛吃羊肉，原本連聞都覺得羶，肚子住著神奇物種時卻不自覺地愛上這種肉味。

那天凌晨，她嘴饞，肚餓到睡不著，兩人心血來潮，騎車到夜市碰碰運氣。幸運地買了老闆收攤前的最後一碗，兩人興奮地拎著熱騰騰的羊肉湯。

她笑著推開把臉湊近的他：「別想邀功，這是我兩個小寶貝的功勞。」

她溫柔地摸著肚子，他笑了，輕柔地替她戴上安全帽，剛要騎上機車，一台失控的轎車直衝而來。

車燈，喇叭聲，煞車聲，尖叫，撞擊，喧譁，救護車，藍紅閃爍燈。

羊肉湯灑了一地。

只是跟朋友聚餐，吃了薑母鴨喝了點台啤，把油門當成煞車。受到驚嚇的二十幾歲年輕人只有輕微挫傷，自己從車內爬起，前言後語結結巴巴地做了筆錄。被迎面撞上的他進醫院後，搶救兩天不治，而她一度陷入昏迷，最終性命保住了，下半身卻永遠癱瘓。兩個不足九個月的孩子，在悲傷中呼喊中哭嚎中，留下了。

恨與愛把她緊緊捆住。她叫他們，陳紹愷與陳紹誠。

22

她沒有時間處理悲痛，兩個哭泣的寶寶占據了所有時間。

擠乳、餵奶、拍嗝、洗澡、換尿布，四小時醒來一次，她還沒學會使用輪椅，寶寶已經哭了起來，敲尿、壓尿、使用導管，她懷抱著荷馬、克林姆、羅蘭・巴特與芙烈達・卡蘿，卻沒人能教會她如何面對死亡和新生。

經期比想像中更快回來。她望著下體與床單染出一朵紅花，瑰麗的花瓣舒展、滲透，沒有言語的尖叫。一塊凝結的深紅血塊留在中間，像被包覆的果核，那是身體剝落的一部分，就如那天醫生從身體取出兩個肉團，剪斷臍帶後交給了她。手指輕輕滑過被單，血漬濕熱的沾黏，她突然意識到自己被鑿開了縫，巨大的裂隙，屬於她的深淵正汩汩流著血。

手臂肌肉結實而靈活，用剩餘的保險金租了間簡陋的小店，教畫同時也做美甲，笑臉迎向每個客人與學畫的孩子，話家常、說八卦，大家喜歡她，而她很少出門，機車的大燈讓她恐懼，恐懼有時會上升為恐慌，輪椅停在斑馬線中央喘不過氣，機車咆哮繞過，汽車喇叭震天價響，空氣拒絕進入她的身體，身體發麻。

她喊著兒子與丈夫的名字。無人回應。

新手母親、未亡人與工作，疲憊與癲狂只有一線之隔。她從未真正處理悲傷，卻從其中一個孩子眼中看見丈夫的殘影。丈夫的氣味，丈夫的褐色眼睛，抿嘴笑時那燦亮的弧線，她彷彿獲得一個前所未有的機會，看著自己的丈夫融進他者的體內，以另一種形式回到她身邊。

但另一個究竟是什麼？無味的、沉默的、多出來的那個，他望向她的眼神透著細微的埋怨，控訴她的偏頗與畸形，提醒一切早已朽壞，失去的終究只能失去，他的存在撕毀她自以為能重疊複製的回憶與現實。

生意最清淡的星期一早晨，收拾完早餐餐盤和杯子，空氣靜默，孤寂在周圍展開，她打開泡腳機，倒入洗浴劑，雙手用力把腳移入肥皂水裡。溫暖的水柱沖刷，她將溫度與馬力調到最強，按摩水柱狂烈攪動，機器逼逼了兩聲，顯示燈是水溫可能過高的橙橘色。她低頭望著雙腿，即使下半身的知覺早已死去，包圍死亡的皮膚仍快速泛紅。眼神空茫。她什麼感覺也沒有。

只有當大門掛上的鈴鐺響起，那聲「媽，我回來了」，那青春期的低嗓，相似的輪廓，才能說服她世界依舊美好，運轉如常，一切不只是庸庸碌碌的徒勞。她盡可能成為一個好母親。認真工作，堅持送他們上最好的學校，最好的教育，最好的期待。

因此當他選擇從學校頂樓一躍而下，當她在醫院停屍間看向他的臉，她的輪椅彷彿停在車陣中央。

一動也不動。直到永恆。

23

天很黑，月亮幾乎被雲朵遮住。就算再小心再輕盈，走在小碎石地照樣會喀啦喀啦響，小巷內沒有人車，聽起來格外清晰。木門沒有上鎖，她怕是陷阱，在外頭謹慎地評估過後，這才輕巧地壓下門把，左手小心地推開，右手握著電擊器。不時按壓開關，警示紅燈亮起，電擊器發出滋滋電流通過的恐怖聲響，她需要這樣來保持安全感。

一二樓是畫室，三樓是起居空間。楊寧打開電擊器的手電筒，躡手躡腳前進，剛要上樓，啪，室內燈亮起。劉老師臉上的疑惑很快轉為怒氣。

「妳？」劉老師手放在輪椅兩旁。「妳來這裡做什麼？」

楊寧沒有回話，只是站直了身子，神色淡然。

「妳殺死我的小孩還不夠嗎？」她非常憤怒，每字每句都像要將楊寧撕開。「還需要親自來這裡告訴我是不是？」

來之前一次次推敲演練，模擬會遇見的狀況，燈亮以前，楊寧緊握電擊器的手微汗，但現在親眼瞧見輪椅上的女人，楊寧竟感到平靜。

「他做錯什麼事情？」女人流下眼淚，整個人顫抖著。「是要報復鄒先生的事情？這跟我們沒有關係，真的沒有，妳不相信我也沒辦法。我兒子都死了。」神色接近歇斯底里。「馬上離開，現在，離開我的房子，還是要我報警？」

劉老師抓狂似地威脅著，從口袋掏出手機。楊寧沒有反駁，也沒有阻止，只是從外套兜裡，掏出兩本黑皮筆記本，大力扔出，滑翔降落在輪椅前。
「妳兒子的日記本。」楊寧開口。「上面什麼都寫了。」
劉老師盯著日記本，像是望著黑暗源頭。眼前粒子重力坍塌，她放下耳邊的手機。
不知過了多久，她再次抬頭。楊寧驚愕無比，幾乎認不出她來。前幾分鐘悲憤欲絕，五官扭曲流淚控訴的母親，現在神色自若，一副隨興自在的模樣，像是準備要出門和朋友吃宵夜一般輕鬆。
「是嗎？」她掛著一抹自在的微笑。「真有趣，我找過他房間，沒有任何日記。妳在哪裡拿到的？」
「寫得清清楚楚。」楊寧沒有理會她的問話。「妳才是Alpha。穩穩地站在高處，看著手下幫妳追殺獵物。」
「Alpha……」她沒有任何反駁，反而饒富興味地打量著楊寧。「那妳應該知道，我從來都沒有多說些什麼，沒有命令，這都是他自己的決定，『他們』自己的決定。」
「根本不需要命令，妳擁有更強大的武器。」楊寧緩緩說道。「妳是母親。」
她是狼群首領，是蓋亞，是大地之母，她是陳紹誠不容置疑的存在。即使這份愛無比痛苦，他依舊願意獻上所有供品，只為討好。
「日記裡寫的？」她微笑著問。
楊寧沒有正面回答：「為了妳，陳紹誠什麼都願意做。」
「這個嘛。」她簡單隨便地帶過，看起來毫不在意。「他確實很努力。」
「妳也很努力在他耳邊呢喃。」楊寧冷笑，鼻孔噴出氣。「不知道一個小孩要被摧殘到什麼地步，才會變得這麼卑微。」

「唉。」她輕嘆了口氣，「日記裡到底都寫些什麼，亂七八糟的。」

「我實在很好奇。」楊寧繼續說，「妳到底有什麼崇高的病態理論，能說服他在七年內殺這麼多個孩子。」

「病態？」她露出驚訝又不可置信的表情。「病態？」

「這一切都是必須。這些孩子不被愛啊。」輪椅激動地往前挪了一點。「妳還不明白嗎？有些時候，只有讓所愛暴露在危險中，父母才會意識到事情的嚴重性。甚至只有死，他的父母才會明白自己做錯了什麼，妳懂嗎？那種孩子死去撕心裂肺的痛苦，強烈又無法抹滅。孩子們會在另一個世界裡看見父母的愛，他們會在那裡看見我給的愛，再也不會孤單。」

「是自由啊。」楊寧吃驚地感受那神情與話語中的認真。女人是真心相信這些，這是她的信念。「對這些孩子來說，死亡是獲得救贖的唯一方法。」

「妳不能只看見死亡。」女人見楊寧眉頭深鎖，急忙想要說服。「我要的不是死亡，死亡只是手段。妳只看到十七個離去，卻不知道我救了幾個，那背後的數字有多龐大。有多少父母因此醒來了，妳明白嗎？」

「妳懂這些孩子的痛苦。」那女人說，「妳明白。」

「妳太看得起我了。」楊寧看見她眼中散發瘋狂，回想起陳紹誠的日記，字字句句透露巨大的痛苦。

陳紹愷的死擦亮火苗，虛無與徒勞重新找上她，而她也在幾日的崩解消融後，很快頓悟了自己的使命。即使曾有掙扎，潛意識裡的她強逼自己相信這套邏輯，唯有如此她才得以活下去。

宛如神啟。

死亡是生命的昇華，她堅信兒子早一步參透了一切，他終於與他父親團聚，獲得最終的自由與愛。她愛著每一個透過陳紹誠引誘而來的——那些美麗又悲傷的孩子。教育、照顧、關心，她試圖讓他們擁有更好的生活，但並非所有時候都能如願，總有孩子遲遲無法跨越。悲傷的面孔像是爆炸的觸發機關，她無法承受，扯起蓬亂的頭髮，激動地要陳紹誠領著他們解脫。

憐憫、解放、最終的愛。

但最荒謬諷刺的不就在眼前嗎？楊寧想著。劉品昕想要的毀壞與重生，陳紹誠給了，卻遲遲得不到她的愛。

「妳就是這樣說服妳兒子的嗎？」楊寧望著眼前近似癲狂的女人。「用這種扭曲狗屁不通的說法？」

「妳清楚不被需要是什麼感覺，妳知道痛苦的模樣。」女人刻意停頓，然後用和緩憂傷地語氣說：「楊翰也是。」

像有人拿皮鞭抽在她身上，楊寧全身神經緊縮，握緊拳頭，抑制突如其來的顫抖。

「他很痛苦。」劉老師說，語氣充滿憐憫。「楊翰是個纖細的孩子，但現實太多痛苦了，妳的母親，還有……妳。」

楊寧嘴角不自覺地抽了一下，忍住。楊寧告訴自己。忍住。用意志力抓住全身的碎片，不讓它們拆解掉落地上摔成碎屑。

「他很痛苦，對，所以勒？」楊寧平靜地說，「關妳屁事。」

劉老師似乎沒料到這樣的回應，意外地瞪大雙眼。期待的哭泣和瓦解沒有出現，她重新審視要擊垮楊寧需要的元素，努力壓下慌張。

「妳兒子也死了。」楊寧說。

「我理解紹誠的舉動。」劉老師再度恢復鎮定，揚起笑容。「這是他留給我的情書。」

楊寧放聲大笑，盡情地，三年來笑得最猖狂的一次。劉老師不解地望著楊寧，神情緊繃，但依舊竭力維持表面的優雅。

「喔不不不不不。」楊寧誇張的表情配合誇張的手勢，刻意放大所有嘲諷。「我不是說陳紹誠。是之前那個，哎難怪妳會搞錯，也是個跳樓的。」

劉老師像是被重擊一般，笑容剎那間消散。

「真有趣不是嗎，妳兩個兒子為了離開妳爭先恐後想要逃走，最後還選擇同一種方式。」楊寧指了指日記本。「妳應該抽空讀一讀，文情並茂啊。」

「我差點就要相信妳了，剛剛那一長串很感人，只可惜講那麼多，妳也只是妳口口聲聲說想消滅的父母之一。」劉老師臉色發青，胸口重重隆起又落下。楊寧沒有要放過她。「陳紹誠在妳面前什麼都不是，妳以為這是他的日記？沒漏看吧，這有兩本。沒辦法，妳那對雙胞胎做什麼都想要一起。」

「要我念給妳聽嗎？他叫什麼來著，陳紹愷？」楊寧看她露出自己也曾出現的表情，那是痛苦，光是聽到名字就能使人瓦解，她深知這個力量。她故意走上前，蹲下，在輪椅前撿起陳紹愷的日記，刷刷刷地書頁翻動。在一頁停下，逕自念了起來。「情緒變得很模糊也很遙遠，連原本喜歡的食物都沒有了吸引力，拉麵、泡菜、燒肉、水餃，熱騰騰擺在面前也沒有胃口。剛開始食物的味道變得很怪，有點苦澀，像中藥一樣……」

「停。」楊寧感受到輪椅顫抖。

「……到後來幾乎每一種食物都失去味道。可是我還是會假裝享受，回想以前吃飯的表情。媽喜歡看我吃飯的樣子。」

「停。」她說。

「……晚上弟沒有回家，媽炸了唐揚雞，也做了高麗菜包燒肉，我吃不出味道，軟肉放在嘴裡嚼有點噁心，到一半甚至很想吐，但我筷子沒停過，一口接著一口，裝出很滿足的模樣。」

「停！」她大喊，幾近尖叫。

書頁翻動，楊寧闔上日記，抬頭凝視她，悠悠緩緩毫不掩飾地威脅：「妳以為我會放過妳嗎？」

「會。妳會放過我。」劉老師仍喘著氣，嘴唇輕微地打顫，努力扯出笑容。「楊翰不會願意看到妳動手。」

「是啊。他不會希望我動手。」楊寧眼神迷離，低語：「他是個很好很好的人。」

劉老師的臉部表情柔和了下來，像是鬆了一口氣。「是個很好的孩子，很善良，他不會希望妳出任何事情。」

「妳還是沒搞清楚狀況。」楊寧猛地抬頭，望著劉老師的眼睛，像是豹子看著羊。「妳以為只要提到楊翰我就會變得軟弱，崩潰脆弱心軟，容易讓妳操控，對吧？」

她問，一邊看著劉老師面部再度慘白。「妳的策略沒有錯，像溺水一樣，光是聽到他的名字就會難以呼吸。所以這就要歸功於妳的寶貝兒子，感謝他那天在頂樓幫我打了預防針，感謝他們倆的日記讓我有所準備。」

「不不，妳不明白，妳不明白。」女人著急又瘋魔，激動地傾身向前。「這社會脫序得有多嚴重，消失的準則，追求虛幻的成功，平庸，骯髒，虛偽的關係，貪婪懶惰自私傲慢，工作吃飯電視手機購物，到底有什麼意義？被父母羞辱，被當成垃圾的活著真的比較好嗎？這些孩子本來就跟社會生存的本質不同，妳要他們怎麼辦？」

「我們都會死，痛苦的人不應該活著。」如佈道似地，迷離的眼神，鏗鏘有力的語調。「沒有愛的苟活沒有意義，死亡是唯一能自己掌握的選擇。」

楊寧沒有退縮，欺向前，握住她的輪椅扶手，直直面對她的臉。「妳他媽的只給一條路把他們困住，這不叫選擇，只是宿命的錯覺而已。」

「妳還是不懂。」她露出失望的笑容。「我只是讓他們了解，我們可以提前了結悲傷。楊翰明白，他明白這些。」

楊寧沉默了一會兒，接著笑起來，輕輕的，愉悅的。「妳他媽的竟然跟我提他。」

女人看著那笑，細孔寒毛聳立。

「我跟楊翰不一樣，我對這世界沒什麼愛。」她輕輕傾身，在女人耳邊低語呢喃：「妳把我唯一的愛奪走了。」

劉老師的笑容逐漸變得僵硬，然後臉部開始顫動，那是害怕，赤裸裸的恐懼。

「對了，」楊寧柔聲道，「我就是要這個。」

日記本的尖端滑過那懼怕扭曲的臉，太陽穴、顴骨、臉頰到下巴。她知道許浩洋會急忙忙地制止她，苦口婆心說如果妳動手殺了她，那就跟她一樣了，不要讓自己變成怪物，更別遂了她的心願。她知道楊翰會輕輕拉住她的袖子，溫柔地說：「姊，走吧，沒關係。不值得。」

「我知道妳有多愛我。好了啦，走吧。」他會說，「妳要好好生活，別為了這點小事情亂來，這樣我會生氣喔。」是啊，他一定會生氣的，氣到不行。但你不會回來了，她對楊翰說，你不會回來了，就讓我自己來吧。

劉老師拿起手機的瞬間，楊寧猛地將電擊棒往她腹部戳。聲響並不大，電流的劈啪聲，喉頭只來得及發出一聲痛苦短促的呃，接下來只有手機摔向地面的匡啷聲。

「所有人都覺得我很衝動，做事從來沒有規畫。」楊寧柔聲說，近眼瞧著劉老師痛苦喘息。

「沒有人知道我想這刻想了多久。」

「九十分鐘。」她從口袋裡掏出一只打火機，啪地一聲，打開，小小的火苗竄出，在空中微微搖曳。「楊翰燒了九十分鐘。外科醫生說最痛苦的死法就是燒死。」打開，關上，打開，關上。

「但對妳而言還是太快了。」

「我想過好多方法，還是沒能下定主意，每一個對妳來說都太簡單。」楊寧緩緩說道，「妳該開心遇上的是我，不是楊翰。我跟他不一樣。他是善良的那個。」

「而我是人家不要的，被丟下的那個。」

24

那天最後，她點了火。

望著逐漸生成的烈焰，像回到與楊翰的那片海，閃著金光紅浪的波濤，燦亮亮一片。美術教室有著大量易燃物質，酒精膏、顏料、各種布料紙張，火焰吃著窗簾，吃著置放石膏像的白色軟布，沒有顧忌毫不保留地，狼吞虎嚥般的竄起。

她陷入沉思。

為何在某一瞬間，人們之間無話可說。又為何在某一剎那，人們願意為愛人付出所有？即使所有是個狡猾的詞，包含自己的肉體，精神、時間與物質，放在軀殼裡的靈魂和尚未歸放的都可犧牲，都將捨去，包含與自己有關或無關的人們，那些他者與宇宙，為了某個人，都能夠拋棄。

人們卑劣地替愛排出階級。她好奇這是在羊水裡繼承的天性，抑或是後天習得的殘忍。遠處畫框玻璃碎裂，啵滋啵滋裂了一地。火焰張口吞咬著畫布，聲響逐漸狂暴，楊寧卻感到前所未有的安定，世界沉了下來，未來在眼前跑動。她很確定。這是她要的人生。有些固體被烤融了，黏稠的液體緩慢流淌。楊寧回過神，伸手掏出口袋整排安眠藥，剝下一顆、兩顆、三顆……她拿起放在桌上的陶瓷馬克杯，把手已些許微熱，將安眠藥丟入茶中，攪啊攪，她盯著混濁的液體，接著對著火場舉杯，一飲而下。

把馬克杯好好地放回原位，將空的鋁膜包裝用布擦拭乾淨，接著丟進火焰裡。不想留下不必要的跡證，她沒有四處走動，只是睜大雙眼環繞整個場地，確定所有布置都已完成。熱風撲面，空氣成熔融狀在她眼前晃動。只差一步。楊寧朝熱浪走近了些，深吸深吐。最後一步了。她跟自己說道。妳沒有退路。握緊拳頭，她像飛蛾撲火般，毫不遲疑地跌進火焰裡，滾倒在地，火很快捲入她的身子。

劇烈的疼痛瞬間布滿全身。五秒，至少撐五秒，她的理智告訴自己，身體卻承受不住，楊寧放聲尖叫，連滾帶爬地逃離，殘餘的火焰還纏著衣物，她在地面哀號打滾，試圖撲熄餘火。肌膚很快燒成了淡粉色，手臂小腿的衣物黏在皮膚上，手掌起了一顆顆晶瑩突出的水泡。楊寧在地上咳了又咳，火勢蔓延的速度永遠超乎想像。熱浪在她身後追逐而來，她用手掌撐地，試圖爬起身，快速離開。啵，手掌的水泡在地上磨破流汁，滿地惡臭的膿水，楊寧痛苦喘息，發出從未聽過的難堪哀鳴，她奮力直起身子，快到了，快了，快了。跌跌撞撞前進，身體的疼痛開始滲入骨髓，她在厚木大門前尖叫，轉了門把，期待門外的新鮮空氣。沒開。她努力穩住視線，壓下門把，一下又一下。

鎖不知為什麼，卡得死緊。黑煙開始瀰漫，楊寧狂亂地壓著門把，一邊用身子推擠著門，但木門屹立不搖，絲毫未動。楊寧驚恐地拍門大喊，留下血肉膿汁模糊的掌紋。她大吼，她尖叫，她嗆得狂咳，但不管怎麼嘗試就是無法打開。

楊寧絕望地軟倒在地，就在那一瞬間，她聞到氣味。

燒焦的氣味，塑膠的氣味，惡膿的氣味，皮膚的氣味，她聞到嘴唇上的鮮血和灰燼。混亂的氣味竄進鼻腔，火焰裡的不是荔枝木，是自己。她是被火炙烤的人。

那剎那的震驚，給了她最後的希望與理智。不可以，死在這裡不在她的計畫裡。

她撥開黏在臉上的頭髮，仔細端詳門鎖。看進去。她告訴自己。找出原因。找出源頭。是一個跑錯邊的金屬小鐵片。她伸出食指，試圖用指甲和指腹努力將它戳回原位。痛苦又憤怒地尖叫出聲。縫隙太小，手指被壓得紫青。她縮回手，竭力鎮定心神，環顧四周，有了，那個從第一次就看不順眼的盆栽，她顫抖地舉起，堅定地砸向地面，盆栽泥土植物四散，顧不得邊緣鋒利，她抓起陶瓷碎片，用力卡進縫隙。大力一推。啵喀。小鐵片歸位。她壓下門把，打開了門。

新鮮空氣永遠都不嫌多。楊寧艱難地匍匐前進，爬出大火蔓延的房子，爬出那植物還搖曳生姿的前院。膝蓋的水泡、皮和血混在一起，糜爛得像用果汁機打的粥。她倒在木頭柵欄前的柏油路上，她曲著身子，蜷縮像個球，急促喘氣。

對面的鄰居阿姨和女兒衝出家，一個包頭巾裹著濕漉漉的頭髮，一個穿著粉色睡衣披著針織的羊毛毯，兩人看見倒地的楊寧，手足無措地在街上大吼大叫起來。許多人都跑了出來，髮箍、鯊魚夾、趿著拖鞋、穿著米老鼠睡衣，大家面面相覷，議論紛紛，有人打了一一九，有人開了直播，有人安撫著害怕的孩子，但沒有一個人敢碰她。

餘光中火焰猖狂，煙灰飄散似雪，風吹不開那些荒蕪的碎屑。濃煙從每一個孔隙流出，向天空伸展觸手。一棟在黑夜中被火與煙吞噬的房子，宛如末日。

楊寧蜷縮在地，想像一場大雨即將降臨，想像自己被溫潤的水環抱，然後她想起母親，想起很久很久以前兩人的擁抱。聲響逐漸流出耳朵，全世界靜了下來，她只聽得見自己的心跳，噗通噗通，身體努力運轉著。她是子宮內的嬰兒，她在羊水裡浸泡著，蜷縮在最溫暖安全的地方，能夠這樣結束也很好。她還是個未出世的嬰孩。她閉上眼睛，嘴角掛著微笑。

生日快樂。

25

是個女孩，漂亮的小虎鯨。鯨豚學家說。牠在生日當天死去。

前一秒還在身邊好奇游動的寶寶，下一秒便停止了呼吸。J35額頭頂起死去的小幼鯨，一次又一次，一天又一天，不願讓寶寶沉入海裡，哀傷地帶著屍體前進。小幼鯨在海中沉浮，慢慢破碎。牠執意馱著死去的孩子，不肯放手。

努力縮短呼吸頻率，維持身體平衡，馱著、頂著、夾著幼崽，幾乎沒有進食，精疲力盡，但再一天就好，再多一點時間，陪我看看海好嗎？寶貝，陪我看看海。

十七天，一千六百公里，肉體終究破碎分解，在牠最熟悉的海域、在牠面前飄蕩四散，緩緩沉落海底。海流帶走牠的眼淚。

沒有人知道哀悼會有多長。在夢裡，她和牠成為一體，馱著自己的愛在大海裡游著。

他們時而融合時而游離，都還沒做好分開的準備。楊翰與幼崽重疊，海潮拍打雙腿，波光粼粼的尾鰭。J 35和她發出悲鳴。往下潛，輕輕啣住下墜的身體。

她在水裡睜開眼睛。像在羊水裡那般自然，望著漆黑與藍的光譜。海水比想像中溫暖。她從未和楊翰游過泳，他拜託過的，搖著她的手臂。而她回答了什麼？總是在忙，海水太冰，太危險，一千種理由，她想不起為何要拒絕，就像他們在新聞裡一次次問，為何 J 35要偏執地背負死亡。沒有解答的問題才能讓人全心墜入，她幾乎聽見海在思考，噗通噗通的，心跳聲響。

她想起他們在沙灘上看過一次極美的日落，在那短暫大地初吼的時刻，世界分為兩半，燦亮的紅暈染世界，而海水沒有抵擋。被黑暗吞噬以前，陽光企圖將一切燒成灰燼。

他有點害怕。失去。應該是吧，害怕失去。

她說別擔心，那不是結束，而是開始。

在海裡，在子宮，他們朝僅存的陽光游去。

26

只有淺二度燒傷和部分深二度燒傷，她差點就跟醫生爭執起來。

特殊病人特殊待遇，重大案件嫌疑人沒辦法跟一般人共用空間，她第一次住進單人病房，躺在床上，按壓手邊黑色按鈕，嗶嗶兩個清脆短音響起，止痛藥物自動注射至靜脈中。長吁了一口氣，舒服，精神有些渙散。她是木乃伊的半成品，躺著享受難得的寧靜。

病房不斷有護士進進出出，帶她去做水療換藥，量體溫，記血壓，餵藥，醫生一天至少會來兩次跟她說明情況，外頭還有兩名員警在病房外輪班戒護，而廖警官幾乎成為她的貼身保母。

他不完全相信她，或者說，他想相信，他喜歡她，多次在警局與醫院交鋒對峙，讓兩人產生了某種特殊的羈絆，但他終究還是一名敏銳老練的警察，如果楊寧有任何地方露餡，她知道他不會猶豫。

從醫院出來後她沒能回家，而是直接進了看守所，無縫接軌。被押著進去的，手銬口罩安全帽一個不少。原因許浩洋跟她解釋過，她仔細記下了，她清楚接下來每場審訊都是讓計畫成功的關鍵，她得在短時間內，讓所有人相信她是無辜的那個。

羈押第一個開放面會的星期日，她有了第一個訪客。

隔著鐵欄杆與玻璃板，兩人對視，接著拿起話筒。聽著彼此沉濁的呼吸聲，無話。

楊寧想像這一幕很久了，她想過他會連珠炮似地飆起髒話：「阿寧啊，他媽的妳怎麼會搞成這樣蛤，您老師勒，妳這樣我是要怎麼跟妳爸媽交代……」她想像他激動的模樣，口水四射，比手畫腳拍桌罵三字經，直到獄方人員上前制止。「阿浩勒，死去哪裡了，我他媽的想辦法把妳弄出來！」在她腦海想像的畫面裡，他激動浮誇卻又比任何人真心，她想念他的高分貝咆哮。她想念他。

但這一切都沒有發生，眼前的人失去了往日的氣焰，同一個肉身，卻沒了原本的信仰，駝背畏縮，閃躲著楊寧的目光。千萬種情緒如海水一波波打上，無奈地、悲傷地、憤怒地、痛苦地。

然後一股楊寧從未想過的感覺緩緩蔓延。

「不敢看我啊。」她開口，柔和地。

老大沒有反駁，眼神低垂。

「不敢看的話，你今天就白來了喔。」她罕見地溫柔。

老大拿下紳士帽，抬頭。不修邊幅的衣衫，雙眼血絲，粗厚的眼袋，下巴參差灰白的鬍子。帽子是他與社會最後的連結。

「這是我第一次看到你這樣。」她輕笑出聲。「這件白T是怎麼回事，花襯衫呢？」

「對不起……」他終於開口。

楊寧慢慢闔上唇，笑容依舊溫柔。「我沒有要你的道歉。」

「對不起……」話語承載著大量痛苦，楊寧聽得出來。

「你不需要為他承擔這些。這是他自己要擔的責任。」她搖頭。「你無能為力。」

「我有去醫院，但警察不讓我……」

「我知道，他們有跟我說。」她柔聲說，「這樣就夠，心意我收下了。」

「妳……」他話語幾乎碎裂。他將手掌貼在冰涼的玻璃板上，楊寧舉起左手，輕輕貼向同一個位置。他們之間的痛苦穿透物質。

「不會痛了。」她說，「只是要繼續穿著控制疤痕，看起來有點恐怖而已。

「放心吧，我不會在裡面太久。開庭也很順利。我都打點好了。」

身後短促的鈴聲響起，警衛提醒著時間。

「走吧，回去好好吃好好睡。還有這個。」楊寧笑出聲，她的手指沿著下巴的鬍子比劃。「這真的太瞎了，不OK，超級醜。」

她笑得歡暢，他被她逗笑了，點著頭，笑著笑著，眼眶紅了，嗚咽出聲。

「你沒有必要去承擔別人的人生。」楊寧溫和地說，「我很好。」

27

裡頭的人喊她〇九一四。

照著課表過日子，六點五十起床早點名，整理內務，輪流盥洗，吃早餐。星期一是清粥、甜花生、菜心，星期二清粥、花生麵筋、牛蒡，她喜歡週五黑糖饅頭、豆漿跟椰香奶酥的搭配，但表定菜色常常會更換，有兩整週全是清粥配油膩的芹菜。

開封點名，靜坐省思、聽生活公約、看書、打水洗澡、聽有聲書、整理內務、靜語時間、就寢。許浩洋替她整理了三十本書進來，書衣都被拔掉，潦草的藍色奇異筆在內封寫上呼號與名字。她看著大大的「〇九一四。楊寧」，覺得比上頭兩盞白光燈泡刺眼得多。

他和恩琪分了手，但保持著友好的同事關係。他會固定時間找她律見，只有他，兩人一起討論應對方法和答辯技巧。偶爾楊寧會問起他生活上的近況，而他總顯得訝異。他們遲遲沒有復合，關係定位依舊成謎，但許浩洋似乎不急，他寬心地認為自己有很多時間。

父母都來看過她，同時間出現，她看著玻璃板外的兩個人，說應該替他們拍張照留念。要吃飯。好。會不會冷。有一點。要再寄被子嗎。沒關係。錢夠不夠。夠，你們留著用。三個人尷尬又熟悉，卻也只有這些話好說，多了沒人知道該如何回應。

等待她的時候，他們都在做些什麼？不發一語，搓手，仰望時鐘，寒暄。他們倆要有多大的勇氣，才能一起坐在這裡？媽會跟爸說話嗎？爸在哪工作？她驚訝人類的腦迴路，竟然在這樣的時刻好奇起他們的人生。她的父母在多年前殺死了她，放任她死去，而現在她經歷的苦難折磨竟讓他們成為一體。

幾次面會以後，三人像是逐步恢復了說話能力，說起生活。媽經營起小小的媽媽廚房，幫附近小學生做午餐。爸在紡織工廠當經理，也在科大擔任講師。他們分享著生活瑣事，她說起在裡頭迅速洗澡的祕訣。在某些令人驚豔的瞬間，他們三個一起笑了起來。

時間到了出庭，生活規律，她每天還會拉個筋撐撐平板做個伏地挺身。除了裡頭的床墊太容易潮濕，她時常邊睡邊打顫，其他都很平靜。她還進了插畫班，從頭到尾都畫得奇差無比，老師提的建議她都會點頭，輕聲說句謝謝，接著到洗手台一根手指一根手指的，慢慢把顏料從身上融開，望著橘紅與紫藍化在一起，在水槽裡旋轉，落進黑洞裡。她偶爾會想起陳紹誠與陳紹愷，日記裡的句子，現實中的交錯。他們在她的思緒裡存活下來。

不久以後，她與舍友參加了春節環境布置比賽。

楊寧拿著像幼稚園鈍又鏽的剪刀，撐開內縮，紅紙與金屬摩擦，喀嚓喀嚓聲緩緩地響，不疾不徐地。她學會等待時機，等待結果，凝神專注，開與闔，掌握刀與指的節奏，滑過紙張如滑過肌膚，花上一倍兩倍甚至一生的時間，剪出個綻裂美豔的窗花。

極致的全神貫注引來不少注目。〇一七三湊到她身旁，東問問西瞧瞧。剛進來時〇一七三熱情教導她如何整理被套，放置盥洗用具，提點了規矩，現在也企圖從她身上挖出點故事。

「啊呀，這是個念書的。」年紀更大的〇五〇七會發聲，幫她開脫。「去去不要吵人家，這款念書仔跟我們這種沒文化的不一樣。人家是有機會的。」

她的說詞檢察官不買單，但苦無決定性的證據，延長羈押一次後，最終以不起訴處分。當時她的嗅覺依然沒有恢復，潰爛已長出些許新皮，台北的夜不再那麼冷。

出去那天，許浩洋留在後頭辦手續，來接她的是捧著兩杯熱可可的廖警官。

「找不到羊奶，我記得這妳也喜歡。」他們坐到鐵閘大門不遠處的長椅上，風輕雲淡，她接過熱可可，感激他還記得自己的喜好。

「你不需要來的。」她說。

「來送送妳也好。」

「之後還會再見面。」楊寧輕啜了一口，接著開口補充：「該說的都說了，不知道的事再怎麼問也沒有用。」

「只是來提醒妳，出去別回頭望。」

「監視我已經變成你的習慣了，是吧？」

廖警官挑起眉，驚訝地看向楊寧。

「怎麼可能沒發現。」楊寧笑出聲。「一天到晚在我家附近晃，連吃個飯都要跟。」

「我比較訝異程春金沒察覺。」他坦承。有種祕密被揭露的如釋重負。

「他就算知道也不會表現出來。」她把下巴埋進高領毛衣裡，那熟悉的柔軟觸感給了她一點安慰。「你沒有阻止我跟他碰面。」

「沒必要。」他輕壓蓋口，上掀，壓好卡槽，貼著唇大口飲下，下一剎那卻猛地撇過頭，噗地一聲，朝地噴濺，混著唾液的熱可可灑了一地。

「燙……妳怎麼喝的？」他滿臉扭曲，咳嗽咂舌，表情痛苦。

她努了努嘴，慢條斯理地喝著。「我從某些人身上學到，有些事情需要耐心。」

他將手指的可可抹在紙杯套上，眉頭還皺著。「從那瘋子身上學到的？」

她搖搖頭：「他不是瘋子，瘋子是被自己追著跑的動物。但他不是，至少現在不是。他只是喜歡。」

「是嗎？」他又咳了幾聲。

「他是怪物。」她望著前方，若有所思。「但怪物只是個概括的詞，底下有很多類別。」

「妳很適合這行。」終於緩過氣。

「哪一行？警察？還是殺人犯？」

「都適合。」他說，停頓了半晌。「這兩者之間沒那麼不同。」

「我確實比以前更有耐心。」楊寧嘴角微微上揚。水流，水深，時機，小心擱淺。

「妳笑了。」

她不置可否地哼了一聲，神情輕鬆。「能呼吸到新鮮空氣總是挺好的。」

兩人看著不遠處的樹影搖曳。

「會好嗎？」她問。

他看見她望向遠方，眼睛眨著，舔了舔唇，嚥下口水，細長的脖頸隆起又撫平。

「會嗎？」她的聲音很輕。「這種感覺……久了，會不會比較輕鬆？」

「我不知道。」他說。他以為自己會低下頭，凝視手指泛白的戒痕，但沒有，他只是用左手輕輕摸著戒指原本該在的位置。「但一段時間過後，就會發現自己還是得吃飯，一樣要洗衣服、洗澡，然後起床。電費帳單照樣準時寄來，時間還是在走。」

她不曉得為什麼，眼皮不由自主地快速眨動，彷彿要抑制某些情緒溢出。

「會慢慢習慣。」他說。「都是這樣的。」

她緩慢地點點頭，又舉杯喝了一口，接著長長舒了一口氣。

風從他們之間滑過。在他身後是塊由藍紅白組成的交通號誌：「此路不通」。再往前只會撞上石牆，所以請停止，在還完整的時候，在粉身碎骨前，都停下來吧，我們。

「還會有人跟著我嗎？」她轉換情緒，咳了幾聲。「我不想連到家門口吃個麵都要想該穿什麼褲子。」

「沒有了。妳現在確實是自由的。」他說。

「那就好。」她站起。

「對了。」他伸手到口袋，掏出幾封信。「愛慕者寄到監獄的信。」
楊寧伸手接過，低頭，看著信封上那手繪的小羊頭。
「走了，外面太冷不適合我。」她把信收進口袋。「謝謝你的飲料。」
「J35。」他喊住她，她愣了一下，接著微微一笑。「有件事我很好奇。」
「嗯？」
「鄒又謙跟程春金。」他問：「你是怎麼……讓他們出現在妳面前？」
「沒什麼特別。」她說，「我只是走出去，讓他們有機會殺我而已。」

「親愛的小羊兒，聽見妳進看守所的消息，不驚訝但很難過。」

吃了巷口那家便當店。肉依舊很薄，粉依然很厚，老闆娘一如往常充滿活力。家裡凌亂，沒有許浩洋打掃的痕跡。她拿了個垃圾袋，在空中刷啦刷啦抖動，讓風吹開開口，蹲在地上，將垃圾一個個撿起。洗淨一個個鋁箔包，拆開捏扁放平。她看著上百瓶空的玻璃羊奶罐整齊堆放在陽台，想著要不要回收。

熟悉又陌生地拿起吸塵器，很快地集塵筒便裝滿了頭髮與掉落的皮屑，她清了兩次集塵筒，也狂咳了兩次。洗了個熱水澡，換了衣服，黑色長袖帽T，黑長褲，黑長襪等待稍後配上黑色球鞋。她咬著髮圈，舉起手，將頭髮高高紮起。雙腳跪著在床邊趴下，從床底摸出一個黑色雙肩背包，接著走到陽台，雙手吃力地從水槽底下拉出工具箱。吹開表面薄薄一層灰，她打開箱子。剪刀、榔頭、十字剪，她一個個拿起，細心挑選著，又到廚房拿了菜刀與刨刀，細心放進刀鞘，再用報紙包起。仔細收拾好背包，拉上拉鍊。

「妳不在的日子比想像中難熬，我想拉拉一定也很想妳，她最近不大舒服，吃不下偶爾還會吐，獸醫說她沒什麼大礙，就是有點寂寞。」

她睡了一覺，醒了外面天還黑，只有遠方矇亮。

她穿上外套，揹好背包，決定沒有目的地漫步。露水凝在臉頰，微細的小水珠吸飽夜晚的冷。她隨意伸手抹了抹，打了個冷顫。一個穿著短褲短袖的老人從她身旁跑過，有元氣地說了聲早，遁入晨曦將至的那一端。

「妳想像不到我現在的生活，生活在羊群裡真的太痛苦了。」

在巷口就看見那個穿著牛仔褲的纖瘦身影。他手放在外套口袋裡，握成拳頭，在鐵門前不安地來回走動。

「嘿。」她走近。「好久不見。」

「嗨。」小支連忙將手抽出口袋，站定站穩。「嗨。」

「去附近晃晃，順便吃早餐。」她主動回答他的疑惑。他恍然大悟地點點頭。

「公司最近還好嗎？」她問。

「還可以。」他說，「年後案子總是比較多。」

「那就好。」她呼著氣，臉很快泛紅，努力對抗冷颼颼的風。「她呢？」

「還可以。我三、四天會去一次。」

「車子？輪椅？」

「那天就處理掉了。其他都照妳說的做，沒有問題。」

楊寧點點頭，一面將手伸出，掌心朝上。這場景不陌生，她總是這樣的，騎著機車到公司，翻找吃的，抓起餅乾袋把殘屑舔得一點都不剩，吮指，然後向他伸出手。小支知道她要什麼，他知道會有這麼一天，卻沒想到這一刻到來時他會這麼如此折磨。他很想大叫或聽她大叫，他想看她失控，那會掄起拳頭衝上前，不顧一切往車陣衝的瘋狂，有懸崖她就會跳下去的，他甚至想像過她拿槍舉著自己的頭，那意外是很適合她的模樣。

即使她扣下扳機，都比現在這樣好得多。

他明白那直接毫不掩飾的怒氣已有所轉換。她變得更聰明更狡猾，順著世俗法則走，表面順從從來不是妥協，只代表她的憤怒已經無法平息。沒有煙硝的怒火，滾燙的岩漿在下頭滑動。她表情平淡甚至帶著微笑的模樣，都讓他感到折磨，那是悲痛深入骨髓，成為身體一部分後的模樣。他真的不想給她。

「嘿。」她凝視著他，點了點頭。像是在安撫一頭動物，確認彼此的連結。小支緩慢地把手伸進口袋，掏出一把鑰匙，上頭掛著一隻鯨魚。

楊寧伸手，他捏住鑰匙。兩人各執一端。

「給我吧。」她搖搖頭，示意他不必多說。「你做夠多了，我很感激，真的。」

「妳幫過我。」他咬緊下唇。「幫了我很多。」

「對不起把你捲進來。」她輕聲說。
「我相信妳。」
「我也是。」她說。他明白。
「以後多吃一點吧，瘦很多，臉頰這邊都沒肉了。」她說。「老大那也靠你了，叫雪莉別老跟他抬槓，提醒他我買的薑黃、雞精記得吃。」
「妳會回來嗎？」他問，乞求地。
她微笑搖了搖頭。這是她能給的最好的溫柔。
小支鬆手，楊寧抽過鑰匙，跟他道別。
「值得嗎？」楊寧轉身走了幾步，聽見他在背後喊著。
值得嗎？楊寧沒有回頭，沒有回答，她只是抬起腳，繼續走了下去。

「我想我之前有點太激動了，但妳知道的，面對憤怒時我們有千種不同的表達方式，而妳跟我的比較相似。」
楊寧隨手揉了，扔在火車月台垃圾桶。她走上沙灘，一頭老態龍鍾的狗，踏著蹣跚的步伐朝她走來，一跛一跛地，一邊伸出舌頭喘氣。她沒想到還會遇上牠。楊寧蹲下身子。
「嘿，船長。」第一次，她摸上牠。「嗨。」
她回想船長的氣味，那甜甜的尿騷。
「妳也想他嗎？」她問。額頭碰額頭。船長舔了她的臉，留下一條濕黏的痕跡。她沒有擦掉。

「記得我跟妳說過的，記得我們。我等妳回來。」

沿著消波塊的南方走，到那間海邊的鐵皮屋停下。

她不知道大海另一端有沒有鯨魚，也不曉得門之後有沒有解答。或許每個人都會有些無人知曉的時候。沒有救贖，沒有解脫。

她掏出鑰匙，打開門。被綁在椅上的女人嘴裡咬著髒布，睜大雙眼，滿臉恐懼。

「好久不見。」她說，「好久不見。」

後記

第一本書，近十九萬字的犯罪文學小說。

楊寧懷著我的疑問和痛苦而生，我知道無論好與壞，都該把她寫下。某種程度，楊寧的尋凶之路，也是我尋找救贖的公路之旅。在犯罪的類型包裹下，用更細緻、殘忍而溫柔的文學落地。

小說原名為《戴好你的面罩》。當時在弟弟各種威脅利誘下，戰戰兢兢地遞出企畫書。謝謝文化部和評審們讓這趟旅程得以出發，為此，我會永遠感激。

從寫作之初，就想放在搖滾區感謝的是高翊峰老師。多年前的相遇，帶領我走向小說與電影之路。你的大方溫厚，讓當時困惑的我看見另一種生活形貌，謝謝你這一路的提攜、照顧和數不盡的溫暖，多希望將來也能成為你這般紳士而美好的模樣。

謝謝印刻文學的總編初安民、副總編江一鯉與主編林家鵬，你們的親切與嚴謹讓這本書得以往更高的地方前進。也謝謝何冠龍編輯第一時間對小說的青睞和支持，那是一個新手作家夢寐以求的鼓勵。

謝謝大同分局高鎮文分局長、寧夏路派出所葉育忻所長、許美雲副所長、賴朝松小隊長以及偵查隊少年業務承辦黃欣雅警務員，謝謝你們的好茶與咖啡，如此親切而熱情。謝謝綉敏阿姨忙前忙後的聯繫，開啟了我扎實的田調之旅，既感謝又感動。

謝謝特殊現場清潔師盧拉拉，你的專業知識以及對人生的態度深刻地影響了我，謝謝你對我古怪的疑問總有萬全的解答，謝謝你帶我到現場，給了我刮刀，讓我用肉體記住死亡的重量。衷心希望成品不會讓你失望。

謝謝那些不知道我在做什麼，但總能在關鍵時刻約我出去吃飯放風的朋友們，謝謝你們包容如此古怪的我，把我從邊緣一次次拉回來。謝謝願意推薦與支持的前輩，給予許多肯定與一針見血的建議。一路上受到許多幫助，未能一一列出，但謝謝你們始終都在。

謝謝我最愛的監製林仕肯和林怡伶。謝謝你們義無反顧的支持，在這一切還沒發生時便願意與我並肩作戰。與你們一起工作是極度有趣而好玩的事情，也是我的幸運。

親愛的V，謝謝你教會我勇敢和脆弱。謝謝你細心包裹我所有不安與狂暴，將歡笑與眼淚好好地、完整地收進心裡，謝謝你守護我走到現在，有你的我何其幸福。

創作時反反覆覆在各種報導、小說、散文、詩集、電影、音樂、戲劇遊走，它們讓我得以打破想像的疆界，跨越不同類型，往更深的黑與光前進。期待有天能與大家分享這些殘酷與美好同體的作品。

這本小說有近三分之一誕生在醫院裡。急診室、候診間、日光室，楊寧經歷過的檢查我都做了，甚至更多。讓肉體腐壞，換取靈感與靈魂的自由。「在每個悲傷的呼吸間，尋找重生的機會。若瀕臨破碎，那就這樣吧，捧著傷，抓住即將瓦解的自己，學著繼續漂泊。」很久以前的筆記裡這樣寫著。如今經過兩年長征，多次修改，小說終於完成，希望身體也從此強壯起來。

最後，這本書獻給我的家人，我親愛的爸媽與讓這一切開始與完成的老弟和小寶。你們教會我什麼是愛，我永遠都會記得坐在臥室地板，念繪本給娜娜聽那天，我們張開手臂，開得不能再開，說：「我愛你，這麼這麼多。」

我真的好愛你們。謝謝你們比我更相信自己，在我崩潰時用各種方式接住了我。謝謝擁有的一切，我會繼續跌跌撞撞，將未盡之路走完。

心愛的《無間警探》裡，疲憊不堪的男主角在結尾時說：「Once, there was only dark. If you ask me, the light's winning.」這句話支撐我走過所有難眠的夜晚，送給所有讀者，送給所有在黑暗中仰望星空的靈魂。

願能成為更好的人。

願不久的將來，能擁有更溫柔的眼睛。

INK PUBLISHING 文學叢書 682

成爲怪物以前

作　　者　蕭瑋萱
總 編 輯　初安民
責任編輯　林家鵬
美術編輯　陳淑美
校　　對　陳佩伶　蕭瑋萱　林家鵬

發 行 人　張書銘
出　　版　INK 印刻文學生活雜誌出版股份有限公司
新北市中和區建一路249號8樓
電話：02-22281626
傳真：02-22281598
e-mail：ink.book@msa.hinet.net
網　　址　舒讀網www.inksudu.com.tw

法律顧問　巨鼎博達法律事務所
施竣中律師
總 代 理　成陽出版股份有限公司
電話：03-3589000（代表號）
傳真：03-3556521
郵政劃撥　19785090　印刻文學生活雜誌出版股份有限公司
印　　刷　海王印刷事業股份有限公司

港澳總經銷　泛華發行代理有限公司
地　　址　香港新界將軍澳工業邨駿昌街7號2樓
電　　話　852-2798-2220
傳　　真　852-2796-5471
網　　址　www.gccd.com.hk

出版日期　2022年 6 月　初版
ISBN　978-986-387-577-2
定價　450元

Copyright © 2022 by Katniss Hsiao
Published by INK Literary Monthly Publishing Co., Ltd.
All Rights Reserved
Printed in Taiwan

國家圖書館出版品預行編目(CIP)資料

成為怪物以前／蕭瑋萱 著.
--初版. --新北市中和區：INK印刻文學，2022. 06
面； 14.8 × 21公分. --（文學叢書；682）
ISBN　978-986-387-577-2 (平裝)

863.57　　111006131

舒讀網

版權所有・翻印必究
本書保留所有權利，禁止擅自重製、摘錄、轉載、改編等侵權行為
如有破損、缺頁或裝訂錯誤，請寄回本社更換